Vita Sackville-West

Eine Frau von vierzig Jahren

Vita Sackville-West

Eine Frau von vierzig Jahren

Roman

Aus dem Englischen von Th. A. und I. Knust,
neu bearbeitet von Heddi Feilhauer

edition ebersbach

Die Originalausgabe erschien 1932 unter dem Titel
Family History in der Hogarth Press, London,
die deutsche Übersetzung unter dem Titel
Eine Frau von vierzig Jahren
im Christian Wegner Verlag, Hamburg 1950
und im Ullstein Verlag, Frankfurt a. M. / Berlin 1987

Umschlaggestaltung: Stijlroyal, Wiesbaden
Satz: Birgit Cirksena | Satzfein, Berlin
Druck und Bindung: Westermann Druck, Zwickau
Printed in Germany
ISBN 978-3-86915-047-5

Erster Teil

»Hm-hm, nun, meine Liebe«, sagte der alte Mr. Jarrold, während er seine Schwiegertochter in seinem Museum herumführte, »und das ist es, das erste Stück Kohle aus den Gruben von Orlestone. Sieh es dir genau an. Das hat Dan nach Eton gebracht. Das hat Dan zu einem Gentleman gemacht. Ein Klumpen Dreck, wenn ich so sagen darf, aber weitaus wertvoller als diese Kaurimuscheln da, die ich von Java mitgebracht habe. Hm-hm.«

Mr. Jarrold war ein so liebenswerter, alter Mann, dass seine Schwiegertochter Evelyn Jarrold sich bereitwillig zum hundertzwanzigsten Male das erste Stück Kohle aus Orleston anschaute und danach auch noch alle anderen Ausstellungsstücke.

Stets aufs Neue hatte es den Anschein, als hätte Mr. Jarrold vergessen, dass sie den Rundgang sehr gut kannte, und so hielt er sie jedes Mal fest, wenn sie zum Lunch ins Park Lane Haus kam, um sie anschließend durch das Museum zu führen. Obwohl sein Enkel Dan ständig in seinen Bemerkungen präsent war, gestattete es ihm sein fortgeschrittenes Alter offenbar, die Tatsache nicht zur Kenntnis zu nehmen, dass der Mutter von Dan natürlich weder das Haus noch die Familie und ihr Museum fremd waren. Er erlaubte sich sie als Besucherin und attraktive Frau zu behandeln und ihr mit der Galanterie eines älteren Herrn zu begegnen. »Hm-hm, nun, meine Liebe«, sagte er und nahm ihren Arm, während er sie von einer Vitrine zur nächsten führte.

Pflichtgetreu betrachtete sie seine Sammlung und verbarg dabei ihre Langeweile, denn sie war eine gutherzige Natur und machte dem alten Mann gern die Freude. Ziemlich verstaubt, dachte sie dabei, ziemlich leblos – andererseits jedoch konnten diese Dinge eine ganze Existenz bezeugen, solange Mr. Jarrold lebte und seine Geschichten über sie zum Besten gab. Kohleklumpen und Kaurimuscheln, das Zweckdienliche und das Romantische. Sie wusste, in welcher Reihenfolge er ihren Wert einordnete. Immerhin, einmal war er nach Java gesegelt, mit seiner eigenen Jacht; aber diese Jacht war wiederum das Ergebnis seiner schmutzigen Kohleklumpen. Ihm gehörte eine Jacht, weil andere reiche Männer Jachten besaßen; und dass er mit seiner Jacht nicht in das Königliche Jacht-Geschwader aufgenommen worden war, hatte einen unerwarteten Kummer in sein Leben gebracht – größer noch als den Kummer über den Tod seines ältesten Sohnes im Jahre 1916. So blieb er gezwungen, auf den Weltmeeren unter blauer statt unter der weißen Flagge zu segeln. Evelyn überkam um seinetwillen jedes Mal ein Gefühl der Empörung, wenn sie sich an seine Demütigung erinnerte.

»Hm-hm, nun, meine Liebe«, brummelte er wie eine alte, schläfrige Hummel.

Dennoch, er hatte es weit gebracht für sich selbst und seine Familie; sogar so weit, dass man mit einiger Zuversicht die Erhebung in den Adelsstand noch vor Jahresende erwarten konnte. Er gehörte zu den wichtigsten Industriemagnaten und seine Wohltätigkeit war so großzügig wie gut überlegt. Mr. Jarrold selbst tat so, als berühre ihn die Nobilitierung nicht sonderlich; Ehrungen und Erfolge hatten stets auf die Jarrolds gewartet. Evelyn Wilson wurde zu ihrem großen Glück gratuliert, als sie, die Tochter eines ländlichen Anwalts, sich damals im Jahre 1913 mit dem ältesten Jarrold-Sohn verlobte. Natürlich war es ein Unglück, dass ihr Mann im Krieg fallen musste, aber ihr Sohn blieb auf jeden Fall als der Erbe zurück. Weder ihre Freunde noch ihr Vater sahen einen Grund ihre Glückwünsche zu revidieren.

Das Museum war in der Tat dunkel und verstaubt und auf eigenartige Weise in den Park Lane Familiensitz integriert. Die Schaukästen zogen sich den dunklen Treppenaufgang entlang, wobei Balustraden aus Mousharabieh-Fenstergittern sie auf den oberen Absätzen gegen das Treppenhaus abgrenzten. Das orientalische Flair, das von den durchbrochenen, kunstvoll strukturierten Gittern ausging, war Mr. Jarrolds ganzer Stolz. Bewies es doch, dass auch er ein Kenner des Orients, auch er ein Mann des guten Geschmacks war, ein weitgereister Mann von Kultur. Wer Mr. Jarrold kannte, wusste natürlich, dass Kultur für ihn lediglich den Stellenwert von schmückendem Beiwerk hatte, mit dessen Kauf man sich brüsten oder worüber man sich lustig machen konnte. Jeder wusste, dass er sich nicht die Bohne für Kulturgüter interessierte, ob sie nun von eigenen Reisen oder von der klassischen Erziehung seines Enkels in Eton herrührten. Beides fiel für Mr. Jarrold in dieselbe Kategorie: Es gehörte zum Luxus eines Gentleman, ganz und gar getrennt vom praktischen Leben. Es bereitete ihm Vergnügen, seinen Enkel nach Tisch dazu anzuhalten, ein Dutzend Verse aus der Äneis aufzusagen; solch eine Beigabe schien die Qualität seines Portweins zu steigern. »Nun, komm schon, Dan«, pflegte er zu sagen *»Tu regere imperio populos Romane memento* – wie geht das gleich wieder?« Und dann schlug er mit der Gabel den Takt zu dem wunderbaren Rhythmus, höchst befriedigt über einen Enkel, der – dank seiner – Vergil zitieren konnte. Sein elektrisches Grammofon jedoch, das sich selbständig aufzog und die Platten wechselte und einen eingebauten Radioapparat enthielt, bereitete ihm ebenso viel Vergnügen. Für ihn bedeutete Kultur lediglich etwas ziemlich Kostspieliges, ohne praktischen Nutzen.

Und doch war er ein lieber alter Mann und Evelyn folgte ihm bereitwillig auf seinem Museumsrundgang.

Alles war von ihm persönlich zusammengetragen worden; kein Ausstellungsstück stammte aus einer Zeit vor seiner eigenen Generation – oder vor der Familie Jarrold, wie man auch sagen könnte. Mr. Jarrold war praktisch der Gründungsvater. Erst vor einer Generation waren die Jarrolds buchstäblich aus den Tiefen des Staubs emporgestiegen. Er konnte auf das Stück Kohle verweisen, das seinen Söhnen den Schulbesuch in der St. Paul's Lateinschule und seinem Enkel Eton ermöglicht hatte. Er konnte ein Modell des ersten Gleisanschlusses für seine Zeche zeigen. Wenn er Besucher an diesen Schaukästen entlangführte, war er ganz der Begründer einer Dynastie. Nur wenn er zu den Vitrinen von seinen Reisen kam, wurde er ein wenig unsicher und fast verschämt. Hier hatte er offensichtlich das Gefühl, dass sich Unnützes negativ auf Vernünftiges auswirkte. Die Zurschaustellung im Grunde unnützer Exponate konnte nur dadurch überspielt werden, dass sich Männer mit einem Vermögen von Jarrold'schen Ausmaßen eben eine eigene Jacht leisteten. Solche Jachten brachten solche Männer in ihrer kurz bemessenen Urlaubszeit an fremde, nicht-englische Gestade, von denen man fast zwangsläufig seltsame, nicht-englische Gegenstände mitbrachte, wenn auch nur um zu zeigen, wie groß der Unterschied zwischen Engländern und den Eingeborenen ist. Für Mr. Jarrold verschwamm all dies zu einer vagen Kulturvorstellung, was ihn vollends in Verwirrung brachte; Entschuldigungen überlagerten seinen Stolz, der Stolz wiederum trübte die Entschuldigungen.

Es war eine gute Sache, einen Enkel zu haben, der Vergil zitieren konnte, obwohl die Zitiererei auch ein wenig peinlich war, sie war etwas, dem man am besten mit einer Mischung aus Stolz und Spott begegnete. Es war eine gute Sache, auf der eigenen Jacht in den Osten gesegelt zu sein, aber es war ein wenig peinlich, sich die Mühe gemacht zu haben, Kunstwerke – und darunter fielen für Mr. Jarrold seine Mousharabieh-Gitter – zusammengetragen zu haben. Kunstwerke waren völlig in Ordnung, solange sie kostspielig genug waren. Aber diese Rechtfertigung konnte Mr. Jarrold für seine Sammlung von Kuriositäten vor sich selbst nicht so recht in Anspruch nehmen.

Sie waren seine Schwäche, er liebte sie einfach. Den Hauptschlüssel zu den Vitrinen trug er an seiner Uhrkette.

Diese Uhrkette verkörperte so etwas wie den Inbegriff bürgerlicher Würde. In schweren Goldgliedern spannte sie sich über seinen Bauch und verschwand auf beiden Seiten in einer Westentasche.

Mr. Jarrold war ein wenig altmodisch gekleidet, denn er hatte seinem Schneider in den letzten vierzig Jahren stets verboten den Schnitt seiner Garderobe zu ändern. In London trug er schwarze Anzüge, mit einem Gehrock und grau gestreifter Hose; auf dem Land bevorzugte er dunkelgrauen Tweed von besonders fester Qualität. Zum Ausgehen setzte er, ob in London oder auf dem Land, einen markanten, schwarzen Hut auf, ein Mittelding zwischen Zylinder und Melone. Evelyn sagte, in London sehe er aus wie ein Staatsmann und auf dem Lande wie ein Junker aus dem 19. Jahrhundert. Diese Wirkung wurde auch durch seine Bartkoteletten

hervorgerufen, die sein rosiges, altes Gesicht umrahmten, sowie durch das breite, durch einen Ring gezogene Krawattentuch. Seine kurzen, kräftigen Hände, mit Sommersprossen und feinen Härchen überzogen, waren die Hände eines Mannes, der mit Macht und Autorität zupackte. In seinem ganzen Leben war er nicht einen einzigen Tag krank gewesen und auch jetzt in seinem fünfundsiebzigsten Jahr erfreute er sich uneingeschränkter Lebenskraft. Sein ständiges Gebrummel, eine tatsächlich ihm selbst kaum bewusste nervöse Angewohnheit, hätte man für ein Zeichen von Senilität halten können, wäre da nicht der durchdringende Blick seiner kleinen, grauen Augen gewesen, der dem völlig widersprach.
Dieser Blick machte eindeutig klar, dass der Bergwerks- und Hüttenbesitzer William Jarrold jede Ungereimtheit sofort durchschaute und sie weder von seiner Familie noch von seinen Angestellten dulden würde. Seine Söhne hatten sich unter diesem Blick gewunden, seine Untergebenen vor ihm gezittert und seine Frau hatte er in ihre Schranken verwiesen. Einer seiner Lieblingssprüche war, dass der Mann in seinem Haus der Herr sein muss.
Er war jedoch keineswegs verbissen und hatte schöne Frauen immer gern um sich gehabt, war aber zu klug gewesen eine zu heiraten. Er hatte seine Schwiegertochter Evelyn gern. Seine Stimmung stieg merklich, wenn sie ins Haus kam. Evelyn mochte ihn auch; liebte ihn nahezu. Sie waren die besten Freunde. Sie gab sich Mühe, ihm zu gefallen, indem sie ihn herzlich neckte und kleine,

vertraute Scherze zwischen ihm und ihr erfand, so dass er schnurrte wie ein alter Kater und ihre Hänseleien zurückgab. »Ach, meine Liebe, du verschwendest deine Zeit an einen alten Burschen wie mich.« Trotz all seiner Neckerei wusste sie, dass seine Ansichten über das Leben sehr streng waren. Er hatte die absolut rigiden Moralvorstellungen der oberen Mittelschicht.
Eine zweite Ehe Evelyns hätte er zwar geduldet, da man vernünftigerweise nicht erwarten konnte, dass ihr Leben an dem Tage zu Ende war, als Tommy in Flandern fiel, doch jedes weniger achtbare Verhältnis würde er von vornherein verdammt haben. Er hielt es für selbstverständlich, dass Evelyn wie alle anderen Mitglieder seiner Familie genau wusste, wie weit sie gehen durfte. Er war sicher, dass sie bis zu ihrem nun neununddreißigsten Lebensjahr einige Verehrer hatte, seit sie mit vierundzwanzig Tommy verloren hatte. Das war nur natürlich. Er hatte ihr selbst jede Menge Komplimente gemacht und er war überzeugt, jüngere Männer mussten das noch in viel größerem Ausmaß getan haben. Aber er hegte nicht den geringsten Zweifel an ihrer Tugendhaftigkeit. Und wenn in seiner Gegenwart irgendjemand seiner Verwunderung über ihre anhaltende Ehelosigkeit Ausdruck verlieh, erklärte er sie damit, dass Evelyn ganz für den Jungen lebe.

»Wann kommt Dan zurück, meine Liebe?«
»Am Zwanzigsten, Papa.«

All seine Kinder nannten ihn Papa, was Evelyn einige Überwindung gekostet hatte.

»Und ihr kommt beide zu Weihnachten herunter nach Newlands?«

»Aber natürlich. Wenn du uns haben willst.«

»Kommt ihr denn nicht immer zum Weihnachtsfest? Na also. Und überhaupt, was sollte ich ohne euch anfangen? Und dann möchte ich, dass du einmal mit Evan sprichst.«

»Was ist mit Evan, Papa?«

»Trinkt zu viel«, antwortete Mr. Jarrold kurz

»Evan?«

»Evan. Er meint wohl, ich würde das nicht merken. Aber ich tu es – Ich seh's, wenn eine Flasche Kognak am Ende des Dinners halb voll und dann zum Frühstück leer dasteht. Noch dazu verflucht guter Kognak – viel zu schade, sich damit zu betrinken.«

»Du meinst …«

»Ich meine, dass er sich heimlich ins Speisezimmer schleicht und ihn austrinkt, nachdem ich ins Bett gegangen bin. Das meine ich. Hm, hm hm.«

»Weshalb sagst du Paterson nicht, er soll die Getränke wegstellen, wenn du das Speisezimmer verlassen hast?«

»Vernünftige Idee, wie gewöhnlich, meine Liebe – deine Vernunft gefällt mir –, aber Paterson würde Bescheid wissen. Ich kann meinen eigenen Sohn nicht vor Paterson bloßstellen. Schwer genug, ihn vor dir bloßzustellen.«

Evelyn wusste seit Jahren, dass Evan trank.

»Gut, Papa, ich werde mit ihm reden.«

»Ich habe es seiner Mutter nicht erzählt«, sagte Mr. Jarrold und warf ihr einen schnellen Blick zu.

»Natürlich nicht, Papa, das ist auch viel besser so.«

»Das meinst du also auch«, sagte Mr. Jarrold erfreut und erleichtert durch diese Bestätigung. »Würde ihr nur Sorgen machen – was? – und Evan auch nicht helfen. Tommy hat nie getrunken, nicht wahr?«

»Nein«, sagte Evelyn, wobei sie plötzlich lachte, und aus irgendeinem Grunde drückte sie den Arm des alten Mannes zärtlich an sich. »Tommy hatte alle Tugenden und keine Laster.« Mr. Jarrold durfte niemals von Tommys hässlichen, kleinen Lastern erfahren. Tommy war in den Augen seines Vaters ein »guter Kerl«.

»Langweiliger Hund, der Tommy«, lag es Mr. Jarrold auf die Zunge, aber er unterdrückte es in dem Gedanken daran, dass Tommy tot und Evelyns Mann gewesen war.

»Ich kann mir nicht vorstellen, woher Evan das hat«, murrte er. »Ich habe als junger Mann niemals getrunken, wenigstens nicht übermäßig. Ein Gläschen dann und wann, aber ich habe nie gesoffen. Evan säuft.«

»Hast du selbst schon mit ihm gesprochen, Papa?«

»Gott bewahre«, wehrte Mr. Jarrold mit Nachdruck ab. »Warum sollte ich? Wenn ein Mann meines Alters einem Mann seines Alters so etwas sagte, würde er zwei Flaschen Kognak trinken statt einer. Ich bin alt genug geworden, um das zu wissen. Nein, ich will ihm noch eine Gelegenheit geben. Hm-hm-hm. Sprich du zuerst mit ihm, meine Liebe, und wenn das keine Wirkung zeigt, werde ich ihn mir vornehmen. Dann werde ich schweres Geschütz auffahren. – Sag ihm, ich werd ihm den Geldhahn zudrehen. Sag ihm, dass er nicht länger mein Sohn ist. Ich will nicht, dass Säufer mein Unternehmen leiten, wenn ich nicht mehr da bin. Ich will nicht, dass Säufer Dans Interessen vertreten. Zu unsicher. Wäre so, als wenn ich unseren Rolls einem betrunkenen Chauffeur anvertrauen würde. Aber ich will nicht selbst mit ihm reden, ehe nicht alles andere fehlgeschlagen ist.«

»Wahrscheinlich werde ich aber nichts erreichen, Papa.«

»Ziemlich sicher sogar. Aussichtslose Aufgabe, die ich dir da stelle. Werd dich nicht tadeln, wenn's zu nichts führt. Die Hand, die die Wiege schaukelt, kann die Flasche nicht zukorken. Hm-hm-hm.

Wie dem auch sei, Evan mag dich gern. Zu gern, meine ich manchmal. Es besteht immerhin die Möglichkeit, dass er auf dich hört. Versuch's.«

»Ich will's versuchen, Papa«, sagte Evelyn, die es schon versucht hatte.

»Das ist recht. Wenn man aussichtslose Aufgaben richtig anpackt, kann man sie auch zum Erfolg bringen. Manchmal hab ich's getan. Aussichtslose Dinge angepackt. Nicht oft. Nur bei großen Sachen. Evan ist keine große Sache.«

»Der arme Evan, Papa.«

»Unsinn! Werde nicht sentimental. Er muss mehr Mumm haben. Jeder hat Versuchungen. Hab auch welche gehabt.

Hab ihnen aber nicht nachgegeben. Freilich, er gehört nicht zu meiner Sorte. Der arme Evan – Humbug! Sag ihm, er soll sich mal zusammenreißen. Sag ihm, er soll ans Geschäft denken. Er will doch Teilhaber werden. Also, daraus wird nichts, solange er sich nicht zusammenreißt. Keinen Zug mehr aus der Flasche – 'nen andern Zug, verstehst du, hm-hm-hm ... den am Riemen.«

Evelyn fand das Thema peinlich; es kam ihr unehrlich vor, bei Mr. Jarrolds vertraulichen Mitteilungen Überraschung zu heucheln, während sie selbst ihm weit mehr über Evan erzählen könnte, als er wahrscheinlich jemals erfahren würde.

»Lass uns jetzt nicht mehr daran denken«, sagte sie, »ich verspreche dir, dass ich zusehen werde, was ich Weihnachten tun kann. Zeig mir noch ein paar von deinen Schätzen. Ich glaube, ich kenne gar nicht alles in deinem Museum. Und in ein paar Minuten muss ich gehen.«

»Verabredung?«

»Nur mit meinem Schneider«, sagte Evelyn lächelnd.

»Ach, das ist gut«, sagte Mr. Jarrold, der von dieser Andeutung weiblicher Geheimnisse ganz angetan war, »lass dir eine Menge hübsche Kleider zu Weihnachten machen. Du siehst immer hübsch aus, meine Liebe. Dieser Pelz – steht dir sehr gut. Und auch ein schöner Duft. Ich hab's gern, wenn Frauen Parfüm benutzen. Passt zu ihnen. Ich sag immer, Frauen sind die Blumen des Lebens, und Blumen müssen gut riechen. Freilich, die meisten von den modernen tun's nicht.«

»Hat Mrs. Jarrold dir das erzählt, Papa?«

»Ich habe selbst eine Nase, oder meinst du nicht? Veredelte Spielarten – uh, grr. Den ganzen Duft haben sie heraus veredelt. Für mich könnten die Frauen immer Zentifolien-Rosenduft und nette, weiche Kleider tragen. Musselin gefällt mir – und hübsche Farben.«

»Ich fürchte, Papa, im Dezember kann ich kein Musselin tragen.«

»Ach, du bist schon recht so, wie du bist«, sagte Mr. Jarrold und schaute sie anerkennend an, »du siehst weich und warm aus – so, wie Frauen aussehen sollten und als ob du keinen Knochen im Leibe hättest. Und trotzdem gesund. Heutzutage sehen die meisten Frauen aus, als hätten sie überhaupt keinen Platz mehr für ihre Lungen.«

»Du wirst mir noch erzählen, ich sei zu dick«, sagte Evelyn.

»Nein, schlank, schlank«, erwiderte Mr. Jarrold, »nicht kränklich, habe ich gemeint, aber auch nicht hart wie ein Brett. Gerade richtig. Vielleicht können wir Weihnachten mal Schlittschuhlaufen gehen.«

Sie war es gewohnt, dass er plötzlich das Thema wechselte.

»Hoffentlich«, erwiderte sie errötend, »ich liebe Schlittschuhlaufen, und Dan auch.«

»Wird ihm freilich die Jagd in die Quere kommen«, gab Mr. Jarrold zu bedenken.

»Ich glaube nicht, dass ihm das das Herz brechen würde«, sagte Evelyn vorsichtig. Sie spürte, wie ihr eigenes Herz anfing schneller zu schlagen. Hier war die Gelegenheit, auf die sie gewartet hatte, und so stark ihre Abneigung dagegen auch war, sie musste sie beim Schopfe packen. Sie hatte es Dan versprochen. Dan, der sich vor seinem Großvater fürchtete, war davon überzeugt, dass seine Mutter wie immer alles für ihn in Ordnung bringen würde. Und obwohl Evelyn über die Schwäche ihres Sohnes geseufzt hatte, als sie erkannte, wie leicht er alles Schwierige auf sie abwälzte, hatte sie sich entschlossen ihn nicht im Stich zu lassen.
»Unsinn«, sagte Mr. Jarrold, »jedem ordentlichen Jungen bräche es das Herz, wenn ihm in den Weihnachtsferien das Jagen verdorben würde. Verflucht noch mal, nicht jeder Junge hat solche guten Pferde für die Jagd wie Dan. Die meisten Jungen müssen zweimal die Woche irgendwohin fahren, wo sie auf einer alten Mähre von Pony das Reiten lernen. Aber niemand könnte jemals sagen, dass ich meinen Enkel nicht gleich mit ordentlichen Pferden ausgestattet hätte.«
Er war sehr ärgerlich, sehr ungehalten. Er nahm die Hand von Evelyns Arm, ging allein weiter und starrte in einen Schaukasten voller grinsender, javanischer Masken. Er legte die Hände auf dem Rücken zusammen und brummelte vor sich hin.
»Natürlich kann niemand so etwas sagen«, entgegnete Evelyn, die merkte, dass sie lächeln musste, obwohl sie

wusste, dass ihr eine unangenehme Viertelstunde bevorstand. »Du hast Dan stets die besten Pferde gegeben, die ein Junge in England nur haben kann. Er hat neulich erst nach ihnen gefragt, am St. Andrew's Tag. Ich war nach Eton gefahren, und fast das erste, was er fragte, war: ›Wie geht es Silver Star?‹«

»Freut mich zu hören«, sagte Mr. Jarrold grimmig, ohne sich umzuwenden.

Er war keineswegs besänftigt. Sie konnte das an der nervösen, ärgerlichen Art erkennen, in der er dauernd die Finger zu Fäusten ballte und wieder öffnete. Ein alter Kindskopf, dachte sie. Eigensinnig bestand er darauf, in seinem Stolz gekränkt zu sein, nur um einen Vorwand zu haben, plötzlich missgelaunt zu sein. Im nächsten Augenblick würde sie ihm etwas sagen, worüber er allen Ernstes in Wut geraten könnte. Vielleicht würde er ihr dann sogar verbieten, Weihnachten mit Dan nach Newlands zu kommen. Das wäre eine Erleichterung. Diese Familienzusammenkünfte, die für eine unbedingte Selbstverständlichkeit gehalten wurden, gingen für sie manchmal beinahe an ihre Belastungsgrenze. Sie würde mit Dan nach Südfrankreich fahren …

»Papa, ärgere dich nicht so. Der Junge reitet wirklich gern, das weißt du doch, und er könnte doch auch reiten, ohne gleich auf die Jagd zu gehen.«

»Ist das alles, was er will?« fragte Mr. Jarrold und fuhr herum. Er sah so wütend aus, dass sie erschrocken zurückwich. »Spazieren reiten im Park statt querfeldein jagen? Vielleicht soll Wilkins ihn an die Longe nehmen? Vielleicht möchte er, dass ich ihm einen Esel kaufe? Der Junge ist ein Feigling, Evelyn. Ich habe es immer gewusst, aber ich wollt's mir nicht offen eingestehen. Mein Enkel – ein Feigling. Aber bei Gott, ich will das nicht. Er wird auf die Jagd gehen. Alle Gentlemen tun das, oder nicht? Das heißt, wenn sie sich's leisten können, was die meisten nicht können. Niemand soll sagen, dass Jarrolds Enkel kein richtiger Gentleman ist oder dass sein Großvater es sich nicht leisten kann, ihm Reitpferde zu halten. Er wird auf die Jagd gehen, und es ist mir völlig egal, ob er sich dabei den Hals bricht.«

»Er ist kein Feigling«, sagte Evelyn leise. Sie versuchte das Zittern zu überwinden, das sie überkommen hatte. Sie war entschlossen, diese Feuerprobe durchzustehen, da sie nun einmal begonnen hatte. »Er ist ein feinfühliger Junge, er liebt Tiere und mag keine Grausamkeiten. Das ist alles. Du musstest es früher oder später doch erfahren. Ich habe ihm versprochen, dir zu sagen, dass er die Absicht hat, das Jagen aufzugeben.«

»Wagt nicht, mir's selbst zu sagen, was? Schiebt seine Mutter vor! Ein moralischer Feigling und ein physischer dazu. Ausgezeichnet! Und was soll dieser ganze Unsinn von wegen Grausamkeiten? Der arme Fuchs und so, wie? Will er etwa überhaupt nicht mehr schießen, wenn ich fragen darf?«

»Nein, Papa, wenn du schon danach fragst, er will das nicht mehr.«

»Aha. Das kommt davon, wenn man versucht einen Gentleman aus seinem Enkel zu machen – aus meinem ältesten Enkel, wohlgemerkt, meinem Erben. Ich biete ihm die besten Pferde und die beste Jagd in England an, und er steckt lieber die Nase in ein Buch. Da sind ja meine Söhne bessere Gentlemen als er. Tommy war ein Sportsmann, was du auch sonst von ihm sagen magst. Er hatte keinen vernünftigen Gedanken im Kopf, aber er konnte sein Pferd so sauber über einen Zaun bringen wie keiner. Geoffrey auch, fauler Schnorrer, der er sein mag. Und der junge Robin auch – ja, das ist mal ein guter Junge, ein richtiger Junge. Dan und Evan sind die Versager. Nette Geschichten, die du mir da erzählt hast, Evelyn!«

»Du bist sehr hart mit Dan«, gab Evelyn zurück, ärgerlich darüber, dass man ihren Sohn einen Versager nannte. »Es können nicht alle nach demselben Muster geformt sein. Du gibst selbst zu, dass Tommy keinen einzigen klaren Gedanken im Kopf hatte. (»Tommy war ein verdammt guter Bursche«, warf Mr. Jarrold ein.) Dan hat den Kopf voller Ideen, er ist ein intelligenter Junge und hat sein eigenes Urteil. Ist das nicht auch etwas?«

»Etwas, aber nicht sehr viel«, sagte Mr. Jarrold, der sich ein wenig beruhigt hatte. »Es ist unnatürlich für einen Jungen in seinem Alter ein eigenes Urteil zu haben. Gefährlich. Unnatürlich für einen englischen Jungen, meine ich. Ich weiß nicht, wie das bei Ausländern ist. Jedenfalls sollen die Kniestrümpfe tragen, bis sie vierzehn sind. Französische Jungen tun das. Ich hab's gesehen. Und mit Reifen spielen sie auch.«

Evelyn lachte; sie konnte es nicht unterdrücken.

»Ja, lach du nur. Du sagst, es können nicht alle nach demselben Muster geformt sein. Warum denn nicht? Wir haben das beste Muster der Welt entwickelt, warum sollen wir also nicht dabei bleiben? Außerdem haben wir mehr als nur ein Muster. Ich selbst bin kein Gentleman – hab ich niemals behauptet –, ich bin ein erfolgreicher Geschäftsmann. Ich hab mir meinen Platz in der Welt verschafft. Aber wo ich nun einmal diese Position erreicht habe, sehe ich nicht ein, weshalb meine Söhne und Enkel nicht den Nutzen davon haben sollen. Man sagt, es braucht drei Generationen, einen Gentleman zu erschaffen. Nun, Dan hat seine drei Generationen hinter sich.«

»Ich verstehe nicht, weshalb du erwartest, dass er ein hohlköpfiger Trottel wird«, sagte Evelyn. Sie war jetzt weniger ängstlich, weil ihr Ärger überwog und Mr. Jarrolds erste Wut verflogen war.

»Aufsässig, ja? Hm-hm-hm. Verteidige dein Küken nur. Ganz richtig so. Aber sieh mal, Evelyn, was ist nur über Dan gekommen? Du hattest darauf bestanden in diesem Sommer mit ihm nach Italien oder irgendwo hin zu fahren – daher habe ich ihn seit Ostern gar nicht mehr gesehen. Damals war er noch ganz vernünftig. Ist er in Eton in schlechte Gesellschaft geraten?«

»Soweit ich es herausbekommen kann, hat er überhaupt keine Freunde in Eton.«

»Ganz falsch, ganz falsch«, brummte Mr. Jarrold. Er war jetzt nicht ärgerlich, nur verwirrt und bekümmert. Evelyn fragte sich, wie weit sie gehen dürfe. Vielleicht wäre es klüger, den alten Mann schon vor den Weihnachtsferien vorzubereiten.

»Sieh mal, Papa, Dan wird allmählich erwachsener. Ein Jahr macht in dem Alter einen großen Unterschied. Denk daran, dass Dan schon siebzehn ist.«

»Also vielleicht nur eine vorübergehende Phase«, sagte Mr. Jarrold hoffnungsvoller. Er sah müde aus; der Zornausbruch hatte ihn erschöpft.

»Vielleicht, Papa. Deshalb darfst du nicht allzu ärgerlich werden, wenn er etwas sagen sollte, was deiner Ansicht nicht entspricht.«

»Er ist doch kein Sozialist?« bellte Mr. Jarrold und war schon wieder nahe daran heftig zu werden.

»Ich glaube, an Politik hat er kein großes Interesse«, wich Evelyn aus. Sie befand, dass sie dem alten Mann für den Augenblick genug Schrecken eingejagt hatte.

»Oder Pazifist? Doch nicht so was? Das könnte ich nicht ausstehen. Er ist nicht etwa religiös?«

»Nicht sehr«, sagte Evelyn mit einem Lächeln.

»Ist mir egal, wenn er nur in Newlands in die Kirche geht. Er muss am ersten Feiertag und jeden Sonntag gehen. Muss den Schein wahren, um des Dorfes willen.«

»Das wird er sicher tun, Papa«, sagte Evelyn, wobei sie sich keineswegs sicher war.

»Schön, schön …«, brummte Mr. Jarrold. »Die Sache mit

der Jagd macht mir freilich zu schaffen. Ganz sicher, dass er kein Feigling ist? Wie liefen seine Sportwettkämpfe?«

»Es tut mir leid, ich habe nicht gefragt.«

»Er hätt's dir erzählen sollen. Wenn er engagiert wäre, hätte er's dir erzählt, ohne gefragt zu werden. Schlechtes Zeichen. Ganz schlechtes Zeichen.«

»Er hat seine Halbjahres-Vorprüfungen mit Auszeichnung bestanden, weißt du. Und er ist unter den ersten Hundert.«

»Das ist mir gleich. Wer geht denn nach Eton der Bildung wegen? Manieren und Charakter – dafür geht man nach Eton. Um zu lernen, ein Mann von Welt zu werden. Lerne dich selbst zu beherrschen, dann kannst du andere beherrschen.«

Sie hätte treffend erwidern können, dass Mr. Jarrold niemals gelernt hatte sich selbst zu beherrschen und dennoch andere mit unübersehbarem Erfolg beherrschte. Wie so mancher bedeutende Mann hatte er seinen Gefühlen und Wutanfällen stets freien Lauf gelassen, wenn er den Hang dazu spürte. Niemals hatte er das englische Evangelium der Gefühlsunterdrückung angenommen, so brennend er es jetzt auch zum Besten seiner Söhne und seines Enkels predigte. Aber schließlich war er auch nie auf einer englischen Internatsschule gewesen, geschweige denn unter dem Einfluss der Pädagogik eines Dr. Arnold. Er hatte sich den Weg durch das Leben nach oben geboxt. Mit Grobheit war er auf den Gipfel gelangt und hatte sich mit seinen Mitmenschen einen

Konkurrenzkampf geliefert, bei dem mit harten Bandagen gekämpft wurde und es keineswegs *gentlemanlike* zuging. Er war ohne Manieren und ohne klassische Bildung zurechtgekommen. Auch der sportliche Wettkampf hatte in seinem Leben kaum eine Rolle gespielt. Dazu hatte er niemals Zeit gehabt. Er stammte aus einer anderen Klasse und aus einem anderen Jahrhundert. Evelyn konnte jedoch nicht feststellen, dass er deshalb im Mindesten schlechter wäre.

»Hängt nicht alles vielmehr davon ab, was Dan werden soll, wenn er erwachsen ist?« fragte sie.

»Dan braucht gar nichts zu werden«, sagte Mr. Jarrold stolz. »Er kann zum Garderegiment gehen.« Das sagte er ohne jede Ironie. »Ehe er fünfundzwanzig ist, wird er Peer sein. Er kann seine Zeit im Oberhaus verbringen.«

»Papa, was meinst du denn damit?«

»Oh, es scheint, da habe ich wohl die Katze aus dem Sack gelassen«, antwortete Mr. Jarrold und zwinkerte ihr zu. Er hatte seine gute Laune völlig wiedergefunden. In diesem Augenblick war er auf charmante Weise naiv, und Evelyn vergab ihm all seine Sünden.

»Wirklich, Papa? Hohe Ehren zu Neujahr?«

Mr. Jarrold nickte.

»Weiß Mrs. Jarrold es schon?«

»Hab's ihr nicht erzählt. Hab's auch Evan, Geoffrey und Catherine nicht erzählt. Hatte auch nicht vor, es dir zu erzählen. Dachte, ihr solltet es alle in der *Times* lesen. Überraschung.«

»Ich werde dich nicht verraten, Papa.« Sie umarmte ihn und gab ihm einen Kuss. Sie war sicher, dass er sie in sein Geheimnis eingeweiht hatte, um gutzumachen, dass er über Dan so verärgert gewesen war. Der liebe, alte Mann! Während des kurzen Augenblicks, als sie ihm den Kuss aufdrückte, genoss er den leichten, warmen Duft, der sich in ihrem Pelz verbarg.

»Ich vertraue dir, Evelyn.«

»Das kannst du. Ich freue mich so. Du glaubst ja gar nicht, wie ich mich freue. Für dich.«

Sie sprach die Wahrheit. Sie freute sich um des alten Mannes willen und, weil sie selbst aus der Mittelklasse stammte, auch um ihres Sohnes willen. Für sie hatte der Adel etwas Glamouröses an sich. Sie freute sich, dass Mr. Jarrold den Adelstitel erhalten sollte, denn diese Auszeichnung würde ihm eine große Freude machen; und sie war froh, daran zu denken, dass ihr Sohn am Ende seinen Platz im Oberhaus einnehmen würde. Ihr eigener Vater würde sich auch freuen; wenn er als Rentner in Biggleswade zwischen seinen Aquarellen herumpusselte, würde er sagen »Mein Enkel, Lord …«

»Zu welchem Namen hast du dich entschlossen?« fragte sie.

»Kann mich nicht entscheiden. Dachte, du könntest helfen. Newlands klingt irgendwie ein bisschen zu neu. Närrische Sache. Ich würd's ja nicht annehmen, wenn es nicht für Dan wäre. Und jetzt kommst du an und erzählst mir, Dan will nicht jagen und auch nicht schießen – zum Henker! Nächstens wird er noch Vegetarier oder Abstinenzler. Spinner! Ich hasse Spinner.«

»Wie findest du Orlestone als Namen?« fragte sie und lenkte ihn von dem gefährlichen Thema ab.

Orlestone lag im Bezirk der Jarrold'schen Bergwerke.

»Orlestone. Nicht schlecht. Schon selbst daran gedacht.«

»Na, du kannst es uns ja an Neujahr endgültig bekanntgeben, Papa.«

»Denk dran, ein überraschtes Gesicht zu machen«, sagte Mr. Jarrold.

»Aber natürlich. Mrs. Jarrold würde es nicht gern sehen, dass ich es vorher gewusst habe.«

»Dummes Zeug – sie kümmert sich um nichts anderes als darum, ob die Schnecken die Esquilogias fressen.«

»Was für Dinger, Papa?«

»Esquilogias. Eine von diesen Blumen, mit denen sie sich dauernd zu schaffen macht.«

»Ach, Aquilegias meinst du, Papa, oder Eschscholzias.«

»Kreuzung zwischen den beiden. Jedenfalls irgendwas, bei dem ich mich ziemlich außen vor fühle, wenn sie mit einem von ihren Gartenfreunden darüber schwatzt. Neulich hatte sie sogar einen Mann da, der siebzig neue Lilienarten in der Mandschurei entdeckt hatte.«

»Du meine Güte, Papa.«

»Na ja, vielleicht hab ich's falsch mitgekriegt. Irgendwas hatte er irgendwo entdeckt; siebzig Arten gab's davon. Sie haben jede Art bis ins einzelne besprochen. Ich bin schlafen gegangen.«

Er war jetzt bester Stimmung und freute sich, dass Evelyn sein Geheimnis mit ihm teilte, und war dankbar, dass sie es mit der gebührenden Begeisterung aufgenommen hatte. Weil ihn die Enthüllung verlegen gemacht hatte, spielte er sie mit einem Scherz herunter. Es war schon genug Gefühl gezeigt worden, als sie ihn küsste. Sie verstanden einander vollkommen.

»Lieber Papa, nun muss ich leider gehen.«

»Hast du deinen Wagen da? Möchtest du eine Taxe?«

»Weder noch. Ich gehe zu Fuß.«

»Kalter Tag«, mahnte Mr. Jarrold.

»Ich hab ja den Pelzmantel.«

»Ganz richtig, zu Fuß gehen, wenn man kann«, sagte Mr. Jarrold und begleitete sie die polierte Galerie des Museums entlang, »hält den Teint frisch.« Er ging schwerfällig neben ihr her. »Du wirst niemandem etwas sagen, Evelyn, wie?«

»Ehrenwort, Papa.«

»Hm-hm-hm. Angenommen.«

Auf dem oberen Treppenabsatz trafen sie auf Geoffrey Jarrold, als er mit einem unbekannten jungen Mann heraufkam.

»Tag, Papa. Ich hab dich gesucht. Tag, Evelyn. Papa, darf ich dir Mr. Miles Vane-Merrick vorstellen? Er möchte sich mit dir über das Leben und die Arbeitsbedingungen der Industriearbeiter unterhalten. Ich sagte ihm, du würdest das bestimmt gern tun.«

»Hm-hm-hm«, sagte Mr. Jarrold. Vane-Merricks Name

war ihm wohlbekannt als der eines vielversprechenden jungen Unterhausmitgliedes – eines Aristokraten in den Reihen der Arbeiterpartei. Mit Vane-Merrick zu sprechen könnte sich sehr wohl lohnen. »Kommen Sie«, bat Mr. Jarrold ihn weiter, »Evelyn geht gerade – hat eine Verabredung mit ihrem Schneider. Meine Schwiegertochter, Mr. Vane-Merrick.«

Sie nickten einander mit einem konventionellen Lächeln zu. Evelyn sah einen blonden, jungen Mann mit außergewöhnlich heiterem, offenem und wachem Gesicht. Vane-Merrick sah eine dunkle, schlanke Frau in grünem Samt und einem Zobelpelz, an dem sie einen Veilchenstrauß trug. Er war sofort überwältigt von dem Ausdruck einer Leidenschaft, die ihn trotz ihrer Zurückhaltung unmittelbar ansprach.

Es waren nicht so sehr ihre unverkennbare Schönheit und Eleganz, die ihn anzogen, als vielmehr das Geheimnisvolle, das ihr ganzes Wesen zu bergen schien. Einen Augenblick lang begegneten sich ihre Blicke. Dann setzte sie elegant ihren Weg fort, die polierte Treppe hinunter – wobei sie mit ihrem Schwiegervater plauderte, der darauf bestand sie hinauszubegleiten.

Ein schneidender Wind packte Evelyn, als sie aus der Geborgenheit des Jarrold'schen Hauses in den Londoner Lärm hinaustrat. Es schauderte sie, sie stellte den Kragen ihres Pelzmantels hoch und senkte das Gesicht tief hinein. Die roten Omnibusse donnerten an ihr vorüber die

Park Lane entlang. Sie dachte an die Tage, als sie noch Bus fahren musste, als sie selbst ein Teil der Menge war, die auf dem Bürgersteig wartete, den Vorüberhastenden im Wege stand und von den Mitfahrenden zur Seite geschubst wurde. Sie dachte an jene Tage, als der unerbittliche Ruf des Schaffners seinen ausgestreckten, abgrenzenden Arm begleitete: »Nur noch auf dem Oberdeck.« Das war wie der Ruf des Schicksals gewesen, der einen für ewig auf die Sitze draußen, im Freien, im Regen, in der Kälte verdammte, obwohl der Bus angeblich das demokratischste Beförderungsmittel war. Heute hatten sich selbst die Autobusse verändert. Das Oberdeck bot ebenso viel Schutz wie das Innere. Außerdem konnte man oben rauchen. Das Leben nivellierte sich zunehmend für alle. Evelyn Jarrold empfand weniger Sympathie für die Fahrgäste, als es Evelyn Wilson vor zwanzig Jahren getan hatte. Vielleicht deshalb, weil Evelyn Jarrold in die Schutzzone der Kapitalisten eingetreten war. Jetzt verspürte sie entschieden Ärger, wenn ihrem Wagen im Hydepark die Taxen im Weg waren, und ihr fielen die Zeiten ein, in denen der Park für alle außer für bestimmte Privatfahrzeuge gesperrt war. Ihr Groll gegen Omnibusse und Schaffner mit schneidend zurückweisender Stimmen war vergessen, seit sie selbst ihren eigenen Wagen besaß und in der Lage war, immer eine Taxe zu rufen, wenn sie eine brauchte.
Eigenartigerweise zog sie es vor zu Fuß zu gehen, trotz Wind und scheußlichem Dezemberwetter.

Was natürlich ein Leichtes war, wenn man in Zobel gehüllt war und die Möglichkeit hatte, einer Taxe zu winken, sobald das Wetter unerträglich wurde. Der eisig peitschende, beißende Wind stimmte fast heiter. Unbequemlichkeiten, die man nicht unbedingt aushalten muss, erzeugen stets eine gewisse Heiterkeit – daher auch der nie versiegende Reiz von Picknicks.
Evelyn kämpfte sich gegen den Wind die Park Lane hinauf. Das Leben war leicht und angenehm für sie – zu leicht, zu angenehm – und sie begrüßte den Wind als etwas, das sich von außen gegen sie stemmte. Die Menschen waren nur zu gern bereit, ihre Wünsche zu berücksichtigen, sie zu verwöhnen, sie überall zum Mittelpunkt zu machen; die Jarrolds beteten sie an und ihre vielen Bekannten brachten ihr viel mehr Sympathie entgegen als sie ihnen. Es war alles gar zu bequem und behaglich. Das machte sie bisweilen ein wenig ungeduldig und unleidlich. Auch in materieller Hinsicht war sie in einer glücklichen Lage. Bei dem Schneider, zu dem sie gerade ging, würde sie wieder bestellen, was sie wollte, und sie wusste, dass sie eine ganze Menge Wünsche haben würde; sie kannte ihre feminine Schwäche für die Versuchung durch schöne Dinge. Sie würde unfähig sein, den hübschen Stoffen, den Pelzen und Blumen zu widerstehen, wozu es auch nicht den geringsten Grund gab. Sie würde sich eine Menge Sachen zur Auswahl nach Hause schicken lassen, würde sie über ihr ganzes Zimmer ausbreiten und zwischen ihnen umherwan-

dern, während Privett, ihr mürrisches Dienstmädchen, das ihr schon seit der Hochzeit zur Hand ging, wie immer missbilligend zuschauen würde und, wenn Evelyn sie um Rat fragte, nur sagen würde, sie habe doch schon genug Kleider. Doch schließlich würde ihr Charme sogar aus Privett ein Lächeln herauslocken.

Madame Louise, die Verkaufsdirektrice bei Rivers & Roberts, kam mit einem erfreuten, dienstbeflissenen Lächeln auf Mrs. Jarrold zu und hieß sie willkommen. Das dienstbeflissene Lächeln reservierte sie für Kunden, bei denen es eine Freude war, sie einzukleiden, Kunden, die den guten Ruf des Hauses weitertrugen. Kunden der anderen Art begrüßte sie lediglich, indem sie sie kalt und hochmütig musterte, was der Frage gleichkam, was sie wohl bei Rivers & Roberts zu suchen hätten. Doch Mrs. Thomas Jarrold war eine Favoritin, daran gab es keinen Zweifel. Sogar die Mannequins lächelten und der berühmte Mr. Rivers selbst kam hinter einem Vorhang hervor, als er hörte, dass Mrs. Jarrold im Geschäft war. Er war sehr klein und affektiert, mit langen, ausdrucksvollen Händen und winzigen Füßchen in Lackschuhen. Er schwirrte neben Madame Louise heran, die groß, üppig und in schwarzen Satin gehüllt war und das kurzgeschnittene graue Haar glatt zurück gebürstet trug, so dass sie fast aussah wie ein Gentleman aus dem achtzehnten Jahrhundert; man konnte sich beinahe vorstellen, dass sie Mr. Rivers hochheben und ihm einen kleinen Klaps geben würde. Evelyn hatte sich oft amüsiert gefragt, in welchem Verhältnis die beiden wohl wirklich zueinander stehen mochten. Sie waren Kollegen, die sich stets gegenseitig respektvoll in ihrem Urteil bestätigten; verabscheuten sie sich am Ende insgeheim? Fanden vielleicht hinter jenem Vorhang, in Mr. Rivers Allerheiligstem, entsetzliche Szenen statt? Szenen, nach denen die beiden sanft lächelnd wieder auftauchten, wenn ihnen eine erschreckte Verkäuferin die Ankunft einer amerikanischen Herzogin meldete? Doch was sich unter vier Augen auch abspielen mochte, nach außen gaben sie die perfekte Kombination ab. Ein Blick von ihnen genügte, eine schwere Millionärin davon zu überzeugen, dass sie ein Geschöpf sei, dessen sich die Welt schämen müsse.

Ihr Benehmen deutete an, dass es ihnen vollkommen gleichgültig war, ob sie ihre Waren verkauften oder nicht. Ihr Verhalten ließ eher darauf schließen, dass sie nicht etwa etwas anboten – Geschäfte zu machen blieb weit unter ihrer Würde. Sie waren Künstler, Schöpfer, die, falls sie einen Scheck bekämen, kaum wussten, was sie damit anfangen sollten. Wenn eine Kundin den argen Verstoß beging, nach einem Preise zu fragen, hoben sich ihre Brauen und riefen eine untergeordnete Angestellte, die die Antwort geben musste; währenddessen wandten sie sich diskret beiseite, um sich die Qual zu ersparen, eine solch unpassende Unterhaltung mit anhören zu müssen. Es wurde einfach vorausgesetzt, dass jeder, der bei Rivers & Roberts eintrat, über solch kleinlichen Erwägungen stand. Von dieser grundlegenden Annahme war die ganze Atmosphäre des Etablissements durchdrungen.

Für die Vorführung ihrer Kreationen hatten Rivers & Roberts eine Anzahl junger Frauen von tadellosem Aussehen angestellt, die von Madame Louise mit gleichsam mütterlichem Wohlwollen und von Mr. Rivers mit geschäftiger Nervosität behandelt wurden. Doch obwohl Madame Louise sie »Liebste« nennen und Mr. Rivers auf sie zutänzeln konnte, um eine Falte zurecht zu zupfen, oder zurücktrat, um den Effekt einer Orchidee, die zwischen Zeigefinger und Daumen an die Schulter gehalten wurde, zu bewundern, gelang es diesen jungen Damen in bemerkenswerter Weise das süperb indifferente Benehmen ihrer Arbeitgeber nachzuahmen. Sie waren gelangweilt, sie waren schön, sie waren herablassend. Sie tänzelten über die Bahnen des grauen Teppichflors, als ob die Kleider, die sie vorführten, ihnen gehörten. Und tatsächlich harmonierte ihre Garderobe mit den sich stündlich wechselnden Anforderungen im Leben einer jungen, vornehmen Dame, mit all den Facetten jenes üppigen und ausgefüllten Jahres, in dem die Debütantin in die Gesellschaft eingeführt wird. Sie spielten Tennis, sie tanzten, sie speisten, sie fuhren im Tweedkostüm nach Schottland und in handbemaltem Chiffon nach Ascot zum Rennen; sie badeten, sie segelten; sie waren kühl oder leger. Doch was sie auch taten, sie benahmen sich exquisit, voller Verachtung und gelangweilt.

Evelyn betrachtete diese Prozession, wie sie sie hundertmal vorher betrachtet hatte. Madame Louise und Mr. Rivers schwebten um sie herum und flöteten: »Also hier haben wir ein hübsches kleines Kostüm, Mrs. Jarrold – gerade das rechte für Luxor.« Evelyn spielte zögerlich mit dem Gedanken, nach Luxor zu fahren. Sollte sie das tun, wenn Dan nach Eton zurückgekehrt war? Es gab nichts, was sie wirklich davon hätte zurückhalten können. Doch dann schritt eine andere junge Frau durch ihr Blickfeld, in eine scharlachrote Wolljacke und scharlachrote Hosen gekleidet, die ein Paar Skier über der Schulter trug, und sie meinte, sie würde gern nach Caux fahren. Sonne oder Schnee – was sollte es sein? Doch eine vorübergleitende Erscheinung in Weiß schlenderte über den Teppich und Evelyn dachte an Monte Carlo. Sie war in der Tat absolut ungebunden.

Andere Frauen, die sie kannte, kamen lachend herein und schüttelten die ersten Schneeflocken aus ihren Pelzen, stießen kleine Ausrufe über das Wetter aus, obwohl sie gewiss nur vom Wagen über den Bürgersteig zur Tür gelaufen waren. Mr. Rivers und Madame Louise waren so gütig, sie erfreut willkommen zu heißen, Stühle wurden gebracht. Eine der Frauen war eine russische Fürstin Tscharskaja, unvergleichlich schön und schick; ganz offensichtlich begleitete sie die anderen in der Hoffnung, hier kleine Nebeneinkünfte zu tätigen. Das war für sie der einzige Weg, sich durchzubringen. Sie wich einer reichen, unangenehmen Witwe, die plump wirkte wie eine Kröte, nicht von der Seite. Die Eitelkeit dieser Mrs. Denman war ebenso überraschend wie maßlos und ihr Appetit auf Schmeicheleien ebenso riesig wie der eines Elefanten auf Korinthenbrötchen. Mr. Rivers war der Fürstin Tscharskaja dankbar, dass sie Mrs. Denman in sein Geschäft eingeführt hatte, da sie teuren, wenn auch jugendlichen Kleidern äußerst zugetan war. Er drückte seine Dankbarkeit ebenso praktisch wie diskret aus; er und die Fürstin tauschten eine geheime Geste des Einverständnisses hinter Mrs. Denmans Rücken.

Evelyn sah sich die Komödie an. Das hier waren die reinsten Karikaturen von Menschen: Martha Denman, Betsy Tscharskaja, Mr. Rivers und Madame Louise. Sie fragte sich, ob sie selbst wohl auch solch eine Karikatur sei. Da war noch Julia Levison, ein gefühlloses, lockenköpfiges Überbleibsel aus der Zeit König Edwards, die sich ebenfalls an Mrs. Denman hängte, um zu sehen, ob nicht auch für sie etwas abfiele. Unter dem Deckmantel größten Freundschaftsgetues hassten sie und Betsy Tscharskaja sich abgrundtief; trotzdem genossen sie ihr Zusammensein immer dann für einige Momente, wenn sie gemeinsam ausprobierten, wie weit sie es mit Mrs. Denman treiben könnten und welche Komplimente sie noch arglos schlucken würde. Das war gar nicht nett. Gerade versuchten sie Mrs. Denman zu überreden, ein zartfarbenes, hauchdünnes Abendkleid zu bestellen, in dem ein schlankes Mädchen vor ihnen paradierte: Es passe genau zur Farbe ihrer Augen…

Nach einer Weile stand Evelyn auf und ging. Mr. Rivers begleitete sie zur Tür. Als sie an der Gruppe vorübergingen, blinzelte er Evelyn zu.

Fünf Uhr. Sie wollte am Abend zu einer Gesellschaft; sie musste heimgehen und sich ausruhen. Sie hatte wirklich keine Lust mehr, noch irgendjemanden zu sehen. Wenn sie Langeweile hatte in der Zeit zwischen Tee und Dinner und ihre Aufmerksamkeit nicht auf einen Roman konzentrieren konnte, war es immer noch möglich irgendwen anzurufen und zu bitten sie zu besuchen. Doch im Augenblick hatte sie das Bedürfnis, allein zu sein. Es gab niemanden, den sie hätte sehen wollen, außer vielleicht ihre Nichte Ruth, die jung und fröhlich war und sie vergötterte. Im Moment verspürte sie nicht einmal viel Lust, Ruth zu sich zu bitten. Sie wollte lesen – wenn sie konnte.
Evelyn wohnte im obersten Stockwerk einer Anlage neuer Etagenwohnungen am Portman Square. Kaum hatte sie die Tür geöffnet, da begegnete ihr Privett auf dem Flur, wie gewöhnlich mit vorwurfsvollem Gesicht.
»Miss Ruth ist da, gnädige Frau.« Ebenso gut hätte sie sagen können: »Wie spät Sie wieder kommen. Und wo haben Sie gesteckt? Das möchte ich wirklich wissen.«
»Ach? Das ist schön … Sagen Sie Mason, bitte, er möchte Tee bringen, Privett!«
»Mason ist ausgegangen. Es ist sein freier Donnerstag.«
»Dann bitten Sie Alice. Oder bringen Sie ihn selbst.« –

Lieber Gott, dachte Evelyn, während sie zum Wohnzimmer ging, habe ich denn nicht genug Dienstboten? – »Ruth«, sagte sie, als sie die Tür öffnete.

»Evelyn, Liebste!« Ruth kam ihr entgegen und starrte sie an mit der ganzen Bewunderung des jungen Mädchens für die reifere Frau. »Wie reizend du aussiehst – wie immer. Und dabei kommst du gerade aus einem Schneesturm. Wie machst du das nur? Ich habe dich in der Park Lane verpasst. Ich war mit Daddy nach dem Frühstück dort.«

»Ja, ich hab ihn noch getroffen. Er kam mit einem Herrn, der Papa sprechen wollte, deshalb bin ich gegangen.«

»Ich weiß. Miles Vane-Merrick.«

»Ja, Miles Vane-Merrick.«

Evelyn merkte sofort, dass Ruth sich für Miles Vane-Merrick interessierte. Aber natürlich sagte sie nichts. Sie zog den Mantel aus und warf ihn aufs Sofa, nahm die Pelzkappe ab und glättete ihr dichtes Haar.

Dann lächelte sie Ruth zu.

»Komm, setz dich und erzähle, wie du das Leben genießt.«

Ruth genoss das Leben in der Tat in vollen Zügen und machte keinen Hehl daraus. Sie war allgemein beliebt, weil sie ganz selbstverständlich davon ausging, dass jeder die Annehmlichkeiten des Lebens genauso genießen würde wie sie. Manche brachte ihre naive Begeisterung fast zur Verzweiflung – Evelyn selbst musste gelegentlich ein Gefühl der Gereiztheit unterdrücken –, doch da ihre Altersgenossen auf ihren Frohsinn eingingen und die Älteren wohlwollend lächelten, amüsierte Ruth sich immer prachtvoll. Besonders ihr Großvater hörte gern, dass sie sich gut unterhielt. Wie andere Männer aus bescheidenen Verhältnissen, die es zu etwas gebracht haben, schmeichelte es William Jarrolds Eitelkeit, dass seine Nachkommen sich den Müßiggang leisten konnten. Und Ruth war durchaus nicht abgeneigt alle nur möglichen Vorteile aus dem Jarrold'schen Vermögen zu ziehen. Ermutigt von ihrer Mutter, die ihre Versnobtheit nicht verheimlichte, benutzte sie dieses Vermögen, um in einer Gesellschaftsschicht zu verkehren, die eigentlich nicht die ihre war. Sie konnte natürlich nicht über die Finanzen verfügen; aber es war bequem Autos zu haben, die man seinen Freunden leihen, und ein Landhaus, in dem man sie gastlich bewirten konnte. Ruth Jarrold war durchaus damit einverstanden, wie sie sich ihr Leben eingerichtet hatte. Alle Jarrolds waren auf diese oder jene Weise ehrgeizig und Ruths Ehrgeiz hatte die Form einer sanften und harmlosen, freilich törichten Genusssucht gefunden.

Ihre Verehrung für Evelyn war echt und als besonders günstig erwies es sich, dass die beliebte Mrs. Thomas Jarrold nicht nur ihre Tante war, sondern auch eine wichtige Rolle in der Gesellschaft spielte.

Sie plauderte. Evelyn gab sich diesem Geplauder freundlich hin; sie hatte das Gefühl, als widme sie sich ständig voller Freundlichkeit irgendeinem Menschen oder

irgendeiner Sache, bis sie überhaupt kein eigenes Dasein mehr führen könnte. Ob sie sich jemals von der ganzen Menge ihrer Bekannten abwenden und sie eines Tages alle fortjagen würde? Sie wusste, irgendwo versteckt in ihrem Innern lauerte die notwendige Härte; tatsächlich fürchtete sie sich sogar davor. In früheren Zeiten hatte diese Härte ein- oder zweimal Herrschaft über sie gewonnen; das konnte wiederkommen. Sie verachtete diese Härte, weil sie sie hässlich fand. Doch manchmal hatte sie das Gefühl, als könne sie die Leere ihrer Bekannten und das Schablonenhafte der Jarrolds nicht länger ertragen. Die beiden alten Jarrolds waren jeder in seiner Art durchaus echt, aber alle anderen waren Puppen, Marionetten, und die Konventionen, die sie angenommen hatten, bedeuteten nicht mehr als das Papier im Papierkorb.
Bruchstücke von Ruths Geplauder erreichten Evelyn wie von weit her. »Und erzähl mir doch von Eton… da war wohl alle Welt gekommen?… hast du dir die College Wettkämpfe angesehen?… und was macht Dan?… nächstes Jahr muss ich wirklich mit dir zum Quartalsschluss hinfahren… das ist dann Dans letztes Halbjahr, nicht wahr?… ich denk mir immer, bei so einem Quartalsschluss gibt es viel Spaß… das sagt jeder… genauso gut wie… wie Ascot… und dann das Feuerwerk… wie schön das wäre, wenn ich noch einen Vetter hätte, der nach Eton geht!… oder einen Bruder… aber es macht ja nichts, lustig wird's werden, wenn Dan

erst in Oxford ist. Ich finde das so ungewöhnlich, dass man manchmal von Jungen hört, die nicht gern in Eton sind, du nicht auch? Neulich hab ich von jemand gehört, der doch tatsächlich einmal darum gebeten hat, man solle ihn dort fortnehmen. Und dabei hatte er in der Mannschaft seines Hauses gespielt und sollte gerade in die Schulmannschaft gewählt werden.«

»Und wurde er?« fragte Evelyn unbeteiligt.

»In die Schulmannschaft gewählt? Natürlich nicht. Ach so, von der Schule genommen meinst du? Ja, ist er. Er hat so ein Getue darum gemacht und gesagt, er liefe sonst weg. Sein Vater musste noch das ganzes Jahr bezahlen, und weil er keineswegs reich war, war das viel schlimmer für ihn, als dass sein Sohn nicht mehr auf der Schule war.«

»Und wer war das?« fragte Evelyn, die mit dem Tee beschäftigt war.

»Stell dir vor, Miles Vane-Merrick.« Ruth schwieg eine Weile. »Er ist ja wirklich sonderbar. Er hat alle möglichen seltsamen Ansichten. Er will nicht mehr Kricket spielen und nicht mehr auf Gesellschaften gehen ...«

»Geht er nicht heute Abend zum Ball?« fragte Evelyn freundlich, indem sie sich unvermittelt ihrer jungen Nichte zuwandte.

»Doch, ja, das will er; ich hab ihn dazu gebracht, dass er's mir versprach. Ich halte es nicht für richtig, dass ein junger Mann sich ständig in einer alten Burg einsperrt, wenn er sich nicht gerade in den Elendsvierteln seines

Wahlkreises aufhält, nicht wahr, Evelyn? Immer nur mit diesen Bauerntölpeln zusammen?«

»Tut er das?«

»Ja – aber wir wollen nicht von ihm sprechen, er ist wirklich nicht so interessant. Sprechen wir lieber von dir!«

»Ich fand ihn sehr gutaussehend«, sagte Evelyn vorsichtig.

»Gut aussehend – ja, ich glaube wohl; wie Sir Philip Sidney, meine ich immer. Irgendjemand hat mal gesagt, er sehe ganz so aus, als sei er aus der Zeit der Queen Elisabeth. Weißt du, er ist sehr gescheit«, sagte Ruth, »er liebt Poesie; ich glaube, er schreibt sogar selbst Gedichte.«

»Wie schade«, sagte Evelyn, »es wäre doch viel besser, wenn er Kricket spielen würde.«

»Ja, das meinen Daddy und ich auch, aber ich hätte nicht geglaubt, dass du so denkst, Evelyn. Ich habe dich immer in Verdacht gehabt, du hättest vielleicht ein bisschen etwas von einer Intellektuellen.« Ruth lachte herzlich. »Aber ist es nicht wirklich sonderbar bei einem Menschen wie Miles Vane-Merrick? Ich meine, er ist in allem so tüchtig oder er könnte es wenigstens sein, wenn er sich die Mühe machen würde; doch anscheinend kümmert er sich nicht darum. Natürlich macht es nicht so viel aus, weil er nicht der älteste Sohn ist; er wird wohl tun können, was er will, aber wenn er der älteste wäre, dann wäre es wirklich schade.«

»Zucker?«

»Ja, bitte, viel. Und wie steht's mit dir, Evelyn? Hast du

dich amüsiert? Weißt du, dass wir uns eine Woche lang nicht gesehen haben?«

»So lange«, sagte Evelyn.

»Du fehlst mir wirklich, wenn ich dich nicht sehe«, sagte Ruth ernsthaft. »Natürlich bilde ich mir nicht ein, du würdest es merken, wenn du mich einen Monat lang nicht sähest. Als du im Sommer mit Dan in Italien warst, habe ich dich schrecklich vermisst und du hast mir nur eine Ansichtskarte geschickt. Ich habe immer entsetzliche Angst, dass etwas schiefgeht, wenn du nicht da bist.«

»Aber liebes Kind, was sollte denn passieren? Mit euch Jarrolds geht niemals etwas schief. Ihr schreitet von Erfolg zu Erfolg; ihr seid eine reiche und glückliche Familie.«

Trotz ihrer schulmädchenhaften Schwärmerei für Evelyn fand Ruth es ziemlich herzlos, dass Evelyn so redete, wo doch der arme Onkel Tommy im Kriege gefallen war.

»Manchmal geht doch etwas schief, findest du nicht?« sagte sie. »Und immer habe ich das Gefühl«, fügte sie hinzu, um ihre im Innersten illoyale Kritik wiedergutzumachen, »dass du der einzige Mensch bist, der alles wieder geraderichten kann. Immer kannst du Großpapa herumkriegen. Ich weiß genau«, fuhr sie fort und die Begeisterung ging mit ihr durch, »dass du jeden herumkriegen könntest. Du bist fabelhaft, Evelyn; du bist so ruhig und selbständig. Ich möchte wohl wissen, woran du eigentlich denkst, wenn du allein bist.«

»Meistens an Kleider«, sagte Evelyn, die es nicht mochte, wenn Ruth gefühlvoll wurde, obwohl sie in ihrer Eitelkeit eifersüchtig über die Ergebenheit selbst dieses alltäglichen Mädchens wachte, »und an die nächste Gesellschaft.«

»Das sagst du nur so; ich glaube dir kein Wort. Manchmal fühle ich mich ganz unbehaglich bei dir, Evelyn.«

»Aber du hast mich doch trotzdem lieb, nicht wahr?«

»Ach, Evelyn, das weißt du doch. Mehr als sonst jemand, außer Mummy und Daddy natürlich.«

»Bestimmt?« fragte Evelyn. Sie nahm die Einschränkung wegen Mummy und Daddy ein wenig übel.

»Ganz bestimmt. Aber weshalb willst du das denn wissen? In Wirklichkeit ist es dir doch ganz gleich, ob ich dich lieb habe oder nicht.«

»Möchte nicht jeder gern geliebt werden?« fragte Evelyn zurück. Eigentlich ist es nicht recht von mir, dass ich so mit dem Mädchen spiele, dachte sie. Aber sie musste unbedingt alle Jarrolds zu ihren Füßen sehen, wenn sie sich deswegen auch verachtete. Es war ein Spiel, mit dem sie sich beschäftigte, wenn sie nichts Besseres vorhatte.

»Natürlich möchte jeder gern geliebt werden, aber ich dachte, du hättest auch ohne mich genug Menschen, die dich lieben.«

»Man hat niemals genug«, sagte Evelyn und stand unvermittelt auf. Wie von jedem anderen hatte sie auch dem Mädchen ein Geständnis ihrer Zuneigung abgerungen und plötzlich langweilte es sie. »Du musst nun aber gehen, Liebste; ich möchte noch ein bisschen ruhen, ehe ich mich zum Essen umziehe.«

»Oh Evelyn, du bist gar nicht nett. Darf ich nicht bleiben?«

»Nein, das darfst du nicht. Wenn du bliebest, würdest du mich vielleicht nicht mehr so gern mögen.«

»Du weißt doch, das würde ich nie tun; und wenn's so wäre, würdest du dir auch nichts daraus machen.«

»Oh doch«, entgegnete Evelyn, nahm den Kopf des Mädchens in beide Hände und lachte ihr in die Augen. Dabei war ihr Gesichtsausdruck so spöttisch und doch gleichzeitig zärtlich, dass Ruth ihr alle Herzlosigkeit vergab und sie nur noch mehr verehrte. Man konnte Evelyn alles verzeihen, wenn sie einen so anschaute. »Gut, Grausame«, sagte sie, »ich gehe und überlasse dich deiner Ruhe. Wir treffen uns heut Abend.«

»Wenn du das treffen nennst! Ich werde dich von weitem sehen, wie du mit Miles Vane-Merrick tanzt. Mit deinem jungen Elisabethanischen Mann.«

»Mach dich nicht über mich lustig, Evelyn.«

»Darf ich nicht? Gut, ich tu's nicht mehr.«

Ruth war immer in seltsam gehobener Stimmung, wenn sie mit Evelyn zusammen gewesen war. Sie ging jedes Mal von ihr mit einem Kopf, in dem ungewöhnliche, inhaltsschwere, gefährliche Ansichten herumschwirrten. Wie verlief Evelyns Leben dann, wenn es nicht jeder sehen konnte? Äußerlich führte sie das gewöhnliche, halb schickliche, halb leichtsinnige Leben einer Frau, die ihre

Zeit zwischen den familiären Verpflichtungen und dem persönlichen Vergnügen aufteilte. Sie war die hingebungsvolle Mutter, die ideale Schwiegertochter, Schwägerin und Tante; mindestens einmal in der Woche kam sie zum Lunch in die Park Lane und verließ die alten Leute stets in bester Stimmung; mindestens alle vierzehn Tage kam sie zum Dinner zu Ruths Eltern, brachte Ruths steife, gehemmte Mutter dazu sich zu entspannen, und Ruths Vater, dass er eine Menge Dinge von sich gab, die allein in ihrer Anwesenheit über seine Lippen kamen – zum Teil so gewagt, dass sie seiner Frau ein im Geheimen entzücktes »Aber Geoffrey, ich kenne dich gar nicht wieder!« entlockten; wenigstens einmal im Monat ließ sie sich von Onkel Evan ins Theater führen, was für eine begehrte Frau wie Evelyn nicht gerade unterhaltsam sein konnte, da Onkel Evan für gewöhnlich mürrisch, mitunter sogar unerwartet und störend laut war, immer jedoch von einer Einfalt, die selbst die große Geduld der Jarrolds gegenüber Hohlköpfen strapazierte. Ruth vermochte diese vorbildlich familiäre Evelyn nicht mit der verwöhnten, luxusbedürftigen Evelyn in Einklang zu bringen, die fünfzigmal am Tage nach der geduldigen, aber übellaunigen Privett klingelte, die alle Oberkellner von London, Paris und Berlin dazu bewegen konnte selbstverständlich zuerst ihr zu servieren, die jede Bewunderung scherzend entgegennahm und einem doch das Gefühl einflößte, dass ihr gerade diese bewundernde Äußerung viel bedeute; die den Eindruck erweckte, dass sie ein Leben hinter ihrem Leben führe, die – kurz gesagt – offenbar ein Muster häuslicher Tugenden war und dennoch den Schick von *Vogue* und die ganze Shakespeare'sche Leidenschaft ausstrahlte.

Die Eltern saßen allein beieinander, als Ruth nach Hause kam. In dem abendlichen Schweigen, das sich nach zwanzig Ehejahren eingestellt hatte, löste die Mutter ein Kreuzworträtsel und der Vater rauchte über seiner Zeitung die Pfeife. Der Anblick ihrer Tochter brachte ein wenig Bewegung in die beiden.
»Na, Ruth, wo bist du gewesen?«
»Du solltest dich vor dem Essen noch ein wenig hinlegen, liebes Kind.«
Ruth hatte genau gewusst, was beide sagen würden. Die erwarteten Sätze gingen ihr keineswegs auf die Nerven, sie besänftigten vielmehr ihre unerklärliche Beunruhigung über Evelyn.
»Ich habe Evelyn besucht«, antwortete sie und war gewiss, dass die Antwort die elterliche Billigung finden würde. »Ja, Mummy, ich glaube, ich ruhe mich ein Weilchen aus.« Sie war froh, gleich entwischen zu können, denn sie hatte den Eltern auch nicht mehr zu sagen, als die einander zu sagen wussten – außer den Dingen, die man nicht sagen konnte und deshalb nicht sagte; und in der Abgeschlossenheit ihres Zimmers konnte sie wenigstens mit einer ihrer Freundinnen telefonieren, sogar mit Evelyn, die sie gerade verlassen hatte.

»Du siehst müde aus, Liebling.«
Noch eine dieser erwarteten Phrasen. Wie vertraut, wenn auch vielleicht langweilig.
»Ach nein, Mummy, ich bin kein bisschen müde.«
»Was willst du heut Abend anziehen? Ich würde an deiner Stelle das Blaue nehmen.«
»Ich dachte eigentlich an mein neues Rotes, Mummy.«
»Schön, Liebling, wie du willst. – Geoffrey, welches Fremdwort mit fünf Buchstaben fängt mit P an und hört mit T auf und bedeutet ›reizend‹?«
»Pikant vielleicht?« sagte Geoffrey, der die Nachrichten von der Scheidungskammer las.
»P-i-k-a-n-t nein, das geht nicht, das hat sechs Buchstaben. Ach, Gottfried, du enttäuschst mich. Versuche etwas anderes zu finden.«
»Petit«, sagte Ruth, die eine Eingebung hatte.
»Petit. Ich glaube wirklich, du hast's getroffen: p-e-t-i-t. Heutzutage haben die Leute so komische Ansichten von ›reizend‹«, sagte Ruths Mutter, die einen Meter achtzig ohne Schuhe maß. »Immerhin, da könnte ein T in der Mitte sein, das zu Karotte passt – eine Karotte ist doch etwas, das man einem Esel unter der Nase baumeln lässt, nicht? Ich werd's mit Bleistift einsetzen, damit ich's ausradieren kann, wenn ich etwas Besseres finden sollte. Liebling, du hast mir so schön geholfen, aber nun geh und ruh dich aus!«
Es machte einen interessant, wenn jemand sagte, man sehe erschöpft aus, obwohl es kein Kompliment war. Es

war so anheimelnd zu seiner Familie nach Hause zu kommen und genau die Szene und die Sätze vorzufinden, die man erwartete. Ruth küsste ihre Mutter und ging nach oben. Das ganze Haus war warm, da es Zentralheizung besaß, die sich weniger wohlhabende Leute nicht leisten konnten – oder die von anderen verachtet wurde, denn den Engländern macht ihr Klima von allen nördlichen Völkern am wenigsten aus, obwohl sie das ganze Jahr über unablässig darüber reden. Überall im Haus standen Treibhausblumen, die ein Gärtner wöchentlich brachte – Blumen, die außerhalb der Jahreszeit blühten: Tulpen zu Weihnachten, Rosen zu Neujahr, Pfirsichblüten im Januar, was allerdings dann die Freude an ihnen ein wenig verdarb, wenn sie zu ihrem vorgegebenen Zeitpunkt wildwachsend in der Natur aufblühten.

Doch für Mrs. Geoffrey Jarrold und ihre Tochter Ruth stellten sie nicht mehr dar als das notwendige Zubehör zum Luxus, nicht mehr als geheizte Räume, illustrierte Zeitschriften und der Fahrstuhl, der einem anstrengendes Treppensteigen ersparte, wenn man auf einen kleinen Knopf drückte. Ruth empfand aufrichtige Dankbarkeit für ihren Großvater, der allein durch eigene Anstrengungen seinen Nachkommen solch bequeme Lebensbedingungen gesichert hatte.

Natürlich würde sie lieber aus einer vornehmen Familie stammen oder noch besser aus altem Adel. Doch heutzutage vergaßen die Leute schnell, dass der Großvater ein Selfmademan gewesen war, ja sogar, dass er ein

Mann aus dem Volke war. Die neuen Familien verschmolzen rasch mit den alten. Heute würde niemand mehr zu ihr sagen, ihr Vater sei der Sohn eines solchen Mannes. Damit beruhigte sie sich selbst – sie brauchte wirklich nicht befangen und unsicher zu sein, dachte sie, als sie sich genießerisch auf dem Sofa vor ihrem Wohnzimmerkamin ausstreckte; ganz im Gegenteil, das würde nur die Gefahr beinhalten, sich eventuell eine Blöße zu geben.
Sie fragte sich, ob Evelyn sich über solche Dinge jemals den Kopf zerbräche.
Herrlich unbestimmte Träume flossen durch ihr halbwaches Bewusstsein; sie knipste die Lampe aus, so dass allein der Schein des Feuers durch den Raum spielte. Sie würde Evelyn heute Abend sehen und auch Miles Vane-Merrick; er würde mit ihr tanzen und sie wollte ihn damit necken, dass er tatsächlich zu einer Abendgesellschaft gekommen war. Insgeheim hoffte sie, dass er sie auf seine alte Burg einladen würde; wenn sie diese Einladung erreichen könnte, wäre sie mit dem Erfolg des Abends völlig zufrieden. Das musste sie sich zum Ziel setzen. Doch Evelyn zu sehen lag ihr noch viel mehr am Herzen. Sie wusste, sie würde ganz aufgeregt werden, wenn sie Evelyn irgendwo in einem Raum entdeckte. Sie weilte gern im selben Raum mit ihr. Evelyn brachte es fertig, dass einem das Leben gefährlicher und erregender erschien und doch gleichzeitig sicherer; sie schien eine tiefe Stärke in sich zu tragen, auf die sie zurückgreifen

und auf die sie sich verlassen konnte. Man brauchte sich nicht vor dem Leben zu fürchten, nicht besorgt zu sein wegen der Gefahren, die hinter der nächsten Ecke lauern konnten; es war feige, Gefahren auszuweichen und wegzulaufen, selbst wenn man sonst leiden musste. Evelyn, das ahnte sie, würde leiden, wenn es sein musste, aber tapfer sein; sie würde es als Teil des Lebens nehmen, das Schlimme wie das Angenehme – obwohl Evelyn, wie jeder, dem Angenehmen den Vorzug gab. Sie genoss es, eine anziehende Frau zu sein und die Leute auf ihre bezaubernde, halb freundliche, halb grausame Weise zu tyrannisieren; sie liebte die Macht, und da sie ganz Frau war, benutzte sie ihre ganze Weiblichkeit dazu, sie zu gewinnen, würde aber auch deren Konsequenzen tragen, wobei sie anderen ohne weiteres einen Teil davon aufbürden würde. Sie hatte gewisse Maßstäbe und war ebenso bereit, sie selbst zu leben wie sie von andern zu fordern.

Ruth würde Evelyn heute Abend beim Ball treffen. Die Gefahr und die Bestärkung, beides würde wieder zu neuem Leben erweckt werden. Und Miles Vane-Merrick würde da sein; er hatte es versprochen. Ihre Gedanken verschwammen; sie strömten von ihr fort; nach einem Weilchen schlief sie ein.

Was für ein rauer, kalter Abend das war! So rau und kalt, dass sich nicht die übliche Menge auf dem Bürgersteig angesammelt hatte, um zu sehen, wie die vornehme

Welt aus den Autos stieg und zum Ball ins Chevron-Haus ging. Der Grosvenor Square lag verlassen da, nur die Prozession der Wagen fuhr vor; einer nach dem andern setzten sie ihre Fracht ab und glitten wieder in die Dunkelheit hinter das Gitter, um dort zu warten, bis der Diener um zwei oder drei Uhr morgens laut die Namen aufrief. Nur eine zitternde alte Frau stand an der Treppe vor dem Chevron-Haus und versuchte Streichhölzer zu verkaufen. Die Türen des Hauses mussten fest geschlossen gehalten werden; sie öffneten sich nur kurz wie durch Zauberei, um jeden neu Ankommenden einzulassen, und schlossen sich sofort wieder, um den eisigen Wind auszusperren, der sonst die Treppen hinaufblasen, die Wärme der Heizkörper hinwegfegen, den Damen das Haar zerzausen und die weißen Lilien abknicken würde, die so prächtig in großen goldenen Weinkühlern am Rande jedes Treppenabsatzes standen. Herrengarderobe zur Rechten, Damengarderobe zur Linken; überall wiesen gepuderte Diener den Weg und sahen gleichzeitig majestätisch und ehrerbietig aus. Alles war sehr prächtig, eben ganz so, wie es sich nach Ruth Jarrolds Meinung gehörte. Schade, dass der exzentrische Herzog, der Hausherr, auf einer seiner ebenso geheimnisvollen wie überflüssigen Reisen war; aber wegen seines Junggesellenstatus machte das sowieso kaum einen Unterschied, da seine Mutter die Gesellschaft in seiner Abwesenheit gab – eine Gesellschaft, die er wahrscheinlich verhindert hätte, wenn er in England gewesen wäre, denn seine Einstellung gegenüber solchen Extravaganzen war wohlbekannt und wurde von seinesgleichen viel belacht. Es war vielleicht gar kein Jammer, sondern gut, dass der Herzog irgendwo in Asien und nicht in London war.

Seine Mutter stand auf dem oberen Treppenabsatz und empfing ihre Gäste. Sie war schon ein wenig faltig und verwelkt, obwohl sie einmal hübsch gewesen sein musste – Ruth fielen die Worte ›pikant‹ und ›petit‹ aus dem Kreuzworträtsel ihrer Mutter wieder ein.

Die Herzogin setzte die Traditionen ihrer Zeit galant in dieser veränderten Welt fort. Stets redegewandt und äußerst lebhaft hatte sie ein freundliches Wort, ein Dutzend Worte, hundert Worte für jeden, den sie begrüßte. Dabei waren ihre feinen Abstufungen im Ton nahezu unmerklich, wenn man nicht übersensibel darauf reagierte, wie Ruth Jarrold, die vermeinte im Vergleich zu Lord und Lady Roehampton, die unmittelbar vor den Jarrolds empfangen wurden, eine abfallende Vertrautheit bei der Begrüßung wahrzunehmen.

»Sylvia, Liebste!« hatte die Herzogin ausgerufen, »Mein lieber George!« Doch zu Ruths Mutter und Vater sagte sie nur: »Oh Hester, wie nett, dass Sie kommen – und auch Mr. Jarrold und die liebe kleine Ruth – Sie werden alle Ihre Freunde dort treffen« und zeigte zum Ballsaal. Wie höflich, ja herzlich ihr Stil auch sein mochte, ihre Gesten hatten etwas von einer Weiterleitung gehabt, während den Roehamptons gegenüber etwas darauf hinzudeuten schien, dass sie allzu gern mit ihnen weiter plaudern würde, wenn ihre Pflichten als Gastgeberin sie nicht daran gehindert hätten. Aber vielleicht war Ruth überempfindlich.

Einmal im Ballsaal, gab es für Ruth keinen Grund mehr zur Klage. Junge Männer kamen zu Dutzenden auf sie zu und baten um einen Tanz. Sie hatte das Vergnügen, mehrere abweisen zu können, entweder weil sie den Tanz wirklich schon vergeben hatte oder weil sie glaubte, dass wohl berechnete Zurückhaltung ihr später eine bessere Wahl erlauben würde. Auch inmitten größten Vergnügens verlor Ruth nie den Kopf.

Als sie sich im Tanz rhythmisch unter den großen Kronleuchtern drehte, fragte sie sich, wie einem wohl als Herrin dieser prachtvollen Räume zumute sein würde. Doch es hatte keinen Sinn, darüber nachzudenken, denn der Herzog war zwar Junggeselle, aber von sprichwörtlicher Unnahbarkeit. Das Maß ihres Vergnügens war noch nicht voll: Sie hatte Evelyn noch nicht entdeckt.

Evelyn würde sie nicht übermäßig beachten, das tat sie nie auf Gesellschaften, vermutlich hatte sie Amüsanteres zu tun. Sie pflegte Ruth nur zuzulächeln, ein Wort zu sagen und schon weiterzugehen. Doch das Lächeln und das Wort waren stets so vertraut, so liebevoll, dass sie Ruth nur noch stärker an sie banden.

In solchen Augenblicken hatte Ruth das Gefühl, das Leben sei zu schön, um wahr zu sein. Sie genoss das Licht und die Musik und die privilegierte Gesellschaft, zu der sie gehörte. Ganz bestimmt war die englische Oberschicht (scheußlicher Ausdruck, aber irgendwie musste man sie ja bezeichnen) die dekorativste der Welt. Die ihr angehörten, sahen aus, als seien sie seit Generationen gut genährt, gewärmt, trainiert und in der Überzeugung aufgezogen worden, dass die ganze Welt nicht ihresgleichen hervorbringen könne. Die hohen Standards ihres Äußeren waren erstaunlich: Sie alle besaßen die Würde und Schönheit hochgezüchteter Rassetiere. Die jungen Männer waren so elegant wie Windhunde, die jungen Frauen bunt wie ein blühender Feldrain. Wäre Ruth auf die Idee gekommen, hätte sie fragen können, was es schon ausmachte, dass diese glatten Köpfe nicht mehr Verstand besaßen als Windhunde, wo die schlanken Körper doch deren Anmut aufwiesen? Was machte es aus, dass ihr Kodex seltsamerweise vorgab jede Art von Intellektualität zu verachten, wo sie deren Vorteile hätten nutzen können? Was machte es aus, dass sie sich selbst in die doppelten Schranken ihrer Klasse und ihres Nationalbewusstseins verwiesen? Aber solche Gedanken kamen Ruth nicht in den Sinn, da sie selbst zu ihnen zählte oder sie doch so gut imitierte, dass sie ihnen in fast allen Einzelheiten entsprach.

Ruth besaß ein noch ausgeprägteres Klassenbewusstsein als jene, für sie war das alles nicht selbstverständlich. Sie genoss es sehr bewusst, Ruth Jarrold zu sein und auf einem Ball in Chevron-Haus zu tanzen. Die Melodien klangen mehr oder weniger gleich, und das war an sich schon beruhigend. Sie klangen etwas lasziv und etwas zu laut. Hier spürte man den Arm eines jungen Mannes im Rücken, dort überraschend nahe den Körper eines jungen Mannes, seinen Atem im Haar, und doch war eine Fremdheit zwischen sich und ihm oder mindestens eine nicht wirklich bestehende, nur zeitweilige Nähe, die zerbrach, sobald die Musik aufhörte. Nur die ähnlichen Lebensbedingungen und ihre vergnügungssüchtige Leichtfertigkeit hielten sie und den junge Mann zusammen. Darüber hinaus gab es noch etwas – etwas, das zum Beispiel von Evelyns Persönlichkeit suggeriert wurde.

Sie schaute über die Schulter ihres Partners durch den Saal; im Glanz der Lichter sah sie zwischen den Bewegungen der sich umschlungen haltenden Paare Evelyn mit Miles Vane-Merrick tanzen.

Sie freute sich darüber, denn jede Verbindung, die Vane-Merricks Freundschaft mit ihrer Familie verstärkte, war ihr willkommen. Es schoss ihr sogar durch den Kopf, Evelyn tanze vielleicht um ihret-, um Ruths willen mit ihm, um den jungen Mann zu prüfen, für den ihre Nichte Interesse verriet. Liebe Evelyn! So etwas konnte sie tun, und wenn auch in erster Linie, um ihrer Schwäche zu frönen, ihre Nase in sämtliche Jarroldsche Angelegenheiten zu stecken. Ruth tanzte weiter und wartete auf die nächste Drehung, mit der sie den dunklen und den blonden Kopf, die so gut zueinander passten, noch einmal genauer sehen konnte. Eine verwirrende Zärtlichkeit überwältigte sie, als sie diese beiden so unerwartet zusammen sah, die beiden, die sie bisher nur einzeln wahrgenommen hatte: Evelyn, die sie offen liebte, und Miles. Miles, von dem sie wusste, dass sie ihn jeden Augenblick ebenso lieben könnte, so wie eine Explosion ausgelöst wird, wenn die vorbereitete Sprengleitung entzündet wird. In der Tat war sie sich nicht einmal ganz sicher, ob diese Explosion nicht schon von dem bloßen Anblick Evelyns in Miles Vane-Merricks Armen hervorgerufen worden war. Waren ihr diese beiden wirklich teurer als sonst irgendetwas auf der Welt, so dass schon ihr vereinter Anblick sie zu solch starker Erregung bewegte? Es war eine Überraschung, sie zusammen zu sehen, so innig und körperlich nahe beieinander, wie der Tanz es erforderte. Es war beinahe schockierend. Schockierend, dass Evelyns Kopf der Schulter von Miles so nahe war. Sie, Ruth, hatte sich die beiden früher niemals als solch lebendige, körperliche Wesen vorgestellt.

Die Musik hörte auf und die Illusion schwand; Ruth wurde wieder ein Mädchen, das sich dem Problem gegenübersah mit einem jungen Mann zu plaudern, den sie kaum kannte. Glücklicherweise war die Pause zwischen zwei Tänzen nur kurz; diejenigen, die sich nichts zu sagen wussten, konnten sich anderen Partnern zuwenden und diejenigen, die sich etwas zu sagen hatten, konnten sich irgendwohin setzen. Ruth war eine von denen, die einen anderen Partner fand. Sie spürte im

Innern eine geheime Befriedigung, weil sie überzeugt war, dass Miles Vane-Merrick sie jeden Moment suchen würde und dass sie in der köstlichen Vertraulichkeit zwischen zwei Tänzen über Evelyn sprechen und einer Meinung sein würden.

Jeder Augenblick, der verging, fügte etwas zu ihrer glücklichen Vorfreude hinzu. Das war ein herrlicher Zustand, der noch herrlicher war, weil sie sich eingestanden hatte, dass sie Miles Vane-Merrick lieben könnte. Wenn sie zugab, dass sie ihn lieben könnte, so hieß das, dass sie ihn in Wirklichkeit schon liebte. Im Geiste tat sie den entscheidenden Schritt und dann schaute sie wieder zu ihm hinüber, wobei ein neuer und leidenschaftlicher Schrecken sie erfasste, der eine körperliche Unruhe in ihr auslöste; das Herz schlug unregelmäßig, ihr wurde schwindlig, ein Würgen stieg ihr in die Kehle, ihr Kopf sank ein wenig zurück und sogar die Augen schlossen sich, während sich die Lippen öffneten. Es dauerte nur eine Sekunde, sie kam gleich wieder zu sich und stellte fest, dass sie immer noch mit einem jungen Mann tanzte, dessen Arm sie umfasst hielt und der nichts bemerkt hatte. Das schwarze Tuch seines Anzugs war ganz nahe vor ihren Augen, sie konnte die Fäden des Gewebes erkennen. Sie tanzte weiter, doch sie war ein anderer Mensch geworden: Etwas von ungeheurer Wichtigkeit war geschehen.

Als Miles zu ihr kam, konnte sie sich nur mit Mühe klarmachen, dass er ja nichts von dem wusste, was geschehen war. Sein Benehmen war ganz alltäglich, als er sie um einen Tanz bat. »Den übernächsten«, antwortete sie und wusste nicht, wie sie bis dahin am Leben bleiben sollte, wusste nicht, wie sie es ertragen sollte, wenn der Tanz kam. Und sich vorzustellen, dass es für ihn gar nichts bedeutete! Denn er dankte nur und wandte sich ab, ohne sie noch einmal anzuschauen. Ein solches Nichtverstehen von seiner Seite war unglaublich.

Die Musik begann wieder, doch Ruth hatte das Bedürfnis, allein zu sein. Sie schlüpfte aus dem Ballsaal und drängte sich durch die hereinkommende Menge. Lärm und Lachen und Musik, Lichter, glänzendes Parkett und eine Fülle von Blumen. Ein Ball in Chevron-Haus mit solch geheimen Dingen, die da ganz tief im Herzen geschahen. Männerstimmen sagten: »Weshalb laufen Sie weg, Ruth? Kommen Sie, wir tanzen zusammen.« Aber sie machte sich los von ihnen allen und sagte, sie habe sich das Kleid zerrissen und müsse es in der Garderobe wieder heften; irgendetwas sagte sie, nur um wegzukommen.

Auf der Treppe traf sie Evelyn, die gerade heraufkam. Evelyn lachte mit ihrem Begleiter. Sie sah außergewöhnlich froh und ausgelassen aus, so als ob sie über und über aus einer inneren Quelle von Erregung und Glück glühte. Mit einer Hand hob sie ihr Kleid an, die andere ruhte leicht auf dem Geländer. Ein großer Fächer aus Schildpatt und Adlerfedern hing an einem Band von ihrem Handgelenk herab; ein kleines Diamantmonogramm blitzte auf, als das Licht darauf fiel. In dem elfenbeinfarbenen Gewand aus Crêpe Satin, das ihren schlanken Körper eng umhüllte und das bis zur Erde reichte, glich sie heute Abend einer Statue; nichts Buntes war an ihrer Kleidung; das zarte Gelb ließ ihren runden Hals weißer erscheinen und betonte das Netz blauer Adern auf ihrer Brust. Ihre Haut schien kühl wie Marmor und warm wie Elfenbein. Die einzigen Farben kamen von Mund und Wangen, die rosig leuchteten, von ihren dunkelblauen Augen und dem kurzen, lockigen Haar. Ruth bemerkte, wie gerade sie sich hielt und dabei gleichzeitig biegsam, wie schmal der Kopf war und wie fein ihr Schulteransatz.

»Willst du weglaufen, Ruth?« fragte sie, wie die andern gefragt hatten.

Ruth brachte die Ausrede vor, die sie sich ausgedacht hatte, und fühlte dabei, wie kritisch Evelyn sie prüfte. Sie schaute sie mit einem forschenden, spöttischen Blick an – mit jenem Ausdruck, den ihr Gesicht annahm, wenn sie sich über jemanden lustig machte. Ihr Begleiter, den diese Begegnung langweilte, war ein paar Stufen weitergegangen und wartete dort auf Evelyn, ziemlich ungeduldig auf das Geländer trommelnd. Ruth spürte den Drang, etwas zu sagen, etwas von dem Aufruhr herauszulassen, der in ihrem Innern tobte. »Evelyn«, fing sie an und brach ab.

»Was ist denn? Nun sag! Was ist denn?« Evelyn schaute sie an, Ausgelassenheit im fragenden Blick. Sie strahlte,

sie wirkte rätselhaft und erregt. Aber sie war unsicher.
»Komm, Ruth, was hast du auf dem Herzen?«
»Nichts«, sagte Ruth. »Amüsierst du dich gut?«
»Ja. Und du? Ein reizender Abend. Nun lauf und lass dir das Kleid in Ordnung bringen, wenn du schon nicht sagen willst, was du sagen wolltest.«
Sie weiß nicht, was ich sagen wollte, dachte Ruth; sie wollte, dass ich ihr ein Kompliment mache, dass ich ihr sage, wie entzückend sie heute Abend aussieht, dass ich ihr sage, wie glücklich ich bin sie zu sehen; das ist alles, was sie wollte, und alles, was sie erwartete. Was ist es denn eigentlich, das ich sagen wollte? Nichts. Da gibt es nichts zu sagen.
Als sie später die Treppe wieder hinaufging, traf sie auf Evelyn – diesmal in Begleitung von Miles Vane-Merrick. Die Klänge der Musik strömten von oben aus dem Saal. Die beiden lächelten ihr flüchtig zu, blieben aber nicht stehen.
Ruth kehrte wie benommen in den Ballsaal zurück und hatte das Gefühl, als sei etwas geschehen, das die Lichter getrübt hatte. Als Vane-Merricks Tanz kam, ließ sie ihn aus.

Weihnachten bei den Jarrolds – das war immer eine mit viel Bedacht geplante Angelegenheit. William Jarrold glaubte fest an die Bewahrung der alten englischen Traditionen, und da es eine alte englische Tradition war, dass der Hausherr im Kreise seiner Familie feiert, hatte die ganze Familie sich in Newlands einzufinden, ganz gleich, ob einzelne lieber woanders gewesen wären oder nicht. Und dann war da noch die fortgeschriebene Theorie, die den Rang eines königlichen Edikts einnahm und besagte, dass sich jeder in festlich froher Stimmung zu befinden hatte. Es war schwer einzusehen, weshalb eine Gruppe von erwachsenen Menschen sich wie eine Horde von Kindern benehmen sollte, weil der Kalender den fünfundzwanzigsten Dezember anzeigte; aber darauf lief es hinaus. Vom frühesten Morgen des Weihnachtstages an hallte das Haus wider von Ausrufen freudiger Überraschung und Dankbarkeitsbeteuerungen und jedes Zimmer sah aus, als habe man einen Papierkorb darin umgekippt. Dann kam die Kirche, dann das Weihnachtsessen mit dem jedes Jahr wiederkehrenden Streit darüber, ob man die Rumflamme auf dem Plumpudding auspusten oder ausbrennen lassen müsse. Am Nachmittag ebbte die Aufregung ein wenig ab und man verließ das Haus zu einem Spaziergang. Nach dem Dinner gab es Knallbonbons und jeder, angefangen bei William Jarrold bis hinunter zu Ruths kleiner Schwester Minnie, schmückte sich das Haupt mit Papierhütchen und blies ohrenbetäubend auf Holzpfeifchen herum. Minnie holte sich das bunte Krepp-Papier von den Knallbonbons, das überall auf dem Tisch verstreut lag, und sammelte die Sprüche ein und die Bilder der schwarzen Katzen, die außen aufgeklebt waren. Dann wechselte die Familie hinüber ins Wohnzimmer, man stellte den Radioapparat an und es gab die üblichen Schwierigkeiten, Minnie ins Bett zu bekommen. Am nächsten Tag waren alle Schreibtische im Hause mit Leuten besetzt, die ihre Dankbriefe schrieben. Das war Weihnachten in Newlands und nichts deutete darauf hin, dass es in diesem Jahr anders sein würde als in den vergangenen Jahren.

Evelyn freute sich nicht über diese Aussicht, dieses Jahr sogar noch weniger als sonst.

Für zwei, drei Tage hatte sie Dan in London für sich allein. Er wurde in dem kleinen Fremdenzimmer ihrer Wohnung untergebracht. Als er ankam, saß sie im Bett, öffnete ihre Post und blätterte in den Zeitungen; sie hatte ihn nicht so früh erwartet. Auf dem Flur hörte sie eine Stimme, tief wie die eines Mannes, »Tag, Privett!« und konnte kaum glauben, dass das seine war, aber im nächsten Augenblick stand er in ihrem Zimmer. »Dan«, rief sie und breitete die Arme nach ihm aus. Er beugte sich zu ihr herab, küsste sie und sagte mit seiner tiefen Stimme wie eben zu Privett »Tag, Mummy«. Sie zog ihn an sich und er gab ihr noch einen Kuss.

Gleich darauf saß er mit dem Frühstückstablett neben ihrem Bett und aß, während sie, auf einen Ellbogen gestützt, ihn voller Stolz betrachtete. Mit siebzehneinhalb Jahren war er sehr groß, ebenmäßig gewachsen und sah gut aus. Sie war dankbar, dass er einen reinen Teint hatte; sein Gesicht war fast zu hübsch für einen Jungen. Mund und Kinn verrieten vielleicht zu viel Empfindsamkeit.

Aber er hatte schöne, rehbraune Augen und eine schöne, klare Stirn, über der dicht und tief das dunkle Haar wuchs. Er war recht ernst und er würde einige Zeit brauchen, um sich aus der besonnenen und höflichen Zurückhaltung zu lösen, die sein Wesen kennzeichnete. Da er den guten Geschmack seiner Mutter für Kleidung geerbt hatte, zog er sich tadellos und unauffällig an. Seine Hände waren lang und durchgeistigt, aber überraschend schmutzig, was eigentlich gar nicht zu ihm passte. Ein Anflug von unterdrückter Kompliziertheit, die hinter seiner Schweigsamkeit zu arbeiten zu schien, ließ die Erwachsenen je nach ihrer eigenen Intelligenz entweder sagen, Dan Jarrold sei ein interessanter Junge, oder aber, irgendetwas stimme nicht mit ihm. Doch was sie auch sagen mochten, Dan Jarrold ging ruhig seinen eigenen Weg und nahm von niemandem viel Notiz.

Jetzt war er glücklich, dass er im Zimmer seiner Mutter sitzen und seine Augen auf der hübschen, luxuriösen Umgebung und auf seiner Mutter selbst ruhen lassen konnte, die elegant mitten in ihrem Bett saß. Er liebte den dicken Teppich, das Feuer im Kamin, die Bürsten und Kästchen mit ihren Chagrin-Lederüberzügen auf dem Frisiertisch, die blassen Farben, das Silber auf dem Frühstückstablett und auch, wie Privett mit Kleidungsstücken auf dem Arm hin und her ging, die auch nur anzusehen er zu befangen war; er liebte einfach die Ruhe, die alles ausströmte. Er war dankbar, seinem winzigen, kahlen Zimmerchen in Eton entronnen zu sein, dem ständigen Geklapper der Schuhe auf den steinernen Korridoren und den ständigen Heimsuchungen der anderer Jungen, die einem die Tinte umkippten oder die Mütze aus dem Fenster warfen, wenn man gerade lesen wollte.

»Wie war's in Eton, Dan?«

»Ach, ganz nett, Mummy.«

Dann meinte er, er habe eine Menge in London zu tun, und sie ließ ihn lächelnd gehen. Sie wusste, dass er ein Weihnachtsgeschenk für sie besorgen wollte. Wegen der anderen Geschenke würde er sie um Rat fragen und dabei zerknüllte, kleine Listen aus der Tasche holen, die er auf die Rückseite von Lateinübungen geschrieben hatte; aber wegen des Geschenkes für sie konnte er sich mit niemand beraten. Es würde eine einsame und sorgenvolle Expedition sein. Sie stellte sich ihn vor, wie er die Schaufenster absuchte, dann groß und linkisch in den Laden trat, mit anderen Käufern zusammenstieß und von den Verkäuferinnen in Verwirrung gestürzt wurde, wenn sie ihn fragten, was sie ihm zeigen dürften, und wie er schließlich wieder aus dem Laden kam, ohne etwas gekauft zu haben. Sie dachte mit tiefer Zärtlichkeit an die rührende Verwirrung der Jugend – nicht nur beim Einkauf, sondern bei allen Problemen, denen zu begegnen sie so schlecht gerüstet war. Abgesehen von seiner Geschenksuche wollte sie ihm die Zeit schön machen; sie wollte sich ausschließlich ihm widmen; er sollte sie ins Theater führen, sie wollte ihn die Eintrittskarten besorgen lassen, er sollte sich nach Schluss der Vorstellung um den Wagen kümmern, alles, damit er einen Sinn für Verantwortung und Zutrauen in seine Fähigkeiten bekäme – etwas, wovor er zurückschreckte. Sie würde es genießen mit ihrem großen Sohn auszugehen, denn sie war mehr als nur ein bisschen in ihn verliebt, besonders wenn er den Smoking anhatte. Aber sie musste dafür sorgen, dass er sich die Hände wusch; und sie hatte vergessen, seine Ohren nachzusehen.

Das Problem Dan machte ihr viele Sorgen. Nicht, dass er kein lieber Junge war; manchmal hielt sie ihn fast für zu lieb und überlegte voller Unruhe, ob er ihr nicht mehr Kummer machen müsse; aber sie fühlte sich nicht recht gerüstet, sich mit seinen ständigen Zweifeln und unlösbaren Fragen zu beschäftigen. Da er zu unreif war, ihre Unzulänglichkeiten zu erkennen, und zu loyal, sie zu kritisieren, kam er mit all seinen Schwierigkeiten zu ihr und erwartete von ihr eine befriedigende Lösung. Selbstverständlich würde sie sich um all seine Probleme kümmern. Er hatte das unbedingte Vertrauen, dass sie ihn über all die lebenswichtigen Themen aufklären könne, über die sie in Wirklichkeit überhaupt noch nie nachgedacht hatte. Evelyn Jarrold war keine Frau, welche die bestehende Ordnung der zivilisierten Welt in Frage stellte. Sie war nicht dumm, aber in solchen Dingen fügte sie sich einfach. Ihr waren persönliche Beziehungen wichtiger als soziale oder allgemeine Streitfragen. Woher mochte Dan diese Intensität haben, fragte sie sich. Gewiss nicht von seinem Vater, der sich nie über irgendetwas im Leben Gedanken gemacht hatte, was über den Schnitt seiner Reithosen hinausging; auch nicht von dem robusten alten William Jarrold; nein, entschied sie mit einem Seufzer, das verdankte er wohl teilweise seiner ganz eigenen Mentalität, aber hauptsächlich der Generation, in der er lebte.

Mit Bangen sah sie dem ersten offenen Streit zwischen Dan und seinem Großvater entgegen oder zwischen Dan und den übrigen Jarrolds. Dans Ideen – soweit sie etwas davon verstand – passten einfach nicht zu ihnen. Das bekümmerte sie. Und doch, obwohl ihre eigene Erziehung für die Einstellung der Jarrolds sprach, hatte sie das verwirrende Gefühl, Dan folge auf seine jugendlich-täppische Weise dem besseren, wenn auch nicht dem klareren Weg.

Sie war vernünftig genug einzusehen, dass das einzige, was sie bei Dan wirklich befürchten musste, eine mögliche Schwäche seines Charakters war. Es war mehr als nutzlos, wenn er für seine sonderbaren Eigenwilligkeiten leiden würde, ohne den Mut oder die Entschlossenheit aufzubringen, ihre Folgen auf sich zu nehmen. Sie wollte nicht, dass Dan zu einem Schwächling heranwuchs, der nur eine vage Vorstellung von seinen Idealen und deren Realisierung hatte.

Ein Schatz von Redensarten war natürlich und tröstlich für sie; und so wandte sie auch eine auf ihre verwirrte Sorge um Dan und auf ihr Verständnis für ihn an: »Die

Hauptsache ist, man ist von seinen eigenen Ansichten überzeugt.«
Ihr tyrannischer Trieb erstreckte sich nicht auf Dan. Ihm gegenüber war sie von einer wirklichen Selbstlosigkeit. Merkwürdigerweise nahm der mütterliche Instinkt in ihr hier keine despotische Form an. Sie war durchaus bereit, dem Jungen seine eigenständige Entwicklungsform zuzugestehen; sie wünschte sich nur, ihm besser folgen und helfen zu können. Sie musste ihn dazu bekommen, dass er offener mit ihr redete, obwohl sie die Tiefen, in die sie das stürzen würde, fürchtete wie der Nichtschwimmer das tiefe Wasser. Es war nicht leicht, ihn zum Sprechen zu bewegen, obwohl er ihr von der Schule häufig acht Seiten lange Briefe schrieb, wenn er mit seinen Empfindungen nicht fertig wurde. Sie nahm die Briefe aus der Mappe, in der sie sie aufbewahrte.

Eton College, Windsor, 10. Oktober 1931

Meine einzig geliebte Mummy!
Du bist so gut und mitfühlend, dass ich es nicht lassen kann, Feder und Papier zu nehmen und zu schreiben: »Meine einzig geliebte Mummy!« Aber ich will keinen traurigen Brief schreiben (obwohl ich, weiß Gott! Grund genug dazu hätte!), weil ich glaube, es bedrückt Dich. Aber ich liebe es, abends von der verdammten Horde loszukommen, mit der ich ohne Unterlass zusammengepfercht bin. Es ist hier wirklich wie in einem Gefängnis; ich möchte so gern in den Park von Windsor

hinausreiten (oder sogar hinausradeln) und die klare, kalte Luft mit dem Gefühl von Freiheit und Ruhe atmen. Irgendwas, nur um hier wegzukommen! Aber ich habe anders begonnen, als ich eigentlich wollte. Ich wollte eigentlich mit einem glücklichen Satz anfangen: »Wie lieblich steht das gelbe Herbstlaub der Bäume vor dem matten Rot des Schulhofs.« (Ich würde sogar die blanke Wahrheit sagen. Die Färbung ist phantastisch schön und ich sehne mich danach, aus dem Haus zu kommen – verfluchte Sperrstunde! – und zu sehen, wie sie im Halbdunkel aussieht.) Komm bitte mal einen Sonntag herüber und besuch mich! Es treibt mir die Tränen in die Augen, wenn ich an Dich und die Freuden der Freiheit denke, statt in einem Gefängnis eingemauert zu sein. Mummy, bitte hör auf, dies Zeug hier zu lesen! Weißt Du, eigentlich ist es ganz natürlich, dass ich gerne schreibe, weil ich es hasse mit den Leuten hier zu reden, aber wenn es Dich zu sehr langweilt meine Briefe zu lesen, sag es mir; wirklich, wenn ich lieber aufhören soll, werde ich aufhören, selbst wenn ich damit die einzige, mir verbleibende Beschäftigung verliere, die ich gern mag. Ach, wenn ich doch nur die Masern kriegen könnte! Bitte, schreib mir, liebste Mummy! Was sollte ich ohne Dich anfangen? Ich kann es kaum glauben, dass Du meinst, ich sei es wert, dass Du Dir solche Mühe mit mir gibst, wo ich doch nicht richtig arbeite. Ich tauge im Sport nichts, ich stimme mit niemandem in seinen Ideen überein, ich bin sehr schwer zufrieden-

zustellen, bin unpünktlich, untüchtig und habe alle erdenklichen Fehler. Es ist mir wirklich ein Rätsel. Ach Gott, was musst Du von mir denken!
Dein Dich liebender Daniel.
PS: Irgendetwas zwingt mich weiterzuschreiben. Ich weiß, du bist nicht böse, wenn ich weiterschreibe. Vielleicht schicke ich den Brief gar nicht ab. Ich habe dir neulich schon einen anderen Brief geschrieben, aber die Jungen haben den Schlüssel von meinem Schreibtisch weggeworfen. Also, könntest Du mir bitte den zweiten Schlüssel schicken, den ich bei Dir gelassen habe, damit ich die Schublade aufschließen kann. Es ist die Hölle, so unbeliebt zu sein wie ich. Wenn ich doch nur schon neunzehn Jahre alt wäre! Kann ich nicht zwei Jahre überspringen?
Dan.

Eton College, Windsor, 1. November 1931

Meine liebste Mummy!
Heute hatten wir Felddienstübung vom Offiziersausbildungskorps; wir sind einfach meilenweit gelaufen, haben Lärm gemacht mit Rasseln und mit Holzgewehren auf den Feind gezielt, als wir auf ihn trafen. Das war alles so töricht und unwirklich wie alle Feldübungen, und jeder fühlte sich so wichtig und todernst dabei. Ich war auch ernst, ich wollte nicht wieder eine Auseinandersetzung wegen einer so unnützen Sache. Ich wünschte, die Leute, die Krieg für unzivilisiert halten, würden sich beeilen und jene überstimmen, die da behaupten, er gehöre

zur »menschlichen Natur«! Oder rede ich Blödsinn? Ich habe mit siebzehn kein Recht, so zu reden, wenn gelehrte Männer, die nicht gerade vom Wehrdienst befreit sind, völlig anders denken. Anscheinend weiß ich absolut gar nichts. Ich glaube, das ist wirklich so, denn immer, wenn ich bei Dir bin, höre ich die ganze Zeit nur Neues, niemals etwas, was ich schon gewusst hätte, einmal ganz abgesehen davon, dass ich Dir nie etwas erzählen kann, was Du nicht schon wüsstest! Am Sonnabend hätte ich beinah Prügel gekriegt, hab ich's Dir in meinem letzten Brief erzählt? Wir haben zehn Minuten gestritten, dann ließ er mich gehen. Wir hatten Streit, weil ich so schlecht im Fußball bin. Immer derselbe idiotische Vorwurf! Im Unterricht bin ich aber nicht besonders schlecht in diesem Halbjahr. Ich hoffe sehr, dass Du nicht enttäuscht über mich bist.
Dein Dich liebender Sohn Daniel.
PS: Anscheinend wollen sie nichts anderes erreichen, als dass einer so ist wie der andere.

Evelyn legte die Briefe mit einem Seufzer weg. Voller Flecken und Radierspuren, holprig, wirr, unglücklich wie sie waren, brachen sie ihr jedes Mal das Herz. Armer, kleiner Dan! Scheinbar so selbstbewusst, offenbarte er sich doch in diesen mitleiderregenden Briefen.
Oft hatte sie ihm Freunde gewünscht, die ihn verstünden und interessierten und auf die er sich verlassen könnte, fester als auf sie selbst – außerdem war es nicht

gut für einen Jungen, wenn er seine einzige Zuflucht bei der Mutter fand, besonders wenn die Mutter so viele Defizite hatte. Aber auch ihre eigenen Freunde hatten eher einen konventionellen Zuschnitt, sie würden niemals mit seinen Schwierigkeiten oder Idealen sympathisieren. Hinter ihrem Rücken würden sie sagen, Evelyns Junge sei ein Angeber oder ein Spinner. Sein Vater hätte sicher keinerlei Geduld mit ihm gehabt; und seine Onkel, das wusste sie, verachteten ihn sowieso. Doch nun konnte sie Dan, Gott sei Dank, Miles vorstellen, und der würde einen guten Einfluss auf ihn haben.

Miles war nicht in London – sie hatte ihn davon überzeugt, dass sie diese wenigen Tage völlig frei halten musste für Dan –, doch am Tage vor Heiligabend rief er sie überraschend an, er sei wieder zurück und hoffe, sie und Dan würden am Abend mit ihm ins Theater gehen.

Dan war bei ihr im Zimmer, als das Telefon läutete; er kopierte an einer freigeräumten Ecke des Tisches sorgfältig das Aquarell einer Brücke. Er hob den Kopf, um seiner Mutter zuzuhören.

»Wer ist das, Mummy?«

»Mr. Vane-Merrick«, sagte Evelyn vorsichtig. »Du kennst ihn nicht. – Augenblick, Miles, Dan möchte wissen, mit wem ich spreche. – Mr. Vane-Merrick möchte gern, dass wir heute Abend mit ihm ins Theater, gehen, Dan. Wollen wir?«

»Ich möchte gern ›Erde‹ sehen«, gab Dan zurück. »Da wird er nicht hin wollen.«

»Liebling, was in aller Welt ist ›Erde‹?«

»Das ist ein russischer Film«, sagte Dan verdrießlich. »Er läuft in Stratford – nicht Stratford-upon-Avon, sondern Stratford-atte-Bow. Keine sehr schöne Gegend. Geh du mit Mr. Vane-Merrick ins Theater, Mummy, und ich gehe allein ins East End, nach Stratford.«

Evelyn war kurz in Versuchung; sie hatte Miles über acht Tage nicht gesehen.

»Nein, nein«, sagte sie, »ich möchte, dass du Mr. Vane-Merrick kennenlernst. Sicher kommt er mit nach Stratford. – Miles«, sprach sie ins Telefon, »Dan und ich kommen, wenn Sie auch einen russischen Film ansehen möchten, der ›Erde‹ heißt und in Stratford-atte-Bow läuft.«

»Man braucht sich nicht besonders anzuziehen«, sagte Dan hastig.

»Man braucht sich nicht umzuziehen«, sagte Evelyn ins Telefon. »Er sagt«, erklärte sie Dan, »das sei genau der Film, den er auch sehen möchte, aber er habe geglaubt, du gingest lieber ins Coliseum. – Wollen wir vorher hier zusammen essen?« fragte sie. »Sieben Uhr dreißig. Ja, sehr schön, auf Wiedersehen.«

»Mummy«, fragte Dan nach, »das ist doch nicht Miles Vane-Merrick, oder doch?«

»Ja, das ist er.«

»Tatsächlich!« Dan sprang in großer Erregung auf. »Mummy, du willst doch nicht etwa sagen, dass du Miles Vane-Merrick kennst? Du hast ihn niemals erwähnt. Ich dachte, es sei ein Bruder von ihm oder sonst jemand. Ich glaubte, Miles Vane-Merrick wäre ganz – nun, ganz außerhalb deiner Kreise«, sagte er unsicher.

»Aber Dan, du hast von ihm gehört?«

»Oh, er kam zu einem Vortrag der Politischen Gesellschaft nach Eton. Er war eine große Überraschung für mich. Er sprach all die Dinge aus, die ich immer gedacht hatte – nur viel besser natürlich. Die Politische Gesellschaft hat ihn einfach gehasst, seine Ansichten gehasst, meine ich; ihn können sie nicht gehasst haben, er war so gut und witzig. Bestimmt hab ich dir von ihm geschrieben.«

»Ich kann mich nicht erinnern, Dan – wann war denn das?«

»Vor sechs Monaten, glaube ich – im Sommerhalbjahr.«

Vor sechs Monaten hätte sie sich Miles Vane-Merricks Namen nicht gemerkt. Sie musste den Brief heraussuchen. Sonderbar!

»Nein, ich kann mich nicht erinnern. Ich hoffe, du magst ihn«, fügte sie hinzu und plötzlich überkam sie eine Furcht. Sie rechnete so sehr auf Miles' Hilfe bei Dan.

»Aber Mummy, er ist der einzige Mensch, den ich kennenlernen möchte. Aber hör mal, Mummy, du musst taktvoll sein. Du darfst nicht sagen, dass ich ihn in der Politischen Gesellschaft gehört habe, weißt du, er konnte ja nicht wissen, dass ich dort war. Versprichst du's?«

»Ich versprech's dir.« Evelyn wusste, wie wichtig es selbst für einen Menschen von Dans Unabhängigkeit war, das

Schulleben vom Leben zu Hause zu trennen. »Ich werde nicht ins Fettnäpfchen treten.«

»Liebste Mummy, das tust du nie.« Reuevoll kam er zu ihr und küsste sie. Sie war außerordentlich bewegt von der Zärtlichkeit, die Dans Erregung bei dem Gedanken verriet, Miles Vane-Merrick kennenzulernen.

Nun konnte sie es auch über sich bringen endlich die Worte auszusprechen, die sie seit Dans Ankunft auszusprechen versuchte: »Übrigens hat er uns beide in den Weihnachtsferien zu sich eingeladen.«

»Uns beide? Aber er kennt mich doch gar nicht.«

»Aber er kennt mich«, sagte Evelyn.

»Für länger? Wohin?«

»Irgendwo in Kent. Er lebt in einer alten Burg. Möchtest du hin?«

»Und ob ich möchte! Wann, Mummy? Neujahr?«

»Gleich nach Neujahr«, sagte Evelyn und dachte an die Überraschung, die William Jarrold für seine Familie zu Neujahr vorbereitet hatte.

»Oh Mummy, wie schön. Wie herrlich. Miles Vane-Merrick, wie unglaublich fabelhaft.«

Evelyn und Dan und Privett fuhren am Heiligen Abend im Zug nach Newlands hinunter. Sie beiden reisten erster Klasse und Privett dritter. Der Rolls-Royce und ein Diener holten sie in Leatherhead ab, der Ford-Lastwagen war auch da, für Privett und das Gepäck. (Der Jarrold'sche Luxus war groß, vielleicht sogar ein wenig aufdringlich. Evelyn fragte sich, ob es Dan wirklich guttat, in einen Rolls-Royce zu steigen und sich von einem Diener einen Fehpelz über die Knie legen zu lassen.) Er lehnte sich neben ihr im Wagen zurück, äußerlich ganz das Muster des reichen Enkels eines reichen Großvaters. Vor ihm auf dem Boden lagen jedoch statt Golfschlägern und Gewehrfutteralen sein Malkasten und der zusammengeklappte Feldstuhl.

»Freust du dich auf Weihnachten, Dan?«

»Ich glaube schon, Mummy.«

»Nein, sag, ob du dich wirklich freust.«

»Nun, ich mag den Newlands-Teil davon nicht. Ich meine, ich habe die Geschenke gern und all das, aber ich wünschte, du und ich, wir könnten zusammen irgendwohin fahren, statt diesen ganzen Familienkram mitzumachen.«

»Und warum?«

»Zum Teil, weil ich gern mit dir allein bin, und zum Teil, weil ich es hasse, dass man alles Mögliche von mir erwartet, was ich gar nicht bin. Und dann ist Robin da – ich hasse Robin –, dieses Ferkel.«

Er war gesprächiger als gewöhnlich, weil er sich ärgerte und ängstigte und seine Befürchtungen seit Tagen unterdrückt hatte. »Übrigens, hast du Großvater etwas wegen des Jagens gesagt?« Er hatte schon vorher danach fragen wollen, sich bis jetzt aber davor gedrückt.

»Natürlich habe ich das getan.«

»War er sehr verärgert?«

»Ja, ziemlich. Ich glaube, er wird es überhaupt nicht erwähnen. Wenn er es doch tut, darfst du dich nicht fürchten. Ich stehe dir schon bei.«

»Er wird mich vornehmen, wenn du nicht dabei bist«, murmelte Dan.

»Wenn er das tut, Liebling, musst du selbst fest bleiben. Du darfst dich nicht nur auf mich verlassen!«

»Ich hasse Auseinandersetzungen.«

»Ja, Liebling, ich weiß, aber manchmal lassen sie sich nicht vermeiden.«

»Das ist eine Frage des Prinzips«, erwiderte Dan.

Sie war überrascht, diesen Erwachsenenausdruck aus seinem Munde zu hören.

»Wie meinst du das, eine Frage des Prinzips?«

»Mr. Vane-Merrick hat das gesagt.«

»Dan! Immer zitierst du Mr. Vane-Merrick.«

»So? Verzeih, ich tu's nicht mehr, wenn es dich stört. Aber du musst zugeben, Mummy, dass er ein ganz außergewöhnlicher Mensch ist. Ich bin niemals einem Menschen begegnet, der so voller Ideen ist. Ich habe tatsächlich niemals einen Menschen getroffen, der ihm auch nur im Mindesten ähnlich ist. Anscheinend ist er all das, was man nicht sein soll, und glaubt an all das, woran man nicht glauben soll, und doch kann ich mir niemanden vorstellen, auf den er keinen Eindruck machen und den er nicht überzeugen könnte. Man kann ihn doch nicht einfach als einen Spinner abtun, nicht wahr?«

»Nein, das kann man sicher nicht.«
»Das Außergewöhnliche an ihm ist«, meinte Dan verwirrt, »dass er sich für allgemeine Ideen interessiert. Du wirst es nicht glauben, Mummy, aber in der Schule kann ich niemand dazu kriegen sich für Ideen im Allgemeinen zu interessieren.«
Evelyn war über diesen Ausbruch besorgt, denn das war eine von Dans Feststellungen, mit denen sie nicht zurechtkam. In Wirklichkeit mochte sie beunruhigende und aufrührerische Ideen genauso wenig wie Dans Schulkameraden oder die Jarrolds; sie sah es lieber, wenn alles seinen gewohnten Gang ging. Miles hatte sie in der kurzen, aber überwältigenden Zeit ihrer Bekanntschaft gerade genug aus der Fassung gebracht mit seiner Lebhaftigkeit und Unbotmäßigkeit; er glich in keiner Weise den Leuten, die sie gewohnt war. Nun erkannte sie, dass er und Dan zu Bundesgenossen bestimmt waren. Sie seufzte und redete sich ein, es sei gesund für die Jugend, unzufrieden, aufrührerisch und wissbegierig zu sein. Sie redete es sich ein und glaubte es doch nicht recht. Trotzdem liebte sie Dan um dieses jugendlichen Eifers willen nur noch mehr, so sehr er sie auch beunruhigte. Sie machte den Versuch, seine letzte Bemerkung so zu beantworten, wie Miles sie beantwortet hätte; sie wünschte, Miles wäre da und würde bei Dan in dieser Stimmung die Saat seiner Anregungen in ihn legen, so wie man Blumensamen in den Boden legt, den der Regen geöffnet und erwärmt hat.

»In der Schule. Aber du wirst finden, dass im Leben nicht alle genauso töricht sind wie in der Schule.«
»Meinst du? Aber alle, die ich kenne, sind beinahe so: Onkel Geoffrey und Onkel Evan und alle deine Bekannten, Mummy, wenn du mir das nicht übelnimmst, wenn ich das so sage. Alle klopfen mir auf die Schulter und fragen, wie ich im Kricket bin oder wie viele Tage ich in dieser Saison auf die Jagd möchte oder ob ich schon Korporal im Offiziersausbildungskorps bin. Das meine ich, wenn ich sage, ich hasse es, dass man alles Mögliche von mir erwartet, was ich nicht bin. Und ob ich in die Garde oder in die Firma will? Und ob ich in der Schulmannschaft spiele? Und wenn nicht, warum? Und das kommt nicht daher, dass ich Schüler bin, sondern weil das die Dinge sind, die sie wirklich für wichtig halten. Sie reden auch untereinander so, da ist nur ein kleiner Unterschied. Anscheinend kümmert sich kein Mensch darum, wer und was du bist, sondern nur darum, was du tust; und das albernste Zeug, das du tust, interessiert sie am meisten. Sie kümmern sich nicht im Mindesten darum, was du im Inneren bist; dein Inneres ist überhaupt etwas, dessen man sich eigentlich schämen müsste.«
Evelyn war aufs Neue beunruhigt; sie spürte, wie sie den Boden unter den Füßen verlor. Dan war der geborene Analyst. Wieder wünschte sie, Miles wäre zu ihrer Unterstützung da. Miles, der Dan überzeugend und verständlich hätte antworten können. Sie hatte nicht er-

wartet, in solche Erklärungsnot zu geraten, während sie über die dunklen Landstraßen Surreys fuhren. Es war sehr viel einfacher, wenn sie Dans Briefe bekam und sich Zeit für ihre Antwort nehmen konnte.

»Ich glaube, Dan, dass ich dich vielleicht mit den falschen Leuten zusammengebracht habe«, erwiderte sie langsam. »Es gibt auch andere Menschen – so wie Mr. Vane-Merrick –, die ebenso an allgemeinen, umfassenden Themen interessiert sind wie du selbst. Du darfst nicht glauben, dass die Welt begrenzt ist auf Männer wie Onkel Geoffrey und Onkel Evan, die nichts weiter sind als erwachsene Schuljungen. Sehr viele Engländer sind eben nur erwachsene Schuljungen. Wenn du erst nach Oxford kommst und dir deine Freunde selbst aussuchen kannst, wirst du ganz anderen Menschen begegnen.«

Sie gab sich die größte Mühe, ihn zu bestätigen, obwohl sie damit gegen ihre ureigenste Überzeugung argumentierten musste. Es gab Augenblicke, da wünschte sie wirklich, er möge ein ganz normaler Junge sein – einfach ein netter, normaler Junge. Und doch fragte sie sich, ob sie nicht mit ein paar Menschen wenigstens hätte Freundschaft pflegen sollen, die seine Ansprüche befriedigen könnten. Von den Verwandten konnte sie ihn nicht fernhalten und auch nicht von der Schule nehmen – alle beiden Gedanken hätten ihr das blanke Entsetzen eingeflößt –, aber sie hätte ihm wenigstens ein paar Bekannte geben können, die jenseits der Schranken seiner Familie und des Kreises ihrer eigenen, unzulänglichen Freunde standen. Miles hatte ihre Freunde unzulänglich genannt und hinzugefügt, sich mit ihnen zufriedenzugeben, sei ein Zeichen ihrer Furcht vor dem Leben. Ihre Furcht! Gerade das, was sie Dan unbedingt abgewöhnen wollte.

Dans nächste Worte erreichten sie wie ein neuer Vorwurf.

»Gott, Mummy, was sollte ich ohne dich anfangen? Du sagst immer das Richtige. Wenn du mich ermutigst, das Leben auf der Schule und solche Dinge so zu nehmen, wie sie sind. Und so weiter und so weiter. Aber dass du mich mit den falschen Leuten zusammengebracht hättest, das ist alles Unsinn. Du kannst nichts für Onkel Geoffrey und Onkel Evan und Robin und Ruth. (Sie ist übrigens die Schlimmste von allen, aber sie ist schließlich ein Mädchen.) Aber hast du mich nicht mit Miles Vane-Merrick zusammengebracht? Ohne dich hätte ich ihn niemals kennengelernt. Weißt du, Mummy, ich kann es kaum noch erwarten, bis ich ihn wiedersehe. Da sind tausend und abertausend Dinge, über die ich mit ihm sprechen möchte, so viele, dass es für tausend Jahre reichen würde. – Aber natürlich geht das nicht«, fügte er verzagt hinzu, »weil es ihn nur langweilen würde.«

»Er schien sich nicht mit dir zu langweilen, Dan, an dem Abend, als wir uns ›Erde‹ ansahen, oder hattest du den Eindruck? Ich glaube, er hat kein einziges Wort mit mir gesprochen, er hat den ganzen Abend nur mit dir geredet.«

»Er war fabelhaft«, sagte Dan – ›fabelhaft‹ war sein neues Lieblingswort. »Ich habe nie etwas von Russland verstanden, bis er es mir erklärt hat. Mummy, ich glaube, Russland ist eines der wichtigsten Themen, meinst du nicht auch? Der Fünfjahresplan und all das. Natürlich würde man so was in England ablehnen. Man könnte in England auch nicht alle eingrenzenden Hecken herausreißen, oder? Mr. Vane-Merrick sagte, er wäre absolut dagegen, wenn man's täte.«

»Mr. Vane-Merrick gehört zur grundbesitzenden Aristokratie«, lachte Evelyn laut auf.

Dan schaute sie verständnislos an; dieses Mal wusste er nicht, was sie meinte.

»Er liebt England«, wehrte er ab.

»Natürlich tut er das. – Sieh mal, da ist Newlands.«

»Newlands ist nicht England«, sagte Dan und schaute voller Abneigung auf seinen Familiensitz.

»Doch, das ist es«, sagte Evelyn mit entschiedener Strenge »jedenfalls ein sehr wichtiger Teil von England.«

Niemand konnte Newlands für etwas anderes halten, als es war: für den Landsitz eines erfolgreichen Geschäftsmannes in Surrey. Mit Gold war es erworben, mit Gold wurde es erhalten. Viereckig, rot, stattlich schmuckvoll und komfortabel beherrschte das Herrenhaus die zweihundert Morgen Land, die Felder, Weiden und terrassenförmige Gartenanlagen einschlossen. Die weite Sicht aus den Fenstern hatte ihren eigenen Reiz: von keiner Stadt oder Siedlung eingeschränkt, bot sich dem Blick eine gepflegte Selbstgefälligkeit. Diese Gepflegtheit lag vielleicht in der äußersten Akkuratesse und Ordnung, die das Herrenhaus unmittelbar umgab: nicht eine Koppel ohne weiße Pfosten, nicht eine Zufahrt ohne eisernes Gitter, nicht ein Weg ohne Kies, nicht ein Obstgarten, dessen Bäume nicht in regelmäßigen Reihen gepflanzt waren. Soweit das Auge reichte, war alles das Werk von Menschenhand – eines sehr reichen Menschen –, nicht das Werk der ungeordneten Natur. Das wohlhabende Bürgertum waltete unumschränkt. Die Hecken waren vollendet ebenmäßig beschnitten, die Rasenflächen sahen immer aus, wie am selben Morgen gemäht, die Wegekanten waren wie mit dem Lineal gezogen, die Kletterpflanzen am Hause so befestigt, dass auch nicht eine Ranke ungebändigt im Winde wehen konnte. Auch die angrenzenden Wirtschaftsgebäude brachten diese Unterstreichung von Ordnung, Bequemlichkeit und Schicklichkeit in besonderer Weise zum Ausdruck. Ein Blick auf den Stall allein genügte, um die Schirrkammer mit ihrem spiegelblanken Leder, den schimmernden Gebissstücken, den Kreuzleinen auf den Holzpflöcken, den gelben Pferdedecken mit roten Streifen und den Initialen W.J. vor Augen zu haben sowie die Reihen der Boxen mit den Kavalleriehalftern und den Einfassungen aus Strohzöpfen, die Fliesen und die Eimer mit Initialen, die aufgereiht neben den Futterkisten standen. Ein Blick auf die Garage und man wusste, wie die Betonböden aussahen, die abgedeckten Montiergruben, mit Wasserhähnen an der richtigen Stelle, Speichenleder und Putzleder. Ein Blick auf den Dienstbotenflügel erweckte die Vorstellung von Anrichteraum neben Silberkammer, Küche mit anstoßender Spülküche, Vorhalle und Telefonzelle, Putzkammer mit breiten Brettertischen und Töpfen voller Wichse, Lederfett und Meltonwachs. Ein Paradies für Dienstboten, die bekanntermaßen in solchen Dingen einem gewissen Snobismus frönen.

Es war dunkel, der kurze Wintertag ging seinem Ende zu, als Evelyn und Dan ankamen. Die Lichter des Wagens glitten die Einfahrt entlang und erleuchteten die breite Kiesauffahrt. Die Fenster des Hauses strahlten einen gelben Willkommensgruß. Der Butler Paterson kam ihnen bis an die Haustür entgegen, von zweien seiner livrierten Hilfskräfte begleitet. Paterson mochte Mrs. Thomas gern. Sie verursachte eine ganze Menge Zusatzarbeit im Hause, das stimmte; so konnte sie zum Beispiel zu jeder Tageszeit eine telegrafische oder telefonische Nachricht zu erledigen oder ein Paket vom Bahnhof zu holen haben. Überdies erschien sie gelegentlich verspätet zu den Mahlzeiten, eine Sünde, die niemand anderem vergeben wurde. Paterson hatte sie trotzdem für sich in den Rang einer Lady erhoben und war zudem der Überzeugung, es sei genügend Personal da, um all ihren Wünschen gerecht zu werden. Außerdem hatte sie eine Art, von Zeit zu Zeit zu sagen: »Ich fürchte, ich mache Ihnen eine Menge Ärger, Paterson«, gerade wenn er das Gefühl hatte, dass er lieber zwanzig Leute im Haus habe als nur Mrs. Thomas allein, eine bestimmte Art, die allen Ärger wieder gutmachte. Paterson mochte auch Mr. Dan, der später der Herr von Newlands werden würde, auch wenn Mr. Dan ihn etwas befangen und sehr zurückhaltend behandelte und bei der Ankunft häufiger vergaß, sich nach seinem Befinden zu erkundigen. Im Ganzen zog Paterson, der keine sehr hohe Meinung von dem Jarrold-Clan hatte, so angenehm er auch in mancher Hinsicht als Arbeitgeber war, Mrs. Thomas und Mr. Dan den übrigen Familienmitgliedern vor. Sie entsprachen am ehesten dem Typ von Herrschaften, denen zu dienen er gewohnt war.

Die Haustür wurde rasch hinter ihnen vor der eisigen Luft des Dezemberabends geschlossen, und sobald sie sicher in der warmen Empfangshalle waren, nahm Paterson ihnen die Mäntel ab.

Der Tee, teilte er ihnen mit, sei gerade in der Bibliothek serviert worden. Und dorthin geleitete er sie, nachdem er Evelyn zunächst einen Stapel Briefe und Päckchen und Dan eine einzelne Drucksache ausgehändigt hatte. Er führte sie durch die Empfangshalle und das Frühstückszimmer zur Bibliothek, wo er die Tür öffnete und zeremoniell verkündete: »Mrs. Thomas Jarrold; Mr. Daniel Jarrold«, worauf er sie der Verwandtschaft überließ.

Die ganze Familie Jarrold war um den Teetisch versammelt und erhob sich erfreut, um Evelyn willkommen zu heißen. Dan stand abseits und hatte ein wenig das Gefühl, als gehöre er nicht dazu, und war dankbar, dass er Taschen hatte, in die er die Hände stecken konnte. (Als ihm jedoch einfiel, dass sein Großvater sofort sagen würde: »Aha, die schlappe Eton-Haltung! Hm-hm-hm. Kannst du nicht gerade stehen, mein Junge?«, nahm er die Hände aus den Taschen und versuchte ziemlich ungeschickt, sie anderswo unterzubringen.) Alle schienen sich sehr zu freuen seine Mutter zu sehen, und man rückte ihr einen Stuhl neben Großmutters Platz an den Tisch.

Großvater schwärmte um sie herum wie eine alte Hummel um eine Rose, bot ihr Scones, Sandwiches und Teegebäck an und sagte schließlich im Scherz, sie hätte sicherlich lieber einen Cocktail. Onkel Geoffrey und Onkel Evan hörten mit ihrem gelangweilten Getue auf und wurden ganz munter; sie strichen sich mit der Hand übers Haar, fingerten an den Manschetten und am Knoten ihrer Krawatten herum. Dan stand inzwischen immer noch da und war froh, dass seine Mutter die ganze Aufmerksamkeit auf sich zog, und er war sich nicht ganz sicher, wie weit er selbst sich vortrauen dürfe. Schließlich tippte seine Großmutter auf einen Stuhl und ließ ihn auf der anderen Seite neben sich sitzen.

Erleichtert setzte er sich, er fühlte sich nun weniger groß, weniger unbeholfen, weniger auffallend.

Das Zimmer war warm, geräumig und strahlend hell erleuchtet – zu strahlend. Es tat kund, dass die Jarrolds es nicht nötig hatten mit elektrischem Licht zu sparen. Ein riesiges Holzfeuer loderte im Kamin, doch es war im Wesentlichen zum Anschauen; die eigentliche Wärme kam von der Zentralheizung. Große, mit Chintz bezogene Sessel und Sofas verkündeten den englischen Sinn für Behaglichkeit, sie wurden durch die Scones, das Teegebäck und die dampfende Silberkanne ergänzt. Da dies die Bibliothek war, zogen sich entlang der Wände die Bücherschränke mit Gittertüren, deren Schlüssel an Mr. Jarrolds Uhrkette hing. Es war der Hauptschlüssel, der auch die Schaukästen des Museums in der Park Lane öffnete. Die Bibliothek bestand durchweg aus Gesamtausgaben der führenden Schriftsteller von Spencer bis zu Hardy; die meisten davon waren nicht aufgeschnitten und nur wenige gelesen. Diese Ausnahmen, die aufgeschnittenen und gelesenen, waren Dickens und – überraschenderweise – Swinburne, mit dem nach Mr. Jarrolds Ansicht die englische Prosa wie auch die englische Poesie ein Ende gefunden hatte. Die modernen Schriftsteller waren in teuren Ausgaben vertreten und wurden – das erklärte das Vorhandensein von Hardy und Conrad – auf gut Glück immer dann nach dem Rat eines Freundes bestellt, wenn es Mr. Jarrold notwendig erschien seine Bibliothek auf einen neueren Stand zu bringen. Es war ein angenehmer Raum, diese Bibliothek in Newlands, für jeden, der nicht gerade Bücher lesen wollte.

Rund um den Teetisch saßen William Jarrold; Louisa, seine Frau; Geoffrey, sein ältester lebender Sohn, mit

Hester, seiner Frau, Robin, ihrem Sohn, und Ruth, ihrer Tochter; Evan, der zweite lebende Sohn, und Catherine, die unverheiratete Tochter. Minnie, das unartige Kind, war zweifellos oben bei Kakao, wie das alte Kindermädchen genannt wurde, das alle Jarrold-Kinder aufgezogen hatte und dessen richtiger Name schon längst vergessen war.

Eine heitere, typische und harmonische Familiengesellschaft, würde man denken, zusammengehalten von William Jarrolds kurzer, kräftiger Hand. Und doch gab es unstimmige Elemente und Streitpotential, wie Evelyn sehr wohl wusste. Jeden Augenblick konnte sich eine Explosion entladen zwischen Evan und seinem Vater oder zwischen Dan und seinem Großvater. Und in Ruths unglücklichen Augen las sie die Fülle der Komplikationen der unausgesprochenen Situation zwischen Ruth und ihr selbst – besser gesagt, zwischen Ruth, ihr und Miles Vane-Merrick.

Dan war der erste, dessen Wut sich entlud. Er stürmte in ihr Zimmer, während sie sich zum Dinner ankleidete. Sie hatte ihm wegen seiner Schweigsamkeit und schlechten Laune beim Tee zurechtgewiesen.

»Die Wahrheit ist, dass ich sie nicht ausstehen kann, Mummy. Großpapa und Großmama sind ja noch in Ordnung, aber die andern kann ich nicht ausstehen. Es ist zum Ersticken hier. Warum sprechen sie niemals über etwas, das sich lohnt anzuhören? Warum lächeln sie höhnisch über alles, was mir wichtig ist? Warum zieht mich

Onkel Goffrey am Haar und sagt: ›Willst du ein Dichter werden, Dan?‹, bloß weil ich keine Zeit hatte, es mir schneiden zu lassen? Warum finden sie's komisch, wenn man Gedichte und Bilder und Musik mag, und machen Witze darüber? Aber sie selbst nehmen es so verdammt ernst mit ihrem Golf oder Englands Gewinnaussichten gegen Australien? Großpapa ist irgendwie anders; es ist wahr, dass auch er sich nicht die Bohne aus Dingen macht, die mich interessieren, aber man fühlt, dass er etwas aus seinem Leben gemacht hat, selbst wenn's nur das Geschäft ist. Man merkt ihm an, dass er immer mit wichtigen Dingen Umgang hatte und dass er einem eine Menge darüber erzählen könnte, wie es zugeht in der Welt, wenn er sich nur die Mühe machen wollte. Mag er ruhig ein Philister sein! Nur hat er anscheinend seine gesamte Energie für sich selbst verbraucht und nichts davon für seine Kinder übriggelassen.«

»Sie versuchen sich ihrer Vorstellung vom idealen Engländer anzupassen«, sagte Evelyn.

»Machst du dich lustig über mich, Mummy? Das klingt, als ob du Mr. Vane-Merrick zitierst. Ich frag mich, was würden sie wohl von ihm denken? Ich möchte ihn mal hier zwischen ihnen erleben.«

Evelyn wusste genau, was sie von ihm dachten: ein Verräter seiner Klasse. (»Ich weiß nicht so recht, was ich von dem Kerl halten soll«, hatte Geoffrey gesagt.) Aber das erzählte sie Dan nicht.

»Tröste dich, Dan; in gut einer Woche bist du bei ihm.«

»Gott sei Dank, Mummy. Und da ist noch etwas – ich habe es nie gewagt, dich danach zu fragen: War Vater so wie meine Onkel? Oder war er so wie Mr. Vane-Merrick?«

Nach einer Pause erwiderte Evelyn »Dein Vater war Onkel Geoffrey sehr ähnlich«. Die Frage hatte sie doch ziemlich erschüttert.

»Aber er hatte doch sicher mehr Charakter, Mummy? Weißt du, in der Schule reiten sie immer auf der Charakterfrage herum. Ich weiß nicht so viel über Onkel Geoffrey, aber bei Onkel Evan habe ich den Eindruck, als hätte er überhaupt keinen Charakter. Er hat wohl die richtigen Manieren, aber nichts dahinter. Viele Leute sind so. War mein Vater auch so? Ich will das wissen – ich muss es wissen.«

»Nun ja, Dan, wenn du nun einmal darauf bestehst … ja, er war auch so. Er war sehr charmant und sehr beliebt und ein sehr guter Sportsmann auf allen Gebieten, aber man könnte ihn nicht als einen sehr gefestigten oder intelligenten Mann bezeichnen. Er machte sich nichts aus gescheiten Leuten, er misstraute ihnen. Ich glaube, du würdest sagen, er belächelte sie. Ich weiß, dass dir das zu Herzen geht, was ich sage, Dan, aber du weißt, dass ich dir immer die Wahrheit sage.«

»Ja, Mummy. Das gehört auch noch zu eurem Bild des idealen Engländers: Er hasst die Wahrheit. Ich habe das auf der Schule entdeckt. Wenn du sagst, was du wirklich denkst, oder versuchst hinter die Wahrheit zu kommen, hinter die wirkliche Wahrheit, dann wird's den Leuten so unbehaglich, als ob du etwas Anstößiges gesagt hättest.«

Evelyn lächelte über Dans naive Entdeckungen; sie war froh, dass sie wieder lächeln konnte nach dem plötzlich belastenden Gespräch. Aber wie problembeladen er war, dieser junge Prophet, der in der Wüste rief. Sie wusste nicht, sollte sie ihn um seines eigenen Glückes willen ermutigen oder sollte sie nicht, und schließlich meinte sie: »Bleib du bei deinen Prinzipien, Dan; kümmere dich nicht um andere Leute. Und jetzt geh lieber, sonst komme ich zu spät zum Dinner.«

Es gab Augenblicke, in denen ihre Liebe zu ihm größer war, als sie ertragen konnte.

Newlands langweilte sie entsetzlich, es langweilte sie nicht nur, es ging ihr auf die Nerven. Diese Reizbarkeit war ihr neu und hatte sie überkommen, seit sie Miles kannte. Das völlige Fehlen von Geist bei den jüngeren Jarrolds, ihr dauernder grober Spott, den sie für Witz hielten, die Begrenztheit ihrer Interessen, die Intoleranz, die Engstirnigkeit, das alles schien ihr nun unerträglich im Gegensatz zu Miles Vane-Merricks geistiger Wendigkeit und Munterkeit. Den betrunkenen Evan, der ihr mit seinen Fehlern menschlicher erschien, zog sie beinahe noch dem steifen und selbstgerechten Geoffrey vor und seiner tugendhaft britischen Frau. Mrs. Geoffrey konnte über nichts als ihre Dienstboten sprechen.

»Kannst du dir das vorstellen, meine Liebe, wir können dienstags niemanden zum Dinner bitten, weil die Köchin darauf besteht, an diesem Tage auszugehen? Denkst du, sie würde ihren freien Tag verschieben, um uns einen Gefallen zu tun? Die nicht! Und die andern sind genauso. Als ich neulich mit Baxendale darüber sprach, antwortete sie – du kannst dir nicht vorstellen, wie unverschämt sie antwortete – ›Nun, gnädige Frau, jeder möchte sein kleines Vergnügen haben.‹ Kleines Vergnügen, wirklich! Und ich höre, dass die Unsittlichkeit unter den Mädchen dieser Klasse schrecklich ist. Denk nur an die Geschichten, die man über die Parks hört. Und bist du schon mal abends am Strand von Brighton entlanggegangen?«

»Vielleicht haben die armen Dinger keinen andern Ort, wo sie hingehen können«, sagte Evelyn.

»Ich muss schon sagen, Evelyn, du setzt mich in Erstaunen. Da sieht man's, dass du niemals ins Kino gehst. Wenn du dich da im Dunkeln umsiehst.«

»Warum schaust du dich dann um?« fragte Evelyn, als ihre Schwägerin eine vielsagende Pause machte.

»Ha, ha, du bist wirklich manchmal komisch, Evelyn. Geoffrey, hast du das gehört? Das ist wirklich lustig. Ist sie nicht schlagfertig, Geoffrey?«

»Ich habe schon immer gesagt, Evelyn ist ein bisschen intellektuell«, sagte Geoffrey von seinem Sessel her.

Mrs. Geoffrey schrie entzückt auf. »Ja, so ist es: ein bisschen intellektuell. Fortschrittliche Ansichten und all so etwas. Wer hätte je gedacht, dass wir eine Intellektuelle haben – in unserer Familie. Und dann noch Dan ...« Noch etwas süffisanter fügte sie hinzu: »Im Ernst, Evelyn, wir machen uns alle ein bisschen Sorgen um Dan. Ich hoffe, du nimmst es mir nicht übel, dass ich das sage. Aber du weißt ja, dass er gestern nicht mit auf die Jagd wollte; er sagte, er wolle malen. Weißt du, das ist aber gar nicht natürlich für einen Jungen in dem Alter, nicht wahr, Geoffrey? Sag doch auch mal was.«

»Würdest du es für natürlich halten, wenn er den Dorfmädchen nachstellte?«

»Ha, ha«, machte Geoffrey. »Da hast du's, Hester.«

»Liebe Evelyn, ich hoffe wirklich, dass du so etwas nicht sagst, wenn Ruth dabei ist.«

»Ich fürchte, ich kann Dan nur zu gut verstehen, Hester, ich hasse die Jagd auch. Manchmal glaube ich wirklich, es kann einer der größte Lump der Welt sein – wenn er ein guter Schütze ist, vergibt man ihm alles. Und nun muss ich wirklich gehen und mit Kakao sprechen; ich hab sie kaum gesehen, seit ich hier bin, und möchte sie nicht verärgern.«

Kaum hatte Evelyn das Zimmer verlassen, sagte Hester: »Ich weiß gar nicht, was mit Evelyn los ist, Geoffrey. Ich glaube, irgendwer muss sie beeinflussen. Was sie für Sachen sagt! Ich bin wirklich schockiert. Was nur der arme Tommy denken würde! Du solltest unbedingt mit Dan sprechen, Geoffrey, und versuchen den armen Tommy ein wenig zu ersetzen.«

»Der Junge ist ein Spinner«, warf Geoffrey verdrießlich ein.
»Das fürchte ich auch. Ruth sagt, er hätte die verrücktesten Ideen.«
»Jeder anständige Junge kann ohne große Probleme in der Schule zurechtkommen. Irgendetwas stimmt mit dem nicht. Jeder Junge kann das …«
»Er sollte zum Militär gehen.«
»Ja, da würden sie ihm die Albernheiten austreiben.«
»Ich möchte nur wissen, was Papa von ihm hält, Geoffrey?«
»Ich glaube, Papa mag ihn ganz gern.«
»Dein Vater ist so unberechenbar, Lieber. Wieso glaubst du, dass er ihn gern hat?«
»Also, ich habe Dan gestern einen Rüffel gegeben, weil er sein dummes Farbengepfusche der Jagd vorzieht, als Papa dazukam; er hat Dan auf die Schulter geklopft und gesagt: ›Bleib du nur bei deinen Grundsätzen, mein Junge.‹«
»War das ein Scherz?«
»Ein ziemlich dünner Scherz«, brummte Geoffrey.
Aber trotzdem hatte er recht. Mr. Jarrold mochte Dan wirklich gern. Es verlangte ihm Respekt ab, wenn er sah, dass dieser Junge keinesfalls so eine Marionette war wie seine beiden eigenen Söhne.
»Catherine«, fing Hester später noch einmal von diesem Thema an, »was hältst du von Dan?«
»Wie meinst du das, Liebste? Du weißt, dass ich nie-

mals gern etwas gegen jemanden sage, besonders nicht gegen die Jugend. Sie ist so rührend schutzlos, kommt mir immer vor.«

Dieser Antwort entnahm Hester, dass sie fortfahren konnte. Und das tat sie auch. Catherine war ein ausgezeichnetes Publikum. Sie hatte sich ihre Jungfräulichkeit nicht fünfundvierzig Jahre lang bewahrt, ohne diese Tatsache in jedem Satz, in jeder Geste zu offenbaren. Als tätige Christin war sie mit tugendsamer Selbstzufriedenheit vollgepfropft, ohne ein Lot Nächstenliebe zu besitzen.

Sie war weniger an Dan als an Evelyn interessiert. »Vielleicht dürfen wir den armen Jungen gar nicht tadeln, Hester. Du weißt, wie sehr man den Geist der Jugend beeinflussen kann, und vielleicht ist Dans häuslicher Einfluss nicht immer – nun, vielleicht nicht immer so gewesen, als wenn der arme Thomas noch lebte.«

»Du meinst …?«

»Ich denke, du verstehst, was ich meine. Zwing mich nicht, tadelnde Gedanken in Worte zu kleiden.«

»Du bist so hochanständig, Catherine – ein wunderbarer Charakterzug von dir, Liebste. Es ist wirklich wahr, wir wissen wenig darüber, was sich in Evelyns Leben abspielt, wenn sie nicht mit uns zusammen ist. Ihre Freunde zum Beispiel, vielleicht hat sie Dutzende von Freunden, von denen wir nie etwas gehört haben. Denk dran, Catherine, Evelyn ist noch eine hübsche Frau.«

»Ja, und sie sieht viel jünger aus, als sie wirklich ist. Das muss man ihr zugestehen. Obwohl ich glaube, das ist heutzutage nicht allzu schwierig, wenn man seine Zeit und sein Geld beim Schneider und im Schönheitssalon lässt. Ich persönlich kann meine Zeit besser verbringen.«

»Gewiss. Du weißt ja, wie gern ich Evelyn habe, wie gern wir sie alle haben – der Himmel bewahre mich davor, dass ich ein böses Wort gegen sie sage –, aber sie ist eine etwas eitle Frau, Catherine – oh, eine ganz harmlose Eitelkeit! – also kurz gesagt, was denkst du?« Hester machte eine erwartungsvolle Pause.

»Ich denke mir gar nicht gern etwas«, sagte Catherine, die das in Wirklichkeit sehr gern tat.

»Ich dachte mir, dass du das sagen würdest. Mir geht's genauso. Aber angenommen, da wäre doch – nun ja –, da wäre doch jemand in ihrem Leben? Jemand, von dem wir nichts wissen? Würde das etwa ein gutes Vorbild für Dan sein? Eine gute Art, ihm Achtung vor dem Andenken seines Vaters beizubringen?«

»Oh Hester, das glaube ich nicht – nein, ich kann es nicht, will es nicht glauben.«

»Also bitte, Catherine, ich habe nichts gesagt.«

»Natürlich nicht – aber wer könnte es sein?«

»Wie kann man das sagen? Evelyn geht oft aus – und schließlich lebt sie in ihrer eigenen Wohnung.«

»Was für ein furchtbarer, entsetzlicher Gedanke«, sagte Catherine und genoss den Kitzel. Sie malte sich alles aus, mit jeder Einzelheit, die sie sich ausdenken konnte, während sie in christlicher Nächstenliebe der armen, alten Mrs. Moffat einen Topf Sülze ins Dorf hinunter trug. Auf einmal schaute sie Evelyn mit anderen Augen an, bemerkte dabei ihre Anmut, ihre Schönheit und stellte sich vor, wie diese Anmut, diese Schönheit von einem Mann in den Armen gehalten wurde.

Später kam es zwischen den beiden Jungen zu einem offenen Streit. Hester und Geoffrey, die zusammen im Garten auf und ab gingen, hörten zornige Stimmen aus dem Jagdzimmer.

Sie hörten Dan sagen: »Du kleines Stinktier!«

»Oh Geoffey, da macht sich Dan wieder über unsern Robin her!«

Sie eilten zur Tür und sahen die beiden Jungen; Robin schaute Dan rot angelaufen und aufsässig an, Dan zeigte sich voller Verachtung und sehr überlegen.

»Aber, aber, ihr Jungen, was ist denn nun schon wieder?«

»Er hat gesagt, er würde mich richtig vornehmen«, brachte Robin hervor, erleichtert durch das Auftauchen seiner Eltern.

»Schäm dich, Dan – wo du doppelt so groß bist. Lernst du so was in Eton?«

»Was hast du angestellt, Robin?« fragte Geoffrey nun besonnener.

»Ich hab überhaupt gar nichts gemacht, Daddy.«

»Lass Dan reden, Dan, was hat er getan?«

»Ach, nichts«, sagte Dan, stieß mit der Fußspitze gegen den Boden und schaute nach unten.

»Nun, wenn's keiner von euch sagen will, kommt Robin jetzt mit uns. Und benehmt euch das nächste Mal. – Wirklich, Geoffrey«, sagte Hester, als sie weggingen, »ich glaube, ich muss mal mit Evelyn darüber sprechen, wie Dan unseren Robin tyrannisiert.«

Sie sprach mit Evelyn, Evelyn wurde heftig und die ganze Familie wurde hineingezogen. Alle nahmen Partei für Robin; es sei eine Schande, dass Dan einen Jungen bedrohe, der zwei Jahre jünger war. Alle dachten bei sich, Robin sei doch so ein netter, gesunder, normaler Junge, aber Dan, der sei sowieso ein Außenseiter. Sie hatten zu gute Manieren, das offen auszusprechen. Aber Evelyn nahm den Unterton sehr wohl wahr.

Sie rief Dan in ihr Zimmer. »Was ist da los, Dan?«

»Ich kann's dir nicht erzählen, Mummy.«

»Ich versteh nicht, weshalb du dich nicht besser mit Robin verträgst – er ist nichts Besonderes, das gebe ich zu, aber er ist ein völlig harmloser, kleiner Junge.«

Das war ein bisschen viel für Dan, der aufgewühlt schmollte. Was würde seine Mutter wohl denken, fragte er sich, wenn sie Robins übliche Unterhaltung mit dem Reitknecht anhören könnte? Was würde Tante Hester denken oder Onkel Geoffrey? Sie alle billigten Robins Leidenschaft für die Ställe; Großvater hatte erst gestern sehr beißend gesagt, dass er sich wirklich freue, wenigstens einen Jungen zu sehen, der Pferde gern mochte. Wenn die wüssten! Aber Dan würde es ihnen nicht erzählen. Sie sollten ruhig wohlwollend lächeln, wenn

Robin aus dem Stall zurückkam mit Strohhalmen im Haar. Das einzige, was er, Dan, tun konnte, war, das kleine Biest zum Teufel zu wünschen.
Er würde es Mr. Vane-Merrick erzählen. Er würde ihm eine moralische Grundsatzfrage vorlegen, ohne Robins Namen zu nennen.
»Mummy, wie viele Tage müssen wir noch hierbleiben?«
»Fünf, Dan – warum?« Als ob sie sie nicht auch einen nach dem anderen abgezählt hätte.
»Ach, nichts.«
»Möchtest du wieder nach London?«
»Nein, ich möchte zu Mr. Vane-Merrick. Hier gibt es so viel Scheinheiligkeit – ich halte das nicht mehr aus.«
Es gab sogar noch mehr Verlogenheit, als Dan glaubte. Geoffrey hatte nämlich ziemlich zutreffende Vorstellungen vom wirklichen Charakter seines Sohnes. Aber insgeheim lachte er nur darüber: Robin hatte es in sich, er war nicht so wie dieser Schlappschwanz Dan, der sich nichts traute. Geoffrey spürte immer eine Aufwallung von Stolz, wenn er beobachtete, wie sein Sohn ein Pferd über die Hindernisse auf der Koppel brachte oder einen Vogel mit dem neuen Gewehr herunterholte, das ihm sein Großvater zu Weihnachten geschenkt hatte. Wenn ein Junge von fünfzehn das fertigbrachte und sich dabei zum richtigen Mann entwickelte, was kam es da auf die kleinen Schweinereien an?
Außerdem würde der Junge bald die Schulfarben tragen dürfen. So einen guten Kricketspieler würden sie

niemals von der Schule werfen. Geoffrey hatte darüber ein Gespräch mit seinem zuständigen Tutor gehabt, der Robins Haus vorstand, und der hatte eine zuversichtliche Andeutung gemacht. Gewiss, Robin war nicht gut in den wissenschaftlichen Fächern – er war sogar zweimal in den Vorprüfungen durchgefallen, aber er war der beste Werfer in seiner Gruppe. Seine kleinen Schwierigkeiten ließen sich überwinden. Jedenfalls war Robin eine gute Bank als Kricketspieler und jeder, der sehr gut für sein Haus spielte, konnte sicher sein, dass er in die Schulmannschaft kam. Nicht anzunehmen, dass sie einen feuern würden, der einen sicheren Platz in der Schulmannschaft hatte. Nein, nein, dachte Geoffrey, Robin ist schon in Ordnung; schade, dass er nicht der Erbe war. England würde auf der sicheren Seite sein, wenn immer nur Jungen wie Robin die Erben wären und nicht Jungen wie Dan.

Niemand konnte so tun, als ob es ein gelungenes Weihnachtsfest wäre. Evelyn musste die ganze Zeit um sämtliche Klippen herumschiffen. Sie musste unentwegt heiter und erfindungsreich sein; und das fiel ihr diesmal besonders schwer, weil sie selbst auch ihre Befangenheiten hatte und darüber hinaus durch ihre Entfremdung von Ruth in die Familienschwierigkeiten verwickelt war. Bei den früheren Weihnachtsfestlichkeiten hatten die beiden sich gewöhnlich zwischen Tee und Dinner in ihren Zimmern getroffen und in aller Ruhe ihre Beobachtungen über den Tagesablauf ausgetauscht. Evelyn hatte eine gewisse Befriedigung in Ruths Verehrung gefunden; nicht dass sie sich besonders viel aus Ruth machte, aber für einen Menschen ihrer Veranlagung war es immer angenehm, jemanden zu haben, der sich völlig kritiklos unterordnete. Ruth durfte ihr die langweiligen Momente vertreiben. Fast zynisch war ihr klar, dass diese Herrschsucht eine unerfreuliche Seite ihres Charakters war. Das unwürdigste Opfer war immer noch besser als überhaupt kein Opfer. Nun kränkte es ihre Eitelkeit, dass sie ihre Gewalt über Ruth verloren hatte. Ruth tat ihr zwar in gewisser Weise leid, aber sie wusste nicht, was sie daran ändern konnte; außerdem war sie pikiert über die Ironie, die darin lag, dass ausgerechnet Miles Vane-Merrick sie einer Sklavin beraubt hatte.

Die abendlichen Zusammenkünfte mit Ruth gehörten nun der Vergangenheit an. Das war für beide unangenehm. Einmal kam Ruth und klopfte an Evelyns Tür, aber die Unterhaltung blieb gezwungen und kurz; sie hatte nichts von dem leichten, albern-freundschaftlichen Ton früherer Tage. Sie endete damit, dass beide gleichzeitig sagten, sie müssten Briefe schreiben. Diese Gleichzeitigkeit und die Offenkundigkeit der Ausrede machten die Angelegenheit nur noch schlimmer und schwieriger. Es war verletzend und ärgerlich. Dazu kam, dass Ruth offensichtlich unglücklich war; Evelyn hätte nie geglaubt, dass die oberflächliche Ruth wirklich unglücklich sein könnte. Aus unerklärlichen Gründen irritierte es sie, jemanden – wenn auch nur insgeheim – unglücklich zu sehen, wo sie selbst so erschreckend, so leidenschaftlich glücklich war. Ruths armes weißes Gesicht und ihre rührenden Anstrengungen waren wie ein Vorwurf für sie.

Ruth litt schrecklich und es gingen ihr einige furchtbare Verse nicht aus dem Kopf:

»Es ist kein ehrlicher Feind, der mir diese Schmach angetan hat; denn dann hätte ich sie zu ertragen vermocht. Es war nicht mein Widersacher, der sich über mich erhoben hat, denn dann hätte ich mich verborgen vor ihm. Sondern du selbst warst es, du, Gefährte und Führer, mein eigener vertrauter Freund.«

Die Ungewissheit quälte sie noch immer. Hätte sie genau gewusst, dass Evelyn Miles Vane- Merrick liebte, hätte sie es zu ertragen vermocht. Sie war selbst eine Frau, und so gab sie sich keinen Illusionen über die Tiefe weiblicher Grausamkeit hin, wo Liebe oder Eitelkeit im Spiel sind. Evelyn hatte – das wusste Ruth – einen grausamen und hässlichen Zug in ihrer Veranlagung. Soweit war sie sich seltsamerweise im Klaren, weiter dachte sie nicht. Dass sie es in Evelyn mit einer überaus komplexen und leidenschaftlichen Natur zu tun hatte, reichte weit über ihr Verständnis hinaus. Sie glaubte sogar irrtümlich, Evelyn spiele nur deshalb mit Miles Vane-Merrick, um sie zu demütigen und zu unterwerfen, oder auch nur deshalb, weil sie es nicht ertragen konnte, dass das Interesse eines Mannes einer anderen Frau galt.

Frauen, selbst die engsten Freundinnen, taten einander so etwas an. Ruth wusste das. Es war ihr so selbstverständlich, dass sie das niemandem außer Evelyn übelgenommen hätte. Doch es schmerzte sie, dass ausgerechnet Evelyn, die sie von Kind auf verehrte und der man von allen Seiten so viel Bewunderung erwies, den Wunsch haben sollte, ihr die einzige, armselige Kostbarkeit wegzuschnappen.

Vielleicht ahnte Evelyn gar nicht, wie bitter sie sie getroffen hatte. Aber weshalb wich sie ihr dann aus und benutzte jede Ausrede, nicht mit ihr allein zu bleiben? Nein, nein, Evelyn wusste sehr wohl, was sie da tat.

Am Silvesterabend verlor Ruth jeden Zweifel an ihren Vermutungen. Die Familie fand nach einem Spaziergang ihre Post in einzelnen Stößen geordnet auf dem Tisch in der Empfangshalle vor. »Hier sind deine, Evelyn«, sagte Ruth gedankenlos und sah im selben Moment den Umschlag mit Miles Vane-Merricks Handschrift oben auf dem Stapel liegen.

Evelyn benutzte die Gelegenheit, im Laufe des Abends in Ruths Gegenwart zu Dan zu sagen: »Ich höre heute von Mr. Vane-Merrick, dass er uns am zweiten erwartet, Dan. – Dan und ich«, fügte sie zu Ruth gewandt hinzu, »werden deinen Freund Vane-Merrick besuchen, Ruth; ist das nicht komisch? Ich glaube, er lebt unter den scheußlichsten und unbequemsten Verhältnissen, aber Dan möchte gern hin, also muss ich mich wohl opfern.«

Was in aller Welt hatte sie bloß zu dieser Ankündigung gebracht – weder sie noch Ruth konnten sich das erklären.
»Ich wusste gar nicht, dass Dan ihn kennt«, brachte Ruth hervor, in tiefstem Herzen getroffen.
Dan war sofort völlig angetan.
»Kennst du ihn auch, Ruth?« Er war noch nicht ganz über die naive Überraschung des jungen Menschen hinausgewachsen, der entdeckt, dass jemand, den er kennt, auch mit einem andern bekannt ist, den er ebenfalls kennt. Das ist das zweite Stadium, das der Kindheit folgt, in der man annimmt, dass jeder einzelne in dem kleinen Kreis, in dem man lebt, auch mit jedem außerhalb dieses Kreises vertraut sein muss. »Ist er nicht ein wunderbarer Mensch? Er hat uns neulich abends in London in einen russischen Film mitgenommen. Ich glaube, er ist der anregendste Mensch, den ich in meinem Leben kennengelernt habe. Mummy meint das auch – nicht wahr, Mummy? Aber sie wird so etwas nicht sagen. Ich glaube, sie fürchtet, dass ich zu viel mit ihm rede.«
Plötzlich schwieg Dan; gewöhnlich war er Ruth gegenüber nicht so mitteilsam. Nur die Erinnerung an Vane-Merrick hatte ihm die Zunge gelöst. Er war ziemlich düpiert, als Ruth gleichgültig zurückgab: »Ach ja, ist er wirklich so wunderbar? Na ja, ich glaube, er ist ein ganz netter junger Mann.«
Nun kannte sie die Wahrheit. Ruth quälte der Gedanke, dass Evelyn bei ihm wohnen würde, auf seiner halb zer-

störten Burg, wo er seine freie Zeit allein zubrachte; sie würde in sein persönliches Leben eindringen und eine neue Vertraulichkeit zwischen sich und ihm schaffen. Evelyn und Miles würden die Intimität des täglichen Lebens miteinander teilen, fern von der lästigen Anwesenheit der Dienstboten. Ruth stellte sich vor, wie Dan hinausgeschickt wurde, um Wasser vom Brunnen zu holen, während Miles das Feuer anblies und Evelyn von nebenan rief, ob das Wasser schon kochte. Was für einen Spaß sie haben würden! Und hinter dem Spaß würde die verborgene, zitternde Leidenschaft warten, die man vor dem Jungen verbergen musste, die jedoch gerade wegen des Geheimnisvollen umso süßer wäre.

Diese doppelte Qual schmerzte Ruth so sehr, dass sie sich die Hände mit einem kleinen Aufstöhnen vors Gesicht hielt. Niemals vorher hatte sie gewusst, wie sehr das Leben schmerzen konnte.

Evelyn zuckte die Schultern, als sie sich auf den Weg zur Bibliothek machte. Es war ein unangenehmer kleiner Zwischenfall gewesen und sie war froh, dass er vorüber war. Wenigstens hatte er die Lage zwischen Ruth und ihr bereinigt; Evelyn fand keinen Geschmack an ungeklärten Situationen.

An der Tür der Bibliothek kam ihr Minnie heulend entgegen.

»Nun, was hast du denn, Minnie?«

»Großpapa ist so böse mit Onkel Evan.«

»Dort drin?«

»Ja, dort drin. Ich geh zu Kakao. Ich hab Angst.«
»Sind sie allein?«
»Ja.«
Evelyn zögerte; sollte sie hineingehen und vermitteln? Vielleicht würde es Evan die Sache erleichtern. Aber es war schwierig, sich in die Unannehmlichkeiten anderer einzumischen, wenn einem selbst der Kopf voll war mit einer, und zwar nur einer einzigen Angelegenheit. »Oh Miles«, flüsterte sie und presste in ungeduldiger Verzweiflung die Hände zusammen; sie sehnte den Frieden und das Glück herbei, die sie in der nächsten Woche erwarten würden.
Sie trat ein.
Offensichtlich war Mr. Jarrold außer sich vor Zorn. Mit großen Schritten stapfte er im Zimmer auf und ab, schlug die Hände hinter dem Rücken aufeinander, wie immer, wenn er sehr wütend war. Evan stand am Kamin und schaute betreten drein, neben ihm eine Karaffe mit Whisky und ein Siphon mit Sodawasser.
Mr. Jarrold, der alle Selbstbeherrschung verloren hatte, wandte sich sofort an Evelyn: »Ich bitte dich, sieh dir das an, Evelyn! Fünf Uhr nachmittags, und schon ist er wieder dabei. Glaubte, ich sei weit vom Schuss bei einer Direktorenkonferenz. Es ist eine Schande! Er ist den ganzen Tag nicht draußen gewesen – er hockt hier herum, säuft Whisky und macht sich zum Affen. Ich hab ihm gesagt, dass ich das nicht dulde. Ich will keinen Sohn, der sich in meinem Hause wie ein Stück Vieh aufführt.

Wenn er trinken will, soll er das sonst wo tun. Aber bei Gott, ich werde mein Testament ändern: Er soll nicht einen Pfennig von meinem Geld in die Finger kriegen, nicht ein Wort soll er in meinem Unternehmen zu sagen haben. Ich hab's ihm gesagt; nun kann er wählen.«

»Und ich habe Papa gesagt, dass es ungerecht ist, einen erwachsenen Mann zu verdammen, nur weil er an einem kalten Nachmittag einen Whisky mit Soda statt Tee trinkt«, grollte Evan.

»Verdammt noch mal, mein Lieber! Lass die Ausflüchte«, brüllte Mr. Jarrold zurück. »Du weißt ganz genau, weshalb ich dich verfluche. Du säufst den ganzen Tag hinter meinem Rücken. Du bist ein unnützer Trunkenbold und Nichtsnutz. Ich schäme mich deiner. Am liebsten möchte ich dich sofort aus dem Haus werfen. Ich weiß nicht, was in alle meine Kinder gefahren ist. Verdorbene Früchte, das sind sie! Geoffrey ist ein Einfaltspinsel, du bist ein Trunkenbold, Dan ist ein Schlappschwanz – das ist der Dank dafür, dass ich eine Familie gegründet habe und mein ganzes Leben lang geschuftet habe, um ihnen von allem nur das Beste mitzugeben. Und dann wagst du's, mir etwas vorzuschwatzen von einem Whisky mit Soda statt Tee. Weiß Gott, mein Lieber, am liebsten möchte ich dich verprügeln, dir eine in dein dämliches Gesicht verpassen«, und Mr. Jarrold ging zitternd vor Wut mit erhobener Faust auf seinen Sohn los.

»Mein lieber Vater«, unterbrach Evelyn und suchte dabei Zuflucht in einer eisigen Überlegenheit, gleichzeitig wich sie ein wenig zurück, »bist du nicht gerade dabei dich zu vergessen? Wir sind hier schließlich nicht in einer Bergarbeiterhütte.«

»Nein, das sind wir nicht«, schnappte Mr. Jarrold zurück, »aber manchmal wünschte ich, wir wären's. Ich wollte, ich hätte mich niemals aus der Klasse herausgearbeitet, in die ich geboren wurde. Oh, ich schäme mich ihrer nicht, aber du. Du schämst dich, weil der Vater deines Vaters ein Mann aus dem Volk war – du mit deiner Vornehmtuerei, äffst den Gentleman nach, bist ja so furchtbar etepetete. Gar nichts bist du – weder das eine noch das andere. Ich hab etwas Falsches aus dir gemacht. Keine Bergarbeiterhütte – nein. Aber ich, ich bin in so einer Hütte geboren und bin stolz drauf. Mein Vater hatte rotes Blut in den Adern fließen und kein Zuckerwasser. Bei Gott, damals hat England noch richtige Männer hervorgebracht!«

Er hielt inne, vergaß die Missstände in seinem persönlichen Umfeld und ließ die aufschlussreichste Predigt vom Stapel, die Evelyn je von seinen Lippen vernommen hatte. Dabei stieg ihre Achtung vor ihm immens; er mochte grob sein und ungeschliffen, ihm mochte das Gebahren eines vornehmen Geoffrey oder auch eines verachtungswürdigen Evan völlig fehlen, ihm mochte auch das erwachende Differenzierungsvermögen Dans fehlen, aber er war so echt wie ein alter Bulle auf seinem Feld und er kannte kein kleinliches, gekünsteltes Zögern, wenn es darum ging, genau das auszusprechen, was er dachte. Er war so kraftvoll und obendrein so beredt, dass Evelyn endlich verstand, weshalb es ihm immer gelungen war seinen gesamten Vorstand hinter sich zu bringen. Sie war sehr froh, dass Dan sich ins Zimmer geschlichen hatte und zuhörte.

»Ich will nicht sagen, dass sie damals keine Fehler gemacht hätten«, ereiferte sich der alte Jarrold weiter. »Viele Leute halten es für einen Fehler, dass man England überhaupt zu einem Industrieland gemacht hat. Aber damals konnte man von keinem Menschen ein solches Maß an Voraussicht erwarten. Es war die große Chance und sie ergriffen sie. Weiß Gott, sie packten zu! Mit beiden Händen. Man kann ihnen nicht vorwerfen, dass sie damals nicht vorhergesehen haben, dass sich diese Industrienation bis 1931 zu einem nicht mehr steuerbaren Monster entwickelt haben würde. Was für eine Aufbruchstimmung! Mein Vater hat mir erzählt, was er dabei empfand, als er seine ersten Werkstätten einrichtete. Ein Mann wie mein Vater hatte bis dahin überhaupt keine Entwicklungschancen gehabt; entweder war man Adliger oder Bauer, ein kleiner Händler oder ein Arbeiter – ein großer Herr oder ein kleiner Mann, je nachdem. Es gab keine eigentliche Mittelklasse. Auf der einen Seite waren alle Privilegien versammelt, auf der anderen fehlten die geringsten Aufstiegschancen. Die Privilegierten nahmen sich einfach nur ihr Recht, sie haben es nicht einmal unbillig ausgenutzt. Die Chancenlosen mussten eben ohne alles auskommen.

Doch dann wuchsen energische Männer wie mein Vater heran, die das neue England schufen, und ihre Söhne haben es weiter entwickelt – wie ich selbst auch. Und was wir auf die Beine gestellt haben! Vielleicht wäre es besser gewesen, wir hätten das nicht getan? Aber man kann die Vergangenheit nicht zurückdrehen, man kann sie nicht ungeschehen machen. Wir haben einen neuen Schlag von Engländern geschaffen, weder großer Herr noch kleiner Mann, sondern einen Mann, der genau dieser Zeit entsprach, zäh, freimütig und ohne Schnörkel. Dann ging das Problem los: es genügte uns nicht mehr, wenn unsere Söhne blieben, was wir selbst gewesen waren, geradlinige Geschäftsmänner, die etwas von ihrer Arbeit verstanden und entschlossen waren, das Beste herauszuholen. Dann wollten wir auf einmal, dass unsere Söhne genau das würden, was wir im Grunde verachtet und worauf wir mit Neid geblickt hatten. Und jetzt, du lieber Gott nochmal, jetzt haben wir erreicht, was wir wollten. Wir haben einen Haufen Taugenichtse geschaffen, die so verdammt penibel auf ihre Manieren achten und nur auf die allein, weil sie im Grunde wissen, sie gehören dort gar nicht hin, wo sie hingestellt sind. Gib mir einen Gentleman, gib mir einen Landwirt, gib mir einen Arbeiter oder gib mir den rechtschaffenen Mittelständler John Smith, aber der Himmel bewahre mich vor diesen anmaßenden Nichtsnutzen, die sich einbilden, die Aristokratie der Zukunft zu sein. – Und das will ich dir auch noch sagen«, fügte er grim-

mig hinzu, »nicht einmal imitieren könnt ihr richtig. Früher war einiges dran an dem Engländer von edler Herkunft. – Oh ja, zuck nur zusammen, halt mich nur für einen alten Snob, der bin ich auch. – Der kümmerte sich um seine Ländereien und schämte sich weder seiner Gefühle noch seines Verstandes. Heute lehrt man ihn seine Gefühle zu unterdrücken, bis er keine mehr hat, und das gilt noch mehr für seinen Verstand. Früher schämte er sich seiner Kultur nicht. Heute tut er das, aber er hat sie nicht durch etwas anderes ersetzt. Er hat sein überlegenes Benehmen und seine Hochachtung vor guten Umgangsformen behalten, aber das ist alles, was er von seinen Vorfahren übernommen hat, und das ist alles, was du und deinesgleichen ihm nachäffen. Er ist selbst schon eine Fälschung und du bist eine doppelte Fälschung. Welchen Zweck erfüllst du in einer Welt, die lebendige Menschen braucht und nicht Wachspuppen, die mit Stroh ausgestopft sind?
Du wirst vielleicht sagen, dass ich alles schlechtmache, an das ich anscheinend geglaubt habe. Genauso ist es. Ich habe dich und deine Brüder in eine Privatschule geschickt und ich habe Dan nach Eton geschickt; das heißt, alles, worüber ich mich beklage, habe ich mir selbst zuzuschreiben. Es kommt sogar noch schlimmer, aber das weißt du noch nicht; morgen wirst du's wissen. Ich habe geglaubt, für dich und die ganze Familie das Beste zu tun; und erst jetzt, wo ich sehe, was für ein Faulpelz du bist, erkenne ich meine Fehler. Ich hätte

euch alle zum Arbeiten schicken sollen. Ich habe gute Lust, das sogar jetzt noch zu tun.«

Wild um sich blickend entdeckte er Dan.

»So, du bist auch da, Junge? Und wie ist das nun mit dir – der dritten Generation, wie? Nun sag schon, bist du ein Weichling oder nicht? Deine Mutter hat mit mir gesprochen, über dich und das Jagen, und ich hab ihr die Meinung gesagt; aber wenn du mir irgendetwas mitzuteilen hast, nur zu, ich will es mir anhören. Ich hab so den Eindruck, als ob du deinen eigenen Kopf hast, egal was ich denke. Ich habe den Eindruck, als ob du dich von Eton gar nicht bilden lassen willst. Ich hab dich da hingeschickt, damit du in Form gebracht wirst, aber, verdammt noch mal, du gefällst mir, wenn du dagegen hältst. Na was sagst du?«

Er wartete. Dan war sprachlos, fand keine Worte, um auf diese plötzliche Herausforderung etwas zu erwidern; außerdem war das hier Onkel Evans Auseinandersetzung, nicht seine.

»Hat's dir die Sprache verschlagen?« fragte Mr. Jarrold in überraschend guter Laune. »Na, mach dir nichts draus. Du bist jung. Ich will dich nicht drangsalieren. Aber hör mal, junger Mann, du hast was gutzumachen. Verdammt viel wiedergutzumachen. Überspring diese Generation.« Er wies mit dem Daumen hinter sich auf Evan. »Tu so, als hätte es die da nie gegeben. Geh ganz zurück oder geh vorwärts. Beides ist möglich. Komm mal in einem Jahr zu mir und erzähl mir was von deinen Plänen.«

»Ja, Großpapa.« Dan war froh, er war erleichtert, ein Jahr war etwas Konkretes.
»Du kannst nach Oxford gehen, wenn du willst, oder ins Werk kommen. Ich werde dich nicht zum Teilhaber machen, ehe du fünfundzwanzig bist. Nein. Ich könnte es jetzt schon machen, wenn ich wollte. Will aber nicht. Nicht gut für dich. Du solltest lieber arbeiten, wenn du von Eton kommst. Bringt dir was bei, was man in Eton nicht lernen kann. Doch du musst das selbst entscheiden. Aber du musst etwas Eigenes werden, Junge, keine Imitation von irgendetwas.«
»Ja, Großpapa«, sagte Dan, der ihn nur zum Teil verstand.
»Und was dich betrifft«, wandte Mr. Jarrold sich zu Evan, »mach, dass du rauskommst!«
Evan war froh, hinauszukommen; aber er trank erst seinen Whisky mit Soda aus und schlenderte dann mit einer Miene hinaus, als sei ihm gerade eingefallen, dass er vor dem Dinner noch ein Bad nehmen wollte.

Später am Abend sprach er Evelyn auf die Angelegenheit an. Dan spielte Schach mit Mr. Jarrold; Mrs. Jarrold studierte eine Liste japanischer Lilien, während sie eine Wolljacke für die Obdachlosen Kinder Fürsorge strickte; Geoffrey, Mrs. Geoffrey, Ruth und Catherine spielten Bridge; Evelyn und Evan setzten gerade aus, so saßen sie zusammen nebenan. Evan war wütend und gedemütigt, weil er in Evelyns Gegenwart wie ein Schuljunge abgekanzelt worden war; doch er glaubte sich ihres Mitgefühls sicher; sie war ein so famoser Mensch. Jedenfalls war es ausgeschlossen, solch eine Szene vorübergehen zu lassen, ohne sich der eigenen Position zu vergewissern.

Evans Wortschatz war gering, seine Fähigkeit zur Untertreibung dafür umso größer.

»Ziemlich unglaublich, was?« fing er an.

»Ich hätte nicht reinkommen sollen, Evan, aber ich glaubte, ich könnte helfen.«

»Hat mir nichts ausgemacht, dass du reingekommen bist«, sagte er großspurig. »Man muss den Alten zu nehmen wissen. Nicht gut, grob gegen ihn zu werden. Viel besser, wenn man ihm erlaubt zu sagen, was er denkt. Worte können keine Knochen brechen. – Was du wieder für ein hübsches Kleid trägst!«

»Lass mal mein Kleid in Ruhe, Evan. Verschwende bei mir deine Zeit nicht mit Ausflüchten. Wie steht es mit der Trinkerei? Du hast mich schon früher um Hilfe gebeten. Ich dachte, du würdest dir mehr Mühe geben.«

»Ich hab's versucht«, erwiderte er düster.

»Armer Evan, kannst du gar nichts dagegen tun?«

»Was denn … In eine Entzugsanstalt ? Nein, danke. Das Schlimmste daran ist, dass ich gar nicht wirklich aufhören will. Ich fühle mich nur richtig lebendig, wenn ich schon etwas intus habe. Sonst ist alles so schal. Warum willst du mich denn nicht heiraten, Evelyn? Das ist gesetzlich möglich, das weißt du ja, dann würde ich nicht mehr trinken.«

»Evan, das hast du mir nun schon ein Dutzend Mal erzählt und ich habe dir ein Dutzend Mal gesagt, dass mich nichts dazu veranlassen könnte dich zu heiraten. Bitte bleibe einfach mein Schwager. Wie ermüdend und kompliziert ihr alle seid!«

»Nur weil du uns alle abhängig von dir machst.«

»Meinst du, jeder ist ermüdend und kompliziert, sobald man ihn genug kennt?«

»Naja, so ungefähr. Ich und mein Trinken zum Beispiel.«

»Es belastet dich wirklich, was?«

»Belasten? Ich sage dir, es ist wirklich die Hölle. Wenn ich morgens aufwache, denke ich sofort daran. Ich versuche durchzuhalten, aber bis jetzt bin ich noch nie über halb zwölf hinausgekommen. Und wenn ich erst anfange, kann ich nicht mehr aufhören; ich brauche mehr. Und doch, jeden Morgen, wenn ich wie tot aufwache, fasse ich den Vorsatz, an dem Tage nur Wasser zu trinken. Und bis halb zwölf falle ich jedes Mal um.«

»Aber sag mal, Evan«, Evelyn hatte plötzlich eine Neugier gepackt, »wie kommst du denn hier an das Zeug? Das ist doch kein Haus, wo auf jedem Tisch Flaschen herumstehen.«

»Ach, Paterson ist ein guter Bursche«, erwiderte Evan obenhin.

»Also weiß es Paterson? Oh Evan!«

»Verurteile mich um Himmels willen nicht. Es ist ohnedies schlimm genug. Ja, Paterson bringt's mir ins Zimmer, wenn du's wissen willst. Ich brauche nicht mal darum zu bitten, er bringt's mir so.«

»Evan, du tust mir so leid – ich wünschte, ich könnte dir helfen.«

»Das könntest du, ich hab dir gesagt, wie.«

»Das kommt nicht in Frage. Alles andere will ich tun.«

»Alles?«

»Naja, nicht gerade alles. Alles, soweit es vernünftig ist. Ich kann verstehen, dass du dich erbärmlich fühlst.«

»Oh nein«, Evan stand auf, »ich amüsiere mich prachtvoll. Komm, sie sind fertig dahinten mit dem Robber.«

Nur noch einen Tag, dachte Evelyn, als sie am Neujahrsmorgen aufwachte. Ausnahmsweise würde sie sofort zum Frühstück hinuntergehen, um zu beobachten, welche Wirkung Mr. Jarrolds Überraschung auf die versammelte Familie hatte. Es würde amüsant werden zu sehen, wie er seine heutige Haltung mit der gestern vom Stapel gelassenen Schmährede in Einklang bringen würde. Höchst wahrscheinlich hatte er nach britischer Art einfach vergessen, dass es überhaupt dazu gekommen war. Er würde dasitzen, bescheiden strahlen, die Gratulationen entgegennehmen und sich darüber freuen, seine Familie so überrascht zu haben.

Als Evelyn ins Speisezimmer kam, saß er schon auf seinem Platz mit einer riesigen, dampfenden Tasse Tee neben sich. Er sah Evelyn mit einem Blinzeln aus seinen alten Augen an.

»Gewöhnlich gibst du uns nicht die Ehre, meine Liebe.«

»Vielleicht habe ich den Neujahrsvorsatz gefasst, stets zum Frühstück aufzustehen.«

»Hm-hm-hm, kaum zu glauben. Komm, setz dich hierher. Dan, gib deiner Mutter einen Kaffee. Was möchtest du, meine Liebe? Würstchen, Ei, Haferflocken, geschmorte Nieren, Schellfisch oder die Reisplatte? Oder Pastete? Sehr gute Wildpastete da drüben.«

»Danke, nichts, Papa – eine Tasse Kaffee und einen Apfel.«

»Kontinentale Gewohnheiten«, missbilligte Mr. Jarrold ihre Wahl. »Sehr wenig bekömmlich. Fang den Tag stets mit einem guten Frühstück an. Ich frühstücke immer gut, sogar im Ausland, wo es schwierig ist.«

Mr. Jarrold war heiterster Stimmung, wie er da saß, seinen Tee umrührte und über die ganze Länge des Tisches zu seiner Frau schaute. Die Mitglieder seiner Familie saßen aufgereiht an den beiden Längsseiten, sprachen nicht viel, sondern aßen. Messer und Gabeln senkten sich mit leisem Klappern. Eine große Auswahl an Scones, Brötchen, Toast, Schalen mit Konfitüren, Honig, Orangenmarmelade und Obst bedeckte das weiße Tischtuch. Auf der Anrichte standen eine Reihe von Schüsseln über kleinen Spiritusflammen und Tassen, gruppiert um die Tee- und Kaffeekanne. Die hohen Glastüren gaben den Blick frei auf die Landschaft von Surrey, die in der strahlenden, kalten Wintersonne lag. Die Hunde hatten sich vor dem Kamin ausgestreckt.

So saßen die Jarrolds beim Frühstück und William Jarrold war mit sich und der Welt zufrieden.
Paterson kam mit den Zeitungen herein. Nach eherner Regel wurden die Zeitungen neben den Hausherrn gelegt, der sie verteilte und die zurückbehielt, welche er selbst lesen würde. Sein Blick begegnete dem Evelyns. Dann sortierte er die Zeitungen mit scheinbar griesgrämiger Miene.
»*Daily Mirror,* Evelyn? Geoffrey, den *Express?* Dan, gib Großmutter die *Morning Post.*«
Er selbst vergrub sich hinter der aufgeschlagenen *Times.* Einen Augenblick später ertönten die erstaunten Ausrufe. Evelyn hatte es richtig vorausgesehen: Keinerlei Anspielung fiel über den vorhergegangenen Tag. Mr. Jarrold selbst schien nicht im Mindesten von irgendwelchen Unstimmigkeiten beeinträchtigt und er tat so, als ob ihm die Neuigkeit nicht sehr nahe ginge. Er grunzte liebevoll, als seine Frau auf ihn zukam und ihn küsste. In gespielter Gleichgültigkeit beachtete er das Foto gar nicht, das ihn unter den vier neuen Baronen zeigte, doch Evelyn sah, wie er heimlich auf die Titelseite des *Daily Mirror* schielte. Und als Paterson unter einem Vorwand zurückkam und nach einer Pause respektvoll anhub: »Würden Eurer Lordschaft es mir gestatten im Namen aller Mitglieder des Personals die ergebensten Glückwünsche auszusprechen«, war William Jarrold in der Tat mit sich und der Welt zufrieden.

Zweiter Teil

Evelyn konnte kaum glauben, dass man keine fünfzig Meilen von London entfernt mitten auf dem tiefsten Land war. Sie kannte Surrey besser als Kent. Dan und sie mussten noch einmal umsteigen und nun fuhren sie mit der kleinen Lokalbahn mitten durch die Wälder und Obstplantagen von Kent. Der Zug hielt auf jeder Station und nahm auch dazwischen nicht so richtig Fahrt auf, so dass Evelyn reichlich Gelegenheit hatte, aus dem Fenster zu schauen und sich mit Miles Vane-Merricks Grafschaft vertraut zu machen. Sie versuchte sich vorzustellen, wie es hier im Frühling aussah, wenn die Obstbäume als Wolken von Weiß und Rosa dicht über dem Boden schwebten, wenn die Wälder zu weiten Flächen von Grün anschwellen und wenn am Himmel über der Hügelkette der North Downs die weißen Wolkensegel sich türmen und weiterziehen würden. Überall wo der Zug vorbeikam, streckten die Obstbäume geisterhaft ihre winterweiß gekalkten Zweige in kleine Alleen hinaus. Das Braun der kahlen Laubbäume schob sich in das blaugrüne Waldgebiet von Weald. In den Hopfengärten öffneten und schlossen sich die langen Reihen der abgeernteten Kletterstangen vor dem Blick der Vorüberfahrenden. Der Winter entfaltete seine ganz spezielle Schönheit, wenn auch nicht die gefühlvolle Schönheit, die man üblicherweise mit dem Frühling in Kent verbindet.

Niemand konnte den Reiz dieses südlichen Landstriches leugnen. Zum Teil verdankte er diesen Reiz der Tatsache, dass er sich selbst treu geblieben war. Die Hügellinie, die Weite des offenen Waldrandes vom Weald, die rötlichen Hütten, die fernen Kirchtürme zusammen mit den schmalen Heckenwegen fügten sich harmonisch zu einem Bild zusammen, das dort und nirgends anders hingehörte. Jeder mit einem Gefühl für den Charakter einer Landschaft hätte bei ihrem Anblick sofort erkannt, dass er durch Kent fuhr – durch das obsttragende Kent, das Hopfenland Kent, das Kent, das sich dem Zugriff Londons entzieht. Miles hatte nicht viel gesagt über die Gegend, in der er lebte, nur dass er gern wollte, dass sie sie kennenlernen sollte. Bedauerte sie es, dass sie nicht erst im Frühling oder Sommer gekommen war? Sie zögerte, als sie sich das Schleierkraut an den Wegen und die Heckenrosen an den Zäunen vorstellte. Insgesamt bedauerte sie es jedoch nicht. Die Bäume waren karg, das Wasser in den Teichen gefroren; diese Strenge, die über einer versteckten Zartheit lag, verhalf ihr vielleicht sogar besser zu dem Mut, den sie brauchte.

Im Laufe der Fahrt steigerte sich Evelyns Spannung fast schmerzlich. Sie würde Miles in seinem Heim begegnen, sie konnte sich nicht vorstellen, wie das werden würde; sie wusste nur, dass sie ihn erleben würde, wie er sich in seiner vertrauten Umgebung bewegte, die ihr ganz und gar fremd war. Sie hatte ihn immer nur in London getroffen; niemals hatte sie ihn in ländlicher Kleidung gesehen. Vielleicht würde sie sogar unter einem Gefühl von Ausgeschlossensein leiden, wenn sie ihn mit seinen Leuten sprechen hörte, wenn er anordnete, dieses Feld müsse gepflügt oder jener Baum als Brennholz gefällt werden. Litt er vielleicht unter eben diesem Gefühl, wenn sie in ihrer Wohnung mit unbekannten Freunden telefonierte oder Mason oder Privett einen Auftrag gab? Schließlich war er als völlig auf sich Gestellter zu ihr gekommen, einfach er selbst, ohne jedes Umfeld, während sie weiter in der Umgebung gelebt hatte, die zu ihr gehörte. Nun war die Lage umgekehrt; sie kam in sein Leben, statt er in ihres, und brachte keinen ihrer Anker mit; nicht einmal Privett hatte sie mitgenommen. Nichts brachte sie aus ihrem Leben mit als Dan, der ebenso fremd und unwissend war wie sie selbst.

Fremd? Unwissend? Wie viel fremder! Wie viel unwissender! Sie kannte Miles wenigstens und liebte ihn, während Dan ihn erst einmal gesehen hatte.

Während sie ihre Erregung und Besorgnis in sich verschließen musste, hatte Dan keinerlei Vorsicht nötig. Er war viel zu aufgeregt zum Lesen, zappelte im Abteil hin und her und schaute alle Augenblicke auf die Uhr. Immer wieder fragte er, wann der Zug ankommen solle, und verfluchte jeden Aufenthalt an den kleinen Bahnhöfen.

Er studierte die Streckenkarte über dem Sitz.
»Noch zwei Stationen«, sagte er.
Er setzte sich wieder, streckte die Beine aus und starrte seine Mutter an. Wie gelassen sie aussah; sie strich die Asche von der Zigarette in der langen Spitze ab, ihre Sachen hatte sie auf dem Platz neben sich ausgebreitet – sie hatten das Abteil für sich –, Handkoffer, Reisedecke, Handtasche, Zeitschrift. Um die Zeit zu verkürzen, versuchte er sich vorzustellen, dass er seine Mutter noch nie gesehen hätte, dass er eine ganz fremde Dame betrachtete, die zufällig mit ihm im selben Abteil fuhr. Er fand, dass jede Einzelheit an ihr auffallend geschmackvoll und gepflegt war; angefangen von der eng anliegenden Pelzkappe bis zum kleinen Schminkkoffer mit dem eingeprägten E. J. Sie sah aus wie jemand, der niemals ins Gedränge oder in Hektik kam und niemals irgendetwas verlegt hatte, was er gerade brauchte. Sie schien ruhig und gelassen, jedoch voller Geheimnisse und Erfahrungen. Es beruhigte Dan, sie anzusehen. Sie hatte schmale, faltenlose Hände, die sie schön zu bewegen wusste, und gerade die richtige Zahl von Ringen. Dan entsann sich, dass er sich als ganz kleiner Junge damit vergnügt hatte ihr die Ringe abzuziehen und auf die eigenen Finger zu stecken, besonders den einen, einen großen Saphir, der ihn nun an den nächtlichen Himmel von Portofino erinnerte, wo sie in den Sommerferien zusammen gewesen waren. Sie hatte ihm immer erlaubt mit ihren Händen und Ringen zu spielen.

Vielleicht war es einfach, so beherrscht zu sein, wenn man es gewöhnt war irgendwohin zu Besuch zu fahren. Er beugte sich zu ihr hinüber und nahm ihre Hand, denn er berührte den großen Saphir und ihre weiße zarte Hand gern.

»Ach, Mummy, du hast einen neuen Ring?«

»Nein, Dan, den hast du schon gesehen.«

»Ich kann mich nicht erinnern. Ist das einer von denen, die man Ewigkeitsringe nennt? Mit Steinen rundherum?«

»Ich weiß nicht, Dan, es mag wohl sein.«

»Mummy, glaubst du, dass Mr. Vane-Merrick uns von der Bahn abholt?«

»Ja, Liebling, er hat's gesagt. Er hat keinen Chauffeur.«

»Hat er wenig Geld?«

»Ziemlich wenig, glaube ich. Du darfst kein zweites Newlands erwarten.«

»Lieber Gott, nein! Es tut mir leid, dass er arm ist; was für eine Last für ihn!«

»Ich glaube, es macht ihm nichts aus.«

Im Geheimen dachte sie, es würde Dan guttun jemanden kennenzulernen, der Reichtum nicht unbedingt für selbstverständlich hielt.

»Was für einen Wagen hat er denn?«

»Ein witziges, uraltes Modell, das überall zurechtgebohrt und zusammengeschraubt ist. Er fährt sehr schnell und man erwartet jeden Augenblick, dass der Wagen auseinanderfällt.«

»Oh, du bist schon drin gefahren?«
»Ja, bin ich.«
»Nur noch eine Station!« rief Dan, sprang wieder auf und stürzte ans offene Fenster. »Die nächste Station ist es, Mummy«, sagte er, während er sich wieder auf seinen Platz zurückfallen ließ. »Sehen diese Bahnhöfe nicht aus wie Spielzeughäuser, die man in Abständen aufgestellt hat? Und hör dir das Klappern der Milchkannen an. Hoffentlich ist es nicht dunkel, ehe wir dort sind.«
Evelyn dachte bei sich: Im Sommer wären diese kleinen Bahnsteige voll getürmt mit Obst in runden Weidenkörben, die Heckenwege verstopft mit Lastwagen, die unter der Ladung von Hopfensäcken schlingerten, und die Heuwagen würden ihre Spuren an den überhängenden Bäumen hinterlassen. Es war ihr, als dringe sie tiefer und tiefer in Miles' Wesen ein. Eine unbestimmte Angst beschlich sie; sie hatte das Gefühl, als wäre sie einer Gefahr ausgesetzt, die über ihre Kraft ging, und war plötzlich überzeugt, dass das alles unheilvoll enden würde. Das Klappern der Milchkannen hallte vom Bahnsteig wider; es war kein angenehmes, ländliches Geräusch mehr, das Weiden und Milchkannen erklingen ließ, sondern ein dämonisches Getöse.
»Mach das Fenster wieder zu, Dan«, sagte sie und verkroch sich tiefer in ihren Pelz. »Es ist zu kalt.«
Die Lokomotive pfiff, als der Zug anfuhr; sie pfiff und pfiff, als gäbe es ein Schild »Eine halbe Meile lang pfeifen«. Dan konnte an nichts anderes denken als daran,

dass Mr. Vane-Merrick mit seiner verrückten Karre an der nächsten Station auf sie warten würde. »Zurechtgebohrt und zusammengeschraubt«, wiederholte er und schüttelte sich jedes Mal vor Lachen. Evelyn sagte sich, dass sie sich eigentlich über seine aufgeregte Erwartung freuen müsste, aber sie konnte sich des Gefühls nicht erwehren, dass er der Verbündete war in all dem, was sie schneller und schneller der Katastrophe entgegentrieb.

Der Gedanke ließ sie an Eisenbahnunglücke denken. Jedoch der kleine Zug stampfte mit einer Gemächlichkeit seinen Weg dahin, dass solche Besorgnisse albern schienen. Sie war nervös, das war alles; nur zu natürlich. Dass sie zu Miles fuhr, in seinem Hause lebte, Dan mitnahm, das war das Aufregendste, das sie jemals getan hatte. Jahrelang war das Leben zahm gewesen wie ein sich leicht und stetig abwickelndes Wollknäuel und plötzlich sprang einem ein wildes Tier brüllend auf die Schultern.

»Oh Mummy, sieh! Sieh nur! Es geht durch.«

Sie trat zu Dan ans Fenster und im schwindenden Tageslicht sah sie, wie ein alter Bauer vergeblich versuchte sein durchgegangenes Pferd zu halten. Der Wagen schwankte wild den Weg entlang und das Geräusch der panisch gallopierenden Hufe durchdrang selbst die geschlossenen Fenster ihres vorüberfahrenden Zuges. Evelyn fasste Dan am Handgelenk. »Gleich stürzen sie um – und wir können gar nichts tun.«

Der Zug fuhr mit einem letzten, triumphierenden Pfeifen über die Straßenkreuzung, als der Wagen gegen die Schranken krachte, sich überschlug und in der plötzlichen Stille einen Trümmerhaufen zurückließ.

»Sieh nicht hin, Dan. Sieh nicht hin«, sagte sie nur und hielt ihm die Augen zu.

Einige Augenblicke später fuhr der Zug in den Bahnhof ein.

Miles erwartete sie, er stand unter den Lampen, die ein gelbes Licht in den kalten, blauen Abend warfen. Er trug nichts auf dem Kopf und hatte eine alte Lederjacke an mit Reithosen und Ledergamaschen. Er sah lebhaft und ungeduldig aus, wie er da gespannt am Zug auf und ab blickte.

Genauso hatte Evelyn sich die Begegnung ausgemalt, aber der Unglücksfall hatte sie jäh aus der Bahn geworfen. »Es hat ein Unglück gegeben«, sagte sie sogleich und umklammerte seinen Arm. Sie wusste nicht, ob es sonst jemand im Zuge gesehen hatte. Er musste nachsehen lassen; er musste den Stationsvorsteher fragen. »Schnell, Miles, schnell. Vielleicht ist der Mann sehr schwer verletzt, er könnte sterben.«

Miles war sofort aus seiner Vorfreude herausgerissen und reagierte schnell und besonnen. Sie und Dan sollten im Wagen warten, sagte er, sie fänden ihn draußen auf dem Vorplatz.

Er blieb ziemlich lange fort. Dan und Evelyn kauerten unter dem schadhaften Verdeck, während andere Autos mit ihren Insassen fortfuhren und der Bahnhofsplatz leer und still wurde. In der Ferne rangierte ein Güterzug. Die Dunkelheit kam rasch und die grünen und roten Lichter an den Signalen sprangen hoch. Ein Expresszug brauste pfeifend durch und stieß eine dichte Rauchwolke und Funken aus. Dann wieder Stille, während die Signale mit einem leisen hölzernen Geräusch niederfielen.

Endlich kam Miles zurück.

»Es war der alte Rowland«, sagte er kurz. »Es ist alles in Ordnung mit ihm. Der Schrankenwärter ist gerade gekommen. Sie brauchen sich keine Sorgen zu machen.«

Aus der Art, wie er sagte »Es war der alte Rowland«, hörte Evelyn heraus, dass das nicht die Wahrheit war. Aber sie stellte keine Fragen.

Miles fuhr in wilder Geschwindigkeit los, die Scheinwerfer rasten die Wege hinunter und fegten um die kurvigen Hecken. Auch daran erkannte sie, dass ihn etwas aus der Fassung gebracht hatte. Als Fahrer vertraute sie ihm unbedingt. Sein Wagen war nahe daran auseinanderzufallen, aber er jagte ihn die Straße entlang, als ob er in Brooklands sei, er holte aus diesem Haufen Schrott eine erstaunliche Leistung und Schnelligkeit heraus.

Sie kannte die Gegend nicht. Fremde Dörfer und Hütten huschten am aufgeblendeten Licht vorüber. Die rasante Fahrt ging bergauf und bergab und ließ Evelyn keine Zeit, Einzelheiten aufzunehmen. Die Dunkelheit vertiefte das Geheimnis, in das Miles sie hineinfuhr. Sie fing gerade an sich darüber zu wundern, wie weit Miles

Vane-Merricks Burg vom Bahnhof entfernt war, als sie endlich von der Hauptstraße in einen holprigen, kleinen Weg zwischen Hecken abbogen, an dessen Biegung eine Tafel stand: »Privatweg. Keine Durchfahrt.« Aus irgendeinem Grunde erschreckten sie diese Worte, die in schwarzen Buchstaben aus dem Weiß der Tafel sprangen, als die Scheinwerfer darüber glitten. Keine Durchfahrt. Also führte dieser Weg nirgends hin; nirgends als zu Miles und seiner Burg; man konnte nicht vorbei und an der anderen Seite weiterfahren. Man konnte natürlich umkehren und zurückkommen, aber im Leben gab es kein Umkehren und Zurückkommen. In ihrer Überreiztheit hätte sie Miles fast gebeten anzuhalten, ehe es zu spät sein könnte. Aber vielleicht war es schon zu spät, nun, da sie wirklich sein Reich betreten hatte – sie wusste, dass sich die Burg bereits mitten in seinem großen, landwirtschaftlichen Besitz befand, umgeben von seinen Wäldern und Äckern.

Das empfand sie als ein Zeichen, dem sie sich ergab. Das alte, hinreißende Glücksgefühl durchströmte sie wieder. Doch die Schatten blieben beharrlich und machten ihr Angst. Wäre doch das Pferd nicht mit dem alten Rowland durchgegangen, könnte sie nur dieses Bild aus dem Gedächtnis löschen! Es war so schnell geschehen. Das Entsetzliche war so plötzlich gekommen.

Der Weg zur Burg wurde breiter und im Lichtkegel erschien eine Gruppe von Hopfendarren neben einer großen Scheune mit Ziegeldach; dann schwang sich der

Weg im Bogen an einer langen Reihe niedriger Gebäude mit einem Spitzbogen zwischen zwei Giebeln vorüber. Miles fuhr unter dem Bogen hindurch und hielt. Es war ganz dunkel und sehr kalt. Das klare winterliche Sternenlicht enthüllte einen Innenhof, auf dem verschiedenes Gerät herumlag und der von zerfallenen Mauern umschlossen war, und einen spitzen Turm, der mit blitzenden Fenstern zu stattlicher Höhe aufragte. Miles stellte Motor und Scheinwerfer ab. In der darauf einsetzenden Ruhe und Dunkelheit funkelten die Sterne mit doppeltem Glanz.

Ein alter Mann kam mit einer Laterne herbei.

»Bringen Sie bitte das Gepäck hinein, Munday? Pass auf deinen Kopf auf, Dan. Hier sind leider jede Menge Brennesseln, Evelyn, aber wir haben einen Weg quer durch sie getreten. Und um diese Jahreszeit machen sie ja nichts. Können Sie sehen? Geben Sie mir die Laterne, Munday.«

Sie gingen quer über den Hof, Miles vorneweg; die Laterne schaukelte in seiner Hand. Sie gingen durch einen Bogengang im Turm und kamen auf der andern Seite auf einen offenen Platz, der an einen Obstgarten anschloss. Die dunklen Umrisse des Landhauses und andere Ziegelmauern aus der Tudorzeit waren nun erkennbar. Miles Vane-Merricks Burg schien aus einzelnen Gebäuden zu bestehen, verbunden durch Mauern und umschlossen von dem dunklen Hintergrund des weiten Landes. Sie lag sehr einsam.

»Hier wohne ich«, sagte Miles und führte sie zum Landhaus, das seiner Bauweise nach offensichtlich einmal ein Teil der ursprünglichen Burg gewesen war. Es war nur ein kleines Haus, das in den schön verarbeiteten Sprossenfenstern Spuren einstiger Pracht bewahrt hatte.
Evelyn sah nun, dass das ganze Anwesen einschließlich des Obstgartens von einem Burggarten umschlossen sein musste, der trotz seiner Ungepflegtheit noch eine symmetrische Form aufwies.
Auf der Schwelle des Hauses empfing sie eine alte Frau, überraschend schön wie eine römische Bäuerin. Sie stand wartend da wie die ewige Ceres, bereit, sie an die Brust zu drücken. Hoch wölbte sich die Stirn über den grauen Augen; das Haar lag glatt gescheitelt zu beiden Seiten des Kopfes an; es erinnerte Evelyn an die Schwingen eines Vogels.
»Das ist Mrs. Munday, Evelyn. Mrs. Munday, ich weiß, dass Sie alles tun werden, um es Mrs. Jarrold behaglich zu machen, nicht wahr? Kommen Sie herein. Sie werden frieren. Komm herein, Dan.«
Er war nervös; die Tatsache, Evelyn in seinem Hause zu sehen, war für ihn fast ebenso ungewöhnlich wie es für sie war, zu ihm zu kommen.
»Ich habe einen Tee für die Lady und den jungen Herrn gemacht«, sagte Mrs. Munday in breitem ländlichem Dialekt. Sie blickte sie mütterlich an, als ob sie ihr leid täten nach der langen Fahrt in der Kälte, doch gleichzei-

tig prüfend, welche Art Freunde von Mr. Vane-Merrick sie wohl sein mochten.

Eine dänische Dogge stand von ihrem Platz vor dem Kamin auf, kam zu Miles und stubste ihn mit der Schnauze an die Hand.

Das Zimmer war mit dunklem, grobem Holz vom Boden bis zur Decke getäfelt. Es war alles ziemlich rustikal, aber behaglich. Ein Glas mit Veilchen stand auf dem Tisch, Bücher und Zeitungen lagen herum.

Evelyn dachte an die Bibliothek in Newlands.

Miles drehte die Lampe unter dem grünen Porzellanschirm an, nahm einen Wachsstock vom Kamin und steckte die Kerzen in den Wandleuchtern an. Evelyn spürte, dass er diese kleinen Dinge tat, um seine Verlegenheit zu verbergen. Als sie ihre eigene Beherrschung wiedergewann, fühlte sie, dass sie einen Anfang machen musste.

»Darf ich den Tee eingießen, Miles? – Es ist sehr aufregend für Dan und mich hier in der Dunkelheit anzukommen und nicht zu wissen, was wir morgen früh draußen sehen werden. Dieser Ort scheint am Ende der Welt zu liegen. Ich wusste gar nicht, dass es in Kent solch spärlich bewohnte Gegenden gibt.«

Sie redete um des Redens willen und Miles ging darauf ein, doch ihre gewohnte Unbefangenheit wollte sich nicht einstellen; keiner von beiden konnte an etwas anderes denken als daran, Dan loszuwerden. Munday mit dem Gepäck brachte eine Ablenkung. Miles sagte, er wolle den Wagen in den Schuppen fahren. Der große, schwarz-weiße Hund folgte ihm in die Nacht hinaus.

Dan, der bist jetzt geschwiegen hatte, sprudelte sofort heraus: »Oh Mummy, ist es nicht romantisch hier? Hast du den schönen Turm gesehen und all die Gebäude und die Hopfendarren? Was für ein seltsamer Ort – wohnt er hier wirklich ganz allein mit diesen beiden alten Leuten? Erzähl mir doch mehr davon.«

»Ich weiß auch nicht mehr, Dan; du musst ihn selbst fragen. Würdest du mir jetzt einen Gefallen tun? Würdest du hinaufgehen und Munday zeigen, welches dein und welches mein Gepäck ist? Und am besten packst du deins gleich aus. Aber leg deine Sachen schön ordentlich weg, lass dir Zeit.«

»Natürlich mach ich das, Mummy.«

Er sprang bereitwillig auf; er war immer so zuvorkommend und liebenswürdig, wenn sie ihn um etwas bat. Mit schlechtem Gewissen – war es doch eigentlich eine kleine Verschwörung gegen ihn – beobachtete sie ihn, wie er sich mit seiner jugendlich linkischen Anmut zur Tür bewegte, über das Tischbein stolperte, seine Kamera polternd auf den Fußboden fallen ließ und sich den Kopf stieß, als er sie wieder aufhob. Seine rührende Unbeholfenheit, seine Unkenntnis und seine Unschuld zerrissen ihr das Herz.

»Dan!« orderte sie ihn zurück.

Überrascht kam er und sie zog ihn auf die Sessellehne, hielt ihm die Hände fest und blickte ihm forschend ins Gesicht.

»Dan, du liebst mich doch, nicht wahr? Sag, dass du's tust.«

»Aber Mummy, meine Liebe, natürlich liebe ich dich – weshalb? Was ist denn? Du wirst doch nicht weinen? Deine Augen glänzen so.«

»Ich weine nicht. Ich wollte nur, dass du's mir sagst. Ich glaube, der Unglücksfall hat mich völlig fassungslos gemacht«, sagte sie, weil sie spürte, dass sie ihm eine Erklärung geben musste. »Dan, du musst mich immer liebhaben – versprich's, was auch geschieht. Versprich's! Versprich's mir!« wiederholte sie drängend und hielt seine Hände so fest in ihren, dass ihre Ringe ihm wehtaten.

Er war erschreckt. Da er selbst leicht erregbar und nur äußerlich beherrscht war, außer in seinen Briefen, machte es ihm Angst, emotionale Erschütterung bei einem Erwachsenen zu sehen. Er hatte das Gefühl, als blicke er in einen Höllenschlund hinab, wie er es einmal in Orlestone getan hatte, wo man ihn – er war damals ein kleiner Junge – schreiend wegtragen musste. Das war eine Gewalt, die er fürchtete und erkannte, wenn er sie auch nicht ganz verstehen konnte. Es dämmerte ihm, wie aus großer Entfernung, dass seine Mutter aus ihrem gewohnten Gleichgewicht geworfen war. Seine Verantwortung und die Notwendigkeit, sie zu beruhigen, ängstigten ihn auch. Er konnte nicht mit diesen verwickelten Geheimnissen der Erwachsenen fertig werden. Er wusste nicht, was man da sagen musste. Er wünschte, er könnte fliehen, Munday mit dem Gepäck helfen – diesem netten, soliden, grauhaarigen, alten Mann. Aber er musste irgendetwas sagen.

»Mummy, natürlich, ich brauch's nicht zu versprechen – ich hab dich lieb – das ist so. Für immer.«

»Was auch geschieht?« wiederholte sie.

»Aber Mummy, was sollte denn geschehen? Sag doch nicht so etwas. Ich glaube, der Unglücksfall hat dich wirklich durcheinander gebracht – für mich war es auch grässlich –, aber dem Mann ist wirklich nichts passiert, Mr. Vane-Merrick hat es doch gesagt. Denk nicht mehr daran.«

»Gut, ich will nicht mehr daran denken.« Sie ließ seine Hände los und gab ihm einen liebevollen, kleinen Schubs. »Ich war töricht, Liebling, aber nun ist's wieder gut. Geh jetzt hinauf und vergiss es.«

»Ehrlich?« Er küsste sie und legte besondere Wärme in den Kuss, aber sie wusste, dass er erleichtert war, dass sie zur Normalität zurückgekehrt war. Sie liebte ihn wegen dieser Zärtlichkeit ihr gegenüber und wegen des kindlichen Ausdrucks, mit dem er sie so entsetzt und verwirrt ansah, und wegen seines irrtümlichen Mitgefühls, das glücklicherweise alles auf den Unfall geschoben hatte.

Er sah sie noch einmal zärtlich an, lächelte und war verschwunden.

Sie war allein. Sie wanderte im Zimmer herum und blieb an der Tür stehen, die sich in den dunklen Garten öffnete, und schaute hinaus in die Nacht. Sie horchte auf das Geräusch von Miles' Schritten, ob er zurückkäme, oder wenigstens auf das Geräusch des Wagens, wenn er in den Schuppen ratterte, doch sie konnte nichts vernehmen als den Schrei einer Wildente aus Süden. In dieser Richtung musste der See liegen. Das erleuchtete Zimmer lag hinter ihr, doch vor ihr waren Dunkelheit und Schatten, die ihre Augen nicht zu durchdringen vermochten. Der Schrei der Wildente erhöhte die Einsamkeit.

Sie war unschlüssig, und als sie schon fast hinausgehen wollte, um Miles zu suchen, kam der große Hund den Weg herauf und das Licht fiel auf seine schwarz-weißen Pfoten. Miles folgte ihm mit raschen Schritten, so dass er fast mit Evelyn zusammenstieß, die in der Tür stand.

»Evelyn! – Wo ist Dan?«

»Oben, er packt aus. Miles, rasch, ehe er zurückkommt – du hast nicht die Wahrheit gesagt über den alten Mann in dem Wagen? Der alte – Rowland war sein Name? Er ist verletzt? Tot?«

Miles runzelte die Stirn. Er hatte gehofft, ihre Ängste hätten sich gelegt. Er holte sie wieder zurück ins Zimmer und schloss die Tür.

»Miles?«

»Ja, er ist tot. Er war schon tot, als sie ihn aufhoben.«

»Ich habe es gewusst. Wer war es? Jemand, den du kanntest?«

»Ein alter Bauer – er kam jeden Montagmorgen zum Markt, immer mit seinem Haflinger, ritt ihn auch zur Jagd. Ich hasse die Jagd, aber er war ein prächtiger, alter Bursche; diesen Typ gibt es viel hier in der Gegend. Es tut mir sehr leid, dass du den Unfall ansehen musstest. Ich hatte mir gewünscht, dass alles perfekt für dich sein sollte, von Anfang bis Ende.«

Ihr Herz genoss diese persönliche Bemerkung; Miles war wieder bei ihr. Schon diese wenigen Worte begannen ihre Schwermut zu zerstreuen, so stark war die Macht seiner Liebe auf sie.

»Ich wollte, ich wüsste genau, was ich wirklich für diese Leute vom Land empfinde«, fuhr Miles fort, »ich komme hier mit so vielen zusammen. Natürlich, sie sterben aus und ein Teil von mir bedauert das außerordentlich. Ich sehe, wie ihre Söhne in die Stadt gehen oder über den Stumpfsinn des Lebens murren, wenn sie auf dem Hof bleiben, und wie sie mit all ihrer Unverschämtheit und Unabhängigkeit offenbar die wirkliche Würde der alten Generation verlieren. Es ist niemals würdelos gewesen, mit dem zufrieden zu sein, was man wirklich ist. Anmaßung erzeugt nur Unaufrichtigkeit und Gewöhnlichkeit. Und doch kann man nicht erwarten, dass sie stehenbleiben. Mein Instinkt macht mich reaktionär, die Vernunft fortschrittlich. Ich habe das dumme Gefühl, dass ich bei der nächsten Wahl eine ganze Menge Stimmen verlieren würde, wenn mich manche von meinen Wählern hier hören könnten.«

Was für eine Art, die wenigen kostbaren Minuten zuzubringen, während Dan oben ist, dachte Evelyn. Sie war viel zu sehr Frau, um Gefallen an diesem unpersönlichen Ton zu finden, andererseits jedoch viel zu klug, um dagegen zu protestieren. Ganz fest hatte sie sich eingeprägt, dass sie bei Miles keine Fehler begehen dürfe, zulassen musste, dass er der Stimmung folgte, die ihn gerade ergriff. Aber es war doch schwer erträglich, dass er sie mit solcherart Dingen begrüßte.

Er nahm etwas auf von dem, was ihr gerade durch den Kopf ging, als er sagte: »Gott sei Dank kann man mit dir reden! Seit zehn Tagen bin ich hier draußen, ohne mit einer Seele zu sprechen außer den Mundays und den Landarbeitern.«

»Aber es gefällt dir, nicht wahr, Miles? Deine Briefe klangen, als seist du außerordentlich glücklich.«

»Und das hast du übelgenommen«, sagte er lachend. »Du möchtest, dass ich ohne dich unglücklich bin? Das war ich nicht. Ich habe mich nach diesem Tag gesehnt, das ist wahr, aber ich habe in einem solchen Zustand der Hochstimmung gelebt, dass er mich darüber hinwegtrug. Ich hatte den ganzen Tag zu tun und das Wissen, dass du kommst, hat mich gewärmt wie ein geheimes Feuer. Ich hatte beinahe Lust, deinen Ankunftstag zu verschieben, damit er nicht so rasch vorüber wäre. Auch jetzt möchte ich ihn noch verschieben, verzögern und hinausschieben …«

Er kauerte sich zu ihren Füßen auf den Boden und legte den Kopf an ihre Knie. »Schäm dich, so etwas zu sagen, Miles!« Doch ihr Glück war plötzlich vollkommen. Der Wechsel in seiner Stimmung, dachte sie, war wie der Flug der Schwalbe: Vor einem Augenblick noch war er der ernste, junge Politiker, nun der Liebhaber, dem inhaltsreiche, extravagante Redewendungen verschwenderisch zur Verfügung standen, um sie zu beruhigen. Das war seine Besonderheit, sich exquisit, bildhaft und ohne falsche Scham auszudrücken. Darin unterschied er sich von den jüngeren Jarrolds, die man auf der Schule gelehrt hatte, dass Understatement, größte Zurückhaltung in der Ausdrucksweise, das wahre Kennzeichen männlicher und englischer Reserviertheit ist; und sie hatten sich diese Lektion sorgfältig eingeprägt. Miles war weniger bedacht, weniger befangen als sie. Er schien tatsächlich in allem zu einer früheren Generation zu gehören, zu einer noch früheren als William Jarrold, der wenigstens gelegentlich aus sich herausgehen konnte.

So sehr der Anfang des Gespräches Evelyn irritiert hatte, umso angenehmer empfand sie nun den Umschwung. Miles machte sie mitunter wohl einmal verärgert, aber niemals langweilte er sie, niemals war sie seiner ganz sicher. Dieser Reichtum, diese Gefahr zwischen ihnen befriedigte alle ihre Bedürfnisse. Sie fürchtete eher, Miles zu verlieren, als seine Quellen zu erschöpfen; doch die Möglichkeit, ihn zu verlieren, erhöhte nur seinen Wert. Sie betete darum, dass sie es schaffen würde ihn kühl zu behandeln; sie hatte Erfahrungen mit Männern; die einzige Erfahrung, die sie nie gemacht hatte, war die mit ihrem eigenen Herzen, dessen Maßlosigkeit sie verraten könnte.

Dan glaubte niemals einschlafen zu können; er war viel zu erregt, viel zu sehr in Aufruhr. Mr. Vane-Merricks unordentliches Zimmer gehörte in eine andere Welt als Eton oder Newlands, die Wohnung am Portman Square oder die Häuser der Bekannten seiner Mutter. Die Zeichen eines Dutzends verschiedener Beschäftigungen lagen achtlos herum: Zeitschriften, von denen Dan nie gehört hatte, Bücher über so verschiedene Themen wie Gerard Manley Hopkins und Volkswirtschaft, Rechnungsbücher voll landwirtschaftlicher Abrechnungen, das kleine, blaue Hansard-Monatsheft auf der großen, braunen Architektur-Rundschau; ein Gewehr stand in der Ecke und Kartoffelproben waren auf dem Eichenbalken des Kaminsimses aufgereiht. Dan war vor dem Essen umhergewandert, während Miles irgendeiner Beschäftigung draußen nachging. Seine Mutter hatte ihn getadelt und gesagt, sie habe gar nicht gewusst, dass er so neugierig sei. Er wusste, dass der Vorwurf nicht ernst gemeint war.

»Sieh nur, wie viele Anmerkungen er in seine Bücher schreibt, Mummy. Du hast mir immer gesagt, ich soll nicht in die Bücher kritzeln, damit ruinierte man sie. Aber schau mal, hier hat er einen Schuhlöffel eingelegt, um die Seite wiederzufinden, und unten hat er angemerkt »vgl. S. 44–46, Milton und Marvell«. Wenn ich das tun könnte, bestünde wenigstens eine Chance, dass ich mir die Bücher merke, die ich gelesen habe. Und Bücher sind nun einmal nicht zum Ansehen da, oder?

Und an wie vielen verschiedenen Dingen er interessiert sein muss! Wie findet er nur die Zeit? Und jetzt denk daneben nur mal an Onkel Geoffrey und Onkel Evan, die sich niemals mit irgendetwas beschäftigen, soweit ich feststellen kann, und den lieben langen Tag nichts – gar nichts tun. Aber nun sieh dir das an. Da hast du Politik, Poesie, Landwirtschaft, Philosophie, Architektur, Musik – er hat einen Flügel – und französische und deutsche Bücher. Und ein griechisches Drama, warum im Himmel hat er Lust, Aristophanes zu lesen, wenn er's nicht braucht? Großpapa sagt, Miles Vane-Merrick sei ein ganzer Mann; ich fange an zu verstehen, was er damit meint.«

»Hat Großpapa das gesagt?«

»Ja, neulich, als Onkel Geoffrey ihn schlecht gemacht hat. Onkel Geoffrey sagte, er sei ein Angeber. Ich hätte ihn prügeln mögen. Aber Großpapa sagte: ›Nein, mein lieber Geoffrey, hm-hm-hm, er ist ein ganzer Mann, etwas, das du niemals sein wirst.‹«

Dan konnte seinen Großvater vollendet nachahmen.

»Haben sie sonst noch etwas gesagt?«

»Ja. Großpapa sagte so etwas wie, er sei eine Rückkehr zum Urtyp. Das habe ich nicht verstanden. Was hat er damit gemeint?«

Seine Mutter überlegte noch eine mögliche Antwort, als Mr. Vane-Merrick zurückkam.

Sie waren zum Essen ins Wohnzimmer gegangen, offensichtlich gab es kein Speisezimmer und Mr. Vane-

Merrick wie auch Mrs. Munday hatten das Dinner schlicht Abendbrot genannt. Das hatte Dan überrascht, der trotz seiner Liebe zur Unabhängigkeit an die Förmlichkeiten von Newlands gewöhnt war. Er war noch kindlich genug, die Wertmaßstäbe seiner Familie in so unwichtigen Dingen anzuerkennen, und so überraschte es ihn noch mehr, dass Mr. Vane-Merrick zum Dinner keinen Smoking anzog, sondern sich damit begnügte, einen alten blauen Sweater statt der Lederjacke überzuziehen. Diese Zwanglosigkeit traf Dan völlig unerwartet und trug dazu bei, dass er schlaflos im Bett lag und versuchte die verschiedenen Ansichten zu ordnen, die in seinem Innern gegeneinander stritten. Onkel Geoffrey, der im tiefsten Orient ein gestärktes Hemd angezogen hätte, würde Mr. Vane-Merrick gewiss als Außenseiter ablehnen. Ebenso wäre es mit allen Bekannten von Dan in Eton, einschließlich des angebeteten Mr. Meiklejohn.

Das Dinner – oder Abendbrot – war ein einfaches Mahl, das Mrs. Munday zubereitet hatte und auch auftrug. Man konnte nicht behaupten, dass es gut schmeckte; das Hühnchen war anscheinend gekocht, obwohl es Brathuhn genannt wurde, mit einer Soße aus Mehl und Gelatine angerührt, um etwas Geschmack zu geben. Der Kohl war ebenso zubereitet. Dan hatte überlegt, ob er wohl auf die Schokoladenspeise verzichten durfte zugunsten der schwarzen Johannisbeeren (»aus dem Garten, voriges Jahr eingekocht«, sagte Mrs. Munday, als sie sie auf den Tisch setzte) und Schlagsahne, die immerhin fest und

reichlich war; er hatte schließlich beides gegessen. Die Schokoladenspeise war besonders eklig. Aber Mr. Vane-Merrick sagte, indem er Mrs. Munday zulächelte: »Mrs. Munday übertrifft sich selbst. Gewöhnlich erlaube ich ihr nur, mir Eier und Käse zum Abendbrot aufzutischen.«
Jedes Mal, wenn Mrs. Munday hereinkam, blieb sie stehen und plauderte mit ihnen. Sie fing aus freien Stücken das Gespräch an: Die Wildgänse seien wieder über den See geflogen; außerdem freue sie sich über die Wildvögel auf dem Wasser und Mr. Vane-Merrick müsse vorsichtig sein, damit er sie mit seinem Gewehr nicht verscheuche. Sie stand da und plauderte, bis sie sagte, sie müsse nun gehen und aufpassen, dass nichts überkoche. Das sagte sie mit der Miene höflicher Entschuldigung, als ob sie annähme, es täte ihnen leid auf ihre Anwesenheit zu verzichten, dass sie ihr aber nun wirklich erlauben müssten zu gehen. Ihr scherzhafter Ton war für Dan eine weitere Überraschung. Mason am Portman Square oder Paterson in Newlands hätten sich im Speisezimmer eher splitterfasernackt ausgezogen, als sich in die Unterhaltung einzumischen, wenn sie das Essen servierten. Schon bei dem bloßen Gedanken musste Dan laut lachen, als er in seinem Bett lag.
Mrs. Munday erinnerte ihn an die Padrona des kleinen Gasthauses in Portofino, wo seine Mutter und er die Sommerferien verbracht hatten.
Aber was kam es schon darauf an – auf gekochtes Brathühnchen und schrecklichen Nachtisch –, wenn man

Mr. Vane-Merrick als Gesellschaft hatte? Dan bewunderte ihn, ja, vergötterte ihn. Die Ideen – sechzig in der Minute – sprudelten nur so aus Miles Vane-Merrick heraus, alle neu und alle umwerfend; und obwohl er anscheinend zu rasch und zu ungeduldig war, sich aus eigenem Antrieb Zeit zu lassen, sie zu entwickeln und auszubauen, so hielt er sich doch bereitwillig dabei auf, Dans Fragen anzuhören. Ihnen widmete er seine ganze Aufmerksamkeit, erklärte, beleuchtete sie von allen Seiten und machte sich viel Mühe, so dass die glänzenden Ideen nicht nur ein Feuerwerk blieben, sondern zum Feuer wurden. Er konnte seine Maximen tatsächlich mit stichhaltigen Begründungen rechtfertigen, wenn er das wollte. Andere mochten über Miles Vane-Merrick den Kopf schütteln, Dan in seiner Unerfahrenheit war überwältigt.
Nach dem Abendbrot, als Mrs. Munday abgeräumt hatte, wobei sie sehr viel über Wärmflaschen und genügend Bettdecken sprach, setzte sich Mr. Vane-Merrick ans Klavier. Dan konnte Musik nicht ausstehen, er verstand gar nichts davon. Er mochte einzelne Lieder, aber andere Arten von Musik machten ihn nahezu aggressiv. An diesem Abend gefiel ihm die Musik jedoch, obwohl er sich gern unterhalten hätte; er hatte am Kamin auf dem Boden gesessen, seine Mutter hatte mit seinem Ohr gespielt und die grüne Lampe hatte Ringmuster an die Decke geworfen. Es war ganz anders als in Newlands. Außerdem hatte die Musik nicht sehr lange gedauert; er hatte es beinah bedauert, als Mr. Vane-Merrick vom

Flügel aufstand, sich eine Zigarette ansteckte und sich in den gegenüberstehenden Sessel fallen ließ; dabei baumelten seine Beine über die Lehne. Dann hatte er gesagt, Dan täusche sich völlig über Aristophanes.

Im Bett fiel Dan ein Satz ein, den er in einem Roman gelesen hatte: »Sein Hirn siedete vor Gedanken.« Dan hatte ein gutes Empfinden für die Bedeutung von Wörtern. ›Sieden‹, das hieß: kochen und zischen und Blasen werfen; ein Kessel; schäumende Flüssigkeit; er hatte gesehen, wie Onkel Geoffrey seinen Sekt mit einer Gabel aufgerührt hatte. Das war wie sieden und dann nachlassen; aber er, Dan, würde niemals nachlassen, solange er Mr. Vane-Merrick kannte. Er hatte noch niemals solch einen Menschen gekannt, nicht einmal Mr. Meiklejohn, der einen aufwühlen und zu hundert Dingen anregen konnte, ohne auch nur einen Augenblick lang belehrend zu wirken. »Herr Gott«, dachte Dan, »was wäre das für ein Lehrer.«

Er drehte sein Kopfkissen um und zog sich die Bettdecke höher unters Kinn in der Hoffnung, den Schlaf zu überlisten. Wie immer hielt er die Vorhänge zurückgezogen und konnte durch das offene Fenster die Sterne sehen. Die Enten schrien, dann eine Eule. Hier war man wirklich auf dem Land, so wie man es eben in Newlands nicht war. Das war ein seltsames, kleines Häuschen, in dem er allein mit der Mutter war – denn die Mundays schliefen in dem langen, halbzerstörten Gebäude und Mr. Vane-Merrick schlief im Turm. Das hatte er gesagt. Er hatte erklärt: »Evelyn, ich gebe Ihnen mein Schlafzimmer; stört es Sie? Mrs. Munday meint, es sei bequemer für Sie. Ich bin in den Turm hinübergezogen, wo ich im Sommer immer schlafe.« Sie hatte ein wenig protestiert bei dem Gedanken, ihn zu verdrängen. Dan, der voller Freude und Heiterkeit war, hatte gesagt: »Ich nehme an, er liebt den Turm, Mummy – er ist so romantisch.« Und dann war er jämmerlich rot geworden, weil sie vielleicht nicht gemerkt hatten, dass er einen Scherz machen wollte. Es war vielleicht nicht sehr geschmackvoll, Scherze über Charakterzüge von anderen zu machen. Aber Mr. Vane-Merrick hatte gesagt: »Ganz richtig, Dan, du hast den Finger auf meine Wunde gelegt.« Er schien belustigt zu sein, nicht beleidigt.

Die kühlere Seite des Kopfkissens wurde auch warm, doch der Schlaf kam noch immer nicht. Dan schlüpfte aus dem Bett, lehnte sich aus dem Fenster und atmete die kalte Luft ein. Ein goldenes Licht leuchtete hoch oben im Turm. So war Mr. Vane-Merrick auch wach? Las er? Arbeitete er? Dan fand einen seltsamen Trost in dem Beweis für einen weiteren Wachenden. Während er hinaufschaute, ging das Licht aus. Nun warf der Turm schattenhafte Umrisse gegen den Sternenhimmel. Dan tappte zum Bett zurück und fiel augenblicklich in den gewohnten Schlaf.

Den ganzen Tag ging es: »Miles, Miles! Wo sind Sie?« Evelyn hörte den Jungen rufen, und wenn sie aus dem

Fenster schaute, sah sie, wie er Miles überallhin folgte, eifrig und ergeben. Diese tiefe Kameradschaft rief gemischte Gefühle in ihr hervor: Sie nahm ihr die Hälfte der Verantwortung für Dan von den Schultern, und die Verehrung des Jungen für Miles freute sie sehr. Und doch erfüllte sie Evelyn auch mit einer zwiespältigen Eifersucht und verkomplizierte alles noch mehr, weil sie Miles niemals für sich allein hatte, ehe Dan im Bett lag. Und Dan ging nur widerstrebend ins Bett. Er und Miles verstrickten sich beim Abendbrot stets in tiefschürfende Diskussionen und verlängerten sie durch endlose Abschweifungen. Währenddessen rutschte Evelyn unruhig in ihrem Sessel vor dem Kamin hin und her. Die Warterei brachte sie umso mehr zur Verzweiflung, als Miles niemals eine Streitfrage fallen ließ, niemals eine Pause einlegte, in der sie hätte sagen können »Nun, Dan ...«. Sobald sie jedoch allein waren, kam er immer sofort zu ihr und sagte »Endlich!« in einem Ton, der allen Schmerz heilte.

Sie war sehr auf der Hut, zu vorsichtig, als dass sie sich erlaubt hätte, Miles Vorhaltungen zu machen. Sie durfte nicht das Gefühl in ihm aufkommen lassen, dass er irgendwie gebunden wäre. Er sagte ihr oft, dass er die Freiheit liebe, die sie ihm gewähre; sie belästige ihn nie; sie sei anders als andere Frauen. Dieser Satz ließ sie zusammenzucken, aber sie blieb ihrem Entschluss treu und machte keine Bemerkung darüber.

Wenn es ihr während dieser Zeit jedoch gelang, ihre

Enttäuschung zu überwinden und zuzuhören, statt schweigend in ihrem ganz weiblichen Kummer dahinzubrüten, war sie erstaunt über Dan – über den Sturzbach vertraulicher Gedanken, der aus Dan hervorbrach. Der Junge hatte tiefer nachgedacht, als sie vermutete. Seine Argumente mochten schlecht aufgebaut, kindlich und ungeschliffen sein, ohne vernünftige Grundlage und beziehungslos in der Luft schwebend – und doch, sie bewiesen eine sehr bestimmte Einstellung, die Dan sich ganz selbständig erworben hatte. Diese Ursprünglichkeit war überraschend für einen Schuljungen. Er mochte sich vor seinem Großvater fürchten, er mochte übermäßig unter der Schwierigkeit irgendeiner unlösbaren Situation leiden, aber dieser Geist, der dabei war, eine solch strenge Doktrin zu entwickeln, war nicht der Geist eines Schwächlings. Miles sagte das auch. »Dein Junge«, sagte er, »wehrt sich heftig gegen nahezu alles, was man ihn auf der Schule lehrt. Es gehört Mut und Selbständigkeit dazu, so etwas zu tun.«

»Du ermutigst ihn, Miles. Was wird nachher aus seinem Leben?«

»Wenn er aus der Schule kommt? Er wird kämpfen müssen.«

»Ich glaube, du bist dauernd auf Kampf aus. Wenn du zu der Zeit gelebt hättest, als die Männer noch Schwerter trugen, würde deines nie in der Scheide geblieben sein.«

»Ach, Unsinn!« lachte Miles. »Ich bin ein konservativer Landjunker.«

Sie konnte sich ihn wirklich nur schwer als jungen Labour-Abgeordneten vorstellen, wenn sie sah, wie er sein Weideland prüfte, oder hörte, wie er mit Munday sprach. Er liebte das Volk, obwohl er der Demokratie misstraute und sie verabscheute. Mit den Menschen vom Land hatte er ein ungezwungenes Verhältnis. Sie waren ihm durch und durch vertraut – ihre praktisch vernünftige Anschauung, ihr angeborenes Misstrauen, ihre Schlauheit, ihre geistigen Schranken, ihre Geschicklichkeit, ihre Treue und ihre Ausdauer. Er romantisierte sie nicht im Mindesten. »Munday ist ein alter Fuchs«, sagte er, »deshalb hält er jeden andern auch für einen Fuchs.«

Evelyn hätte sich sehr gern mit Munday unterhalten, und wenn auch nur, um zu hören, was er über Miles zu sagen hätte, aber wegen seines starken Dialekts verstand sie nicht die Hälfte von dem, was er sagte. Deshalb wich sie dem freundlichen, alten Mann ziemlich befangen aus. Befangenheit, das war eine weitere, neue Erfahrung für sie.

Das Landleben als solches war ihr ganz und gar fremd, sie hatte kaum gewusst, dass es das in der Form immer noch gab. »Meine Liebe«, meinte Miles, als sie das zugab, »zwei Drittel der Bevölkerung unseres Landes sind in der Landwirtschaft beschäftigt.«

Miles bewirtschaftete sein Gut von tausend Morgen allein. Sein Vater hatte es ihm zu Lebzeiten als Anteil des jüngeren Sohnes vermacht, zusammen mit der Burg in

der Mitte. Wenn er Pacht dafür zahlen müsste, ginge das nicht ohne Verlust. Munday sagte dazu immer, dass viele englische Landwirte dadurch in den Ruin getrieben würden, dass Butter und Getreide zu viel zu niedrigen Preisen nach England eingeführt werden dürften, weil Parlamentsmitglieder Güter im Ausland besäßen. »Und Munday hat eine Stimme bei der Wahl«, sagte Miles halb belustigt und halb verzweifelt.
Evelyn musste ziemlich viel aushalten, denn Miles tat meistenteils einfach so, als wäre sie mit dem Landleben ebenso vertraut wie er. Sie fragte sich, ob er das tat, um sie zu beschämen – denn nach allem, was sie ihm erzählt hatte, musste er doch wissen, dass sie eine unverbesserliche Städterin war. Das Beste, was sie für einen Urlaub auf dem Land mitgebracht hatte, war noch ein Paar Krokodillederschuhe. Für den geruhsamen Nachmittagsspaziergang auf den Kieswegen von Newlands hatten sie sich ganz gut geeignet, aber nicht für die Wanderungen über gepflügte Äcker, die Miles mit Dan unternahm und bei denen er ihre Begleitung erwartete. Als sie die Schuhe in ihrem kahlen und dunklen Schlafzimmer betrachtete, in dem sie kaum ihr Gesicht im Spiegel erkennen konnte, stieg ein klägliches Lachen über die unpassende Wahl ihres Liebhabers in ihr auf. Was für ein Streich spielte ihr das Schicksal, das ihr Miles über den Weg geführt hatte? Er lief vorneweg, überließ es ihr allein über Zäune zu steigen, sich von dornigen Brombeerranken zu befreien und aus dem Schlamm he-

raus zu waten. Und das ihr, der verwöhnten, verzärtelten und feinen Frau, die sich ohne Miles Vane-Merrick in Luxor oder Caux oder an der Riviera aufhalten würde, in passender Garderobe vom Modehause Rivers & Roberts. Er hielt es für ganz selbstverständlich, dass sie sich ohne die Dienste von Privett behalf. Und doch war er keinesfalls grob oder unsensibel; er hatte in jeder Hinsicht ein tiefes Verständnis, seine Bildung war umfassend, sein Esprit lebhaft und unterhaltend. Der Miles, der ein Dutzend Themen streifte, wenn er seinen Wein trank, war ein anderer Mensch als der Miles, der an einem Winternachmittag seine Felder durchstreifte. Dennoch waren diese beiden in Wirklichkeit nur eine einzige Person; und Evelyn, deren geistige Fähigkeiten unentwickelt sein mochten, deren Auffassungsgabe jedoch trotz mangelhafter Übung scharf war, erkannte die Wahrheit, die in William Jarrolds Urteil über Miles lag: ein ganzer Mann.

Das war es, was sie an Miles fesselte: Er war vital, er packte das Leben an. Ob er sich mit Dan unterhielt oder Evelyn über die Felder schleppte oder sie in seinem Turm erwartete, immer brachte er sich mit voller Energie ein. Das Gefühl der Unzulänglichkeit kannte er nicht.

Er war erst fünfundzwanzig.

Die Liebe war eine neue Erfahrung für ihn. Er behandelte sie wie ein großes unbekanntes Gebiet des Lebens, das es zu erforschen galt und das er mit enormem Eifer erstürmte. Und doch konnte er die Liebe völlig getrennt halten von anderen Dingen, was Evelyn sehr störte. Sie hätte es gern gesehen, wenn er die ganze Zeit nur an sie denken würde. Er jedoch schien sie stundenlang völlig zu vergessen und ihr blieb nur der Trost, dass er sie eine gute Zuhörerin nannte. Doch wenn er sich ihr als Liebender widmete, konnte sie sich über nichts beklagen, denn er brachte dieselbe Intensität und Konzentration für die Liebe mit, die er auch auf andere Dinge verwendete. Ihre Stimmung fiel und stieg, je nachdem ob sie glaubte, dass er überhaupt nichts für sie übrig habe, oder ob sie glaubte, dass sie ihn so vereinnahmt hatte, dass alles andere ausgeschaltet war. Und sie war von beiden Seiten gleichermaßen überzeugt, bald von der einen, bald von der anderen.

Manchmal war sie unglücklich. Obwohl sie Miles seelisch und körperlich leidenschaftlich und ausschließlich liebte, war sie sich doch der schwerwiegenden Unterschiede zwischen ihnen bewusst. Böse Ahnungen stiegen in ihr auf, die sie zwar versuchte zum Schweigen zu bringen, aber sie waren da wie eine schwarze Wolke, die sie nur nicht sehen wollte.

Miles selbst war so jugendlich unbekümmert, so überschwänglich verliebt, dass er seine Begeisterung voll auslebte. Er hatte Evelyn gefunden, er hatte sie für sich gewonnen, das war das reinste Wunder. Sein Überschwang ließ ihn von früh bis spät fröhlich lachen. Es machte ihm Freude, von ihr wegzugehen und seine

Aufmerksamkeit anderen Dingen zuzuwenden, nur um erfrischter und mit doppeltem Verlangen zu ihr zurückzukehren. Es kam ihm überhaupt nicht in den Sinn, dass ihr diese Art zutiefst zuwider war. Er wurde von dem unbestimmten Gefühl geleitet, dass die Liebe einen übersättigen konnte, wenn man sich nicht gezielte Pausenzeiten auferlegte. Stundenlang täuschte er mit Vergnügen vor, dass noch andere Dinge im Leben eine wichtige, wenn nicht sogar wichtigere, Rolle spielten. Tatsächlich handelte es sich nicht einmal um eine richtige Täuschung. Er war viel zu energiegeladen, als dass er sich von der süßen Selbstvergessenheit der Liebe ganz und gar absorbieren lassen wollte.

Außerdem schrieb er an einem Buch über wirtschaftliche Grundfragen und er wollte Evelyn auf keinen Fall gestatten ihn davon abzuhalten. Sehr bald war ihm klar geworden, dass sie seine Arbeit als ihren persönlichen Feind betrachten würde und dass sie seine Aufmerksamkeit skrupellos für sich beanspruchen würde, wann immer sie konnte. Zuerst tat sie das sehr vorsichtig, doch mit voranschreitender Zeit wurde sie immer unvorsichtiger und beanspruchte immer mehr. Dieser unausgesprochene Kampf amüsierte ihn – aber er war entschlossen ihn zu gewinnen.

Dennoch, er besaß ein starkes Verantwortungsbewusstsein. Und obwohl er jung war, lag seiner Heiterkeit ein tiefer Ernst zugrunde. Diese Ernsthaftigkeit rührte Evelyn und sie machte, dass sie sich um Jahrzehnte älter vorkam. In mancher Hinsicht war er ihr so völlig überlegen, dass sie sich regelrecht unbedeutend vorkam; in anderer Hinsicht wiederum erschien er ihr wie ein unerfahrener Junge. Sie wusste nicht, welche Seite sie mehr an ihm liebte.

Miles hatte sehr wohl gemerkt, dass sie sich Sorgen über ihre Beziehung machte. Was die Leute sagten oder dachten, kümmerte ihn für seinen Teil nicht im Geringsten, aber er war klug genug klar zu erkennen, dass Evelyn in einer anderen Tradition verwurzelt war. Er neckte sie ein- oder zweimal damit und sie gab traurig zu, dass er recht habe.

»Ich kann einfach nicht dagegen an, Miles, verachte mich dafür, von mir aus. Aber«, fügte sie etwas pathetisch hinzu, »du gibst dir die größte Mühe, mich aus meinem altmodischen Schneckenhaus herauszulocken.«

»Es ist schon ein seltsamer Gegensatz, dich aufs Modernste gekleidet zu sehen und dabei die altmodischsten Ansichten aus deinem Mund zu hören. Aber das gibt deiner Persönlichkeit gerade den reizvollen Bruch: Die Viktorianerin und die moderne Frau. Der Widerspruch zwischen deinem Inneren und deinem Äußeren. Du solltest dich altmodisch kleiden – Gott sei Dank tust du's nicht.«

Dann machte er keine Witzchen mehr, er wurde ganz ernst und bat sie wieder seine Frau zu werden.

»Du würdest viel glücklicher sein. Du brauchtest dir wegen der Jarrolds keine Gedanken mehr zu machen und auch nicht wegen Dan. Du weißt genau, wie sehr du ständig in der Angst lebst, Dan könnte etwas merken.«

»Dan ist ein Kind, Miles; er kann bei diesen Dingen Recht und Unrecht nicht beurteilen. Das ist unsere Sache, nicht seine.«

»Ich glaube wirklich nicht, dass Dan uns hart beurteilen würde. Dan ist ein vernünftiger Junge – aber bei den ganz Jungen weiß man's nie. Es könnte irgendein sonderbares, archaisches Gefühl für seine Mutter hochkommen. Das Schlimmste an Konventionen ist doch, dass sie gewöhnlich ihre Wurzeln in irgendeinem nützlichen, schützenden Geschlechtstabu haben.«

»Ich werde dich nicht heiraten, Miles.«

»Aber warum nicht?«

»Miles, ich hab es dir schon zweimal gesagt – zwing mich nicht, es dir noch einmal zu sagen! Es macht mir wirklich keine Freude.«

»Dass ich jünger bin als du?«

»Fünfzehn Jahre.«

So endeten sie immer, ihre Gespräche. Er protestierte heftig und sie blieb unerbittlich. Seine Proteste waren aufrichtig, denn er war so jung, dass der Gedanke an das Alter ihn überhaupt nicht stören konnte. Außerdem erschien ihm Evelyn nie als jemand viel älteres als er selbst. Keinerlei Anzeichen verrieten ihr Alter: ihr Haar war glänzend, ihre Haut glatt und ihr Körper fest und weiß. Es stimmte schon, ›vierzig‹ hatte einen ominösen Klang, und ihr nächster Geburtstag war wirklich ihr vierzigster; sie hatte es ihm nicht nur einmal, sie hatte es ihm zwanzigmal gesagt. Er schob es beiseite, unbesonnen und ungestüm, wie er war, und so gar nicht an Widerstand gewöhnt. Es ärgerte ihn, dass sie sein Werben so ruhig und beharrlich ablehnte. Freilich konnte er nicht ahnen, was diese Festigkeit sie kostete.

Sie fing an, davon zu sprechen, dass sie und Dan zurück nach London müssten. »Wir können nicht ewig hierbleiben. Wir sind schon länger als acht Tage hier.«

»Was macht das? Bist du nicht glücklich hier?«

»Du weißt, dass ich hier glücklich bin, nur zu glücklich. Aber was werden die Leute denken?«

»Die Leute – du meinst: die Jarrolds.«

»Sie sind sehr altmodisch, das weißt du ja, Miles; genau wie ich, sehr konventionell.«

»Und es macht dir etwas aus, was sie denken?«

»Ich muss Rücksicht auf Dan nehmen.«

»Unsinn, Evelyn, das ist nicht wahr. Ich will dir sagen, was wahr ist, ohne darum herumzureden. Du bist altmodisch, das ist wahr. Und außerdem bist du so eitel, dass du den Gedanken nicht erträgst, die Jarrolds könnten dir vielleicht auch nur ein Jota ihrer Zuneigung versagen. Du hast es gern, wenn dir alle Leute, selbst die Jarrolds, zu Füßen liegen. Du nimmst jede Kritik übel. Was für eine seltsame Mischung du bist! Du bist zutiefst echt – und so unecht in Kleinigkeiten. Ich finde mich nicht zurecht bei dir.«

»Leider kann ich deine großzügige, aristokratische Unbekümmertheit nicht teilen, das ist das ganze Geheimnis. Ich gehöre zu einer ziemlich vorsichtigen und ängstlichen Spezies. Du kannst dir diese unterschwellige Verachtung erlauben; wir können das nicht. Ich hasse mich selbst deswegen, aber ich bleibe das Opfer. Noch dazu hast du vielleicht auch recht, was meine persönlichen Mängeln betrifft.«

»Deine persönlichen Fehler sind mir gleichgültig. Sie machen mir Spaß. Sie bezaubern mich. Ich würde mich freuen, wenn du sie gegen mich richtetest. Ich glaube, ich werde dich einmal eifersüchtig machen, nur zum Spaß.«

»Gut, Miles – tu das, wenn es dich amüsiert.«

»Nein, das ist töricht. Aber was du da von einer vorsichtigen und ängstlichen Spezies sagst, das finde ich interessant. Willst du damit sagen, dass du dir ernstlich Sorgen um das machst, was man einen guten Ruf nennt? Ist das möglich? Denkt noch irgendjemand in solchen Kategorien? Klingt das nicht sehr nach Queen Victoria und King Edward, nach Einstellungen aus der Zeit um die Jahrhundertwende?«

»Vielleicht, Miles. Aber du musst bedenken, dass Familien wie die Jarrolds Produkte der viktorianischen Zeit sind.«

»Ja, das sind genau die Leute, die aus dem Grunde gegen die Narkose waren, weil Gott keinen Schmerz auf die Erde geschickt hätte, wenn er nicht gewollt hätte, dass der Mensch leidet; genau die Leute, die das Erste

Buch Mose so mit der Geologie in Einklang brachten, dass sie die Theorie vertreten, die Erde sei fix und fertig mit den in Gestein eingeschlossenen Fossilien erschaffen worden. Oder Adam sei mit einem Nabel erschaffen worden, obwohl er nie eine Mutter hatte.«

»Haben sie das gesagt?«

»Liebste, du bist so köstlich unwissend.«

»Ich habe nie das Gegenteil behauptet, Miles. Ich weiß, dass du immer Beispiele zur Hand hast, da kann ich mich nicht mit dir messen.«

»Das brauchst du auch nicht – du bist *hors concours*. Du folgst dem kürzeren Weg des Instinkts. Ein ungleicher Kampf – Genie gegen Talent.«

»Ich wollte, du könntest ernst sein.«

»Ich bin ernst. Ich bin ein sehr ernsthafter, junger Mann. Die meisten jungen Leute meines Alters begnügen sich damit, großartige Typen zu sein. Ich tue das nicht. Ich beschäftige mich mit sozialen Fragen. Ich beschäftige mich außerdem mit praktischer Landwirtschaft. Kannst du mehr Ernst verlangen? – Doch wie dem auch sei, du hast völlig recht damit, dass die Jarrolds ein Produkt der viktorianischen Zeit sind. Natürlich sind sie das, sowohl der Zeit wie auch der Mentalität nach. Du würdest es nicht genau erklären können, weshalb du das gesagt hast. Wahrscheinlich hattest du eine vage Vorstellung davon, dass die Industrialisierung in England unter Queen Victoria entstanden ist. Ihre Regierungszeit war so lang, dass man sich kleine Ungenauigkeiten in der

Datierung leisten kann; unter Victorias weiten Röcken findet alles Mögliche bequem Unterschlupf – wie eine Schar Küken unter einer alten Glucke. Und man hatte die vage Vorstellung, dass die ersten Maschinen von wütenden, unwissenden Leuten zerschlagen wurden – aber mein Gott, was haben die für einen Weitblick bewiesen! Und du glaubtest, dass Leute wie die Jarrolds wie ein Fels in der Brandung standen und England zu dem gemacht haben, was es nun ist – na ja, das haben sie auch getan, aber sie haben dabei auch eine Menge für sich abgezweigt, von dem sie bis heute profitieren. Aus welchem Grunde du es auch gesagt hast, du hattest recht, in dem Sinne sind die Jarrolds Viktorianer. Aber sie sind es auch, weil sie noch immer an all die Heuchelei glauben, die damit zusammenhängt. Weil sie an dem sogenannten guten Ruf festhalten, an Ehrbarkeit und an der Wahrung des Scheins. An all so etwas. Und weil sie daran glauben, dass man den Leuten verbieten muss sich am Sonntag zu amüsieren – dem einzigen Tag der Woche, der ihnen eine Atempause von ihrer zermürbenden Tretmühle lässt. Und daran, die Frauen dazu zu verurteilen, ein Kind nach dem anderen zu gebären, ohne Rücksicht darauf, ob sie die Kleinen ordentlich ernähren, sie später nach ihrem Talent ausbilden lassen und dann angemessen ausstatten können oder nicht – alles um des alten England willen, alles, damit England bleibt, was es ist. Wir wollen uns freimachen vom Ballast solcher Vorstellungen, samt dem was sie nach sich ziehen, dann können wir anfangen etwas zu leisten. Deine Jarrolds sind heutzutage Anachronismen. Sie sollten ausgestopft und in einer Glasvitrine ausgestellt werden.«

»Du beurteilst den alten Mr. Jarrold ziemlich falsch.« Evelyn erinnerte sich an Mr. Jarrolds Ausbruch, als er sich Evan vorgenommen hatte. »Ich glaube, er könnte genauso harte Vorwürfe gegen dich und deinesgleichen erheben. Ich glaube nicht, dass er auch nur die Hälfte der Werte billigt, die er aufrechtzuerhalten sucht.«

»Nein, nein, ich habe den alten Mann gern«, sagte Miles. »Er ist auf seine Weise ein feiner alter Mann, aber er ist trotzdem ein Anachronismus.«

»Ich verstehe, dass du selbst nicht vorhast, ein Anachronismus zu sein, auch Dan nicht, wenn du das beeinflussen könntest.«

»Dan ist in Ordnung. Dan ist das junge England, das hoffe ich inständig. Mit kühnem, forschenden Geist und einer großen Schere, die das Gestrüpp wegschneidet.«

»Das mag sein, wie es will, Miles, aber um wieder darauf zurückzukommen: Ich kann nicht ewig hier bleiben.«

Miles schaute sie eigensinnig an: »Du tust keinem weh und machst mir viel Freude.«

»Tu ich das wirklich, Miles? Bestimmt? Möchtest du mich wirklich um dich haben? Und deine Arbeit, die ich dauernd unterbreche? Du weißt, deine Arbeit ist dir wichtiger als …«

(Ich darf ihm so etwas nicht sagen, dachte sie, Närrin, die ich bin. Außerdem stimmt es nicht, oder?)

(Wie schrecklich weiblich Frauen doch sind, dachte er, aber da er sie liebte, empfand er doch viel Zärtlichkeit dabei.)

»Evelyn, sei nicht albern! Na ja, ich könnte jeden Tag ein paar Stunden konzentriert hintereinander arbeiten, wenn du das so willst. Wird das deine Bedenken zerstreuen?«

›Oh‹, dachte sie, während sie ein plötzlicher Schmerz durchfuhr, ›er nutzt die Gelegenheit gleich aus, die ich ihm biete.‹

»Was für eine gute Idee, Miles – ja, arbeite zwei Stunden am Tag, auch mehr, wenn du magst! Vielleicht kannst du mir ein paar Bücher leihen, dann lese ich, während du zu tun hast.«

Miles war gänzlich arglos und noch nicht in dem Stadium, in dem man getäuscht werden will. Er wollte nicht einmal so tun, als missverstehe er sie. Er kam näher zu ihr, ergriff ihre Hand und verschränkte seine Finger in ihren. Körperlicher Kontakt, selbst der leiseste, beruhigte ihn.

Jede Wolke zwischen ihnen konnte vertrieben werden, wenn sie einander wieder körperlich nahekamen. Eine halbe Stunde Enthaltsamkeit wurde zu einer halben Stunde des Verlangens.

Manchmal verlängerte Miles diese Zeiten der Enthaltsamkeit absichtlich. Evelyn dagegen war unter der Oberfläche ihrer Raffinesse weit simpler und direkter als er. Ihre Gefühle waren zu stark, als dass sie ihr erlaubt hätten Spaß damit zu treiben. Alles was sie tun konnte, war ihre unpassende Heftigkeit einigermaßen in Schach zu halten. Nur Klugheit vermochte das. Miles war ein schwieriges und gefährliches Fohlen für den, der es zähmen wollte. Und weil er ein junger und kräftiger Mann war, endete es stets damit, dass der Hunger nach ihr seine Spielsucht überwog. Wenn er eine Zeitlang so getan hatte, als sei sie ihm gleichgültig, flammte das Begehren immer wieder überwältigend und unwiderstehlich in ihm auf.

So hielt er sie gefesselt zwischen Ungewissheit und Sicherheit, unglücklich und glücklich.

Sie willigte ein, noch ein paar Tage zu bleiben. In Wahrheit vermochte sie sich nicht von ihm loszureißen. Dieses späte Aufblühen ihres Herzens und ihrer Sinne war zu süß, machte sie zu schwach. Die Welt existierte nicht mehr; sie ließ sie hinter sich; nichts blieb als der verzauberte Ort, Miles Vane-Merricks Burg. Die hohen, rötlichen Mauern schlossen sie ein wie ein verwunschenes Verließ.

»Ach, du musst es erst einmal im Frühling sehen«, schwärmte er, als sie ihm davon erzählte. »Oder an einem Sommerabend.«

Sie gingen durch den ummauerten Garten; die Doppelspitze des Turms ragte über ihnen in den blauen Himmel, die Bäume waren winterlich kahl und der Himmel voller Krähen.

»Ich kann mir kaum vorstellen, dass es hier noch schöner sein könnte, Miles.« Sie, die früher niemals solche Dinge bemerkt und stets mehr Bequemlichkeit als Schönheit verlangt hatte, war von der Lieblichkeit der Natur überwältigt. Ihre Empfindungen vertieften sich; sie hörte es sogar gern, wenn Miles ihr Gedichte vorlas. »Ich weiß gar nicht, was du aus mir machst, Miles«, sagte sie lachend, »es scheint, als verwandeltest du mich in einen ganz anderen Menschen.«

In solchen Augenblicken war sie glücklich. Sie ergriff Miles' Arm und fühlte, dass sie an seinem Leben teilhatte. Sie hörte sogar geduldig zu, als Munday hereinkam, um mit ihm über das, wie er es nannte, Grünholz zu sprechen. Sie hatte keine Ahnung, was das sein könnte, doch Miles schien es zu wissen. Er erörterte ernsthaft und ziemlich ausführlich mit Munday – bei dem Ausführlichkeit unabänderlich mit jedem Thema verbunden war –, ob es ratsam sei, gewisse Kastanienbäume schon in diesem Jahr zu fällen oder altern zu lassen. Sie hörte mit halbem Ohr zu und bekam doch einen neuen Begriff von der Beständigkeit solcher Anordnungen mit. Miles und seine Vorfahren, Munday und seine Vorfahren, sie hatten solche Dinge Jahrhunderte hindurch erwogen, es erschien nur logisch, dass sie auch heute darüber berieten. Miles, der auf seiner Burg saß, sein Gut und seinen Besitz bewirtschaftete und sich mit Munday besprach, das war der echte, der traditionsgebundene Miles.

Als Munday gegangen und das Gartentor hinter ihm eingeschnappt war, schob sie die Hand wieder unter Miles' Arm. »Ich mag dich gern als konservativen Landjunker.«
»Ich bitte um Entschuldigung, Liebling. Munday hat keinen Takt. Er stürzt sich auf mich, wo er eine Gelegenheit findet.«
»Ich sage dir doch, dass ich es mag. Es ist so neu für mich. Ich mag dich gern in dieser Rolle. – Miles, sieh nur diese schwarzen Wälder, diesen weiten Himmel! Ich glaube, das könnte niemals schöner sein, nicht einmal an einem Sommerabend.«
Irgendwo im Obstgarten fing eine Eule an zu schreien.
»Oh Miles – versprich mir, dass du mich im Sommer noch liebst – bitte, Miles.«
Dieses besondere Mal störte ihre Bitte ihn nicht; in diesem Augenblick waren sie vollkommen eins. Sie fühlte die Harmonie und war zufrieden. Sie spazierten weiter den Gartenweg unter der hohen Mauer auf und ab, bis die Dämmerung herabsank und andere kleine Eulen den Schrei der ersten im Obstgarten aufnahmen.

Sie war bestürzt, als sich herausstellte, dass Miles ihren Vorschlag, täglich zwei Stunden zu arbeiten, wirklich ausführte. Sie kam in sein Zimmer und er saß mit einem jungen Mann am Tisch, der über und über mit Papieren bedeckt war. Er sah mit einem Stirnrunzeln auf, lächelte aber, als er erkannte, dass sie es war. »Ich hätte nie geglaubt, dass Sie so früh herunterkommen würden. Das

ist Mr. Bretton, der sein Bestes tut, meine Wähler davon zu überzeugen, dass ich der einzige Mensch bin, der geeignet ist, sie im Parlament zu vertreten. Das ist eine schwere Arbeit für ihn. – Mrs. Jarrold, Bretton.«
Bretton hatte leuchtende, aber ziemlich kleine Augen und unordentliches schwarzes Haar. Er gab ihr linkisch die Hand, als ob er an gesellschaftliche Formen nicht gewöhnt sei. Er war ein etwas untersetzter junger Mann, schlecht angezogen, und Miles erschien neben ihm noch gewandter und ungezwungener als gewöhnlich.
Er sprach kein Wort, nicht einmal »Sehr angenehm«, aber Evelyn hatte nicht den Eindruck, dass das daher käme, weil er nichts zu sagen hätte. Er schien im Gegenteil voll verhaltener Energie und Sensibilität zu sein. Sie schenkte ihm ihr bezauberndstes Lächeln, spürte aber, dass er auf den ersten Blick eine Abneigung gegen sie gefasst hatte. Sie beide verkörperten zu große Gegensätze.
»Lassen Sie sich nicht stören, Miles. Ich hatte keine Ahnung, dass Sie beschäftigt sind.«
Miles begleitete sie zur Tür. Bretton, der sich wieder gesetzt hatte, blieb sitzen und spielte nervös mit einem Bleistift. Sie lächelte, nickte ihm zum Abschied zu und er antwortete mit einem verlegenen Nicken; er war sich offensichtlich bewusst, dass er hätte aufstehen müssen; aber er wollte es nicht.
An der Tür blieb sie stehen und schaute Miles an. Er blickte zurück. Sie sahen sich eine Sekunde lang in die Augen. In seinen spiegelte sich Trotz und Belustigung.

Langsam schritt sie die Wendeltreppe hinunter, während ihr Zorn anstieg. Miles behandelte sie nicht einmal mit dem Minimum an Höflichkeit, das man einem Gast gewährt. Weil sie sich liebten, glaubte er, sie auf diese nachlässige Weise behandeln zu dürfen. Er sollte seinen Denkzettel bekommen: Sie würde noch am selben Tag nach London zurückfahren.

Sie ging zu ihrem Schlafzimmer und wich Dan aus, der im Wohnzimmer eine Broschüre über Volkswirtschaft las, die Miles ihm gegeben hatte. Sie konnte Dans Begeisterung in diesem Augenblick nicht ertragen. Sie schlich sich durch die Hintertür ins Haus und so leise wie möglich die Treppe hinauf. Es war kalt im Schlafzimmer. Der Kamin war allerdings schon fertig gemacht, aber sie war zu stolz und zu ärgerlich, um das Feuer anzuzünden. Sie erinnerte sich, wie Miles am Abend vorher in den Garten hinausgelaufen und mit einem gefrorenen Holzscheit zurückgekommen war, das er lachend aufs Feuer geworfen hatte. Sie ging umher und legte ihre Sachen in den großen Koffer. Fast alles, was sie in die Hand nahm, erweckte Erinnerungen an Miles: die Pullover, die er gern hatte, die Schuhe, über die er spottete. Sie stopfte alles achtlos hinein und dachte nicht an die Missbilligung, die Privett beim Auspacken zeigen würde. Es wäre eine Erleichterung, zu Privett und der Wärme und Sicherheit ihrer Wohnung zurückzukehren. Sie musste verrückt gewesen sein, dass sie jemals glauben konnte, sie und Miles wären füreinander bestimmt, sie könnten zusammenpassen. Sollte Miles doch bei seiner Landwirtschaft und seiner Politik bleiben, sollte er sich eine Frau suchen, die anpassungsfähiger und sklavischer war als sie!

Sie hatte fast alles eingepackt, als sie Miles' Stimme unten hörte. Gleichzeitig vernahm sie ein Kratzen an der Tür und ein leises Winseln. Sie öffnete und die dänische Dogge stürmte herein. Der Hund schlug mit dem Schwanz wie mit einem Stück Holz an die Möbel; er trottete umher, schnüffelte an ihren Sachen und hob fragend den Kopf. »Hunde wissen stets, wenn man weggeht«, hatte Miles gesagt. »Ja, Cäsar«, sagte sie und legte die Arme um seinen mächtigen Hals, »ich gehe fort.«

Dans Schritte sprangen die Stufen herauf. »Mummy, Mummy, wo bist du? Miles ist hier.«

Sie kam schnell heraus, schloss die Schlafzimmertür hinter sich und trat an die Treppe. Miles erschien auf der ersten Stufe. »Evelyn, kommen Sie mit nach draußen? Ich bin Bretton losgeworden.«

Sie stieg die Treppe vorsichtig hinunter; die Stufen waren alt und ausgetreten. Da war Miles, sein Haar glänzte unter dem Fenster. Dan war auch da, er war rot und erregt. Beide sahen sehr jung und arglos aus. Sie konnte nicht glauben, dass Miles ihr wirklich den nämlichen Blick zugeworfen hatte, als er ihr die Tür zum Hinausgehen geöffnet hatte, sie konnte nicht glauben, dass er wirklich seine Stärke mit ihrer gemessen hatte. Er sah aus wie ein Junge, der schulfrei hat.

»Ich muss eine Mütze aufsetzen«, sagte sie, »wenn ihr wollt, dass ich mit hinaus komme.«

Sie sagte ihm nichts von ihrer Absicht, abzufahren; sie packte ihre Sachen nur kleinlaut wieder aus – halb grimmig und halb froh nahm sie zur Kenntnis, dass sie sich unterworfen hatte. Aber sie fragte ihn nach Bretton.

»Bretton? Das ist mein politischer Agent. Der Sohn des Gemüsehändlers im Ort. Ein guter Junge und ein überzeugter Kommunist.«

»Ein Kommunist?« fragte Evelyn in einem Ton, als ob Miles gesagt hätte ›ein Löwe‹.

»Ja, der arme Junge, er muss seine Überzeugung verwässern, um seinen Posten bei mir zu behalten. Bretton wird es eines Tages weit bringen.«

»In der Zwischenzeit fällt er nicht gerade durch gutes Benehmen auf.«

»Nein. Ist das wichtig? Es wäre von ihm aus doch nur Verstellung, wenn er es täte. Möchtest du seine Erziehung in die Hand nehmen? Wenn ja, werd ich ihn morgen zum Lunch einladen.«

»Um Gottes willen, tu das nicht, Miles. Er mag mich nicht, er kann mich nicht leiden.«

»Wie kannst du erwarten, dass er jemanden mag, der den Wert eines dreijährigen Universitätsstudiums in Perlen um den Hals hängen hat?«

»Ich dachte, Kommunisten sind ebenso sehr gegen Universitätsausbildung wie gegen Perlen.«

»Das sind sie auch – aber sie beneiden einen darum. Sie glauben, es brächte einem Gott weiß was für Vorteile. Aber Bretton hat tatsächlich einen weit helleren und schärferen Verstand als ich. Er ist völlig frei von Gefühlen und Traditionen und ähnlich obskuren Belastungen. Und was dich anlangt, so glaube ich nicht, dass er jemals in seinem Leben einen Menschen wie dich gesehen hat.«

»Findest du mich denn auch so verachtenswert, Miles?«

»Ich finde dich entzückend und sehr hübsch.«

»Aber unnütz. Müßig?« beharrte sie.

»Nein«, sagte er, »ich liebe es, wenn Frauen müßig und hübsch sind. Das Leben ist so schon hässlich genug, da brauchen sich die Frauen nicht auch noch hässlich machen.«

»Meinst du das im Ernst? Oder ist das ein Scherz?«

»Beides. Du kannst wählen.«

Ein oder zwei Tage später fand sie sich allein mit Bretton. Er wollte Miles besuchen, aber Miles war von Munday geholt worden, um nach einer kranken Kuh zu sehen.

»Kommen Sie doch herein, Mr. Bretton! Mr. Vane-Merrick wird in wenigen Minuten zurück sein. Wärmen Sie sich ein wenig am Kamin, es ist ein sehr kalter Tag. Kommen Sie von weit her?« Sie plauderte freundschaftlich darauflos.

Evelyn brachte ihn aus der Fassung; er war beunruhigt, misstrauisch. Er saß auf der Stuhlkante am Kamin, weil sie ihn dazu aufgefordert hatte, aber das sah nicht nach entspannter Behaglichkeit aus. Der harte Glanz, der in seinem ziemlich unliebenswürdigen und intelligenten Blick brannte, bezeugte seine Unabhängigkeit von solchen Dingen. Evelyn fühlte sich trotz all ihrer Weltgewandtheit sehr ungemütlich mit diesem jungen Mann. Das war ebenso eine neue Erfahrung für sie wie die, zu der Munday ihr verholfen hatte. Aber sie war jetzt nicht verärgert, sie war interessiert. Sie begann zu begreifen, dass England nicht nur von Jarrolds bevölkert war.

»Sie müssen eine sehr interessante Beschäftigung haben, wenn Sie für Mr. Vane-Merrick arbeiten.«

Er wollte immer noch nicht auftauen, aber Evelyn war entschlossen ihm zu gefallen.

»Als ich Mr. Vane-Merrick kennenlernte, wusste ich gar nicht, was für ein aktives Leben er führt. Er hat anscheinend sehr viele und ganz verschiedene Interessen.« (Sie dachte: Ich spioniere Miles hier doch nicht etwa auf hässliche Weise nach?) »Ich nehme an«, fuhr sie fort, »seine Wahl hier unten im Wahlkreis ist sicher?«

»Soweit ein Wahlerfolg überhaupt sicher sein kann, Mrs. …«

Er schwieg. Er hatte ihren Namen vergessen. »Verzeihung«, sagte er unbeholfen, »ich habe leider Ihren Namen vergessen.«

Er gefiel ihr immer besser. Sie war in großzügiger Stimmung. »Jarrold – aber das macht gar nichts. Erzählen Sie mir lieber, was Sie für Mr. Vane-Merrick tun. Ich bin so unwissend in diesen Dingen. Arbeiten Sie … nun, was tun Sie eigentlich?«

Er ließ sich nicht aushorchen. Er machte Ausflüchte und sie fühlte, dass er sie abschätzte; das Ergebnis schien nicht günstig zu sein. Gleichzeitig spürte sie seine treue Ergebenheit für Miles.

»Mr. Vane-Merrick scheint mir ein sehr bemerkenswerter Mensch zu sein«, sagte sie impulsiv.

»Oh ja«, fing Bretton an, »ja« als wollte er noch mehr sagen, doch plötzlich versank er wieder in seine alte Schweigsamkeit.

Sie wusste nicht mehr weiter.

»Wie unaufmerksam von mir, Mr. Bretton – möchten Sie etwas zu trinken? Ich glaube, da steht Whisky im Schrank. Nein, bleiben Sie sitzen. Ich hole ihn schon.«

Sie erwartete beinahe, dass er sagen würde, er trinke nicht, aber er ließ sie zum Schrank gehen, ein Glas, den Siphon und die Whiskyflasche holen. Sie war erleichtert, als er sich ein ordentliches Glas voll eingießen ließ. Er beobachtete ihre hübschen Hände, als sie die Flasche hinstellte.

»Danke«, sagte er und fügte hinzu: »Zum Wohl.«

»Trinken Sie auf Mr. Vane-Merricks Glück bei der nächsten Wahl«, erwiderte sie.

Bretton brummte etwas. Dann trank er.

»Hat er eine große Zukunft, was meinen Sie?«

»Eine große Zukunft, Mrs. Jarrold? Meinen Sie, ob er im nächsten Kabinett Minister wird?« Sein Ton war voller Verachtung.

»Ja, ich glaube, ich verstehe nicht viel davon.«
»Das könnte geschehen«, sagte Bretton, »in einer konservativen Regierung.« Wieder schwieg er mit derselben Miene, die vieles ungesagt ließ.
»Aber er ist doch kein Konservativer.«
»Nein.« Sie füllte sein Glas noch einmal. »Mr. Bretton – verzeihen Sie meine Unkenntnis – aber ist es nicht eigenartig, dass er kein Konservativer ist?«
»Wegen seiner Herkunft, meinen Sie?« sagte Bretton und schaute sie so verächtlich an, dass sie zusammenzuckte.
»Nun ...«, sagte Evelyn. Jede Erwiderung auf diese Bemerkung müsste vorsichtiger ausgedrückt werden, als sie es vermochte. Deshalb begnügte sie sich mit einer ziemlich lahmen Antwort: »Man würde eher erwarten, dass ein Mensch seiner Art auf der sicheren Seite wäre.«
»Seiner Art – ja –, aber nicht er.«
Zum ersten Mal wurde Brettons Hochachtung spürbar.
»Das macht ihm nur noch mehr Ehre, Mr. Bretton.«
»Ja.« Sie hatte etwas Verkehrtes gesagt, Gönnerhaftigkeit hatte in ihrem Ton gelegen. Sie versuchte es mit äußerster Einfalt, die nicht einmal ganz unaufrichtig war: »Mr. Bretton, ich glaube wirklich ganz fest an Mr. Vane Merricks Fähigkeiten. Deshalb habe ich mit Ihnen so unpassend über ihn gesprochen. Ich hoffe, Sie nehmen mir das nicht übel.«
»Fähigkeiten – ja, er hat viele Fähigkeiten.«
»Vielleicht sind seine Ansichten nicht extrem genug, um

Ihre Anerkennung zu finden?« sagte Evelyn lächelnd.
Bretton antwortete nicht; er trank nur sein Glas aus. Evelyn konnte sich nicht schmeicheln, sehr viel weiter gekommen zu sein. Sie war erleichtert, als Miles hereinkam, begleitet von Cäsar und Dan und einem Schwall klarer, kalter Luft.
Bretton war Miles gegenüber nicht verärgert. Sofort entspannte er sich. Er war immer noch zurückhaltend, aber nicht verdrießlich. Miles hänselte ihn und er ließ sich zu einem Lächeln herbei. Evelyn spürte, dass Miles ihn sogar gegen seine Überzeugung zu gewinnen vermochte. In diesem Augenblick hatte sie Bretton gern, aber sie fühlte sich sehr unbehaglich. Sie war dankbar, als er – ein wenig unfreundlich – Miles' Einladung zum Essen ablehnte.
Dan brach unwillig los: »Was für ein abscheulicher Mensch, Miles! Ich hätte ihn prügeln mögen, weil er so grob zu Ihnen war.«
»Er hat nicht deine Eton-Manieren, Dan.«
Dan sah verblüfft aus. »Das verstehe ich nicht. Manieren sind doch wichtig. Sie selbst haben gute Manieren.«
»Die hat auch dein Onkel Geoffrey.«
»Und Sie meinen – Sie ziehen Bretton jederzeit vor?«
»Ja, ich würde ihn immer vorziehen. Obwohl er mir vielleicht die Kehle durchschneidet, bevor er geht.«

Evelyn bekam einen Brief von Ruth. Er war auf dem Briefpapier von Newlands geschrieben, die neue Krone des Familienwappens war auf der Rückseite des Umschlags eingraviert.

10. Januar 1932

Liebste Evelyn!
Ich weiß nicht, wo Du bist, deshalb sende ich diesen Brief an Deine Wohnung, damit er Dir nachgeschickt werden kann. Wir sind noch hier. Onkel Evan ist abgefahren; wir glauben, er hatte Streit mit Großpapa, aber wir wissen es nicht genau. Jedenfalls ist er fort, und wir erwähnen seinen Namen nicht. Wir halten das für besser. Großpapa macht von Zeit zu Zeit bissige Bemerkungen über ihn. Großpapa ist im Ganzen sehr sarkastisch. Er sagt, was es für Aussichten für England sind, wenn ein Haufen unwissender, junger Männer glauben, sie könnten es regieren. Wie zum Beispiel Miles Vane-Merrick. Er sagt, nirgends wäre noch das geringste bisschen von Vernunft zu finden. Es ist ziemlich stumpfsinnig hier. Die Beckwiths kamen mal zum Tee. Was für herrliches Wetter! Es sieht nicht so aus, als ob Dan überhaupt zum Schlittschuhlaufen kommt. Ich hoffe, Ihr seid beide auf dem Land und amüsiert Euch. Anscheinend ist jetzt kein Mensch in London, deshalb ist es da im Moment zu langweilig. Aber ich nehme an, Du wirst bald dorthin fahren. Schreib mir, ab wann Du wieder in London bist! Inzwischen grüße ich Dich herzlich. Mutter würde es auch tun, wenn sie im Zimmer wäre.
Deine Dich liebende Ruth.

PS: Als Du bei Miles Vane-Merrick zu Besuch warst (ich glaube, Du sagtest, Du wolltest mit Dan auf die alte Burg), war da auch die Fürstin Tscharskaja da? Ich höre, sie hat seit Jahren ein Verhältnis mit M. V.-M.!!!
PPS: Minnie ist einfach unerträglich. Sie hat Kakao eine Maus (eine lebendige) ins Bett gelegt und mir zwei Haarbürsten.

Evelyn ärgerte sich nicht besonders über diesen Brief, sie lächelte und dachte: »Arme kleine Ruth!« Ruth hatte kein Gefühl für Stil und ihre Methoden waren plump. Sie tat ihr leid, aber sie war so ungehobelt, dass man sie nicht wichtig zu nehmen brauchte. Man konnte sich sogar lustig machen – ein ›Ruth-loses‹ Leben würde nichts vermissen lassen – auf die Weise fühlte man gar keine Verantwortung mehr ihr gegenüber. Wofür sollte sie sich Ruth gegenüber denn verantwortlich fühlen? Die Sache mit Miles war faires Spiel; und wenn sie Miles erobert hatte, so war das für Ruth traurig, nicht für sie. Sie hatte keinen Vorsprung gehabt; Ruth hatte ihn sogar früher gekannt. Sie konnte sich Ruth gegenüber von jeder Schuld freisprechen.
Dann begann Ruths Brief in ihr zu bohren. Sie lachte schließlich über sich selbst, weil sie sogar noch an den Brief dachte, als sie ihn schon ins Feuer geworfen hatte. Betsy Tscharskaja …
»Miles«, sagte sie, »du kennst Betsy Tscharskaja?«
Er sah vom Buch auf. »Betsy Tscharskaja?« sagte er. »Ja, natürlich kenne ich sie. Weshalb?«

»Was hältst du von ihr?«
»Gar nichts. Ein Schmarotzer. Ich meine, ihre Lebensumstände haben sie dazu gemacht.«
»Wie gut kennst du sie?«
»Ich glaube, ich habe drei- oder viermal Bridge mit ihr gespielt. Weshalb? Wie kommst du auf sie?«
»Ich traf sie neulich in einem Modesalon. Du kennst sie gar nicht näher?«
»Gott behüte!«
Nein, Miles dachte sehr wenig an Frauen. Das schien sicher zu sein. Es war anstrengend genug sich gegen sein Buch durchsetzen zu müssen und gegen Bretton und all das, was mit Bretton zusammenhing – das waren viel ernstere Gegner. Rivalen, gegen die sie sich nicht durchsetzen konnte und durfte. Sie musste mit der einen Hälfte seines Lebens zufrieden sein und sich mit dieser Verteilung noch glücklich schätzen. Der Kompromiss war hart für sie, bei ihrem herrischen Temperament und dem Übermaß ihrer Liebe für Miles, doch sie war entschlossen vernünftig zu sein. Miles musste man am lockeren Zügel halten.
Er schien etwas von dem Kampf in ihrem Innern zu wissen und ein boshaftes Vergnügen daran zu finden, sie zu testen und bloßzustellen. Entnervt warf sie ihm Sadismus vor, worauf er lachend zurückgab, den besitze sie auch. Er sah sie an mit seinem harten, spöttischen Blick, den sie fürchtete, weil er ihr zeigte, wie erbarmungslos er sein konnte, wenn er wollte. Aber dann war

er wieder so reizend, so zärtlich und einfach nur jungenhaft, dass sie ihre Furcht vergaß.

Dennoch wusste sie nicht, ob sie sich beherrschen könnte, falls er Interesse an einer anderen Frau zeigen würde.

Er überraschte sie mit der Frage, wie sie sich ihre Zukunft vorstelle. Daraufhin sah sie ihn so gequält an, dass sogar er gerührt war.

»Ich weiß es nicht, Miles. Du bist völlig frei, das weißt du ja – ich habe keine Macht über dich außer meiner Liebe. Ich will auch keine haben. Wenn das nicht genug ist, lasse ich dich lieber gehen.«

»Das sagst du, weil du sehr gut weißt, dass das genug ist.«

»Für den Augenblick wohl. Aber … ach, wir wollen nicht davon sprechen.«

»Sag, Evelyn, könntest du eifersüchtig sein?«

»Rasend«, sagte sie leise.

»Ja, ich hätte nicht zu fragen brauchen. Ich muss vorsichtig sein, sonst findet man eines Tages die verstümmelte Leiche eines jungen Mannes unter einer Hecke in Kent.«

»Spotte nicht, Miles.«

»Aber ich mache mich doch so gern über dich lustig.«

»Ja, ich weiß. Mach dich über etwas anderes lustig. Es ist schrecklich, ganz sicher wirst du mich eifersüchtig machen, bevor wir auseinander gehen. Ich möchte das nicht schon vorher spüren. Ich möchte in der Gegenwart leben.«

»Kluge Frau!«
»Nein, Miles, ich fürchte, ich bin nicht sehr klug.«

Schließlich ließ er sie nach London zurückfahren, weil er selbst dorthin musste. Dan bestand darauf, dass er häufig zu ihnen käme. Er drängte Miles Einladungen auf, während Evelyn stumm zuhörte und das Gefühl hatte, dass es das Schicksal in dieser Hinsicht gut mit ihr meinte. Trotz Miles' Spötteleien hatte sie noch immer Angst vor der kritischen Neugier der Jarrolds wegen ihrer plötzlichen Vertrautheit mit diesem jungen Mann. Es war nicht zu vermeiden, dass sie früher oder später Verdacht schöpfen mussten, selbst wenn Ruth es ihnen nicht sagte. Evelyn vermutete sehr stark, dass Ruth einen aufkeimenden Verdacht aus wichtigen, persönlichen Gründen geheim halten würde. Die Familie würde es auf jeden Fall herausfinden, weil in dem engen Kreis, den die Jarrolds um all ihre Familienmitglieder zogen, nichts lange verborgen bleiben konnte. Das Netz war zu dicht, zu fest. Wenn Mrs. Jarrold – Lady Orlestone – oder Mrs. Geoffrey Jarrold oder Evan dreimal in der Woche zu ihr zum Tee kämen, wozu sie durchaus fähig waren, weil sie die bürgerlichen Ansichten über ein nettes, behagliches Familienleben innerhalb des Klans vertraten, und wenn einer von ihnen dann jedes Mal auf Miles träfe, so würden sie sehr bald ihre Bemerkungen darüber machen und die unvermeidlichen Schlüsse ziehen. Bisher hatte Evelyn nie etwas darin gefunden, dass die Jarrolds zu jeder Tageszeit unangemeldet in ihrer Wohnung erschienen – wenn sie sich dabei auch stets arg gelangweilt hatte. Sie hatte die gleichen Ansichten. Man hatte seine Verwandten gern zu haben, weil es die Verwandten sind, das war eine Selbstverständlichkeit. Doch nun wurden ihre Ansichten unter Miles' Einfluss gelockerter; seine Zwanglosigkeit wirkte ansteckend; dass die Familie sich anmaßte, ihr Privatleben zu beherrschen, machte Evelyn ungeduldig. Sie fand diese Einbrüche in ihr persönliches Leben unerträglich. In Wirklichkeit war es jedoch nur die Entdeckung, dass die Liebe ihre besonderen Schwierigkeiten mit sich brachte. Und Evelyn wollte für ihren Geliebten frei sein.

Sie verachtete sich selbst, weil sie die Ansichten der Jarrolds wichtig nahm, und doch waren sie so tief in ihrem Innern verwurzelt, dass sie Rücksicht nehmen musste. Das machte Miles' Vorschlag zu heiraten so besonders verlockend. Sonderbarerweise wollte sie nicht, dass die alten Jarrolds Miles deshalb tadelten, weil er sie in den Augen der Welt kompromittierte. Und doch wusste sie, dass sie niemals in eine Heirat einwilligen durfte. Es wäre ihm gegenüber nicht fair. Das war der Grundsatz, an den sie sich strengstens hielt.

Doch wenn sie die halbe Verantwortung auf Dan schieben könnte, wäre sie sicher. Wenn sie Miles als Dans Freund, Philosophen und Mentor hinstellen könnte, ließen sich die alten Jarrolds vielleicht hinters Licht führen. Sie waren einfältige und arglose Seelen, und wenn schon nicht einfältig und arglos, so neigten sie doch mindestens so sehr zur Selbsttäuschung, dass sie jeden Vorwand ergreifen würden, um ihre Schwiegertochter in ihren eigenen Augen zu entschuldigen.

Ob sie allerdings mit Miles als Dans Freund, Philosophen und Mentor einverstanden wären, war eine andere Frage. Dann waren da ihre eigenen Dienstboten. Vor deren forschenden Blicken schämte sie sich sogar noch mehr als vor denen der Jarrolds. Sie wusste, dass sie über solchen Dingen stehen sollte. Und doch stellte sie sich den verschlagenen, höhnischen Gesichtsausdruck vor, mit dem Mason oder Privett – besonders Privett, mit der sie wahrscheinlich ihr Leben lang verbunden sein würde, während Mason jeden Augenblick kündigen könnte – die Tür öffnen und ankündigen würden: »Mr. Vane-Merrick!« Dann würden sie sie wieder schließen und sich in die Küche zurückziehen, um heimlich Witze über sie zu machen.

Sie hasste sich selbst wegen ihrer Ängstlichkeit. Sie wusste nur zu gut, dass es Miles nie in den Sinn gekommen war, die Mundays könnten sich über ihre Beziehung den Kopf zerbrechen. Wahrscheinlich hatten die Mundays das auch nicht getan, und wenn, so hatten sie es in ihrer geraden, ländlichen Weise aufgenommen. Sie hatten wahrscheinlich höchstens gesagt, es sei schade, dass ihr junger Herr sich nicht eine Lady gesucht habe, die im Alter besser zu ihm passe, damit er heiraten und einen Erben zeugen könne. Mehrere Erben, Söhne und

Töchter. (Sie wünschte jetzt, sie hätte sich mehr Mühe gegeben, die Mundays für sich einzunehmen.) Mason und Privett dagegen waren Londoner Dienstboten. Mason würde sich hinter vorgehaltener Hand lustig machen und Privett ihr Verhalten mit Sicherheit missbilligen.

Aber wenn sie zu Privett sagen könnte: »Mr. Vane-Merrick kommt heute Abend zu Besuch zu Mr. Dan« – dann wäre sie wieder gerettet.

Dan würde Ende Januar wieder zur Schule fahren. Doch bis dahin wäre Miles bereits als ständiger Besucher eingeführt. Sie kannte die Bedeutung althergebrachter Gewohnheiten für einen Geist wie Privett.

»Übrigens, Privett«, sagte sie, »Mr. Vane-Merrick kommt vielleicht heute Abend zu Besuch zu Mr. Dan. Es kann sein, dass ich nicht da bin, wenn er kommt.«

»Er bleibt doch nicht zum Essen?« Privett war immer mürrisch.

»Zum Essen? Nein. – Aber vielleicht wäre es doch ganz gut, sich auf ein gemeinsames Dinner einzurichten. Vielleicht überredet Mr. Dan Mr. Vane-Merrick zu bleiben. – Sie wissen ja, wie Mr. Dan ist. Er denkt nicht daran, dass die Läden um sechs schließen. Daran denken Jungen nicht. Bestellen Sie ein Birkhuhn, Privett, ja? Und ein paar Austern. Und sagen Sie Mason, dass er für drei decken soll.«

Sie blieb absichtlich lange fort, um Miles warten zu lassen. Mit ihrer Rückkehr nach London hatte sie etwas von ihrer weiblichen Selbstsicherheit wiedergewonnen: Sie war Miles nicht mehr so ausgeliefert, dass er sie durch schlammige Felder hinter sich herschleppen konnte. Es war ein kalter Abend, draußen fiel Schnee und sie sehnte sich nach nichts so sehr wie nach der Behaglichkeit ihres Zimmers und nach Miles' Gegenwart. Nun, Miles mochte sich mit Dan trösten. Sie wollte nicht springen, wenn Miles winkte. Gemütlich ließ sie sich in ihrem Wagen zu Rivers & Roberts fahren.

Eigentlich hatte sie nicht die mindeste Lust, zu Rivers & Roberts zu gehen. Sie wollte mit Miles zusammen zu Hause sein. Sie verabscheute den Luxus und die Extravaganzen von Rivers & Roberts jetzt richtig. Sie verglich die devote Affektiertheit von Mr. Rivers mit der eigensinnigen Schweigsamkeit von Bretton. Da sie voller Unruhe war, begrüßte sie Mr. Rivers netter als gewöhnlich und wusste die Modelle, die er ihr vorführen ließ, anspruchsvoller zu würdigen als sonst. Er entschied, dass Mrs. Thomas Jarrold in jeder Hinsicht wirklich eine seiner angenehmsten Kundinnen war – eine bezaubernde Frau, die seinen Kleidern Ehre angedeihen ließ.

»Wir haben Sie eine ganze Zeit nicht gesehen, Mrs. Jarrold. Wir haben Sie vermisst – wirklich.«

»Ich bin auf dem Lande gewesen, Mr. Rivers.«

»Auf dem Lande? Zu dieser Jahreszeit? Das passt gar nicht zu Ihnen, Mrs. Jarrold. Im Sommer aufs Land zu gehen … nun, das will man sich gefallen lassen. Aber im Januar!«

Sie dachte daran, wie sie mit Miles den Gartenweg auf und ab gegangen war und der Turm in den klaren Himmel ragte.

»Furchtbar kalt und schmutzig, Mr. Rivers. Aber man kann nicht immer, wie man gern möchte.«

Er verbeugte sich zustimmend.

»Das verstehe ich vollkommen, Mrs. Jarrold. – Lord Orlestone ist hoffentlich wohlauf?«

Er glaubte also, sie sei in Newlands gewesen.

»Danke, es geht ihm ausgezeichnet. Es ist erstaunlich bei seinem Alter.«

»Siebzig, nicht wahr?«

»Fünfundsiebzig.«

»Du liebe Zeit! – Und Ihr hübscher Junge, Mrs. Jarrold? Er ist wohl der Erbe? Er muss etwa vierzehn sein, nicht wahr?«

»Leider schon beinah achtzehn.«

»Was Sie nicht sagen! Wie die Zeit vergeht! Beinahe achtzehn! Das würde niemand glauben, wenn man seine Mutter ansieht – wenn ich mir diese Bemerkung erlauben darf, ohne aufdringlich zu erscheinen. Beinahe achtzehn. Du liebe Zeit. – Und nun geht er wieder nach Eton? Oder geht er ab?«

»Nein, Ende des Monats fährt er wieder zurück.«

»Und was werden Sie dann unternehmen, Mrs. Jarrold? Doch natürlich nicht auf dieser scheußlich feuchten

Insel bleiben? Lieber Gott, nein. Die Sonne – die Sonne ruft uns um diese Jahreszeit, nicht wahr? Die Riviera vielleicht? Oder Ägypten? Aber nicht England – lieber Gott, nein. Man muss fort fahren, ist es nicht so, und wenn es nur um der Gesundheit willen wäre?«

»Verreisen Sie, Mr. Rivers?«

Er seufzte und kehrte die Handflächen nach oben. »Ach, Mrs. Jarrold – geschäftliche Verpflichtungen, Sie wissen ja. Vielleicht ein wenig später … Eine kurze, kleine Spritztour nach Cannes hinüber.«

»Ich kann mir wirklich nicht vorstellen, was Madame Louise ohne Sie anfangen sollte.«

»Zu gütig, Mrs. Jarrold. Sie schmeicheln mir. Madame Louise ist heute leider nicht hier; eine leichte Erkältung … Oh, gar nichts Ernstes. Ich habe eine unserer jungen Damen mit ein paar Trauben zu ihr geschickt. Und mit einem Strauß Gardenien. Ein sehr reiner Duft, denke ich immer; finden Sie nicht auch? Ich sehe, Sie tragen Vergissmeinnicht am Mantel. Sehr originell – sehr kleidsam. Keine Orchideen – nein, Vergissmeinnicht. Viel vornehmer. Es gibt zu dieser Jahreszeit so wenige Blumen, nicht wahr? Nichts als Orchideen und Gardenien. Und Flieder natürlich; aber das ist kaum etwas fürs Knopfloch. Vergissmeinnicht – daran muss ich mich erinnern. Vergissmeinnicht zur Erinnerung, nicht wahr? Ach, sehr vornehm, ganz reizend. Wir haben alle etwas, woran wir uns gern erinnern, nicht wahr? – Aber, Mrs. Jarrold, ich darf Ihnen die Zeit nicht damit stehlen, dass ich Ihnen von den Dingen erzähle, an die wir uns alle gern erinnern. Wo sind meine jungen Damen? Ich muss in die Hände klatschen …«

Er klatschte in die Hände.

Die ganze Zeit hatte sie nur daran gedacht, was für Kleider sie kaufen könnte, um Miles zu gefallen. Sie kannte seinen Geschmack schon. Sie würde etwas Neues und Apartes mit nach Hause bringen und zum Dinner anziehen.

Mr. Rivers, der ungeduldige, kleine, selbstherrliche Gebieter in seinem Reich, klatschte noch einmal in die Hände.

Als sie nach Hause kam, fand sie Dan allein.

»Endlich, Mummy. Miles war da – er ist wieder fort.«

»Fort?«

»Ja, er sagte, er könne nicht warten. Großmutter war auch da.«

»Kam sie, als Miles bei dir war?«

»Ja. Weshalb kommst du so spät, Mummy? Hattest du vergessen, dass Miles kommen wollte? Er ist fast eine Stunde geblieben – Großmutter war natürlich schrecklich im Weg – wir konnten über gar nichts reden – es war so langweilig. Miles hat über Rhododendren mit ihr gesprochen. Miles scheint von allem etwas zu verstehen. Großmutter war entzückt; ich glaubte, sie wollte überhaupt nicht wieder gehen. Du hättest daran denken sollen, Mummy.«

»Hat Miles irgendeine Nachricht hinterlassen?«
»Ach ja, das habe ich fast vergessen. Er sagte, du kannst ihn anrufen, wenn du willst. Er sagte, er diniere bei der Fürstin Sowieso. So ein russischer Name. Ich habe ihn vergessen.«
Sie rief ihn nicht an.
Aber sie war froh, dass die alte Mrs. Jarrold – Lady Orlestone – sich gut mit Miles verstanden hatte.

Das Leben in London gestaltete sich komplizierter als das Leben auf Miles' Burg. Miles war in London sehr begehrt. Sie merkte bald, dass sie ihn überhaupt nicht zu Gesicht bekommen würde, wenn sie weiter solche Tricks anwandte. Und doch machte sie aus unerfindlichen Gründen weiter damit. Dieses Verhalten konnte er nicht tolerieren. Er übte stets und sofort Vergeltung. Wenn Evelyn ihn seinen eigenen Beschäftigungen überlassen wollte, nun, er hatte genügend davon. Er erklärte ihr das auch rundheraus. Der Kampf zwischen ihnen hatte begonnen. Weder sie noch er wollte nachgeben.
Schließlich gab sie nach.
Sie dachte an die Tage zurück, die sie auf seiner Burg verbracht hatte. Dort hatten sie manchmal sehr harte Kämpfe ausgefochten, aber im Wesentlichen war jeder Tag harmonisch ausgeklungen. Wenn sie am Tage auch als Liebende miteinander gestritten haben mochten, so hatte die Nacht sie doch wieder als Liebende vereint. In der Erinnerung wurden die Tage auf Miles' Burg idyl-

lisch und vollkommen. Sie war klug genug zu erkennen, dass die Weiterführung ihres Glückes in London von ihr – und nur von ihr allein – abhing.
Miles benahm sich stolz und störrisch. Sie selbst war eitel und verwöhnt. Aber ihre verwöhnte Eitelkeit war billig und oberflächlich. Verglichen mit Miles schien sie ihr unbedeutend. Er war ein ganzer Mann und sie nur eine armselige Frau – die nichts zu bieten hatte außer der Fähigkeit, ihm in seinen Mußestunden zu gefallen. Sie musste Zugeständnisse machen, sie musste ihre Eitelkeiten seinen Bedürfnissen unterordnen.
Sie fürchtete sich nicht mehr vor der Kritik der Jarrolds. Sie war entschlossen, unbedingt die Tage wieder erstehen zu lassen, in denen sie mit Miles so glücklich gewesen war.
Auch er war glücklich – sie spürte es. Er ging mehr aus sich heraus und lebte auf; er quälte sie nicht mehr, wenn sie ihn nicht quälte. Sie sagte Mason ganz offen, er solle sie verleugnen, wenn Mr. Vane-Merrick bei ihr war. Sie hörten die Türglocke läuten und lachten miteinander, wenn sie vernahmen, dass Mason die Tür hinter dem Störenfried wieder zumachte. In Evelyns Wohnung zu zweit beisammen, da waren sie sogar noch glücklicher als auf seiner Burg.
Es war warm; es war intim. Dan war wieder in der Schule. Evelyn hatte Gewissensqualen durchgemacht, als er abfuhr, und nicht nur Gewissensqualen, sondern auch Qualen der Liebe. Sie liebte Dan. Sie liebte ihn

auf ganz instinktive Weise. Seine junge, heranwachsende Schönheit bewegte sie; sein junger, verwirrter Geist rührte sie; er war ganz ihr Geschöpf. Die Tatsache, dass sein Vater tot war, machte ihn noch ausschließlicher zu ihrem Eigentum, auch die Tatsache, dass sein Vater überhaupt nicht teilgehabt hatte an der Erzeugung Dans, außer während einer kurzen, widerwärtigen und unwesentlichen Stunde. Dan war kein Jarrold.

Sie und Dan hatten den ganzen Abend über auf die Uhr gesehen. Zum Tee hatte es Toast mit Butter gegeben. Dan liebte, wie auch Miles, Toast mit Butter; und wenn Evelyn vielleicht auch einmal nicht daran dachte, Privett vergaß es nie. An dem Tage, an dem Dan nach Eton zurückfuhr, gab es immer Toast mit Butter zum Tee. Und jedes Mal standen für Dan zum Mitnehmen zwei Gläser mit Honig und zwei mit Marmelade in der Halle bereit. Privett hatte sie sorgfältig in festem, braunem Papier zusammengepackt.

Dan und seine Mutter taten beide so, als ob sie nicht auf die Uhr achteten. Sie machten Konversation; sie sprachen über Newlands; sie sprachen nicht über Miles oder seine Burg oder über sonst etwas, was sie in besonderer Weise anging. Sie wichen diesen Dingen aus. Sie sprachen nicht einmal über das nächste Halbjahr in Eton oder darüber, wie unglücklich er sich dort fühlen würde. Sie waren beide zu bewegt, um die Bereiche zu erwähnen, die für sie wirklich von Bedeutung waren.

Um sieben Uhr wurde Evelyn unruhig. »Dan, Liebling, ich glaube, du musst aufbrechen.«
Sie hatte den Wagen für ihn vorfahren lassen. Er sollte auf die vornehmste Weise zur vornehmsten Schule in England fahren. Und doch bedauerte sie ihn. Miles hatte gesagt, Dan sei auf der Schule wie ein Paradiesvogel in einem Käfig voller Spatzen.
»Dan, Liebling, hoffentlich hast du ein gutes Semester. Es ist nur kurz, denk dran. Bald kommen die Osterferien.«
»Wollen wir Miles in den Osterferien wieder besuchen, Mummy?«
»Ich denke, ja. Lass es dir gutgehen, Dan. Lass es dir gutgehen. Hast du alles? Deinen Malkasten? Deinen Handkoffer? Den Mantel?«
»Ja, Mummy, ich hab alles zurechtgelegt, damit Mason es hinunterbringt. – Ach, Mummy, meine Schlittschuhe!«
»Wo sind sie denn, Liebling? Es ist sehr spät – du musst los.«
»Ich hab sie auf Miles' Burg vergessen. Würdest du – könntest du vielleicht – Miles bitten, dass er Mrs. Munday sagt, sie möge sie mir schicken? Du siehst Miles doch, nicht wahr? Ich hatte gedacht, der See würde zufrieren. – Tut mir leid, dass ich dir so zur Last falle.«
»Aber Liebling, du fällst mir doch nicht zur Last.« Sie war durchaus daran gewöhnt, dass er in letzter Minute etwas vergessen hatte.
»Mummy – versprich mir, dass du mit Miles absprichst, dass wir Ostern wieder hinfahren können.«

»Ja, Liebling, ja – aber nun musst du gehen.«
Immer noch zögerte er.
»Dan, es wäre töricht, wenn du unnütz zu spät kämest – nicht wahr?«
»Mummy, kannst du nicht im Wagen bis Eton mitkommen?«
Sie war schmerzlich hin und her gerissen zwischen zwei Wünschen: Miles wollte zum Essen kommen. Zum ersten Mal seit dem Anfang der Ferien würden sie allein sein.
»Liebling, wegen einer dreiviertel Stunde?«
»Ach ja, es ist töricht, ich weiß. Ich sehe dich ja in den Ferien. – Was zum Teufel hat Mason mit meinen Sachen gemacht? Mummy, du solltest den Mann hinauswerfen. – Ach, da sind Sie ja, Mason. Wo ist mein Mantel? Leb wohl, Mummy. Bis zu den Ferien. Leb wohl.«
Er stolperte rasch die Treppen hinunter.
Evelyn ging allein in die Wohnung zurück. Der Abschied von Dan erschütterte sie jedes Mal. Sie hatte das Gefühl, dass sie ihn wieder zu drei Monaten sinnlosem und doch notwendigem Leiden verurteilte. Diesmal empfand sie ein besonderes Schuldgefühl ihm gegenüber, weil sie ihn in den vergangenen drei Wochen als Schutzschild gegen die Welt benutzt hatte, ohne dass es ihm bewusst geworden wäre. Armer kleiner Dan! So großmütig, so naiv, so erregbar, so warmherzig. Ihr Herz folgte ihm in seinem Wagen, der ihn durch die dunklen Straßen von Hammersmith und über die Landstraße nach Westen brachte.

Aber in der Wohnung war es warm und anheimelnd. Miles und sie waren allein. Innerlich hatte sie den Entschluss gefasst, dass Miles diese Nacht in London bleiben sollte.

Nach dem Essen glaubte sie Miles in günstiger Stimmung. Er war anscheinend froh gewesen sie nach der langen Unterbrechung der Ferien allein vorzufinden; und obwohl der Abschied von Dan ihr noch wehtat, war sie glücklich, dass Miles ihr die Einsamkeit erleichterte.

»Ich dachte, dir hätte es Spaß gemacht, mit Dan zu reden«, sagte sie eifersüchtig und hoffte auf Widerspruch.

»Ja, macht es mir auch wirklich immer«, gab er offen und ohne zu zögern zurück, »aber ich bin lieber mit dir allein.« Damit war sie zufrieden. Sie ließ Miles zu ihren Füßen sitzen, und während ihre Hand auf seinem Haar ruhte, schmiedete sie Pläne, wie sie ihn über Nacht in London festhalten könnte. Sie wusste, dass er an seinem Buch zu schreiben hatte; sie wusste, dass er schwer arbeitete, aber sie konnte nicht einsehen, dass vierundzwanzig Stunden so viel ausmachen sollten.

»Miles, bleib bei mir; bleib nur dieses eine einzige Mal bei mir. Schenk mir diesen Abend. Es kann doch kein so großer Unterschied sein, ob du heute Abend oder morgen früh zu deiner Arbeit zurückkommst. Du würdest heute Abend doch nicht mehr arbeiten; du kommst viel zu spät an in der Burg.«

»Aber ich kann dann morgen früh gleich nach dem Frühstück anfangen zu arbeiten.«
»Ja, ich weiß, aber wenn du morgen den Zug neun Uhr fünfzehn nimmst, bist du um viertel nach elf zu Hause. Du verlierst nur ungefähr eine Stunde. Miles, bitte! Nur dieses eine einzige Mal.«
Er konnte ihren flehenden Augen kaum widerstehen, hielt aber dagegen: »Aber es ist nicht nur dieses eine Mal. Es sind neun von zehn Malen – nein, das ist nicht fair – es sind drei von zehn Malen.«
»Wenn du mir die Stunden so vorrechnest«, sagte sie und ließ ihn frei, »ist es besser, du gehst.«
Natürlich blieb er. Aber er liebte sie weniger danach. Er schätzte es, sein Leben nach dem Stundenplan einzurichten: eine bestimmte Zeit für die Arbeit, eine für Spaziergänge, eine fürs Lesen, eine für die Liebe. Evelyn durchkreuzte dieses System; für sie waren alle Zeiten für die Liebe da. Im Gegensatz zu ihm hatte sie nichts anderes mit ihrer Zeit zu tun, als aus ihr die größtmögliche Freude herauszuholen. Und da sie noch niemals wirklich geliebt hatte, traf sie diese Liebe noch dazu übermäßig heftig und schmerzlich. Als sie Thomas Jarrold heiratete, hatte sie geglaubt ihn zu lieben, weil es eben dazugehörte, wenn man sich verheiratete; doch jetzt entdeckte sie den Unterschied. Der Unterschied traf sie dermaßen, dass sie, ob sie wollte oder nicht, dem allseits tätigen Miles einfach zur Last fallen musste. Je klarer sie einsah, dass sie störte, desto lästiger wurde sie ihm. Und

je stärker er sich ihr widersetzte, desto hartnäckiger wurde sie. Ihre Beweggründe waren unterschiedlicher Art: Teils wollte sie sich ihn unterwerfen, teils hatte sie eine echte, tiefe Sehnsucht nach seiner Gegenwart. Eitelkeit und Leidenschaft, beides brachte Miles' Stundenplan in Unordnung und führte zu unzähligen Streitereien und Versöhnungen zwischen ihnen – zum Streiten über entgegengesetzte Wünsche, zur Versöhnung zwischen leidenschaftlich Liebenden. Das alles war sehr zermürbend, obwohl sie ihm, wenn sie ihren Willen einmal durchgesetzt hatte, die Überzeugung einzuflößen verstand, dass die verlorene Zeit in ihren Armen angenehm verloren sei. Aber er wusste, dass solch vorübergehender Rausch, so verführerisch er auch sein mochte, recht wenig mit der Wirklichkeit zu tun hatte. Die Realität war anders: Sie bestand aus seiner Burg, seinem Gut, seinen neuen Zäunen; sie bestand aus seinen Plänen, aus dem Buch, das er schrieb, aus Bretton, selbst aus dem Unterhaus; sie bestand aus seinem Umgang mit den verschiedenen Menschen, die er kannte; aus seinen Büchern und Gedichten, aus seiner Liebe zur Musik, seinem Interesse an hunderten von Dingen – nicht allein aus Evelyn und aus seiner Liebe.

Die Liebe und eine Frau genügten einem tätigen Geist nicht. Die Liebe und ein Mann jedoch waren mehr als genug für ein hungriges Herz und einen unbeschäftigten Geist. Miles wusste das und musste dafür zahlen; Evelyn lernte es nie – und zahlte dennoch.

Er blieb; ungern zu bleiben ist jedoch schlimmer, als gar nicht zu bleiben.
Es gab noch anderes, was ihn gereizt machte. Einerseits erwartete sie nicht nur, dass er ihr jeden Tag schrieb, wenn sie nicht zusammen waren, andererseits fürchtete sie, wenn die Dienstboten jeden Morgen seinen Brief ankommen sahen, sie würden seine Handschrift erkennen und sie würden ihre Schlüsse daraus ziehen. »Gut«, meinte Miles geduldig, »ich werde die Umschläge tippen.« Das genügte ihr eine Zeitlang; dann schlug sie ihm vor andere Umschläge zu nehmen. »Man könnte wirklich meinen, dir spioniert ein eifersüchtiger Ehemann nach«, erwiderte er lachend, aber er tat er ihr den Willen nicht, sondern steckte weiter seine Briefe in die blauen Umschläge, die er auf seiner Burg benutzte. »Meine Liebe«, sagte er überlegen, als sie ihm vorwarf, er nehme keine Rücksicht auf ihre Gefühle, »Mason und Privett können den Poststempel sehen, welche Farbe der Umschlag auch haben mag.«
»Sie sehen doch nicht immer auf den Stempel«, wandte sie ein, »aber dein leuchtendblaues Papier kann man eine Meile weit erkennen.«
»Ja«, gab er zurück, »es ist die Farbe des Sommerhimmels.«
Stets unterlag sie seinen Argumenten.
Er war gereizt, doch war er verliebt genug, sich einzureden, dass ihre absurden Bedenken bezaubernd seien. Sie gehörten zu ihr und er hätte sie nicht anders haben

wollen. Sein Blick für die Wahrheit wurde nun getrübt – durch seine Liebe. Er hatte selbstverständlich für sich beansprucht, dass er das klare Denken über alles andere stelle; nun erkannte er, dass die Liebe dem feindlich entgegenstand. Entweder musste er Widerstand leisten oder er musste zulassen, dass er besiegt wurde. Bis zu einem Punkt erlaubte er es sich besiegt zu werden. Aber nur bis zu einem gewissen Punkt.

Dan kam vor den Großen Ferien aus Eton zurück. Er kam zurück, weil sein Großvater gestorben war. William Jarrold, ein kräftiger Mann, ging ganz plötzlich dahin. Am 10. Februar erkältete er sich und am 25. Februar war er tot. Man schickte nach Evelyn und sie erlebte seine letzten Stunden mit. Er kämpfte hartnäckig gegen die doppelseitige Lungenentzündung. Dr. Gregory war hoffnungsvoll; Dr. Gregory, der Hausarzt, den man aus London gerufen hatte, weil der alte Mann an ihn gewöhnt war und seine Medizin einnehmen würde, auch wenn er die eines andern verweigerte. Aber Dr. Gregory war eigentlich immer hoffnungsfroh; wenn man Dr. Gregory zuhörte, konnte man glauben, dass so etwas wie Tod und Gefahr auf der Welt gar nicht existierten. Der andere Arzt, ein fremder, auch aus London, hatte weniger Hoffnung; er sagte ganz offen, wenn Leute in Lord Orlestones Alter doppelseitige Lungenentzündung bekämen, so lasse sich nicht leugnen, dass es eine sehr ernste Sache sei. Mit einem Wort: Der andere Arzt, der fremde, gab ihm vierundzwanzig Stunden, doch William Jarrold übertraf ihn um fast eine Woche.

Bis zum letzten Augenblick seines Bewusstseins bestand er darauf, seine Briefe zu unterschreiben. Evelyn bewunderte den alten Mann wegen seiner Zähigkeit, obwohl sie ihren Respekt vor dieser körperlichen Zähigkeit und Energie selbst nicht ganz verstehen konnte. Sie schienen eine zufällige Gabe zu sein, die einem von einer guten Fee achtlos in die Wiege gelegt wurde. Es gab keinen wirklichen Grund dafür, weshalb sie ihren Schwiegervater mehr achten sollte, nur weil er sich eine Woche lang weigerte zu sterben. Die einzige Erklärung war ihre Bewunderung für seine Lebenskraft, die ihn aufrechterhielt. Eine Woche mehr oder weniger war bei fünfundsiebzig Jahren unbedeutend. Aber sie hatte Mr. Jarrold immer geliebt und ihre Liebe wuchs mit seiner Weigerung zu sterben. Bretton hätte vielleicht gespöttelt, aber sie fühlte, dass mit ihm ein Stück des viktorianischen England sterben würde.

Die gewohnt heitere Atmosphäre von Newlands wandelte sich, sobald bekannt wurde, dass sein Beistzer im Sterben lag. Der Glaube an ein vorübergehendes Unwohlsein wich einer größeren Sorge. Das Gespenst der Gefahr tauchte plötzlich auf in diesem Hort der Sicherheit. Man hatte so getan, als gäbe es gar keinen Tod – und plötzlich war er gegenwärtig. Hester rief Evelyn an und schlug ihr vor zum Wochenende herüberzukommen, »um uns ein bisschen aufzuheitern«. Es wurde nicht gesagt, dass ihre Anwesenheit dringend erforderlich sei. Natürlich kam Evelyn mit dem nächsten Zug und fand die ganze Familie vor, wie sie sich bemühte den Anschein aufrechtzuerhalten, als sei alles, wie es sein sollte. Mit ihrem elektrischen Licht war die Bibliothek hell wie immer, wenn alle um den Teetisch herumsaßen und scherzten wie gewöhnlich. Nur hin und wieder wurden jetzt Blicke gewechselt, irgendein Mitglied der Familie erhob sich, schlüpfte aus dem Zimmer, um zehn Minuten oder länger fortzubleiben, und kehrte dann zurück, um den leeren Platz wieder einzunehmen. Nach einigen Augenblicken pflegte jemand zu fragen: »Nun?«, und die Antwort lautete: »Die Schwester ist heute Abend anscheinend nicht ganz zufrieden … er ist ziemlich unruhig.« Und dann kamen Fragen über Temperatur und Puls.

Man beriet darüber, ob Evelyn ihn sehen dürfe oder nicht. Einerseits könnte ihre Ankunft ihn zu sehr anstrengen und könnte ihn auf den Gedanken bringen, er wäre kränker, als er glaubte; andererseits hatte Evelyn stets einen guten Einfluss auf ihn: Ihr Anblick könnte ihn aufheitern.

Eines Tages schien es ihm ein wenig besser zu gehen und die Stimmung hob sich. Als sich sein Zustand am nächsten Morgen offenbar wesentlich gebessert hatte, war der Arzt der Meinung, es sei von Vorteil, sie zu ihm zu lassen. Allerdings nur für einen Augenblick. Hester brachte sie hinauf, als ob Evelyn den Weg nicht genau kannte! Hester drückte die Klinke herunter, hielt sie fest und zog die Tür an, als sie die Klinke herunterdrückte, dann gab sie der Tür rasch einen kleinen Stoß, so dass sie sich geräuschlos eine Handbreit öffnete. »Geh hinein«, flüsterte sie Evelyn zu. »Ich schließe wieder hinter dir.«

Das Zimmer lag im Halbdunkel; ein diffuses, rosiges Licht drang durch die zugezogenen Vorhänge. Vor dem Kamin stand ein Wandschirm und in dem Viereck, das so entstand, saß die Schwester in ihrem Sessel vor einem kleinen Tisch, auf dem zwischen Füllfederhalter und Fieberkurve einige Flaschen, Krüge, eine Tasse standen. Evelyn konnte die Zickzackstriche der Temperatur sehen, zu Gipfeln und Klüften auf- und abfielen wie der geographische Aufriss einer Gebirgskette. Hinter dem Wandschirm stand das Bett, in dem William Jarrold ganz still lag. Die Schwester stand rasch und leise auf und legte den Roman weg, in dem sie gelesen hatte. Sie lächelte und nickte Evelyn schweigend zu, als seien sie Verschwörerinnen.

»Lord Orlestone«, sagte sie mit deutlicher Stimme, während sie zum Bett hinüberging, »Mrs. Jarrold ist gekommen, um Sie zu besuchen.« Dabei winkte sie Evelyn heran.

»Papa?« sagte Evelyn in dem tapferen Ton, den man denen gegenüber anschlägt, die sehr krank sind; sie war ganz nah ans Bett getreten.

In dem rosigen Halblicht sah sie ihn kaum, nur gerade

seinen Kopf, der sich ins Kissen eindrückte, und seine Hände, die auf der Decke lagen.

»Papa«, sagte sie noch einmal. »Ich bin so froh, dass es dir besser geht.«

»Wer ist das?« fragte er und bewegte sich ein wenig. »Evelyn? Geht's dir gut, meine Liebe? Nett, dass du kommst. Dan auch hier? Wie?«

»Nein, Papa, Dan ist nicht da. Dan ist in der Schule.«

»Haben Sie also den Erben noch nicht kommen lassen?« Er kicherte ein wenig, sehr schwach, über seinen Scherz. »Weißt du, sie sagen mir nicht viel, meine Liebe – diese verdammte Schwester, wie? –, aber solange sie den Erben nicht kommen lassen – was?«

Er ist äußerst schwach, doch geistig völlig klar, dachte Evelyn und laut sagte sie: »In vierzehn Tagen bist du wieder unten, Papa.«

Er versuchte ihr mit dem Finger zu drohen, doch die Anstrengung, den Arm zu heben, war zu viel für ihn und die Hand fiel zurück auf die Decke.

»Nett, dich zu sehen, meine Liebe«, murmelte er, »nett, dass du gekommen bist.«

Die Schwester winkte sie hinaus.

Die Beerdigung fand in Orlestone statt. Nicht in Newlands. Der alte Mann hatte einen Brief hinterlassen, der deutlich seine Wünsche enthielt sowie Anweisungen, wie sie ausgeführt werden sollten. Auf keinen Fall, schrieb er, solle seine Leiche verbrannt werden. Er halte nichts von solchen neumodischen Ideen. Beerdigt, und zwar anständig beerdigt wolle er werden, in der Nähe der Gruben, die den Reichtum seiner Familie begründet hätten. Er wolle bei seinem Vater und Großvater liegen und er hoffe, dass sein Enkel – obwohl er ihm natürlich keinerlei Verpflichtung auferlegen könne –, wenn für ihn die Zeit komme, auf demselben Platz und auf gleiche Weise beerdigt werde.

Zu seiner Beisetzung kam die ganze Familie. Entfernte Vettern, von denen Evelyn kaum gehört hatte, tauchten auf und waren stolz auf ihre Verwandtschaft mit den Jarrolds. Sie gaben den Pressevertretern genau ihre Namen an, die sie am nächsten Tag in der *Times*, der *Morning Post* oder im *Daily Telegraph* lasen: Lady Orlestone, die Witwe; Mr. Daniel Jarrold, Enkel; Mr. Geoffrey Jarrold, Sohn, und Mrs. Geoffrey Jarrold; Mr. Evan Jarrold, Sohn; Mrs. Thomas Jarrold, Schwiegertochter; Miss Ruth und Miss Minnie Jarrold, Enkelinnen; Mr. Robin Jarrold, Enkel.

Dan geriet durch den Tod und die Beerdigung völlig außer Fassung. Eton hatte ihn vom Unterricht befreit und so blieb er über Nacht in der Wohnung seiner Mutter. Nachdem er Windsor im strahlenden Schein der Februarsonne verlassen hatte, war er vom düsteren Anblick der Midlands, wie sie von dichten Rußschwaden eingehüllt dalagen, ebenso erschüttert wie von den riesigen Scharen von Berg- und Fabrikarbeitern, die dem Sarg seines Großvaters gefolgt waren. Die Verantwortung jedoch, die ihm plötzlich zugefallen war, hatte ihn noch nicht erreicht und bestürzt gemacht; dazu war er zu jung und zu unbefangen. Er war sich der Macht überhaupt noch nicht bewusst, die ihm in die Hand gelegt war. Er stand fassungslos vor dem Tod, den er das erste Mal erlebte, und vor den rauchgeschwärzten Midlands, dem Lebens-Hintergrund seines Großvaters. Was für ein Unterschied zum heiteren Luxus von Newlands! Doch Newlands war daraus hervorgegangen; der Goldregen und die Rhododendren in Newlands waren ebenso aus der Kohle von Orlestone entstanden wie die Kohle von Orlestone ihrerseits aus den verrotteten, urzeitlichen Wäldern. Er saß vor dem Kamin in der Wohnung seiner Mutter, stützte den Kopf in die Hände und vermochte den Tod nicht zu begreifen.

Evelyn versuchte ihn zu trösten. Sein Großvater, sagte sie, sei ein alter Mann gewesen; es war ganz natürlich, dass er dahingehen musste. Aber es war nicht sein Dahinscheiden, das Dan quälte, es war der Gedanke daran, dass sein Großvater in der Erde verweste.

»Er wollte sich nicht verbrennen lassen, Mummy – weshalb nicht?«

»Großpapa glaubte an die Auferstehung des Fleisches, Liebling.«

»Aber wenn der Körper aus einem Skelett auferstehen kann, kann er auch aus der Asche auferstehen. Entweder kann er auferstehen oder er kann nicht auferstehen. So ist es doch? Ist das eine nicht genauso vernünftig oder unvernünftig wie das andere?«

Evelyn wusste keine Antwort. Logik war nicht ihre Stärke. Ebenso wie sie an die Macht der menschlichen Leidenschaft glaubte und danach lebte, besaß sie auch einen instinktiven, vorbehaltlosen Glauben an die Dogmen der Kirche. Letztlich folgte sie immer ihrem Instinkt, nicht ihrem Verstand. Sie konnte für einen Menschen Verständnis aufbringen, der nicht jeden Sonntag zur Kirche ging, aber sie war insgeheim erschüttert, dass Dan die althergebrachte Sitte der christlichen Bestattungsform in Frage stellte. Sie hing an der Tradition der Familiengruft.

»Es ist doch bestimmt hygienischer, sich verbrennen zu lassen, Mummy?«

»Du sollst nicht an solche Dinge denken, Dan.«

»Aber Mummy, es ist doch hygienischer, man braucht auch nicht so viel Platz. Und man sickert anderen Leuten nicht in die Wasserleitung.«

»Dan, was meinst du damit?«

»Nun, der Friedhof von Orlestone liegt unmittelbar oberhalb der Wasserwerke. Das hast du gewiss bemerkt. Großpapa wird viele Jahre lang aus den Wasserhähnen seiner Bergarbeiter tropfen … zehn Jahre lang … bis er ein Skelett ist. Es dauert zehn Jahre, ein Skelett zu werden, besonders wenn man in einem teuren Sarg beigesetzt wird.«

»Dan, du darfst so etwas nicht sagen. Dan, das ist grässlich, das ist morbide.«

»Nein, Mummy, es ist die Wahrheit.«

»Dan, hör auf damit. Ein Junge in deinem Alter sollte nicht solche Gedanken haben. Willst du, dass ich mir die Ohren zuhalte? Dein armer Großvater! Kann er nicht in Frieden in seinem Grabe ruhen?«

»Er hat keinen Frieden, Mummy. Ich habe eine Predigt von Donne gelesen …«

»Donne? Wer ist Donne?«

»Er ist ein Dichter des siebzehnten Jahrhunderts, von dem niemand Notiz genommen hat; erst in letzter Zeit … Und er ist außerdem Geistlicher gewesen.«

»Das hast du von Miles.«

»Nein, nicht von Miles, ich hab es selbst herausgefunden. Donne hat eine Predigt darüber gehalten, dass man von Würmern gefressen wird – ich werde sie dir zitieren. Ich hab sie auswendig gelernt: ›Dieser postume Tod, dieser Tod nach dem Tode, nein, nach der Beerdigung, diese Auflösung nach der Auflösung, dieser Tod der Fäulnis und Verwesung, des Würmerfraßes und Staubwerdens, der Auflösung und des Zerfalls in und aus dem Grabe. Erbärmliches Rätsel, wenn derselbe Wurm meine Mutter und meine Schwester sein muss. Elende Blutschande, wenn ich meiner eigenen Mutter und Schwester vermählt werden muss und den Wurm nähren, gut an mir nähren soll …‹«

»Dan, bitte, hör auf! Ich kann das nicht ertragen.«

»Die Leute, die seine Predigten hörten, konnten es auch nicht ertragen. Sie wurden ohnmächtig hinausgetragen. Aber es ist wahr – du kannst nicht sagen, es sei nicht wahr. Donne war ein Realist.«

»Er war ein Gotteslästerer«, sagte Evelyn mit ärgerlichem Nachdruck.
»Alle Realisten nennt man Gotteslästerer«, erwiderte Dan.
Der Junge hatte sonderbare, empörende Ideen.
»Das hat Miles gesagt«, vermutete Evelyn noch einmal.
»Allerdings«, sagte Dan diesmal ganz heiter, »das hat er.«

Dan fuhr als Eigentümer von Newlands und der Berg- und Hüttenwerke von Orlestone nach Eton zurück. Evelyn machte sich Sorgen. Sie waren reicher denn je, aber sie fürchtete die große Verantwortung, die in Dans jungen Händen lag. Bei ihrer stark konservativen Einstellung hatte sie Bedenken, welchen Gebrauch er davon machen würde. Sie hielt ihn für zu jung, zu schwärmerisch und zu ziellos. Sie hing der Theorie an, dass man »diese Arbeiter an dem Platz zu halten hätte, der ihnen gebührt«. Gegenüber den Armen hatte sie die traditionelle Einstellung der Wohlhabenden. Sie empfand ein unbestimmtes Mitleid mit ihnen, aber sie mochte sie nicht und beruhigte ihr Gewissen damit, dass diese Leute eine Veränderung ihrer Lebensbedingungen gar nicht zu schätzen wüssten. »Weißt du«, sagte sie gewöhnlich – und ihre Bekannten sagten dasselbe – »wenn man ihnen anständige Kleider gäbe, trügen sie sie bloß aufs Pfandhaus, und wenn man ihnen ein Badezimmer gäbe, würden sie die Kohlen darin aufbewahren.« Damit war diese beunruhigende Angelegenheit erledigt.

Solange man die Elendsviertel von Orlestone nicht aufsuchte, konnte man sie vergessen oder man konnte sich damit beruhigen, dass die Leute, die dort lebten, eben eine andere Lebenseinstellung hätten als man selbst. Aber sie hatte die bange Vorahnung, dass Dan diesen Standpunkt nicht einnehmen würde, wenn er sich seiner neuen Stellung erst bewusst war; und Miles würde auf seiner Seite stehen, nicht auf der ihren. Sie wollte natürlich auch nicht, dass Menschen in Elendsvierteln wohnten. Sie hatte nur Angst, Dan könnte plötzlich etwas allzu Revolutionäres und Unangemessenes anstellen. Es wäre viel ruhiger, schöner und viel weniger anstrengend, wenn er sich wenigstens noch ein paar Jahre lang innerhalb des normalen Rahmens bewegen würde. Später dann, im Alter von fünfundzwanzig, könnte er sich ja mehr auf sich selbst besinnen, wenn er wollte.

Sie wagte nicht Miles von ihren Befürchtungen zu erzählen.

Miles nahm die neue Situation gleichermaßen mit Spott und Freude: »Endlich habe ich, was ich wollte: einen jungen Kapitalisten, der ganz in meiner Gewalt ist.«

»Miles, was hast du mit dem Jungen vor?« Mit ihrer von Grund auf ängstlichen Natur war sie insgeheim aber auch froh über seinen Einfluss auf Dan.

»Ausnutzen will ich ihn natürlich, meine Liebe. Sein Geld ausnutzen und seinen ganz sicheren Sitz im Oberhaus, der mir sehr zupass kommt. Ausbeuten will ich ihn, richtig ausbeuten.«

»Miles! Das ist grässlich.«
»Was ist grässlich? Das Beste aus dem Jungen und seinen Möglichkeiten herauszuholen, weil er meinen Worten zufällig ein wenig Aufmerksamkeit schenkt? Ist das grässlich?«
»Nein – aber weil seine Mutter zufällig deine Geliebte ist.«
Ein sinnlicher Schauer überlief sie, als sie das sagte.
»Das hat damit gar nichts zu tun – ich hätte Dan auch kennenlernen können, wenn wir beide uns nie getroffen hätten. Ich hätte in der Politischen Gesellschaft in Eton mit ihm zusammenkommen können.«
»Wie kalt du bist, Miles.«
»Nein, nicht kalt. Vernünftig.«
»Ich hasse die Vernunft.«
»Das tun die meisten Frauen.«
»Ich nehme an, dass das der Grund ist, weshalb Frauen die Männer langweilen, außer wenn sie in ihren Armen liegen und die Vernunft nicht mehr zählt.«
»Ja, so wird es sein.«
»Miles, jetzt streiten wir uns.«
»So? Ich dachte, wir hätten nur eine Auseinandersetzung.«
»Auseinandersetzungen sind immer Zank.«
»Ja, vielleicht – für Frauen.«
»Miles, du hasst mich manchmal, nicht wahr?«
»Nein – nur wenn du sagst, dass ich dich hasse.«
»Ich bin eine Närrin, Miles. Ich will's nicht wieder tun.«

Miles bat sie, zu einigen seiner Freunde zum Essen zu kommen; Evelyn sollte sie kennenlernen – Viola und Leonard Anquetil. Zuerst rebellierte ihr Hang zur Konvention: »Ich kann nicht zu Leuten zum Essen gehen, die ich nicht kenne!«

»Aber sie haben dich eingeladen.«

»Woher wissen sie denn etwas von mir? Was hast du ihnen erzählt?«

»Die Wahrheit, es ist schon endlos lange her. Stört es dich? Ich habe ein paar Tage nach dem Ball in Chevron-Haus mit ihnen gegessen und konnte die Neuigkeit nicht für mich behalten.«

Diese Worte erfüllten sie mit einer solch unbändigen Freude, dass ihr Misstrauen und ihre Unruhe sofort schwanden.

»Natürlich komme ich, wenn du möchtest. Werden noch andere Leute da sein?«

»Vielleicht noch ein paar Männer. Ich werde Viola sagen, dass sie weiter keine Frauen einladen soll, weil ich möchte, dass du dich mit ihr anfreundest. Zieh kein Abendkleid an – sie ziehen sich nie um zum Dinner.«

Das kam Evelyn sehr merkwürdig vor; jeder, den sie in London kannte, zog sich zum Essen um, die Jarrolds und die Leute, die Miles sarkastisch ihre feinen Freunde nannte, die Bridge spielende Clique von Betsy Tscharskaja und ihresgleichen. Sie war davon überzeugt, diese Anquetils müssten Bohemiens sein. Sie hatte schon von ihnen gehört; Leonard Anquetil war bekannt

als Forschungsreisender, der die einzige Tochter aus Chevron-Haus geheiratet hatte.
»Vielleicht ist Bretton da«, sagte Miles.
»Bretton?« Den hätte Evelyn zuallerletzt mit dem Chevron-Haus in Verbindung gebracht.
»Sie haben die unterschiedlichsten Freunde«, meinte Miles ohne weitere Erklärungen.

Sie fühlte sich merkwürdig befangen, als wäre sie ein junges Mädchen, die Verlobte von Miles, und er führte sie seinen Freunden zur Begutachtung vor. Sie fragte sich, was sie anziehen sollte, denn der Verzicht auf die übliche Konvention irritierte sie ein wenig. Abendgarderobe war eine feste Formel, eine Schutzvorrichtung, so wie gute Manieren; es war ein Teil von all dem, was die Räder des Lebens ölte. Evelyn schätzte diese Dinge; sie war sehr auf sie bedacht und sie fühlte sich immer ein bisschen unbehaglich, wenn sie beobachtete, wie wenig sie Miles bedeuteten. Sie war eifersüchtig auf diese Freunde, die offenbar den Dingen, die sie noch für wesentlich hielt, völlig gleichgültig gegenüberstanden. Sie stimmten harmonischer mit Miles überein als sie. Sie entwickelte im Voraus eine instinktive Feindseligkeit gegen sie und entschied bei sich, dass diese Leute sich nur wichtigmachten.
Sie zog eine schwarzseidene Bluse an mit einem lose geknoteten, scharlachfarbenen Halstuch. Es sah lässig aus, war jedoch in Wirklichkeit außerordentlich ausgesucht und teuer – eine von Mr. Rivers' pittoresken Kreationen.

Mr. Rivers sagte gewöhnlich, dass es sich nur wenige seiner Kundinnen leisten konnten, gleichzeitig pittoresk und elegant auszusehen, Mrs. Thomas Jarrold sei jedoch eine dieser Ausnahmen. Als Evelyn vor dem Spiegel saß, war sie mit ihrem Bild zufrieden. Das rote Tuch passte gut zu ihrem kleinen Kopf und den dunklen Locken. Sie war froh eine Frau zu sein, die in allen Kleidern gut aussah, ob sie auf dem Land, im Ballsaal oder auf der Straße war oder ob sie sich wie heute Abend anzog. Sie wünschte nur, dass sie ihr Herz ebenso tadellos in Ordnung bringen könnte wie ihr Äußeres: Diese Qualen, die sie duldete, seit Miles in ihr Leben getreten war, hatten sie unausgeglichen werden lassen und sie fürchtete sich vor ihrer neuen Leidenschaftlichkeit, sogar jetzt, da sie an ihrem Toilettentisch saß und sich die Nägel polierte.

Miles holte sie ab. Er war besonders heiter und seine Freude noch jungenhafter als sonst; als er sie von Kopf bis Fuß gemustert hatte, sagte er ihr, sie sei reizend und mache ihn ganz stolz.

Sie lächelte ein wenig traurig, da ihr der Altersunterschied zwischen ihnen plötzlich wieder klar vor Augen stand. Wie viele Jahre lang würde er sie seinen Freunden noch vorführen wollen? Es war lächerlich, dass sie sich wie ein junges Mädchen vorgekommen war, das mit Miles verlobt sei. Das waren lediglich Visionen, die einem nur bei gedämpftem elektrischen Licht in den Kopf kommen konnten.

Er war charmantester Stimmung, deren Ursache sie gern gewusst hätte; argwöhnisch fragte sie, als sie in ihrem Wohnzimmer noch ein Glas Sherry tranken:
»Miles, erzählst du mir etwas mehr von deinen mysteriösen Freunden?«
»Biografie im vorgefertigten Aufriss?« fragte er darauf mit funkelnden Augen voller Lachen.
»Natürlich weiß ich die bekannten Tatsachen über sie. Erzähl mir mehr. Wie alt sind sie zum Beispiel, und sind sie sehr aufregend?«
»Alter? Viola muss zwei- oder dreiundvierzig, Leonard ungefähr zehn Jahre älter sein. Aufregend? Das musst du selbst beurteilen. Manche Leute finden sie aufregend. Ich kenne sie zu gut.«
»Magst du sie sehr gern, Miles?«
»Ich verehre sie beide; doch wenn du meinst, ob ich mal in Viola verliebt gewesen bin – das ist nicht der Fall. Siehst du, manchmal bin ich auch schlau. Das hast du doch gemeint, nicht wahr? Glaubst du nicht, dass wir jetzt aufbrechen sollten?«
Er neckte sie, aber nahm sie dabei in den Arm und küsste sie. Sie misstraute ihm, konnte ihm aber nicht widerstehen. In einer überschwänglichen Glücksstimmung ging sie die Treppe vor ihm hinunter.
Ihre Stimmung schlug um, als sie das Haus der Anquetils erreichten, denn sie fühlte sofort, dass Miles hier völlig ungezwungen war. Er war in dieser Wohnung zu Hause. Anquetil öffnete ihnen selbst die Tür – ein

magerer, grauhaariger Mann mit zerfurchtem Gesicht und verschlossenem Wesen, unordentlich gekleidet, in einer alten Jacke und grauen Flanellhosen. Er nickte Miles zu und gab Evelyn fast widerstrebend die Hand, als empfinde er diese Konzession an die üblichen Gepflogenheiten als Kraft- und Zeitverlust. »Kommt herein«, sagte er und nahm im dunklen Flur die Pfeife aus dem Munde.

Das Wohnzimmer war ein Studio zu ebener Erde. Es war sehr geräumig, dämmrig und unübersichtlich. Mehrere Leute standen um das Kaminfeuer – zwei, drei Männer, eine Frau und ein Mädchen, das hübsch und herausfordernd aussah; es hatte kurze, goldblonde Locken und trug eine lange, blaue, chinesische Jacke und schwarze Satinhosen. Evelyn wusste sofort, dass all diese Menschen sich sehr nahestanden und dass auch Miles sehr vertraut mit ihnen war. Sie merkte deutlich, dass sie außerhalb dieses Kreises stand. Sie wurde ungehalten, dass Miles sie hierher gebracht hatte. Das war keineswegs die Welt, an die sie gewöhnt war, und sie nahm es Miles übel, dass er seit Jahren mit dieser Welt vertraut war, die sie gar nicht kannte. Sogar ihre Freude darüber, dass er diesen Leuten, diesen Anquetils, sein wirkliches Verhältnis zu ihr enthüllt hatte, verwandelte sich in Groll, als sie ihnen gegenüberstand, obwohl sie den Grund dafür nicht hätte erklären können.

Und trotzdem gefiel ihr Viola Anquetil. Sie kam ihr entgegen, um sie zu begrüßen, eine ruhige, große, beherrschte Frau, in venezianisches Rot gekleidet. Viola Anquetil war eine schöne Frau; wie bei einer Statue lag ihr dunkles Haar glatt gescheitelt über der Stirn und war im Nacken zu einem Knoten zusammengehalten. Ihre Hand war kühl und schlank, ihr Auftreten ruhig. Evelyn, die gehört hatte, Viola sei aufregend, spürte, dass diese Frau ein sehr intensives Eigenleben hatte. Sie spürte, dass der Lebensstrom in diesem Hause machtvoll, tief und stark floss und dass alle Heiterkeit von der Frau ausging. Ganz gewiss ging sie nicht von dem Mann aus; jedem Mann, der solch ein zerfurchtes Gesicht hatte, musste Heiterkeit von Natur aus fremd sein. Die Heiterkeit war das Geschenk der Frau für ihn und ihre Harmonie umgab sie beide mit einem gewissen Strahlen. Nicht, dass sie miteinander gesprochen oder sich auch nur angeblickt hätten, das war unnötig. Aber es war deutlich, dass sie zutiefst und bedingungslos miteinander verbunden waren.

Alles war sehr zwanglos. Viola stellte ihren Sohn vor, einen lebhaften Jungen etwa in Dans Alter. Sie stellte das Mädchen als Inez Marston, den anderen jungen Mann als Mr. Allen vor. Keiner dieser Namen sagte Evelyn etwas. Niemand nahm weiter Notiz von ihr oder machte irgendein Aufhebens um sie, alle führten vielmehr die unterbrochene Unterhaltung fort. Das Mädchen und Bretton saßen auf einem Sofa und sprachen sehr ernsthaft miteinander; das Mädchen redete, Bretton hörte aufmerksam zu und nickte von Zeit zu Zeit, wenn das

Mädchen seine Schlussfolgerungen zog. In Evelyn stieg die unangenehme Erinnerung an die Situation auf der Burg auf, als sie vergeblich versucht hatte, seine Aufmerksamkeit oder Zustimmung auch nur für einen Augenblick zu gewinnen.

Es gab anscheinend kein Speisezimmer im Hause, denn sie saßen zum Essen an einem Tisch in einer Ecke des Studios. Es waren auch keine Dienstboten zu sehen, sondern Anquetil und sein Sohn räumten die Teller ab und nahmen neue von einer Anrichte. Evelyn war das alles völlig ungewohnt. Die Unterhaltung brachte sie ebenfalls außer Fassung, denn niemand machte Smalltalk, wie sie es gewöhnt war; wenn diese Menschen nichts Besonderes zu sagen hatten, schwiegen sie. Sie hielten es anscheinend nicht der Mühe wert, um des Redens willen zu reden. Weder Klatsch noch persönliche Anzüglichkeiten interessierten sie, sondern lediglich Ideen – völlig im Gegensatz zur Welt der Jarrolds und der von Betsy Tscharskaja. Und doch legten sie keinesfalls eine feierliche Ernsthaftigkeit an den Tag. Sie waren lebhaft und lachten; sie waren eifrig bei der Sache und stritten. Nur Anquetil war ein wenig mürrisch und zurückhaltend. Als gestrenger Mann mit höchsten Ansprüchen erlaubte er sich nie mehr als nur ein grimmiges Belustigtsein.

Evelyn versuchte zuerst mit ihm zu sprechen, fand jedoch, dass sie nicht mehr aus ihm herausbekam als damals aus Bretton. Es wurde deutlich, dass die Männer in diesem geschlossenen Kreis sich nicht die Mühe machten, Frauen gegenüber eine konventionelle Höflichkeit an den Tag zu legen. Vielleicht gründete hierin die Atmosphäre unerschütterlicher Echtheit. Diese Menschen waren echt; das erkannte Evelyn an, so groß ihre Abneigung gegen sie auch war. Sie kämpfte gegen sie an, sie versuchte ihnen ihren eigenen Standpunkt aufzuzwingen, indem sie mit Leonard Anquetil Konversation machte; es misslang; sie zog sich in ein verärgertes Schweigen zurück. Niemand bemerkte es; niemand kümmerte sich darum.

Sie beobachtete Miles. Er sprach mit dem Mann namens Allen, nicht mit seiner Gastgeberin, die unbeachtet und in Gedanken versunken dasaß. Das machte Evelyn vollends wütend. Es machte sie wütend, dass Miles sich dem Benehmen dieser verwirrenden Menschen so natürlich anpasste. Viola Anquetil war eine unvergleichliche Frau – das hatte sie sofort bemerkt – und Miles war nicht höflicher zu ihr als zu einem Mann. Evelyns weibliches Solidaritätsgefühl erwachte. Und dann wurde sie doppelt wütend, als sie entdeckte, dass Miles' Gleichgültigkeit der anderen Frau überhaupt nichts ausmachte.

Die Unterhaltung steigerte sich ab und zu bis zur Heftigkeit eines Streites. War das die Echtheit? – Diese Menschen entwickelten eine wahre Leidenschaft für die Themen, die sie interessierten. Evelyn, die in den behüteten Traditionen des guten, vorsichtigen Mittelstandes erzogen worden war, war zunehmend entsetzt. Mit natürlicher, vorbehaltloser Zuneigung für die Jugend schaute sie auf den lebhaften Sohn und das Mädchen Inez. Der Junge war noch nicht achtzehn, das Mädchen kaum zwanzig, und doch diskutierten sie über Dinge, die Evelyn in ihrem Alter eher verwirrt als interessiert hätten. Sie hielten das für selbstverständlich und begegneten allem mit einem klugen und brennenden Interesse, das zeigte, wie genau sie bereits darüber nachgedacht hatten und für sich selbst zu einem Schluss gekommen waren. Aber nicht nur, dass sie Themen wie die Notwendigkeit erleichterter Scheidungen erörterten – Schweden sei da ein vernünftiges Land –, das konnte Evelyn noch hinnehmen. Sie wusste, dass die Jugend nicht mehr so unwissend war, wie sie sein sollte – vielmehr flößte ihr die bedingungslose Offenheit Entsetzen ein, diese Offenheit über Einkommen, über ihr eigenes und das anderer Leute, diese Offenheit über ihre Gefühle. Solche Themen waren in der Welt der Jarrolds tabu; und selbst in der Welt der Betsy Tscharskajas wahrte man eine dezente Zurückhaltung. Doch hier im Hause der Anquetils gab es keine Zurückhaltung. Alle hatten ein Verlangen nach Wahrheit; das war noch der mildeste Ausdruck, mit dem man ihr Verhalten bezeichnen konnte.

Evelyn verglich ihre hin und her springenden Argumente mit den leeren Hänseleien der Jarrolds. Das war ein anderes England. Sie waren offen, sogar ungeschliffen, aber immer echt. Sie waren nun einmal intelligent –besonders das Mädchen war blitzgescheit –, doch sie wollten mithilfe der Intelligenz zu den Dingen vordringen, auf die es ihnen wirklich ankam. Unabhängig vom Alter gehörten sie zu einer Generation, die in einer komplizierten Welt lebte: die Anquetils, das Mädchen, die jungen Männer, sie alle. Die umfassende Sicherheit der Jarrolds fehlte ihnen völlig; und damit fehlte der Schein, den die Jarrolds aufrechterhielten, dass alles in Ordnung sei in einer Welt, die für die Jarrolds geschaffen sei. Evelyn hatte das Gefühl, dass diese Menschen den alten Jarrold gern gemocht hätten, aber dass sie mit den Kindern des alten Mannes nicht das Mindeste anfangen könnten. Und was würden sie von Robin halten? Evelyn dachte plötzlich freundlicher von ihnen, als ihr bewusst wurde, wie sehr sie Robin verachten und wie gern diese Menschen Dan haben würden. Dann überkam sie doch Furcht, Miles könnte Dan zu den Anquetils bringen und dass er von ihnen ganz und gar in Anspruch genommen würde.

Nach dem Essen setzten sich die Frauen an den Kamin. Das Studio war groß genug für zwei völlig voneinander getrennte Gruppen. Viola Anquetil saß auf einem niedrigen Hocker und stocherte mit einem Schürhaken im Kamin; der Schein des Feuers fiel auf ihr rotes Kleid und auf das Gesicht mit seiner merkwürdig geistigen, fremdartigen Schönheit. »Inez, spiel ein wenig Klavier, ich möchte mich mit Mrs. Jarrold unterhalten.«

Eine Jarrold hätte das niemals gesagt, Evelyn konnte sich nicht vorstellen, dass Hester oder Catherine so etwas sagen würden. Sie war sofort beunruhigt, an Offenheit zwischen Frauen war sie nicht gewöhnt. Frauen spielten ein besonderes Spiel – in beiden Welten, die sie kannte. Sie fürchtete, Viola würde ihre tiefsten Herzensangelegenheiten sozusagen mit einem Korkenzieher ans Licht ziehen. Aufrecht angespannt saß sie da, als das Mädchen zum Flügel ging und in der Dämmerung des Raumes ein paar weiche Akkorde anschlug.

»Ich bin so froh, dass Miles Sie überredet hat zu kommen, Mrs. Jarrold. Er erzählte mir, dass Sie sich vielleicht weigern würden, und ich kann das verstehen, es ist anstrengend, den Freunden seiner Freunde vorgestellt zu werden.«

»Es war reizend von Ihnen mich einzuladen.«

»Wollen wir nicht auf all so etwas verzichten? Es war nicht reizend von mir; ich war neugierig. Sehen Sie, ich kenne Miles schon, seit er ein kleiner Junge war; ja, siebzehn war er. Ihr Junge ist jetzt siebzehn, nicht wahr? Deshalb interessiere ich mich natürlich für alles, was ihn angeht. Und als er zum ersten Mal mit mir über Sie sprach und als ich erkannte, wie wichtig Sie ihm waren, musste ich Evelyn Jarrold selbst sehen. Ich hoffe, es stört Sie nicht? Wir beide haben Miles sehr gern.«

»Beide?«

»Leonard und ich.«

»Ach so, natürlich. Und er mag Sie sehr gern.«

Diese großherzige Äußerung kostete Evelyn einige Anstrengung.

»Miles ist ein recht außergewöhnlicher Mensch, Mrs.

Jarrold, aber das brauche ich Ihnen natürlich nicht zu erzählen. Außergewöhnlich – und folglich schwierig; bei weitem nicht so zugänglich, wie er äußerlich scheint. Er ist sehr liebenswürdig, aber er hat eine raue, entschlossene Seite in seinem Wesen. Natürlich ist er sehr ehrgeizig.«

›Aha!‹ dachte Evelyn, ›sie will mir erzählen, ich dürfe Miles nicht behindern – nicht versuchen, ihn in der Verfolgung seiner Karriere zu stören. Verfluchte Karriere!‹ dachte sie und blickte zum Esstisch hinüber, wo Miles in tiefem Gespräch mit Leonard Anquetil saß und sein Haar im Lichte der vier Kerzen schimmerte. ›Verfluchte Karriere! Weshalb kann er nicht mein, mein, nur mein sein?‹

»Er hat gewiss eine große Zukunft«, sagte sie laut.

»Ich weiß nichts über eine große Zukunft«, sagte Viola, »das ist ein so relativer Begriff, finden Sie nicht? Aber ich weiß genau, dass Miles sehr energisch und lebendig ist. Er wird niemals Ruhe geben. Und tatsächlich will man auch gar nicht, dass er nichts tut und sich vergeudet. – Ich habe manchmal gedacht«, fuhr sie fort, »dass er ein wenig zu sehr sein eigenes Leben führt, als dass seine Freunde damit zufrieden sein könnten. Manchmal verletzt er einen. Man muss Geduld mit ihm haben. Es dauert Jahre, bis man ihn ganz versteht.«

›Wie leicht du zu durchschauen bist‹, dachte Evelyn, ›leicht zu durchschauen und ziemlich aufdringlich.‹ Und doch konnte sie Viola Anquetil nicht wirklich für aufdringlich halten, wenn sie in ihre heiteren und ausgeglichenen Augen blickte.

»Ich meine, es ist sehr interessant, sich mit Miles zu beschäftigen«, sagte Viola und ihr Ton nahm den Worten jeden Verdacht von Bedeutungsschwere.

»Ja, ist es wirklich, Mrs. Jarrold. Wissen Sie, für mich ist er eine ständige Quelle der Freude. Ich glaube, Sie kennen seine Familie nicht, oder …?«

»Erzählen Sie mir von ihr«, ging Evelyn darauf ein, obwohl sie ihre Vorbehalte hatte. Aber sie kapitulierte, teils weil sie von Viola angetan war, teils weil sie jede Enthüllung über Miles begierig begrüßte. Was für ein seltsames Erlebnis, diese unvorhergesehene Unterhaltung über Miles mit einer andern Frau, während Miles im selben Zimmer saß und der Flügel mit unaufdringlichen Akkorden die beiden getrennten Gesprächsgruppen begleitete. Das Mädchen Inez spielte gut; ihre Hände glitten spielerisch über die Tasten. Wirkliches und Unwirkliches waren in diesem Abend seltsam gemischt.

»Also, er hat mehrere Brüder und einen alten Vater«, begann Viola, als ob sie einem kleinen Kind eine Geschichte erzählte. »Sein Vater war früher Gouverneur in irgendeiner Kolonie – in mehreren, ich weiß nicht mehr, in welchen Kolonien. Er opferte sich im Staatsdienst auf, weil er das für seine Pflicht hielt, während er eigentlich viel lieber auf seinen Besitzungen zu Hause Rebhühner gejagt hätte. Er hatte den Geist der Kolonialherren, verstehen Sie – einer der aufrichtigen Baumeister des Alten Empire, noch aus der damaligen Tradition, die davon überzeugt war, dass man Völker, die nicht in der Lage sind sich selbst friedlich zu regieren, eben auch gegen ihren Widerstand regieren müsse. Im Ganzen eigentlich ein lieber, alter Mann, wenn man ihn von seinem Standpunkt aus beurteilt, gerade so wie ich mir vorstelle, dass Ihr Schwiegervater auch ein lieber, alter Mann gewesen ist, nicht wahr, Mrs. Jarrold? Miles hat mir von ihm erzählt.«

»Ja«, stimmte Evelyn zu, »er war ein lieber, alter Mann.«

»Sie gehörten zur selben Generation«, fuhr Viola fort, »nur lag ihre Tätigkeit zufällig auf verschiedenen Gebieten. Ihr Schwiegervater baute ein Werk auf; Miles' Vater half dabei, ein Weltreich aufzubauen. Beide sehr ehrenwert. Beide blieben strickt innerhalb ihrer Grenzen. Und was geschieht nun mit ihren Nachkommen? Ich kenne Ihre Verwandten von Seiten Ihres Mannes nicht persönlich, Mrs. Jarrold, aber ich weiß genug von ihnen, um sie mir vorstellen zu können. Sie haben nicht das Geringste weiter entwickelt. Sie leben nur das bequeme, behagliche Leben, das man von ihnen erwartete; wohlhabende Nachkommen derer, die die Arbeit gemacht haben. Sie ernten den Gewinn, wenn es denn ein Gewinn ist. Mit Miles' Brüdern ist es ebenso. Miles' Brüder stöhnen heute über ihre Steuerlast – aber ansonsten machen sie sich über sehr wenige Dinge Sorgen. Sie trauern einer Welt nach, die untergegangen ist, und klammern sich, solange es geht, an die armseligen Überbleibsel dieser alten Welt. Wahrscheinlich reichen diese Überbleibsel für ihre Lebenszeit noch aus. Miles dagegen schaut nach vorn. – Sein Vater ist mit ihm überhaupt nicht einverstanden.«

»Aber ich hätte gedacht, Miles auf dem Lande …«

»Auf seiner Burg, meinen Sie? Ja, natürlich, Miles auf seiner Burg, damit ist sein Vater einverstanden. Miles, der Landjunker; Miles, der Gutsbesitzer. Aber wie steht es mit Miles in seinem Wahlkreis? Wie könnte sein Vater damit einverstanden sein?«

»Ich habe ihn nie in seinem Wahlkreis gesehen«, sagte Evelyn kühl.

»Aber ich. Ich bin vor der letzten Wahl hinuntergefahren, um ihm bei seiner Kampagne zu helfen. – Aber das führt uns zu weit weg von dem, worüber wir sprachen: Miles und seine Familie. Miles stammt aus einer jener Familien, aus der man sich nur sehr schwer lösen kann.« (Ja, dachte Evelyn, du kennst das, weil du selbst auch aus so einer Familie stammst.) »Sie wissen ja, Miles wurde nach Eton geschickt. Sie können sich vorstellen, was für eine Zukunft sein Vater sich für ihn vorstellte, die Zukunft seines jüngeren Sohnes – Miles war außerdem sein Lieblingssohn. Miles sollte das Gut bewirtschaften und Gutsherr werden. Er zeigte weder Neigung für das Militär noch für den Auswärtigen Dienst, weder für den Indischen Staatsdienst noch – Hilf Himmel! – für die Kirche; so blieb das Land, und der Familienbesitz war groß genug für sein Auskommen: Miles sollte aufs Land gehen. Miles liebte es auch auf dem Land zu sein. In ihm steckt echte Tory-Gutsbesitzertradition. Aber das ist nicht seine ganze Person. Er ist auch streitbar; er zweifelt. Also bricht er mit der Tradition der Privatschule. Er kehrt zurück zu dem, was England früher war.«

»Wie meinen Sie das«, hakte Evelyn nach, »was England früher war?« Sie war gegen ihren Willen gefesselt. Sie wollte Viola Anquetil hassen, aber sie vermochte es nicht.

»Ich habe da meine Theorie«, lächelte Viola in sich hinein, als sei sie über die eigenen Gedanken belustigt, »ich weiß nicht, ob Sie sie hören mögen?«

»Bitte.«

»Vielleicht ist auch alles falsch.«

»Das tut nichts. Bitte erzählen Sie!«

»Nun, ich meine, dass Miles eine Rückkehr zum Urtyp ist. Der Engländer von Stand und Erziehung war nicht immer das vorsichtige, gehemmte Geschöpf, das er heute ist. Es hat eine Zeit gegeben, in der er sich weder seiner Gefühle noch seiner Kultur geschämt hat. Er war damals in gewisser Hinsicht roher und ungeschliffener – weniger ein Gentleman nach moderner Sichtweise, aber eher einer im wahren Sinn, wie ich ihn sehe. – Ich weiß nicht, ob Sie sich einmal mit der italienischen Renaissance beschäftigt haben.«

»Leider nicht«, sagte Evelyn mit unbestimmten Erinnerungen an Leonardo da Vinci.

»Miles hätte in die italienische Renaissance gepasst. Er wäre in Urbino glücklich gewesen. Ihm hätten die Riesenportale gefallen, über denen die marmornen Früchte und Blumen hingen, doch gleichzeitig hätte er es genossen, stundenlang Streitgespräche über das Staatswesen zu führen. Er hätte Alberti gern gemocht, der in Rimini einen Tempel bauen und in den Sattel springen konnte, ohne das Pferd mit der Hand zu berühren. Verstehen Sie, was ich meine? Der imaginäre Miles des sechzehnten Jahrhunderts, ob in Italien oder in England, kannte keine Grenzen, trank begierig das Leben. Er wäre glücklich gewesen in Urbino, in Rimini oder im England der Queen Elisabeth. Damals wäre er Kosmopolit gewesen, ein Weltbürger, nicht nur ein stumpfsinniger Engländer. Aber, etwas ist gründlich schiefgegangen.«

»Was ist Ihrer Auffassung nach schiefgegangen?«

»Ich weiß es nicht genau«, sagte Viola, »ich bilde mir ein, es war eine Mischung aus Vernunftgläubigkeit und viktorianischer Lebensanschauung. Aber wie auch immer, je vornehmer die Herkunft und je teurer die Erziehung, desto mehr lernte man, seinen Geist abzuschotten. Man lernte, immer weniger zum Individuum und immer stärker zum Klischee zu werden. Und dazu kam unsere außerordentliche Lehre vom Charakter, als ob Charakter mit Geist und Phantasie unvereinbar wäre! Die einzige Art von Gehirn, die wir in diesem Lande überhaupt anerkennen, ist das politische Hirn oder das administrative Hirn. Wir verspotten unsere Staatsmänner oder Verwaltungsleute bei weitem nicht so verächtlich wie unsere Künstler. Unseren Staatsmännern gestatten wir sogar, das Haar ziemlich lang zu tragen, ohne dass darüber Kommentare im *Punch* oder in der Boulevardpresse erscheinen.«

»Wie sich mein Junge freuen würde, Sie so reden zu hören!«

»Sie müssen ihn einmal mitbringen; würden Sie das tun? Miles sagt, der Junge ist eine wahre Freude. Er ist noch in Eton, nicht wahr?«

»Ja«, gab Evelyn zu, zum ersten Mal im Leben leicht beschämt, dass Dan ein Etonschüler war.

»Sie müssen der Meinung sein, dass wir Paul, meinem Sohn, eine ziemlich unorthodoxe Erziehung mitgegeben haben. Wir haben ihn nach Deutschland geschickt statt auf eine englische Privatschule. Sehen Sie, er ist Musiker und wir hielten es für besser, dass er in München glücklich ist statt in Eton unglücklich. Leonard und mein Bruder waren beide ganz dagegen, ihn auf eine Internatsschule zu schicken. Mein Bruder ist selbst in Eton gewesen, aber trotz Eton gelang es ihm, zu einer ganz eigenwilligen Persönlichkeit zu werden«, lächelte Viola. »Was Miles betrifft, sie kennen ja seine Eton-Laufbahn. Seine Brüder waren über seinen Schulabgang so empört, dass sie fünf Jahre lang kaum ein Wort mit ihm gewechselt haben. Sie haben versucht es damit zu bemänteln, dass sie sagten, er sei hoffnungslos affektiert gewesen. Sein Vater hatte viel mehr Verständnis für ihn, aber auch für ihn war es schwer Miles' politische Ansichten zu verdauen; er kann es nicht verwinden, dass sein Sohn ein be-

kannter Pazifist ist. Der alte Mann glaubt immer noch, dass alle Ausländer Schurken und die meisten Nicht-Europäer Schwarze sind – und deshalb sollte man sie natürlich alle niederknallen. – Ich rede zu viel«, schloss Viola, und weil sie sah, dass die Männer aufstanden, bedeutete sie Inez zum Kamin herüberzukommen.
Miles suchte Evelyns Blick, aber sie wollte ihn nicht ansehen; sie wusste, dass er voller neugieriger Spannung war, doch sie wollte ihm nicht einmal durch einen Blick zugestehen, dass sie Viola Anquetil gut leiden mochte.

Er brachte sie ziemlich spät nach Hause und sie fingen an zu streiten. Zum ersten Male fochten sie einen offenen Streit miteinander aus. Sie hatte diese erste ernste Auseinandersetzung die ganze Zeit mit Furcht erwartet, aber immer wieder abgebogen, indem sie ihr Temperament und ihre Gefühle unterdrückte – und nun war sie es, die ihn herausforderte. So etwas kommt vor, wenn Emotionen aus dem Ruder laufen. Miles selbst war guter Laune – er war stets guter Laune bei den Anquetils – und an diesem Abend hatte Evelyns Anwesenheit das Maß seiner Freude vollgemacht. Er hatte es genossen, sie zwischen seinen Freunden sitzen zu sehen. Das fand sie rührend naiv von ihm, und obwohl sie tief in ihrem Innern, wo sie ihn unerschütterlich liebte, davon angesprochen wurde, blieb sie an der Oberfläche unangenehm verstockt und sarkastisch.
Er kam mit in ihre Wohnung hinauf. Unterwegs im Wa-

gen hatte er nur zu sagen gewagt: »Spielt Paul nicht gut?« Paul hatte nach dem Essen vorgespielt.

»Ich nehme es an, Miles, aber ich bin schließlich kein Musikkritiker.«

Das war eine frostige Antwort, die Schlimmes verhieß. Doch in der Wohnung sprudelte er unbekümmert los, während er sich noch den Mantel auszog: »Na, wie findest du sie?«

»Ist es wirklich notwendig, so ungepflegt und ungehobelt zu sein wie Mr. Anquetil?«

Miles lachte. »Oh, dir hat Leonard nicht gefallen? Die meisten Frauen finden ihn sehr anziehend. Wollte er wieder überhaupt nicht antworten? Ich gebe zu, er zeigt sich Fremden nicht von der besten Seite. Aber Viola – wie bist du mit ihr ausgekommen?«

»Ich glaube nicht, dass sie mich mag, Miles – ich bin nicht annähernd klug genug für sie.«

»Verdammtes Klugheitsgerede! – Viola ist nicht klug, sie ist nur intelligent. Ich kann clevere Frauen nicht ausstehen.«

»Ich kann da leider keinen großen Unterschied ausmachen.«

»Nein? Umso schlimmer für dich.« In seine Stimme kam ein gereizter Ton. Langmut und Geduld waren nicht seine Stärke, so fuhr er unbeirrt fort, »jedenfalls ist sie sehr schön, oder?«

»Auf ihre eigene ungepflegte Art, ja. Das ist schon möglich.«

»Ungepflegt? Oh, du meinst wohl, dass sie sich nicht nach dem letzten Schrei kleidet und nicht die neuesten Kosmetika von der Dover Street aufträgt. Nein, das tut sie nicht. Sie geht auch nicht zum Rennen, um sich mit irgendeinem Mann oder Pekinesen fotografieren zu lassen und das Bild dann ›Mit Freund‹ betiteln zu lassen. Weder sie noch Sebastian geben sich für so etwas her.«

»Sebastian?«

»Ihr Bruder.«

»Ach so, natürlich. Sie erwähnte ihn.«

»Sie betet ihn an. Aber er ist nur die Hälfte des Jahres in England, und wenn er hier ist, vergräbt er sich auf dem Land.«

»In Chevron?«

»Ja, in Chevron. Willst du ihn dafür tadeln? Es ist nicht seine Schuld, dass er ein englischer Herzog und es seiner Meinung nach das Beste ist, seinen Grundbesitz gut zu bewirtschaften. Er ist ein unglücklicher Mensch.«

»Ich nehme an, er möchte lieber Bretton ähnlich sein.«

»Dem Sohn eines Gemüsehändlers in Rotherham? Das ist wohl möglich. Aber weißt du, Evelyn, das ist alles ziemlicher Nonsens: Jeder wäre lieber ein englischer Herzog als der Sohn eines Gemüsehändlers aus Rotherham.«

»Da überraschst du mich aber, Miles; ich dachte, du hasst Privilegien?«

»Ich hasse sie auch – theoretisch –, aber ich genieße sie auch, und ebenso ist es mit Sebastian. Wir wollen doch ehrlich sein!«

»Ehrlich! – Ehrlich! – Du redest eine Menge Unsinn über Ehrlichkeit! Bretton …«

»Wie du Bretton hasst!«

»Er ist so ungehobelt, Miles.«

»Ungehobelt? – Du meinst, er hebt dir nicht das Taschentuch wieder auf, wenn du's fallen lässt. Nein, tut er auch nicht, er hat an andere Dinge zu denken. Und wenn ihr Frauen Gleichberechtigung wollt, könnt ihr nicht beides haben.«

»Aber Miles, du würdest mir doch das Taschentuch aufheben, oder auch jeder anderen Frau.«

»Das liegt daran, dass ich eine Zeitlang in Eton erzogen worden bin. Man hat mir dort zwar nicht beigebracht, Frauen ein Taschentuch aufzuheben, aber man hat mir dort beigebracht, den Hut vor meinem Lehrer zu ziehen. – Was soll das, das ist eine alberne Diskussion. Rund heraus gesagt, heißt das einfach: Die Anquetils haben dir nicht gefallen?«

»Viola hat mir nicht missfallen«, erwiderte Evelyn nach einer Pause.

»Das heißt: Alle andern haben dir missfallen?«

»Lass sie uns einzeln betrachten, Miles. Leonard Anquetil hat überhaupt kein Benehmen. Bretton – du hast genau erraten, was ich von Bretton halte. Der Junge, Paul, schien mir – wenn ich auch sagen möchte, dass er gut gespielt hat – etwas ungeschliffen und eigenartig. Dieser junge Mann, hieß er nicht Allen, er redete zu viel und über Dinge, die er vor einem Mädchen nicht erwähnen sollte …«

Miles lachte schallend auf. »Meinst du etwa vor Inez? Meine Liebe, die ist seit Jahren Allens Geliebte.«
»Tatsächlich? Ich dachte, sie wäre Brettons Freundin.«
»Weshalb? Weil sie mit ihm auf dem Sofa geredet hat? Nein, Bretton hat ganz andere Sachen im Kopf. Es tut mir leid. Ich hätte dich nicht mit zu den Anquetils nehmen sollen.«
»Ich will noch einmal darauf zurückkommen, was ich vorhin sagte, Miles, ich bin nicht gescheit genug. Du solltest statt meiner besser Dan mitnehmen.«
Sie wandte sich ab und er sah, wie sie versuchte die Tränen zurückzuhalten.
»Evelyn, Liebste!«
»Herr Gott noch einmal, lass mich in Ruhe. Bleib du bei deinen Freunden und lass mir meine. Ich bin zu alt für dich. Ich gehöre zu einer andern Generation, ich gehöre zu den Jarrolds.«
»Viola ist um Jahre älter als du.«
»Dann ist sie eben anpassungsfähiger als ich. Ich passe nicht ins Bild, Miles, und je eher du das einsiehst, desto besser. Sie hat eine Menge von dir gesprochen, und mir ist klar geworden, wie weit wir beide, du und ich, voneinander entfernt sind. Ich nehme an, sie hat das absichtlich getan.«
»Viola? Niemals! So eine Frau ist sie nie und nimmer.«
»Alle Frauen sind so, alle.«
»Das ist wieder so eine von deinen übernommenen Vorstellungen. Kannst du die nicht endlich einmal ablegen

und anfangen, die Menschen aufgeschlossen zu betrachten? Diese Vorurteile versperren dir nur die Sicht – wenn du das nur zugeben wolltest!«

»Manche Dinge bleiben wahr, auch wenn sich noch so viele andere wandeln und verschieben.«

»Schön, ich will zugeben, dass du mehr von Frauen verstehst als ich, aber ich verwahre mich dagegen, dass du Viola so falsch beurteilst.«

»Weshalb gehst du dann nicht zu deinen Freunden? Sie passen viel besser zu dir als ich. Warum bist du überhaupt gekommen, Miles, und hast mein Leben aus dem Gleichgewicht gebracht, mein und Dans Leben? Ich war völlig glücklich, ehe ich dich kennen gelernt habe.«

»Du warst glücklich? Mit Bridge und damit, dass du vor den Jarrolds geglänzt hast und dich selbst dabei vergeudet ...«

»Ich habe nichts zu vergeuden, das weißt du genau. Geh wieder zu deinen Freunden und lass mich in Ruhe. Lass auch Dan in Ruhe. Dan macht mir ohne dich weiß Gott schon genug Sorgen. Und wenn er nun noch den Anquetils in die Hände gerät ...«

»Das würde ihm nur guttun«, sagte Miles fest.

»Ach, Miles, Miles, du wirst mir so fremd. Du bist so unerbittlich, ich verstehe dich nicht. Diese Frau versteht dich. Mit ihr kann ich nicht mithalten. Versteh mich nicht falsch, ich bin nicht eifersüchtig auf sie als Frau. Aber eines Tages wirst du einer Frau begegnen, auf die ich eifersüchtig sein werde, vielleicht einer Frau wie dieses Mädchen Inez, ich weiß es nicht. Ich weiß jetzt nur, dass wir auf ein Unglück zusteuern. Ich liebe dich bis zu meinem letzten Blutstropfen, aber du liebst mich nicht auf dieselbe Weise und wir hätten niemals zusammenkommen dürfen.«

Dritter Teil

Der vergangene heftige Streit markierte einen Wendepunkt in ihrer Beziehung. Evelyn hatte ihre Beherrschtheit ein für alle Mal eingebüßt. Ihre gesamten unterdrückten Emotionen waren an die Oberfläche gelangt. Alles, was sie an Miles bezaubert hatte, begann auf einmal ihren Widerspruch herauszufordern. Sie krittelte ständig an ihm herum, an seiner Arbeit, seinem politischen Standpunkt, an seinem Benehmen, seinen Freunden, sogar an seiner Kleidung.

»Miles, ich wünschte wirklich, du würdest diesen schwarzen Hut nicht tragen. Du siehst damit aus wie ein Verschwörer oder wie ein Leierkastenmann.«

»Ich habe nichts dagegen, wie ein Verschwörer oder Leierkastenmann auszusehen.«

Er nahm es mit Humor und das reizte sie noch mehr. Wenn sie ihn wenigstens in Rage bringen könnte, das wäre eine Genugtuung – so aber konnte sie seine gute Laune nur als Gleichgültigkeit deuten; seit neuestem lag sie ständig auf der Lauer nach solchen Anzeichen für seine Gleichgültigkeit.

»Er kann mich nicht ewig lieben«, sagte sie sich und fühlte sich furchtbar elend dabei. »Der Tag wird kommen, an dem er sich einer jüngeren Frau zuwenden wird – das ist nur natürlich, das muss einfach geschehen, er wird auf jeden Fall aufhören mich zu lieben. Je eher ich mich damit abfinde, desto besser. Habe ich das nicht immer kommen sehen? Ach, wenn es doch wieder wie in den ersten Wochen sein könnte, als ich den Gedanken daran wegschieben konnte, als es mir genügte ihn einfach zu lieben und von ihm geliebt zu werden. Wenn ich so weitermache wie im Augenblick, bin ich es selbst, die ihn vertreibt, und das viel eher als notwendig. Was bin ich für eine Närrin! Ich muss aufhören damit, ich muss, ich muss.«

So unglücklich und gequält wanderte sie nach jeder ihrer ausfallenden Wortgefechte in ihrem Zimmer auf und ab und presste die Hände gegeneinander.

Um die ganze Angelegenheit noch zu verschlimmern, war den Jarrolds ihr Verhältnis mit Miles nicht länger verborgen geblieben. Sie sprachen Evelyn nicht offen darauf an, aber sie ließen es sie umso deutlicher spüren. Hesters Andeutungen konnte man nicht missverstehen. Sie waren Evelyn entsetzlich unangenehm. Sie verachtete sich dafür, dass ihr das alles so viel ausmachte, aber Erziehung und Tradition waren stärker als sie. Sie beschloss Miles davon nichts zu sagen, aber sie tat es natürlich doch, als sie sich das nächste Mal sahen.

Er lächelte. »Ach, die reizenden, alten Vogelscheuchen! Sind sie empört? Was macht das schon?«

»Dir macht es vielleicht nichts aus, Miles – du bist ein Mann und du bist überhaupt anders. Aber es sind meine einzigen Verwandten.«

»Ich dachte, sie langweilen dich?«
»Das tun sie auch – aber ich möchte nicht, dass sie schlecht von mir denken.«
Dieser Standpunkt lag jenseits von Miles' Fassungsvermögen, ihm lag ihre enge, bürgerliche Vorstellungswelt völlig fern. Trotzdem antwortete er so geduldig, wie er nur konnte:
»Es liegt in deinen eigenen Händen, das abzustellen; ich habe dir immer und immer wieder vorgeschlagen mich zu heiraten.«
»Ich weiß und gerade die Art und Weise, wie du es sagst, zeigt mir, wie du wirklich darüber denkst. ›Ich habe dir immer und immer wieder vorgeschlagen …‹ Du weißt ganz genau, dass du es mir nur vorschlägst, um mir einen Gefallen zu tun. Du wünschst es dir nicht wirklich. Ich mache dir natürlich keinen Vorwurf, dass du dich nicht an eine Frau binden willst, die fünfzehn Jahre älter ist als du. Es ist sehr freundlich und ritterlich von dir es überhaupt vorzuschlagen. Aber du brauchst keine Angst zu haben, Miles – ich werde dich niemals beim Wort nehmen.«
»Evelyn, sei doch nicht so unvernünftig; ich will dich wirklich heiraten. Zugegeben, ich verabscheue die Ehe als Institution – ich muss dabei immer an Mr. und Mrs. Noah denken und an die Tiere, wie sie paarweise in die Arche hineinspazierten –, aber wenn ich überhaupt jemals jemanden heiraten wollte, dann bist du es. Weshalb auch nicht? Wir könnten uns immer noch scheiden lassen, wenn es nicht gutgeht.«

»Miles, bitte, hör auf zu scherzen.«
»Ich scherze nicht. Ich werde morgen das Aufgebot bestellen; das wird für deine reizenden, scheinheiligen Jarrolds ein Schlag ins Gesicht sein. Ich werde mir für die Zeremonie sogar einen Bowler kaufen oder würdest du einen Zylinder bevorzugen? Und wo wollen wir die Flitterwochen verbringen?«
Seine Frivolität kränkte sie. »Du verstehst mich nicht, Miles. Nichts könnte mich dazu bringen dir das ganze Leben zu ruinieren.«
»Fang um Gottes willen nicht wieder mit den großen Grundsatzreden an! Versuch lieber, den Jarrolds mit der geringen Achtung zu begegnen, die sie verdienen.«
Er erkannte schließlich, dass sie sich wirklich quälte und kam zu ihr und setzte sich auf die Lehne ihres Sessels. »Es tut mir leid, Liebste, aber ich kann die Vorurteile der Jarrolds nicht so ernst nehmen wie du. Ich kann Leute mit wahrhaft bewundernswerter Prinzipientreue, aber fehlender Herzenswärme nicht ausstehen. Pharisäer! Dass diese Bohnenstange von Hester es wagen darf dich zu kritisieren oder gar diese vertrocknete, alte Jungfer Catherine! Für Catherine könnte es wahrscheinlich nichts Besseres geben, als einmal von einem Mann richtig hergenommen zu werden, und was Hester angeht – sie hat in ihrem ganzen Leben wohl keinen einzigen lustvollen Augenblick gehabt. Natürlich beneiden sie uns und flüstern hinter uns her und verfolgen dich mit Nadelstichen, wo sie nur können. Komm, wollen wir ihnen doch die Mäuler stopfen.«

»Niemals, Miles, niemals. Niemals werde ich das tun; du darfst mich das nicht bitten, denn es ist so schwer für mich, nein zu sagen.«

»Nun hör mir einmal genau zu: Du leidest darunter, dass unser Verhältnis nicht gesetzlich abgesegnet ist; du leidest in deinem tiefsten Inneren, nicht nur wegen der Jarrolds. Es quält dich und macht dich unglücklich; du glaubst, Dan würde dich verurteilen, wenn er davon wüsste – und er wird es sehr bald wissen, er ist kein Kind mehr; ich glaube, es stört dich sogar Privett gegenüber. Du versuchst mir vorzumachen, dass es dir nichts ausmacht, und doch nagt es die ganze Zeit an dir und drückt dich nieder. Hier liegt die Ursache für unsere ständigen Streitereien – nicht in meinem Buch. Wenn ich dich bitte zur Burg hinüberzukommen, wird dir die Freude vergällt durch die Furcht, die Leute könnten herausfinden, wo du bist. Du versteckst dich hinter allen möglichen Ausflüchten, und weil du von Natur aufrichtig bist, belasten dich genau diese Ausflüchte. Und dennoch steht dein Starrsinn dem Ausweg entgegen, den ich dir anbiete. Ich glaube, ganz tief in deinem Inneren denkst du, ich sollte ein ›nettes Mädchen‹ heiraten und dir auf immer Lebewohl sagen.«

»Das ist nur zu wahr, Miles; ich bestreite nicht ein einziges deiner Worte. Ich werde dich nicht drängen, dein ›nettes Mädchen‹ zu heiraten, weil ich dazu weder die Kraft noch den Mut habe, aber ich selbst muss und werde mich weigern dich zu heiraten.«

»Dann sei doch wenigstens konsequent: Vergiss deine Zweifel und Bedenken und lass uns so glücklich sein, wie wir nur können!«

»Das werde ich, Miles, das werde ich wirklich.« Sie sah ihn an, lächelte und versuchte, die Wolken wegzuschieben und sich nicht anmerken zu lassen, wie stark er sie in Versuchung führte. Sie war ihm dankbar dafür, dass er sie so gut verstand. Um ihrer Dankbarkeit Ausdruck zu verleihen, unterließ sie im Folgenden nicht nur ihre scharfen, nörgelnden Bemerkungen, sondern begann ihm zu erlauben sie auszuführen – sogar an Orte, an denen sie sicher Bekannte treffen und Kommentare zu ihrem ständigen, gemeinsamen Erscheinen herausfordern würden. Ostern war außerdem vorüber und damit konnte sie sich nicht länger auf die gebotene Trauerzeit für den alten Jarrold berufen. Um Miles' willen und um sich nicht seine Verachtung zuzuziehen, kämpfte sie gegen ihre instinktive Diskretion an. Es war zwar eine Marter für sie, aber sie redete sich ein, es gefiele ihr. In Wirklichkeit bereitete es ihr ein stetes Unbehagen; und als sie eines Abends, bevor Miles sie abholte, in den Spiegel schaute, fragte sie sich, weshalb nur ihre innere Gefühlslage nicht besser mit ihrem äußeren Erscheinungsbild harmonieren konnte.

»Ich sollte mich altmodischer anziehen«, sprach sie zu sich selbst, »Miles hatte ganz recht.« Sein Ausdruck war ihr im Gedächtnis haften geblieben. »Ich sollte grauen

Voile und ein Amethystkreuz tragen; ich sollte so bürgerlich bieder aussehen, wie ich bin.«
Bedauerte sie es, Miles begegnet zu sein? Bedauerte sie es, hinweg gefegt worden zu sein vom streng gefolgten Pfad der Tugend? Bedauerte sie es, den behaglichen, selbstgefälligen Platz im Herzen der Jarrolds eingebüßt zu haben, dieses weiche Polster aus familiärer Zuneigung und Achtung, das sie umgeben hatte in der Welt, in die sie hineingehörte? Noch niemals hatte sie ihnen Grund zur Kritik gegeben. Selbst wenn sie mit Freunden an die Riviera fuhr – ein Reiseziel, das so gar nicht die Jarroldsche Zustimmung gefunden hatte –, wusste die Familie, dass ihr Verhalten stets untadelig blieb, und es wurde höchsten gefragt, warum die gute Evelyn, wenn sie schon im Winter ein wenig in die Sonne wollte, nicht in einen Schweizer Kurort ging oder nach Rapallo, wo man bekanntermaßen äußerst angenehme Leute traf.

Nun, diese Zeiten waren vorbei. Sie hatte ihren guten Ruf aufs Spiel gesetzt und verloren. Sie schämte sich ihrer Sorgen um eine Angelegenheit, die für Miles gar nichts bedeutete, sie aber ins Mark traf.
»Vergiss es«, ermahnte sie sich immer wieder. »Vergiss es und schau lieber, dass Miles glücklich bleibt. Dann wird er sich nicht ganz so schnell einer anderen zuwenden.« Und sie bestellte neue Kleider, ging mit Miles zum Tanzen und begegnete tapfer den belustigten Blicken der Frauen und erlaubte den Männern, in

einer Weise mit ihr zu reden, wie sie es früher nie gewagt hätten.
Sie sah die Jarrolds immer seltener, und obwohl sie sie gelangweilt hatten, fehlten sie ihr nun. Sie vermisste ihre gelegentlichen, gemeinsamen Wochenenden in Newlands, wo der alte Jarrold die Familie zusammengehalten hatte. Jetzt waren sie alle zerstreut, die alte Lady lebte auf ihrem Witwenteil, glücklich mit ihren Rhododendren beschäftigt; die anderen Flügel von Newlands waren größtenteils abgeschlossen und Evelyn vermutete, Dan werde das Anwesen verkaufen, sobald er volljährig sein würde. Evan traf sie manchmal in einem Nachtklub und an seinen Augen erkannte sie, dass er seinen Kognakkonsum mitnichten eingeschränkt hatte. Ein paar Mal ging sie zu Geoffrey und Hester zum Dinner, wobei Ruth es jedes Mal verstand, gerade außer Haus zu sein. Sie sagte sich, dass sie eigentlich erleichtert sein müsse, dass das beengende Familienleben ein Ende gefunden hatte.

In den Sommerferien widerstand sie den vereinten Bitten von Miles und Dan und fuhr Anfang Juli mit ihrem Sohn zu ihrem Vater nach Biggleswade; entschlossen vertrat sie die Ansicht, es sei nur recht und billig, dass er seinen noch lebenden Großvater besuchen solle. Höchst befriedigt brachte sie dieses Argument vor, denn es war mit nichts zu widerlegen. Selbst Miles konnte nicht darüber spötteln und versuchte es auch gar nicht. Dan

konnte zwar darüber murren – was er auch tat –, doch sie war nicht umzustimmen.
Mit einem seltsamen Behagen tauchte sie wieder ein in eine Atmosphäre, die ihr fast fremd geworden war.
Auf seine bescheidene Art war das Haus ihres Vaters das Pendant zu Newlands; die unausgesprochene Lebensphilosophie ihres Vaters ähnelte der des alten Jarrold.
Mr. Wilson, der Anwalt gewesen war und sich mit einem komfortablen Einkommen auf seinen zwei Morgen Grundbesitz hinter der Eichenumfriedung zur Ruhe gesetzt hatte, erweckte den beruhigenden Eindruck gut situierter Sicherheit. Sein rotes Ziegelhaus, an dem die wilden Weinranken harmonisch dessen Farbton ergänzten, war behaglich, jedoch nicht luxuriös; er lebte gemäß dem Wahlspruch, dass man immer die Kirche im Dorfe lassen muss. Er war stolz auf seine Zigarren und seinen Weinkeller, dessen Schlüssel er – mehr aus Gepflogenheit als aus Misstrauen gegen sein altes Hausmädchen – an der Uhrkette trug. Vor jeder Mahlzeit pflegte er feierlich mit einer Taschenlampe in den Keller hinunterzusteigen und sich eine Flasche auszusuchen. Seine Konversation drehte sich vorzugsweise um die verschiedenen Weine und ihre Jahrgänge, einschließlich der dazu passenden Anekdoten aus seiner Londoner Juristentätigkeit. Er hatte stets einen sehr guten Appetit, ohne dass das seine Gesundheit beinträchtigte; auf seine Weise war er ein Feinschmecker, wenn auch nicht der französischen Art; er liebte Remouladensoße zum Fisch, Meerrettich zum

sonntäglichen Roastbeef, Worcester Soße zum kalten Roastbeef am nächsten Tag und Kartoffelbrei zu fast allen Gerichten außer zum Fasan, der Pommes frites verlangte; ein Dinner mit weniger als fünf Gängen wäre ihm als ein Verstoß gegen die guten Sitten vorgekommen und sein Lunch wurde stets durch ein pikantes Gericht abgerundet. Außerdem bezeichnete er sich als einen Mann von Kultur; seine Ansichten über solche Themenbereiche standen unverrückbar fest und schienen gerade an dem Punkt erstarrt zu sein, an dem er sie zufällig angenommen hatte; er hielt Galsworthy für einen der größten englischen Romanschriftsteller, lehnte dagegen die Romane entschieden ab, die er zweimal wöchentlich aus einer Leihbücherei erhielt – die Liste dazu stellte er sich aus den angesehenen Sonntags- und Wochenzeitungen zusammen; er las sie mit einem gewissen Vergnügen und leichter Beunruhigung; bei der Rückgabe hoffte er immer für das nächste Mal auf Bücher, die besser zu seinen Ansichten passten. Zwischen seinen Aquarellen jedoch fühlte er sich aufgehoben; er ging gern in seinem Wohnzimmer umher, wenn er nichts Besseres zu tun hatte, und schaute sich diese hübschen, beruhigenden Bilder von Kindern mit Schutenhüten in Kornfeldern und rotem Mohn an. Evelyn gefielen sie auch – wenn er sich manchmal einsam fühlte, tröstete ihn der Gedanke an sie – und nach seinem Tod würde ihr Junge sie alle bekommen; es war nichts im Vergleich zu dem Reichtum, den sein anderer Großvater ihm hatte hinterlassen können, aber vielleicht würde Evelyns Junge dennoch einen Platz für die Aquarelle in seinem privaten Arbeitszimmer finden. Evelyn würde den Jungen in den großen Ferien mitbringen. Nett von ihr. Er hatte Order für ein besonders gutes und reichliches Essen gegeben, weil er an den Appetit von Schuljungen dachte. Sein kleiner Haushalt war in helle Aufregung geraten. Ellen, das Hausmädchen, fragte, ob sie eine Wärmflasche für Mrs. Jarrolds Bett kaufen solle.

»Wird Mrs. Jarrold nicht ihre eigene mitbringen, Ellen?«

»Eine steinerne, dachte ich, Sir, für die Füße, wissen Sie, Sir, nur damit das Bett angewärmt wird.«

»Die Betten sind doch gelüftet, Ellen?«

»Aber, gnädiger Herr!«

»Ja, natürlich, Ellen, hab ich nicht anders erwartet. Ich dachte nur, wir haben jetzt Juli. Na ja, kaufen Sie eine Wärmflasche, wenn Sie's für richtig halten. Ja, ich nehme an, es wäre schon richtig – würde Mrs. Jarrold freuen – und eine Wärmflasche kann nicht schaden, nicht wahr?«

»In der Tat, Sir, auch wenn Sie selbst niemals eine nehmen wollen. Und wie ist es mit Seiner Lordschaft, Sir?«

»Jungen wollen keine Wärmflaschen«, sagte Mr. Wilson streng, »und wenn doch, so sollten sie eigentlich nicht. Besonders nicht im Juli.«

Er hatte Evelyn einige Monate nicht gesehen und war sehr angetan von ihr, als sie eintraf. Er konnte selten glauben, dass diese reizende Frau seine eigene Tochter war. Seine alte Galanterie kam wieder zum Vorschein – in jüngeren Jahren hatte er viel für Frauen übriggehabt –, so dass er das Bedürfnis hatte, sich ins Zeug zu legen, um sie gut zu unterhalten. Als er sich zum Essen umzog, kramte er in seinem Gedächtnis nach den besten Geschichten, mit der leisen Befürchtung, dass sie sie alle schon gehört hatte. Es war ein wenig beunruhigend: Fast hatte er das Gefühl, als habe er eine Fremde unter seinem Dach, eine ziemlich verwirrende dazu, und doch war diese Fremde seine eigene Tochter, dieselbe Evelyn, die er noch als kleines Mädchen im Kinderkleidchen kannte; ein braves Mädchen – sie war immer ein braves Mädchen gewesen – bis heute. Jede andere Frau hätte nach dem Tode des armen Thomas wieder geheiratet, aber sie, Evelyn, hatte sich ganz ihrem Sohn gewidmet. Nicht viele Frauen von Evelyns Aussehen hätten das getan. Gott sei Dank hatte Evelyn eine gute Erziehung genossen; eine solide Grundlage; sie hatte eine gute Mutter gehabt, die allerdings verstarb, als Evelyn erst neun Jahre alt war. (Die ersten sieben Jahre im Leben eines Kindes sollen die wichtigsten sein, hatte er gehört.) Diese solide Grundlage trug nun ihre Früchte. Und wie Evelyn damals eine gute Mutter gehabt hatte, so hatte Dan jetzt eine gute Mutter. Mr. Wilson konnte sich des unbestimmten Gefühls nicht erwehren, dass dies alles auf sein Verdienst zurückzuführen war. Zum pünktlich ertönenden Gong ging er in außerordentlich guter Stimmung die mit türkischen Teppichen ausgelegte Treppe hinunter zum Dinner.

Evelyn war ebenfalls glücklich. In letzter Zeit war sie kaum mehr völlig glücklich, selbst in den leidenschaftlichsten Augenblicken nicht; umso erleichterter überließ sie sich nun der Entspannung. Beinahe vergaß sie Miles. Zum ersten Mal seit sieben Monaten verblasste er und trat in den Hintergrund. Sie war einfach glücklich, wie sie so zwischen ihrem Vater und ihrem Sohn saß. Es war sicher hier, sicher und beständig; es gab keine Gefahr, keine Notwendigkeit, sich einer reißenden Strömung anzupassen. Sie konnte ausruhen. Das Boot war verankert.

»Ich fürchte, meine Liebe, du wirst dich hier ziemlich langweiligen.«

»Ach, Vater, wenn du wüsstest, wie ich es genieße, aus London herausgekommen zu sein.«

»Sehr lieb von dir, das zu sagen, meine Liebe. Und wie steht es mit Dan? Will er nicht auf Gesellschaften, ins Theater? Ich in seinem Alter …«

Dan antwortete höflich und auf überzeugende Art, aber Evelyn wusste, dass er viel lieber bei Miles wäre. Sie ärgerte sich, dass ihre Gedanken nun doch wieder zu Miles gingen. Sie blickte von Dan zu seinem Großvater: Dan war in seiner Jugendlichkeit und sein Großvater in seinem Alter sehr gutaussehend; mit den weißen Locken und dem rosig strahlenden Gesicht sah er aus wie eine wohlriechende Pflanze in der Blüte. Sie wusste, dass der Großvater stolz war auf Dan und selbstverständlich annahm, dass er ein guter Junge war; er wusste nichts von dem Abgrund, der Dan von seinen eigenen Anschauungen trennte.

Ellen stellte den Portwein auf den Tisch und ging wieder hinaus.

»Ein Glas Portwein, mein Junge? Nein? Recht so, recht so – aber warte nur, bis du nach Oxford kommst. Und schau mal, ich sag dir was: Als du geboren wurdest, habe ich ein Fass Portwein in den Keller gelegt, eines Tages wirst du mir dankbar sein, vergiss das Fass nicht, nein! – Und jetzt erzähl mir mal, was du so für Pläne hast, hm? Ich meine, wenn du Oxford hinter dir hast.«

Dan gab eine ausweichende Antwort. Er besaß den Takt, der aus einem guten, gefühlvollen Herzen kommt. Er habe sich noch nicht entschieden, meinte er, und dann, als ihm nichts mehr einfiel, schaute er seine Mutter hilfesuchend an.

»Ich denke, Dan sollte reisen, Vater, ehe er sich entscheidet, meinst du nicht auch?«

»Es gibt nichts Besseres als das Reisen, um seinen Horizont zu erweitern«, bestätigte Mr. Wilson, der nichts auf der Welt mehr verabscheute als einen weiten Horizont, obwohl er das leidenschaftlich bestritten hätte, »und nichts Besseres als das Reisen, sage ich immer, um zu erkennen, dass das eigene Land das Beste ist. Hervorragende Idee, Evelyn. Kann sich nicht jeder erlauben, heutzutage. Dan hat Glück. Und was willst du danach machen? Dich als Oberhaus-Gesetzesgeber betätigen?«

Mr. Wilson lachte selbst über seinen Ausdruck. Er gehörte zu der Art von Menschen, die mehrsilbige Wörter ulkig fanden. Er lachte so arglos und unbefangen, dass es Evelyn mit Zärtlichkeit für ihn erfüllte. Auch sie konnte sich über vielsilbige Wörter genauso amüsieren, wenn sie nicht gerade mit Miles zusammen war.

Dann wurde Mr. Wilson unruhig, als sei ihm etwas Wichtiges eingefallen. »Wie kommt es, dass du nicht zu den Kricket-Meisterschaften auf den Lord's Platz gehst, Dan? Weißt du, du brauchst nicht hierzubleiben, nur um mir altem Mann einen Gefallen zu tun. Möchtest du morgen mit deiner Mutter hinüberfahren?«

»Oh nein, Großpapa, danke, ich möchte lieber hierbleiben.«

»Ich würde vielleicht mitkommen, wenn du mich bittest, wer weiß«, insistierte Mr. Wilson augenzwinkernd. »Ich bin erst ein einziges Mal in meinem Leben auf dem Lord's gewesen – es wäre eine schöne Spritztour für mich …«

»Es geht wohl das Gerücht, den Platz aufzugeben«, warf Dan schnell ein, um Mr. Wilson von dieser gefährlichen Absicht abzubringen, »Einsparungsmaßnahmen, weißt du.«

»Lord's abschaffen«, rief Mr. Wilson bestürzt, »lieber Gott, demnächst werden sie noch die Verfassung abschaffen.«

Er war erschüttert; das lebhaft in ihm aufgeflackerte

Bild, wie er mit seinem eleganten, jungen Enkel über den Rasen schlenderte, fiel schlagartig in sich zusammen.
»Lieber Gott«, wiederholte er.
Dan wollte widersprechen. Er schaute zu seiner Mutter, aber sie bedeutete ihm still zu sein. Eine Auseinandersetzung zwischen Dan und seinem Großvater hätte sie nur aufgewühlt; eine Auseinandersetzung, die zu nichts als gegenseitigen Missverständnissen und Irritationen führen konnte. Besser, man ließ den Dingen ihren Lauf, besser, man ließ Mr. Wilson und seine Generation ungestört ins Grab fahren. Es gab schon genug, was sie beunruhigte, auch ohne dass man die Unruhe noch in die Familie hineintrug. Die armen, alten Leute – man sollte sie in Frieden dahingehen lassen. Als sie später allein in Evelyns Zimmer waren, stimmte Dan ihr zu, als Evelyn ihm ihre Sicht darlegte. Sie war ihm für diese Zustimmung dankbar, denn sie wollte auf keinen Fall, dass es inmitten der Aquarelle von Biggleswade einen Widerhall von Miles' umstürzlerischen Doktrinen gab.

Das Juliwetter machte es ihr schwer, die Ablehnung von Miles' Vorschlag aufrechtzuerhalten, denn es umgab sie mit liebevoller Sanftheit. Sie wusste, dass Miles auf seiner Burg war, und als sie allein zwischen den Rosenbeeten in dem kleinen Garten ihres Vaters umherging, kehrte die unerträgliche Sehnsucht nach Miles zurück. Als Dan wieder in Eton war, schickte sie Miles ein Telegramm, dass sie zu ihm komme.

»Miles«, sagte sie zu ihm, als er sie von der Bahn abholte und sie in seinem alten Auto durch die sommerlich üppigen Heckenwege ratterten, »weißt du noch, wie du mich, mich und Dan, an einem Winterabend zum ersten Mal hier abgeholt hast und wie der alte Mann am Eisenbahnübergang verunglückt ist?«
»Denk nicht mehr daran.«
»Ich will auch nicht mehr daran denken. Gerade deshalb wollte ich es ansprechen. Es hat damals in mir ein abergläubisches Gefühl hervorgerufen, als sei die Situation ein böses Vorzeichen gewesen, das mich seitdem ständig verfolgt. Wenn ich dir davon erzähle, verschwindet der Schatten vielleicht. Ich habe bisher vermieden darüber zu sprechen. Aber nun möchte ich, dass wir ganz glücklich sind, ohne eine drohende Wolke.« Sie sah ihn mit einem offenen und vertrauensvollen Lächeln an. Plötzlich fühlte sie sich erleichtert und glücklicher wie schon seit Wochen nicht mehr.
»Fahr nicht ganz so schnell; lass uns ein bisschen Zeit vertrödeln; nach dem grauen London möchte ich in die grüne Landschaft schauen. Ich mag es, wie sich am Wegesrand an den Hecken alle möglichen Blumenarten ausbreiten, deren Namen ich noch nicht einmal kenne. Ich mag es, wie die wilden Rosen mit ihren Zweigen über die Hecken schauen. Ich fühle mich wie ein Kind aus den Slums, das man mit dem ›Kinder in Luft und Sonne‹-Programm aufs Land geschickt hat. Ich mag das hohe Gras gern und die Wiesen, auf denen das frische

Heu liegt. Nimmst du mich morgen mit aufs Feld? Jeden Tag?«

»Wie viele Tage wirst du denn bei mir bleiben?« Er war belustigt über ihre Begeisterung, belustigt, erfreut und überrascht.

»So viele Tage, wie du mich haben willst. Es ist etwas geschehen, es hat sich etwas geklärt. Ich weiß nicht, was es ist; ich weiß nur, dass ich versucht habe dich zu vergessen, als ich bei meinem Vater war, und dann habe ich mich so sehr nach dir gesehnt, dass alles andere unwichtig wurde. Miles, fahr noch ein wenig langsamer. Lass mich diese Fahrt durch den Sommer genießen, lass sie jenen Winterabend auslöschen. Erinnerst du dich, wie du meintest, dass ich deine Burg im Sommer sehen müsse, und ich sagte, sie könne nicht schöner sein als an jenem Wintertag? Ich habe wirklich geglaubt, unsere Liebe sei unabhängig von der Jahreszeit. Alles war so vollkommen, dass ich nicht glaubte, sie könnte so bleiben; ich habe gewiss nicht geglaubt, sie könnte noch stärker werden. Aber sie ist stärker geworden, nicht wahr? Ich liebe dich jetzt wirklich noch mehr als damals. Du bringst mich durcheinander, du bestürzt mich, aber ich liebe dich noch mehr; ich komme nicht mehr los von dir und ich will es auch nicht.«

Sie saß dicht neben ihm, während er fuhr, und sie sprach sehr leise zu ihm. Sie beugte sich kurz nach vorn und ihre Lippen berührten seine Hand, die auf dem Lenkrad lag. Ihre Erregung ging auf ihn über, er verlangsamte die

Geschwindigkeit und wie in Trance glitten sie zwischen den Julihecken dahin. Er hatte mit ihrem Kommen nicht gerechnet und ihr Telegramm hatte ihn zum Bahnhof gerufen, schwankend zwischen Vorbehalt und Vorfreude. Doch als sie sich gegenüberstanden, verschwand der Vorbehalt; ihre Empfindungen strebten zueinander, wurden eins, fanden Erfüllung im ausschließlichen Dasein ihrer Liebe. Für ihn gab es nur noch sie und für sie nur ihn. Der Sommer und die ländlichen Wege waren für sie beide da.

»Du mochtest es überhaupt nicht, mit mir in Nachtklubs zu gehen«, sagte er und gestand damit eine Rücksichtslosigkeit ein, die er an ihr begangen hatte.

»Ich habe es gehasst, Miles; du warst nicht du; ich war nicht ich. Oder wenn ich es war, so war es ein verachtenswürdiges Ich. Das hier ist besser. Lass uns hier bleiben, vergraben, verschollen. – Sieh mal, da sind wir an der Abzweigung zu deiner Burg. Da ist die Tafel mit der Aufschrift: ›Privatweg. Keine Durchfahrt‹. Weißt du, als ich diese Tafel das erste Mal sah, machte sie mir Angst. Ich wusste, ich hatte mich auf eine Straße ohne Wiederkehr begeben. Halt einen Moment an, fahr bitte zur Seite.«

Er fuhr an den Straßenrand, stellte den Motor ab und sie lehnte sich an ihn, so eng, dass sie seinen Herzschlag spüren konnte.

»Fühlst du mein Herz auch, Miles? Nein, natürlich nicht, ich sitze auf der falschen Seite. Liebster, fahr ganz langsam weiter! Das ist dein Feldweg. Das sind deine Äcker auf beiden Seiten. Das ist dein wahres Du, glaube ich – echter als das aus den Nachtklubs, sogar als das aus dem Unterhaus. Bretton kennt diese Seite von dir gar nicht richtig, die Anquetils auch nicht. Und ich tu's auch nicht«, setzte sie bescheiden hinzu, »ich bin kein Landmensch und ich verstehe kein Wort von dem, was Munday sagt. Auch wenn du es nicht gemerkt hast, ich war sehr ungehalten, als du mich über die Sturzäcker gezogen hast. Und trotzdem, ich fühle, dass deine Burg und deine Felder die richtige Umgebung für dich und unsere Liebe sind. Betrachtest du mich als Eindringling?«

Der Wagen glitt die steile Zufahrt zu Miles' Weg hinunter, der so zugewuchert war, dass blühende Gräser und Wiesenschleierkraut die Kotflügel streiften, als sie hindurchfuhren. Er legte den Arm um ihre Schulter und fuhr mit einer Hand. Der Wagen scheuchte eine Gruppe junger Rebhühner in den Graben.

»Ich wünsche mir nichts anderes als dies hier«, sagte er, und in diesem speziellen Augenblick glaubte er es auch.

Das prächtige, goldene Sonnenlicht überzog die alten Burgmauern mit einer Art Patina und ließ den Turm einen langen Schatten über die Wiese werfen, der wie der Zeiger einer riesigen Sonnenuhr langsam der Sonne folgte. Alles wirkte verschlafen, kein Geräusch war zu hören bis auf das Gurren der weißen Tauben, die dicht nebeneinander auf dem Dach hockten. Als Miles meinte, dass er eigentlich den Frühling lieber mochte, wenn das Grün frischer und der Wald nicht so dunkel und dicht – kurz: das Jahr noch nicht so weit fortgeschritten war, hielt ihm Evelyn entgegen, dass sie in der momentanen Vollkommenheit auch nicht den kleinsten Makel entdecken könnte.

»Selbst wenn wir morgen sterben müssten, Miles, wäre das Heute makellos gewesen.«

Er sagte scherzhaft, sie und er mit der Burg zwischen ihnen sähen aus wie ein Bild von Marcus Stone, und solch eine Szenerie entspreche doch genau ihrem Geschmack; da wurde sie für einen Moment ein wenig traurig, nicht wegen seiner Bemerkung, sondern weil ihr einfiel, dass Marcus Stone immer nur junge Liebespaare malte. Sie hütete sich wohl, ihm den Grund für die kleine Wolke über ihrer Stimmung zu erklären. Weitere Wolken erschienen nicht; sie war fest entschlossen keine aufkommen zu lassen. Sie ermutigte ihn sogar dazu, mit ihr über sein Buch zu sprechen, über dieses Schreckgespenst, das selbst in ihren glücklichsten Augenblicken tabu war. Er hatte es gerade beendet und ihr drei Tage vorher darüber geschrieben, jetzt arbeitete er an den letzten Korrekturen. Sie sagte, er solle sich morgen früh sofort daran setzen, aber nicht an diesem Abend: »Bitte, Miles, lass diesen Abend mir gehören.« Er lachte darüber, aber liebevoll und meinte, sie sei keine Ehefrau für einen Schriftsteller oder Politiker.

Nach dem Abendessen schlenderten sie in inniger Verbundenheit an der hohen Burgmauer entlang. Der Abend war ganz still; Evelyn schaute zu den Fenstern des Turms empor und ihre Finger schlossen sich fester um Miles' Hand. Sie dachte an die erste Nacht, als sie über das knirschende, gefrorene Gras zu Miles in seinen Turm gegangen war, während Dan hundert Schritte entfernt unschuldig im Haus schlief. Damals war es kalt gewesen und sie war zitternd und fröstelnd in Miles' Arme gekommen. Jetzt war es warm und sie waren einander aufs Engste vertraut.

»Schläfst du im Haus oder im Turm?« fragte sie und sie lachten über diese Frage. Natürlich schlief er im Turm. Was sollte Mrs. Munday denken, wenn er allein mit Mrs. Jarrold im Haus schlief? Sie lachten glücklich, wie Liebende lachen, die ein Geheimnis miteinander teilen. »Diesmal komme ich zu dir, Evelyn, und ich bleibe bis zum Morgengrauen.«

Sie spazierten den Weg an der Mauer auf und ab. Sie vergaßen die Welt um sich, brachen kleine Zweige Eberraute ab und zerrieben sie zwischen den Fingern. Die Stiefmütterchen und die weißen Lilien leuchteten noch in der Halbdämmerung. Es war ein Traum, ein schwebender Trancezustand.

Später stiegen sie die fünfundsiebzig Stufen zur Aussichtsplattform des Turms hinauf, stützten die Ellbogen auf die Brüstung und schauten schweigend über die Felder und Wälder, die Hopfenfelder und die Senke am See, von dem ein feiner Nebel aufstieg. Der Mond stand voll am hellen Himmel und daher waren nur wenige Sterne zu sehen, nur die großen und ein oder zwei Planeten. Evelyn fragte Miles, welche das seien, und er nannte gleich ihre Namen; solche Dinge wusste er immer, und obwohl sie ihr fremd waren, freute sie sich jedes Mal über seine Kenntnisse. Sie war stolz, wenn sie ihm Gelegenheit geben konnte, seine Fähigkeiten und sein überlegenes Wissen zur Schau zu stellen. Er enttäuschte sie auch nie. Mochten manche Leute sagen, der junge Vane-Merrick sei etwas zu wortgewandt oder oberflächlich – wenn auch mitunter ernsthaft oder sogar tiefgründig – Evelyn war in jedem einzelnen Fall von seinem umfassenden Wissen positiv beeindruckt, besonders dann, wenn es sich in keiner Weise zwischen sie und ihn drängte. Hätte er sich ernsthaft mit astronomischen Studien beschäftigt und eine ganze Nacht am Teleskop verbracht, hätte sie sicherlich heftig widersprochen. Aber so liebte sie es, auf einen hellen Stern zu zeigen und auf die Frage »Wie heißt der da, Miles?« seine Antwort zu erhalten, auch wenn sie ihr gar nichts bedeutete. »Arcturus – du findest ihn, wenn du vom Großen Wagen aus einen Halbkreis nach unten schlägst.« Das war zwar eine einfache Tatsache, aber Evelyn kannte sie nicht. Sie unterschied auch nicht zwischen Dingen, über die Miles wirkliche Kenntnisse besaß, und solchen, von denen er kaum Ahnung hatte. Sie wusste nur, dass manche Dinge sie langweilten und andere nicht; Politik langweilte sie, auch sein Buch und Astronomie, aber es langweilte sie nicht, wenn Miles ihr die Venus am Abendhimmel zeigte und ihr erläuterte, dass dieser Planet den Liebenden geweiht ist. Danach schaute sie die Venus mit größerer Hochachtung an.

Sie stiegen wieder hinab und schlenderten weg vom Turm, über den Garten und den Burggraben hinunter zum Wald; am See setzten sie sich zwischen dem hohen Farn auf einen umgestürzten Baum. Der See schimmerte durch die Lichtung. Die Eichen über ihnen ließen den Himmel nur schattenhaft durchscheinen. Es war still und warm – so still, dass sie jedes Rascheln in den Blättern hören konnten; so warm, dass Evelyn ihren Umhang abstreifte und Miles seine Hand auf ihren bloßen Nacken legte. Es war eine wahrhaft laue Sommernacht, wie sie in England sehr selten ist. Sie sprachen kaum.

Endlich seufzten sie, erhoben sich und gingen langsam über die Wiesen zum Turm zurück. Eine Wiese war spät gemäht worden und sie gingen durch die Reihen der frischen Mahd. Einmal ließen sie sich ins duftende Heu nieder und blieben eine gute Weile dort – schweigend, doch in beredter Liebe.

Wie in stiller Übereinkunft standen sie dann gemeinsam auf und setzten Hand in Hand ihren Weg zum Turm fort; sie schauten einander an, obwohl sie sich in der hereinbrechenden Nacht kaum noch sehen konnten.

Am nächsten Morgen erwachte Evelyn, noch erfüllt vom selben Gefühl höchsten Glücks. Die Abgeschiedenheit hier auf der Burg inmitten der tausend Morgen von Miles Ländereien verlieh ihrer geheimen Liebe eine idyllische Färbung. Sie waren unerreichbar für die Missbilligung der Jarrolds und das Gespenst des Altersunterschiedes. Sie waren nur noch Liebende, vereint in dem ewig jungen, lyrischen Bund der Liebe. Sie sprang aus dem Bett und begann sich anzuziehen; Freude durchströmte sie bei der Vorstellung, dass sie nun hinuntergehen und Miles beim Frühstück sehen würde, dass vor ihnen ein neuer Tag gemeinsamer Freuden lag, über den sich wieder der Abend senken würde, dass eine weitere Sommernacht anbrechen würde, in der der Mond durch die vergitterten Turmfenster schien.

Das Vorgefühl dieser kommenden Freude machte sie etwas benommen und schwindlig und zwang sie einen Augenblick auf den Sessel neben dem großen, kalten Kamin des Schlafzimmers nieder. Schwalben nisteten im Schornstein darüber. Sie glitten aus dem Rauchfang herab ins Zimmer hinein und setzten sich kurz auf den Sims des offenen Fensters, bevor sie hinausflogen in den Garten, um mit Nahrung für ihre tschirpende, unsichtbare Brut zurückzukehren und ohne die Bewohnerin des Zimmers zu beachten. Evelyn beobachtete ihr Aus- und Einfliegen. Niemals hätte sie geglaubt, dass sie – ausgerechnet sie, der reinste Stadtmensch – in der Gemeinschaft mit Schwalben leben könnte; doch die Liebe bewirkt seltsame Wunder. Sie beobachtete die kleinen Geschöpfe bei ihrer elterlichen Beschäftigung und vergab ihnen den Schmutz, den sie auf ihren Haarbürsten und dem Frisiertisch hinterließen. Sie waren ganz und gar damit beschäftigt, die Forderungen der Natur zu erfüllen. Wie natürlich, einfach und unausweichlich ihre Überzeugung war! So natürlich, dass es ihr göttlich erschien. Sich paaren, nisten, die Nachkommen ausbrüten, Futter für die Jungen suchen, Futter bringen, durch den Rauchfang oder durchs Fenster, und dabei ihren unschuldigen Dung verstreuen, zwitschernd oben auf ihrem Spiegel rasten, nichts empfinden außer dem Drang, Junge zur Welt zu bringen und in den kurzen Monaten aufzuziehen, ehe die unerklärliche Notwendigkeit der Wanderung sie ergriff; soviel Zutrauen in das Wohlwollen des Menschen setzen, unter seinem Dach oder sogar in seinem Kamin zu nisten.

Diese zerbrechlichen, verletzlichen Vögel – nach dem einfachen Leben ihres englischen Sommers bestimmte das Schicksal sie zu jener langen, geheimnisvollen Reise. Aus dem Sessel vor dem Kamin beobachtete Evelyn sie bei ihren rastlosen Flügen; sie vergaß sich weiter anzuziehen, so sehr faszinierte sie das kleine Schauspiel der Schwalben, so sehr neidete sie ihnen ihre Einfachheit und ihre Kinder, die sie dort oben im Dunkel des Kamins aufzogen. Halb angekleidet ließ sie sich auf die Knie nieder, spähte hinauf in den Rauchfang und dort, über dem Rand des Nestes, konnte sie zwei zögerliche Knäuel halbflügger Gestalten erkennen, fast schon bereit zum Fliegen. Sie zog sich zurück, presste die Finger auf die Augen, dass die Augäpfel schmerzten, und dachte an die Kinder, die sie und Miles hätten haben können; und dann dachte sie an Dan, der nicht Miles' Sohn war. Doch der Sommermorgen draußen vor dem Fenster war so herrlich, die Erinnerung an die Nacht so frisch und die Vorfreude auf die folgenden Tagen so lebendig, dass sie die Hände von den Augen nahm und sich aufraffte, um ein Sommerkleid anzuziehen und hinunterzugehen zu Miles, der trotz allem immerhin ihr Geliebter war.

Er war vor dem Frühstück im See schwimmen gewesen und kam mit nass zurückgestrichenem Haar herein. Mrs. Munday war im Zimmer und setzte mit ihrem üblichen Ausdruck verständnisvoller, heiterer Freundlichkeit eine große Schüssel mit Speck und Eiern auf den Tisch. Die Tür zum Garten mit den leuchtenden Blumen stand offen; das Licht der Sonne ergoss sich ins Zimmer.

»Ich hoffe, Sie haben gut geschlafen?«

Sie antwortete ihm mit einem raschen und bedeutungsvollen Lächeln.

»Ausgezeichnet, danke. Wie spät ich dran bin. Ich habe herumgetrödelt, weil ich einem Schwalbenpärchen zugesehen habe, das in meinem Kamin auf und ab geflogen ist.«

»Ich hätte Sie warnen sollen – Sie hätten ja auch gestern Abend das Feuer anzünden können. Mrs. Munday mag die Vögel nicht; aber ich habe Fürsprache für sie eingelegt und so hat sie sie am Leben gelassen.«

»Sie würden sie auch nicht mögen, Sir, wenn Sie nach ihnen sauberzumachen hätten.«

»Das mag sein, aber Sie würden ihnen auch nichts tun können, selbst wenn ich es zuließe. In Griechenland hält man es übrigens für ein Zeichen des größten Glücks, Mrs. Munday, wenn Schwalben im Haus nisten.«

»Wirklich, Sir? – Ich lerne eine Menge von Mr. Vane-Merrick«, sagte sie, vergnügt zu Evelyn gewandt. »Hoffentlich ist der Kaffee so, wie Sie ihn mögen. Kann ich Ihnen sonst noch etwas bringen?«

»Wir haben alles, was wir uns auf der Welt nur wünschen können, Mrs. Munday.«

Als Mrs. Munday gegangen war, streckte Evelyn die Hand nach ihm aus. »Meinst du das wirklich so? Dass wir alles haben, was wir uns auf der Welt nur wünschen können, fühlst du dich auch so, Miles? Als ich heute Morgen aufwachte, dachte ich, ich würde sterben vor Glück. Komm einen Augenblick vor die Tür, ehe wir anfangen zu frühstücken. Oh Miles, wie warm die Sonne ist! Leg mal deine Hand auf die Ziegel – sie sind richtig heiß. Ich habe die Blumen noch nie so leuchten sehen; es ist, als wären sie über Nacht ganz aufgeblüht, jedes einzelne Blütenblatt glänzt. Ist es möglich, dass wir beide zusammen hier sind? Du und ich ganz allein? Und dass wir uns so lieben?«

Sie lehnte in ihrem Sommerkleid am Türrahmen im

Sonnenschein, erregt, strahlend und voller Staunen; bald blickte sie auf Miles mit seinem seidig glänzenden Haar, bald in den Garten hinaus, dessen Blumen in der Sonne strahlten. Sie faltete ihre Finger in seine, dass die Knöchel knacksten. Die Erinnerung an die Nacht war lebendig in ihr: eine vollkommene Nacht, der ein vollkommener Tag folgte.

»Lass uns jetzt frühstücken«, sagte sie, ließ seine Hand frei, ging zum Tisch, goss ihm Kaffee ein und legte ihm Speck und Eier auf den Teller. Das vertraute Miteinander beglückte sie. Nach solch einer Nacht bediente sie ihn gern beim Frühstück.

»Worüber lächelst du, Miles?«

»Ich lächle über deine Häuslichkeit.«

Ihr Frühstück war die vollkommene Zweisamkeit. Ich habe nie gewusst, dachte sie bei sich, dass Frühstück eine so romantische Mahlzeit sein kann. Sie war derart gehobener Stimmung, dass sie ihn nach dem Frühstück fragte, was er nun zu tun habe, anstatt vorauszusetzen, dass er den Tag müßig mit ihr verbringen werde.

»Du musst dich gewiss mit Munday treffen, Miles. Vielleicht hat in der Nacht eine Kuh gekalbt. So etwas scheint auf dem Lande dauernd zu geschehen. Oder wenn keine Kuh gekalbt hat, solltest du dir die Korrekturen für dein Buch vornehmen. Ich werde einen Spaziergang durch die Felder machen und du kannst dann nachkommen. Lass dir Zeit.« Im Stillen dachte sie, die Lust des Augenblickes ihrer Wiedervereinigung würde durch die kurze Trennung noch gesteigert sein. Außerdem kam sie sich ausgesprochen heldenhaft vor, weil sie selbst ihm die Korrektur vorschlug.

Er ließ sie gehen und beobachtete, wie ihre Gestalt in dem Musselinkleid hinter einem Sonnenschirm zwischen den Haselnussbüschen verschwand. Die dänische Dogge stand neben ihm und wartete geduldig. Er sah, wie Evelyn wieder aus dem Schatten der Sträucher hervorkam, das kleine Tor aufklinkte und in den Sonnenschein auf die Felder hinaustrat. Sie wandte sich um und winkte ihm zu. Er winkte zurück. Sie leuchtete hell wie die Blumen im Garten. Seine liebenden Augen stellten sich tatsächlich vor, sie sei eine Blume, ein Blütenblatt, das aus seinem Garten hinausgeweht wurde, den Schatten passierte und seine Farbe zurückerhielt, als es wieder ins Sonnenlicht hinauskam. Der Schatten konnte sie verdunkeln, die Sonne sie erhellen. Er hatte sie lieber, wenn sie in der Sonne strahlte. Schatten machte ihn ungeduldig und reizbar. Sein Leben war zu erfüllt und zu männlich, um sich mit ihren rein weiblichen Problemen auseinanderzusetzen.

Er liebte sie, aber sie war eine schöne Nebenbeschäftigung für ihn, nicht sein ganzes Leben. Er liebte sie, das stimmte. Doch er liebte sie besonders, wenn sie heiter und glücklich war, so einfach und unbeschwert und so malerisch wie die Blumen vor der offenen Gartentür an diesem Morgen. Er konnte es nur nicht vertragen, wenn sie schwierig, anstrengend und eifersüchtig wurde. Dann stieg der Wunsch in ihm auf mit ihr zu brechen, und mit der ganzen Liebe samt all ihren belastenden, weiblichen Komplikationen. Doch wenn sie froh und unbeschwert war und so hübsch aussah wie am Morgen, als sie in ihrem Musselinkleid am Türrahmen in der Sonne lehnte, hatte er das Gefühl, dass er für immer bei ihr bleiben wolle.

Er war ihr besonders dankbar dafür, dass sie ihn an sein Buch geschickt hatte. Die Zeit und sein Verleger drängten und in den letzten Monaten hatte er manchen Tag an Evelyns Vereinnahmung verloren. Weshalb konnte sie nicht immer so vernünftig sein wie an diesem Morgen? Dann hätte es niemals diese Streitereien zwischen ihnen gegeben.

Er ging ins Haus zurück und wandte sich den Papieren auf seinem Schreibtisch zu. Im Hinterkopf behielt er das Bild, wie sie das Tor aufklinkte, die Haselallee hinunter und in das sonnendurchflutete Feld hinausging; in ein, zwei Stunden würde er sie suchen und ihr Zusammensein würde an der erlebten Idylle anknüpfen. Doch in der Zwischenzeit war er weit genug von ihr entfernt, um ihr dankbar zu sein für die Stunde, die sie seinem täglichen Leben eingeräumt hatte.

Er hatte sich eine gründliche, nochmalige Durchsicht seines Buches vorgenommen und Evelyns unerwartete Ankunft hatte ihn befürchten lassen, dass er sie verschieben müsste, aber nun vertiefte er sich dankbar ins Schreiben und vergaß vollständig die Zeit dabei.

Es ging ihm besser von der Hand als sonst und sein Ver-

stand arbeitete schärfer, weil er wusste, sie wartete da draußen auf den Feldern auf ihn.
Evelyn ging querfeldein, bis zu dem See in der Senke, wo sie sich auf einen Baumstumpf setzte und über das glitzernde Wasser schaute. Sie dachte nicht bewusst an etwas Bestimmtes; ihre gesamten Sinne waren in eine Wärme gehüllt, die sich aus der Liebe und dem Sommertag ergab. Gleich würde Miles zu ihr zurückkommen. Alles andere war unwichtig. Sie wusste, dass er an seinem Buch zu arbeiten hatte; sollte er daran schreiben! Sein Buch war wichtig und doch unwichtig. Von ihr aus könnte er sogar Bretton in Maidstone anrufen und sich so lange mit ihm unterhalten, dass die Stimme des Operators dazwischen ansagte »Sechs Minuten – neun Minuten – zwölf Minuten«, denn all diese Minuten waren gar nichts, verglichen mit der einen Minute, in der sie ihn zum See hinunter auf sich zukommen sehen würde. Es ist entsetzlich, dachte sie und presste die Finger wieder in die Augen wie zuvor, als sie die Schwalben beobachtet hatte, und es ist göttlich eine Frau zu sein und so sehr zu lieben. Diese Intensität musste man sogar vor dem Geliebten verbergen; das macht die Liebe für eine Frau einsam. Wie sehr wir uns auch lieben mögen, er und ich, immer ist da der Unterschied: Ihm bleibt die Welt, mir entschwindet sie. Die männliche Welt bleibt unabhängig von der Welt der Liebe bestehen. Und deshalb – ihr Verstand zog diese logische Folgerung – darf ich ihm auf keinen Fall lästig werden. Ich muss mich der vorherrschenden Stimmung

anpassen und dankbar sein für das, was ich bekommen kann. Er ist ein Mann und ich bin eine Frau. Sein Leben ist erfüllt und meines ist leer, wenn er es nicht erfüllt.

Doch es war schwer für sie, solch eine Disziplin auch zu befolgen, als sie am See saß und darauf wartete, dass Miles endlich zu ihr kommen würde. Die zwanzig Stunden zusammen mit ihm brachten ihre vernunftgelenkten Gedanken ins Wanken. Sie war die Seine und deshalb musste er auch ihr gehören. Sein Buch und irgendwelche Telefonate mit Bretton waren unbedeutend. »Ich, dein Gott, bin ein eifersüchtiger Gott«, wenn es sich um den Gott der Liebe handelte.

Das Warten zog sich so lange hin, dass ihre Vernunft in dem Maße abnahm, in dem ihre Wut anstieg. Wirklich, sie musste ihm schon sehr wenig bedeuten, wenn er so viele Stunden verschwenden konnte, in denen sie zusammen sein könnten. Sie riss ein Büschel Gras aus und kaute verärgert auf den Halmen herum, wobei sie sich tapfer zu beherrschen versuchte. Sie war fest entschlossen ihn nicht mit einem scharfen Ton zu empfangen, wenn er schließlich geruhen würde zu kommen. Es war ihre eigene Schuld; sie hatte ihm gesagt, er solle an seinem Buch arbeiten und er brauche sich nicht zu beeilen. Man konnte ihm nicht vorwerfen sie beim Wort zu nehmen. So ermahnte sie sich selbst. Und doch stieg ihr Zorn darüber an, dass er offenbar glaubte, sie könnte für eine endlose Zeit glücklich und geduldig die Wildenten am See beobachten.

Dann sah sie ihn über die Felder auf sich zukommen. Ihr Ärger war wie weggeblasen. Die Felder und der Sommer und die Liebe und Miles formten wieder eine harmonische Einheit. Sie vergaß, dass er sie hatte warten lassen.

Sie wollte nicht aufstehen, um ihm entgegenzugehen. Sie wollte den Augenblick hinauszögern, in dem er ihre Hand ergreifen und sagen würde, dass er mit seiner Schreiberei ganz und gar zu Ende und nun frei sei, um den ganzen Tag mit ihr zu verbringen. Ein Schauer überlief sie, als er ihr nahe kam. »Sieben Monate«, dachte sie. »Und noch so unsinnig verliebt.«

Er kam herunter zu ihr und warf sich neben ihr ins Gras.

»Fertig mit Schreiben, Miles? Was wollen wir tun? Sollen wir in den Wald gehen oder willst du mit mir Boot fahren? Was immer du willst, ich bin vollkommen glücklich, solange wir beiden allein sind.«

»Wir werden leider nicht allein bleiben.«

»Nicht allein? Was willst du damit sagen?« Sie setzte sich kerzengerade auf, dann entspannte sie sich. »Du musst noch mit Bretton oder sonst jemandem sprechen?« fragte sie beherrscht, ganz entschlossen vernünftig zu sein.

»Die Anquetils haben angerufen«, sagte er langsam, »sie wollen für einen Tag kommen.«

»Miles, du hast doch nicht gesagt, dass sie kommen können?«

»Natürlich habe ich das gesagt – sie sind das ganze Jahr noch nicht hier gewesen. Du hast doch nichts dagegen?«

»Nichts dagegen? Ach, Miles, du wusstest, dass ich etwas dagegen haben würde. Wie konntest du etwas so Gedankenloses und Grausames tun. Ich glaube, du hast es absichtlich getan, um mich zu kränken, um einen Streit zu provozieren. Oder hast du wirklich gedacht, ich hätte nichts dagegen? Bist du nur unbedacht oder absichtlich grausam? Wie dem auch sei, ich verstehe dich nicht, ich verstehe das alles nicht.«

All ihre Heiterkeit, all ihr Glück waren erbarmungslos zerstört; sie war verletzt, verärgert und verständnislos. Sie sah ihn an, als wolle sie versuchen seine Motive zu ergründen. Er erwiderte ihren Blick mit den harten Augen, die sie zu fürchten gelernt hatte. In Wirklichkeit fühlte er sich tatsächlich schuldig und das Schuldgefühl rief seine Abwehr hervor. Es war nicht wahr, dass er die Absicht gehabt hatte, sie zu kränken und zu provozieren; aber es stimmte, dass er angehen wollte gegen das, was er ihre Unvernunft nannte. Schon als er den Hörer auflegte, hatte er bei dem Gedanken an ihren Unwillen etwas boshaft gelächelt. Nun tat es ihm leid, als er ihre Enttäuschung und ihren Kummer sah; und doch – er wollte nicht nachgeben.

»Wie du übertreibst! Sie können ja heute Abend zurückfahren nach London und uns allein lassen – wenn es das ist, was du wirklich willst.«

»Du bist rücksichtslos, Miles – kalt und rücksichtslos. Also gut: Wenn die Anquetils kommen, gehe ich.«

»Verlierst du nicht jeden Maßstab?«

»Das glaube ich nicht. Wenn du fähig bist etwas zu tun, von dem du weißt, dass es mich verletzt, dann ist die Sache doch ganz eindeutig, nicht wahr? Dann heißt das, dass du dir nicht so viel aus mir machst, wie ich mir einzureden versucht habe. Du hast mich sowieso den ganzen Morgen lang allein gelassen. Entweder bist du gleichgültig oder ein rücksichtsloser Rohling. Was du auch bist, es macht kaum einen Unterschied. Unter solchen Bedingungen kann ich dich nicht akzeptieren. Da werde ich dich lieber gleich verlassen, jetzt sofort und für immer. Du kannst in Ruhe an deinem Buch weiterarbeiten und du kannst deine Freunde behalten.«

Sie stand auf.

»Du brauchst mich nicht so spöttisch von unten anzulächeln, Miles, ich meine es ernst. Du weißt sehr genau, dass jeder von uns immer die Oberhand haben will. Oh ja, zugegeben, wir haben beide keinen einwandfreien Charakter, wir sind beide eitel und herrschsüchtig. Aber glaube nicht, dass du gesiegt hast. Ja, doch, du hast in einer bestimmten Weise gesiegt, und zwar weil ich dich viel mehr geliebt habe als du mich; das kannst du als Triumph verbuchen. Aber nun ist das Spiel zu Ende und ich nehme an, du bist sehr froh mich endlich loszuwerden.«

»Evelyn, du plapperst all die Sätze nach, die man im Allgemeinen bei solchen Gelegenheiten sagt. Einer wie der andere ist doch unsäglich abgedroschen.«

»Mein lieber Miles, du kannst deine Überheblichkeit ruhig bei mir ausspielen, aber vielleicht sparst du sie dir lieber für die Anquetils auf – vielleicht schindest du bei ihnen Eindruck damit. Bei mir nicht mehr. Ich bin nur ein Durchschnittsmensch, eine ganz normale Frau, weder klug noch intellektuell – das hab ich dir immer gesagt. Ich habe nie versucht dir etwas vorzumachen. Aber wenigstens eines will ich dir noch sagen, nämlich dass ich Dinge für dich aufgegeben habe, von denen ich nicht geglaubt hätte, dass ich sie jemals aufgeben könnte ...«

»Ich nehme an, du meinst deine Ehrbarkeit?«

»Ja, ganz genau die meine ich. Du magst darüber spotten. Mir hat sie etwas bedeutet. – Und genau das ist es«, fügte sie hinzu, »du hast keinen einzigen Gedanken an mein Problem verschwendet, als du die Anquetils hierher eingeladen hast. Was sollen sie denken, wenn sie mich hier allein mit dir vorfinden! Du weißt doch, wie viel ich riskiere, wenn ich überhaupt hierher komme, auch ohne es in alle Welt hinauszuposaunen.«

»Die Anquetils sind nicht alle Welt; außerdem wissen sie längst über uns Bescheid.«

»Ja – weil du es ihnen erzählt hast. Ohne mich um Erlaubnis zu fragen.« Sie vergaß in diesem Moment, welche Freude es ihr bereitet hatte, als sie hörte, er sei unfähig gewesen, sein neues Glück seinen besten Freunden vorzuenthalten. »Auch nicht einen einzigen Augenblick lang hast du dir den leisesten Gedanken darüber gemacht, wie sehr du mich vielleicht kompromittieren könntest. Dan, meine Dienstboten, meine Verwandten – hast du an die nur einen einzigen Gedanken verschwendet?«

»Du lieber Gott, dass du mir solche Albernheiten vorrechnest!«
»Für dich mögen das Albernheiten sein, für mich sind sie's nicht. Und trotzdem habe ich sie dir geopfert, Miles. Bildest du dir ein, dass mir dieses Opfer gar nichts bedeutet hat? Nein, ich will dir keine Vorwürfe machen. Ich habe deinetwegen viel gelitten – mehr als du weißt –, aber es gab auch viele Glücksmomente – nein, ich mache dir keine Vorwürfe. Ich gehe jetzt, Miles. Und sag den Anquetils bitte nicht, dass ich hier war.«
Beunruhigt und gereizt streckte er die Hand aus nach ihr, als sie sich umdrehte, und erwischte ihren Rock.
»Evelyn, sei nicht lächerlich. Es gibt wichtigere Dinge im Leben als das Gezänk von Liebenden. Streit und Versöhnung – das klingt ja wie ein Handlungsmuster für einen schlechten Roman, eine reine Fiktion.«
»Miles, bitte, lass meinen Rock los. Du bist es, der lächerlich aussieht, wie du da im Gras liegst und dich an mich klammerst. Und was meinst du damit, dass Streit und Versöhnung eine bloße Fiktion sind? Schlag dir die Fiktion aus dem Kopf und du bist ein klügerer Mann.«
»Und du lass die Vernunft ein in deinen«, brummte er und ließ sie los, »dann bist du eine klügere Frau.«
»Wir haben beide recht«, sie schaute ihn sehr traurig an; in diesem Augenblick hätte er sie leicht zurückgewinnen können, denn sie war zutiefst unglücklich und schon etwas besänftigt, aber er verpasste die Gelegenheit. Sie

ging weg von ihm, quer über das Feld, in dem Kleid, das er vor dem Frühstück so sehr an ihr geliebt hatte.
Böse sah er ihr nach; dann sprang er auf und ging ihr nach.
»Evelyn!«
Sie blieb stehen und wandte sich um, aber sie blieb kalt:
»Ich glaube nicht, dass es noch etwas zu sagen gibt, oder …?«
»Diese Streitereien sind so dumm. Wir waren doch so glücklich.«
»Ja, das waren wir, aber du hast alles verdorben.«
»Können wir's nicht wieder in Ordnung bringen?«
»Wenn du es in Ordnung bringen willst, Miles, dann ruf die Anquetils an und sage ihnen ab.«
Nach einer kleinen Pause sagte er: »Nein«
»Das willst du nicht?«
»Nein, das werde ich nicht tun. Die ganze Angelegenheit ist absurd. Und außerdem ist's zu spät.«
»Ich verstehe: Du ziehst deine Freunde mir vor. Wir wollen es dabei bewenden lassen.«
Sie ging weiter.
»Ich ziehe meine Freunde mitnichten vor«, hielt er dagegen, während er ihr folgte, »aber ich ziehe ein friedliches Leben einem Leben voller vergeblicher und unnützer Aufregungen vor.« Seine Gewissensbisse waren verflogen, er war nur noch böse und wütend.
Sie blieb stehen und gab zurück:

»Ist das etwa unnütze Aufregung, wenn ich stundenlang dasitze, auf dich warte und an nichts anderes denke, als dass ich dich endlich, endlich den ganzen Tag für mich haben werde. Ja, Miles, ganz recht, und auch die Nacht. Und da kommst du und sagst mir ruhig, dass andere Leute kommen werden, um uns die Zweisamkeit zu verderben, und es kümmert dich nicht im geringsten, dass diese anderen Leute uns genau das rauben, was – wenn vielleicht auch nicht dir – mir so kostbar ist? Du lädst sie absichtlich ein, obgleich du sehr wohl weißt, dass du mir die ganze Freude verdirbst. Du tust es absichtlich, du verdirbst mir die Freude, weil du glaubst, ich sei unvernünftig. Hast du gar keine Phantasie, du, der du so stolz auf deine Intelligenz bist? – Oh doch, Miles, du hast Phantasie; du hast genug Vorstellungskraft, um ganz genau zu wissen, was du getan hast, und das kann ich dir nicht verzeihen. Ich könnte dir Unbedachtheit verzeihen – du bist schließlich auch nur ein Mann –, aber deine böse Absicht, die kann ich nicht verzeihen. Du hattest die Absicht, mich zu verletzen; nun, das ist dir gelungen, aber du hast mich damit verloren.«
Was für eine Gardinenpredigt, sagte er zu sich selbst, wütend, weil sie solch einen Aufstand um nichts machte, aber gleichzeitig war ihm irgendwo tief in seinem Innern bewusst, dass aus ihrer Sicht ihre Empörung eine gewisse Berechtigung hatte. Er wusste, wie sehr sie ihm bei der Arbeit an seinem Buch entgegengekommen war,

und er wusste, dass die Anquetils gleichsam das Symbol darstellten für die prinzipielle Kluft, die zwischen ihm und ihr lag. Der Aufstand, den sie machte, war nach den Buchstaben des Gesetzes nicht zu rechtfertigen, doch nach dem Geist des Gesetzes ließ sich manches zu ihren Gunsten sagen. »Verfluchte Liebe, verfluchte Weiber!« sagte er zu sich. während er ihr über das Feld hinterherblickte. Er war aufgebracht und es tat ihm leid, und doch war er nicht bereit nachzugeben. »Weshalb sollten Viola und Leonard nicht für diesen einen Tag kommen?« dachte er und fragte sich, ob sie wirklich für immer gehen würde; aber da ihm ein herrschsüchtiger Wesenszug nicht fremd war, verließ er sich darauf, dass sie ihn nicht so leicht loslassen würde. Im Gegenteil, er war eher zufrieden mit dem Test, dem er sie unterworfen hatte, als dass er ihn bedauerte. Er hoffte nur, dass sie nicht barsch und unhöflich den Anquetils gegenüber sein würde. Unhöflichkeit war etwas, das er schlecht ertrug, es sei denn sie entsprang aus der Hitze einer flammenden Überzeugung. Für Brettons Ungezogenheiten zum Beispiel konnte er viel Verständnis aufbringen und Leonard Anquetils Barschheit belustigte ihn lediglich. Aber schlechte Manieren aufgrund von schlechter Laune waren ihm peinlich und zuwider.

Schließlich kam er zu dem Schluss, dass er sich auf Evelyn würde verlassen können. Sie war zu konventionell, um seine Freunde vor den Kopf zu stoßen.

Als die Anquetils ankamen, war sie nirgends zu sehen und es beschlich ihn ein ungutes Gefühl. Ob sie oben beim Packen war? Hatte er sie wirklich verloren? Er war hin und her gerissen zwischen der Freude über die Ankunft der Anquetils und der Sorge über die schwarze Wolke, die Evelyns Himmel verdunkelt hatte. Niemand wusste besser als er, wie heftig sie unter diesen Gefühlsstürmen litt; er wusste auch, das musste man ihr lassen, dass sie sich im allgemeinen bemühte, ihre Gefühlsausbrüche vor ihm zu verbergen, wenn sie nicht so heftig über sie kamen, dass sie alle Überlegtheit wegfegten. In der jetzigen Situation war das geschehen und das war allein seine Schuld. Sie hatte recht: Er hatte ganz genau gewusst, dass er ihr alle Freude verderben würde. Er hasste sich wegen seiner absichtlichen Unfreundlichkeit; doch gleichzeitig ärgerte er sich über sie wegen ihrer Empfindlichkeit. Er war in gar keiner guten Stimmung, als er den Anquetils zur Begrüßung entgegenging.

Deren unbefangene Natürlichkeit änderte seine Laune sofort. Sie waren sichtlich erfreut ihn zu sehen und ebenso erfreut über ihren Ausflug aufs Land. Sogleich fühlte er, wie immer in ihrer Gegenwart, dass zwischen ihnen kleinliche Missverständnisse einfach unmöglich wären. Das hier war echte Freundschaft, sowohl zwischen Viola und Leonard als auch zwischen Viola, Leonard und ihm. Sie hatten ihren Sohn Paul und ihre Tochter Lesley mitgebracht und sie hatten unterwegs in Tonbridge einen Hummer gekauft, weil sie glaubten, Mrs. Mundays

Vorräte seien einer solchen Invasion an Besuchern nicht gewachsen.

»Ich weiß, dass Einsiedler wie du, Miles, eine ganze Woche lang von einem Blatt Salat leben«, sagte Viola, als sie ihm den in Zeitungspapier gewickelten Hummer gab.

»Keineswegs«, sagte er, weil er meinte, es sei am besten, die Mitteilung sofort hinter sich zu bringen, »ich habe Gesellschaft und das heißt, ich schwelge im Überfluss. Evelyn Jarrold ist zu Besuch hier. Du erinnerst dich doch an sie, Viola?«

»Oh, wie schön«, sagte Viola sofort. »Das freut mich aber, sie wiederzusehen. Ich glaube, du warst an dem Abend nicht da, Lesley? Nein, natürlich nicht, du warst ja in Paris. Weißt du, Lesley bestand darauf, an die Sorbonne zu gehen, Miles, und wir haben sie lieber dorthin gehen lassen als nach Australien. Sie muss mit ihrer überschüssigen Energie irgendwo hin und von den beiden Möglichkeiten fanden wir die Sorbonne weniger beunruhigend. – Mein lieber Miles, wie reizend deine Burg aussieht! Seit dem letzten Jahr hast du die ganzen Brennesseln ausreißen lassen, und als wir eben durch deine Felder kamen, hat Leonard gesehen, dass du mehrere neue Gatter gebaut hast. Weißt du noch, im vorigen Jahr waren sie alle umgefallen und aus den Angeln gebrochen.«

»Nach und nach bringt man so alles in Ordnung«, lächelte Miles. Er war ihr dankbar dafür, dass sie taktvoll

über die Mitteilung von Evelyns Anwesenheit hinwegging, und er war Leonard dankbar, dass er die neuen Tore bemerkt hatte. Evelyn waren sie nicht aufgefallen.
»Du lieber Gott«, äußerte er seinen geheimen Gedanken laut, »ich wünschte, ich wäre ein wirklich tüchtiger Gutsherr.«
»Du musst einfach mal unter vier Augen mit meinem Schwager reden«, brummte Anquetil in seiner üblichen Art, die aber nie unangenehm wurde. »Tief im Herzen seid ihr beide die gleichen alten Tories. Der einzige Unterschied zwischen euch besteht darin, dass Sebastian es sich leisten kann, ein alter Konservativer und tüchtiger Gutsherr und all das zu sein, und du nicht.«
»Macht nichts«, sagte Miles, »ich tue, was ich kann, und es macht mir viel Spaß. Meine neuen Tore bringen mir genau so viel Befriedigung wie Sebastian seine ganze musterhafte Milchwirtschaft. Aber nun kommt weiter und vergesst mal euren Spott über die Gutsbesitzer, die ihr mit Kapitalisten verwechselt, was sie bei Gott nicht sind – kommt und gebt Mrs. Munday euren Hummer, dann kriegen wir vielleicht auch was zu essen.«
Er führte sie den Gartenweg entlang und ihre Anwesenheit brachte ihm seine frohe Ausgeglichenheit zurück. Sie gingen neben ihm, blieben stehen, um seine Blumen zu bewundern oder ihren Spaß zu machen über seinen ländlichen Lebensstil. Ihre Wertschätzung war so ehrlich wie ihr leichter Spott. Die ganze Zeit über beschäftigte ihn jedoch die Frage, wann Evelyn erschei-

nen würde. Es war doch nicht möglich, dass sie ihn bloßstellen würde, indem sie auf ihrem Zimmer blieb, bis die Anquetils wegfuhren, oder indem sie, schlimmer noch, ein Taxi anrufen und zum Bahnhof fahren würde? Da er wusste, wie aufgewühlt sie war, konnte er ihrer nicht sicher sein. – Aber dort war sie ja; in ihrem hellen Sommerkleid kam sie durch das Tor am Ende des Gartenweges.

Natürlich war ihr Benehmen vollendet. Niemand außer Miles hätte eine unterschwellige Kälte in ihrer Umgangsart bemerken können. Äußerlich schlug sie genau den richtigen Ton an, der sich weder die Vorrechte der Gastgeberin anmaßte noch die Sonderstellung einer Fremden betonte. So vollkommen spielte sie ihre Rolle, dass sogar Miles sich hätte verleiten lassen können zu glauben, sie heiße die Anquetils ebenso herzlich willkommen wie er. Aber Miles kannte sie zu gut. Er durchschaute ihre anmutige Freundlichkeit; doch sein Wissen um sie glich einem vorsichtigen Fuß auf dünner Eisdecke. Die Situation war sehr verworren.

Sie war sogar noch verwickelter, als Miles ahnte, denn er vergaß, dass Evelyn Lesley nie vorher gesehen, niemals von ihrer Existenz gehört hatte. Vom ersten Augenblick an betrachtete Evelyn Lesley mit Argwohn, nein, mit hellem Entsetzen. Sie war sofort überzeugt, dass die Tochter der Anquetils die für Miles bestimmte Frau sei, und da sie das vermutete, saß sie mit dem

Tod im Herzen bei Tisch. Miles, der nie auch nur im Entferntesten an Lesley Anquetil gedacht hatte, außer dass er sie für ein besonders wenig schulmädchenhaftes Schulmädchen hielt, merkte von alldem nichts. Er war sich nur bewusst, dass Evelyn zwischen dem Verlangen, die Anquetils zu verabscheuen, und der starken Neigung sie gern zu haben, hin und her schwankte. In der Tat, wer könnte sie nicht gern haben, dachte er, wo sie so freundlich, so unbeschwert und so intelligent sind? Er fühlte eine warme Zuneigung für sie, als er sie da an seinem Tisch sitzen sah. Er war froh, dass sie da waren, und wünschte nur, dass Evelyn seine Freude unbefangen teilen könnte. Es gab wirklich wichtigere Dinge im Leben als den Streit zwischen Liebenden. Dieser Streit verdross ihn; er konnte sich an den Blumen der Liebe freuen, aber ihre Dornen mochte er nicht. Wirklich, es gab wichtigere Dinge: Freundschaften, Interessen, Gespräche …
Lesley Anquetil war sehr still; sie sprach nie viel. Als Miles sie so anschaute, dachte er beiläufig, dass sie wahrscheinlich ihrer Mutter in dem Alter sehr ähnlich war: ruhig, verschlossen und voller unausgesprochener Vorbehalte. Nur dass Viola an ihrem Elternhaus und seinem Luxus viel Anlass zur Kritik gefunden hatte, während das auf Lesley nur wenig zutraf. Sie war in einer intellektuellen, aufgeklärten Atmosphäre groß geworden. Und doch blieb sie zurückhaltend und kritisch. Nun ja, dachte Miles, der nur sechs Jahre älter war als Lesley, es ist richtig, dass die Jungen Kritik üben; das ist es, was die Welt in Bewegung

hält. Selbst noch jung und kritisch war er bereits erfahren genug, um anzuerkennen, dass die ältere Generation ein verbesserndes, ausgleichendes Gewicht in die Waagschale bringen konnte. Miles als Mann war Lesley natürlich weit voraus. Obwohl sie an der Sorbonne war, hatte er mehr von der Welt gesehen. Trotz seiner Bemühungen um das Unterhaus hatte er es verstanden, einen weiteren Erfahrungsbereich zu bekommen. Er kannte die verschiedenartigsten Menschen – das breite Spektrum seines Umgangs war für Evelyn manchmal nahezu ein Schock gewesen. Lesleys Erfahrungshorizont war naturgemäß eingeschränkter – und doch besaß sie in ihrem Inneren denselben Wertekanon, den Viola in ihrem Alter an die Normen ihrer Vorfahren angelegt haben musste. In ihrer ruhigen Weise nahm sie nichts als selbstverständlich an, nicht einmal die fortschrittlichen Ansichten, die in ihrem Elternhause maßgebend waren. Sie machte sich immer erst ihre eigenen Gedanken. Doch sie war klug genug, darüber zu schweigen. Miles mochte sie gern; ihm gefiel ihr ruhiges Wesen, ihre Zurückhaltung, die Klugheit der wenigen Bemerkungen, die sie machte.

»Sie sind im letzten Jahr erwachsen geworden, Lesley«, sagte er zu ihr, als die Gesellschaft nach Tisch einen Spaziergang zum See hinunter machte.

Evelyn und Viola gingen zusammen, während der junge Paul mit seinem Vater im Schilf nach den Nestern von Birkhühnern stöberte. Miles fragte sich mit leichtem Galgenhumor, wie Evelyn und Viola wohl miteinander

zurechtkamen. Er wünschte sich, dass sie Freundinnen würden. Es konnte Evelyn nur guttun, wenn sie etwas von Violas positiver Haltung annehmen könnte.
Viola gelang es jedoch nicht eine vertrautere Basis mit Evelyn herzustellen, die höflich, aber formell blieb. Viola, die seit ihrem ersten Treffen ahnte, dass Evelyn unter ihrem konventionellen Äußeren eine leidenschaftliche Frau war, überlegte, ob sie offener mit ihr reden konnte, entschloss sich jedoch, lieber behutsam zu sein. Gewöhnlich war es besser, Frauen gegenüber vorsichtig zu sein; sie hatten meist ihre Geheimnisse, waren argwöhnisch und konnten einen missverstehen; und der Instinkt sagte ihr, dass Evelyn Jarrold eine sehr weibliche Frau war. In gewisser Hinsicht passte sie überhaupt nicht zu Miles, in anderer Hinsicht jedoch wieder ausgezeichnet. Evelyn Jarrold tat ihr leid. Viola kannte Miles gut, sie wusste, dass er nicht der Mann war, der mit einer anspruchsvollen und leidenschaftliche Frau umgehen konnte: Eine Weile mochte er Geduld haben, doch auf die Dauer würde er sich zur Wehr setzen. Ihre Art von Liebe war Tyrannei, und Miles war nicht dazu geschaffen ihr Sklave zu sein. Sie fühlte mit Miles, aber sie konnte nicht umhin, Evelyn Jarrold zu bedauern. Sicher endet es damit, dass Miles Evelyn schlecht behandelt, dachte sie; und wenn Evelyn sich auch selbst in diese Schwierigkeiten gebracht hat, kann man sie dafür nicht tadeln – höchstens so weit, wie man einen jeden Menschen für seine Charakterschwächen tadeln kann.

Sie seufzte, als sie daran dachte, wie gut Lesley mit Miles ausgekommen wäre.
Später vertraute sie Leonard einige ihrer Gedanken an.
»Diese Affäre wird ein schlimmes Ende nehmen, Leonard. Ich wollte, ich könnte etwas dagegen tun. Ich mache mir wirklich Sorgen, sowohl um Miles als auch um Evelyn Jarrold.«
»Je eher er von Evelyn Jarrold loskommt, desto besser!« Leonard hatte keine Geduld mit sehr weiblichen Frauen, auch wenn sie hübsch waren.
»Der Meinung bin ich auch, aber ich glaube, du beurteilst sie zu hart. Du hältst sie einfach für eitel und dumm. Aber es steckt mehr in ihr. Zum Beispiel liebt sie Miles leidenschaftlich.«
»Man kann jemanden leidenschaftlich lieben und trotzdem ein eitler Hohlkopf sein.«
»Ja, natürlich, aber ich glaube, sie ist zu einer außergewöhnlich tiefen Liebe fähig, und das nimmt mich für sie ein. Sie liebt auf eine Art, die sie entsetzlich leiden lassen wird, und in ihrem Leid könnte sie etwas Verzweifeltes tun. Ich mache mir wirklich Sorgen, Leonard. Evelyn Jarrold, die du für einen leichtsinnigen Nichtsnutz hältst, gehört zu den Frauen, die fähig sind, einen Mord oder Selbstmord zu begehen.«
»Meine Liebe, wo bleibt dein klarer Blick? Sie ist einfach eine Frau, die selbstsüchtig, sinnlich und gierig liebt. Sie hat keine Achtung vor Miles als Individuum, sie ist eine Frau, die ihren Geliebten zum Sklaven machen will.«

»Darin hast du recht, aber ich habe auch recht. Und was die Angelegenheit noch ernster macht – Miles ist der letzte, der zuließe, dass man ihn zum Sklaven macht. Du weißt, Miles ist ein harter Mann.«
»Abwarten«, meinte Leonard nachdenklich, der Violas Einschätzung näher war, als er sich eingestehen wollte.

Das nächste, was sie hörten, war, dass Evelyn mit Miles gebrochen hatte. Viola hörte es von Miles selbst. Eines Abends erschien er unerwartet und Viola, die ahnte, dass er etwas auf dem Herzen hatte, fragte ihn rundheraus, was geschehen sei. Da gestand er, dass sich Evelyn seit drei Wochen weigere ihn zu sehen. Er war sehr bekümmert und unglücklich, aber gleichzeitig dickköpfig und verärgert.
»Es war nicht mehr zu ertragen, Viola; wir haben uns fast ununterbrochen gestritten. Wenn wir uns nicht zankten, war es wunderbar. Ich gebe mir natürlich selbst die Schuld; ich war nicht zugänglich genug. Sie sagt, ich stelle immer meine anderen Interessen über sie, und ich gebe zu, dass ich das auch mitunter tue. Weißt du, mir war klar, wenn ich nicht fest bliebe, würde sie mich ganz und gar in Beschlag nehmen und das könnte ich niemals ertragen.«
»Worüber habt ihr euch am häufigsten gestritten?«
»Ach, über lächerliche Dinge – meine Arbeit, mein Buch, meine Termine …«
»Andere Frauen?«

»Ich habe ihr nie Grund gegeben, über irgendeine andere Frau zu streiten«, sagte Miles nach einer Pause.

»Und doch habt ihr euch deswegen gezankt?«

»Viola, wie scharfsinnig! Na ja, auch darüber. Über jede Frau, die ich besucht oder mit der ich gesprochen habe.«

»Sie hat dir nachspioniert? War misstrauisch wegen deiner Verabredungen?«

»Viola, bitte, frag mich nicht nach Dingen, über die ich nicht sprechen möchte.«

»Verzeih, das hätte ich nicht tun sollen. Glaub mir bitte, dass ich keine Vorurteile ihr gegenüber habe. Im Gegenteil, sie tut mir sehr, sehr leid und ich glaube, dass ich sowohl ihren Standpunkt als auch den deinen verstehen kann. Meinst du, sie würde mit mir sprechen wollen?«

»Wie kann ich das wissen? Ich habe seit drei Wochen kein Wort von ihr gehört. Wenn ich zu ihrer Wohnung komme, sagt man mir, sie sei nicht zu Hause. Wenn ich anrufe, meldet sich einer ihrer Dienstboten und sagt, Mrs. Jarrold sei ausgegangen. Wenn ich schreibe, beantwortet sie meine Briefe nicht. Der Junge muss inzwischen Ferien haben und zu Hause sein, aber ich habe auch von ihm kein Wort gehört. Sie muss ihm verboten haben mir zu schreiben. Was sie ihm wohl für einen Grund genannt hat? Wahrscheinlich fährt sie mit ihm aufs Land während der Ferien, und dann kann ich sie noch schwerer erreichen. Was im Himmel soll ich tun?

Ich könnte ihr natürlich an der Haustür auflauern, aber ich will verflucht sein, wenn ich das tue.«

»Du möchtest sie zurückhaben, Miles?«

»Gütiger Gott, natürlich will ich das.«

Sie hätte gern gewusst, ob er ganz aufrichtig war, ehrlich auch zu sich.

»Bist du wirklich ganz sicher, Miles, dass du auf die Dauer nicht glücklicher ohne sie bist als mit ihr? Sei mir nicht böse. Sieh mal, ich habe es nie für ein glückliches Verhältnis gehalten. Ihr schient kein großes Verständnis für einander zu haben. Außerdem, denk doch einmal an die Zukunft. Du bist ein junger Mann, ein sehr junger.« Sie machte eine Pause.

»Ich will sie zurück haben«, sagte Miles so starrköpfig, wie sie es befürchtet hatte. Sie hatte genug gesagt. Sie hatte ihn gereizt und dadurch seine Loyalität hervorgerufen, aber das würde nichts daran ändern, dass ihre Worte auf fruchtbaren Boden gefallen waren. Die Frau tat ihr leid, aber ihr oberstes Interesse musste Miles gelten.

»Also, wenn du meinst, es könne etwas nützen, will ich sie besuchen.«

»Du bist ein Engel. Ich wusste, dass du mir das anbieten würdest, und ehrlich gesagt, könnte ich mir dafür niemand anderen vorstellen. Ihre eigenen Freundinnen sind alle ziemliche Dummköpfe und außerdem kann man sich auf die meisten Frauen nicht verlassen. Es quält mich zu sehen, wie sie sich selbst unglücklich macht. Das tut sie wirklich. Vielleicht glaubst du mir nicht, aber sie hat tatsächlich eine Veranlagung zum Unglücklichsein.«

»Das glaube ich durchaus.« Sie sagte das so ernst, dass er sie unwillkürlich anschaute, und sie konnte erkennen, wie tief beunruhigt er war.

»Mach dir nicht zu viele Sorgen, Miles; ich will sehen, was ich tun kann.«

Sie schwiegen; beide beschäftigte derselbe Gedanke. Schließlich fragte Viola: »Miles, ich muss dich etwas fragen: Hat sie jemals verlangt, dass du sie heiratest? Oder vielleicht sollte ich sagen: Hast du sie jemals heiraten wollen?«

»Sie will nicht«, erwiderte er.

»Das spricht für sie.«

»Ja, das spricht für sie. Es spricht vieles für sie«, sagte er mit einem Seufzer.

Er stand auf, um zu gehen; als sie ihn auf die warme, leere Straße hinausließ, tat er ihr leid, er sah so verstört und verlassen aus.

»Besuch mich ruhig, wann immer du Lust hast, lieber Miles. Ich lasse dich sofort wissen, was ich erreicht habe.«

Zurück im Haus nahm sie den Hörer vom Telefon und verlangte Evelyns Nummer. Wie Miles gesagt hatte, meldete sich der Diener.

»Könnte ich bitte Mrs. Jarrold sprechen?«

»Wie ist der Name, bitte?«

Sie zögerte. Sollte sie Evelyn eine Falle stellen? Nein, das wäre unfair. »Lady Viola Anquetil.«

Nun wird sie sich weigern mit mir zu sprechen, dachte sie und fragte sich, ob ihre Bedenken vielleicht töricht gewesen seien, aber zu ihrer Überraschung hörte sie Evelyns Stimme.

»Sind Sie das, Mrs. Jarrold? Viola Anquetil. – Ja. Wir haben uns so lange nicht gesehen; könnte ich Sie überreden, zum Dinner zu kommen? Wir würden ganz allein sein. An irgendeinem Abend, der Ihnen passt, in dieser Woche oder der nächsten.«

Nun würde sich's zeigen. Wenn Evelyn ihr ausweichen wollte, würde sie irgendeine Entschuldigung vorschieben, dann müsste man es direkter versuchen.

Evelyn nannte eine Entschuldigung. Sie sagte, sie sei im Begriff, London zu verlassen. Ihr Bedauern war höflich, doch ihre Stimme klang eiskalt. »Dies«, sagte Viola zu sich, »ist eine sehr unglückliche Frau«, und die Erleichterung, die sie bei der Nachricht als ersten Schritt zu Miles' Befreiung unmittelbar empfunden hatte, schlug um in die reine Angst um die einsame Angreiferin am anderen Ende der Leitung. Wenn die Angelegenheit ein so ernstes Ausmaß annahm, war jede Form von Diskretion obsolet.

»Hören Sie bitte, ich muss Ihnen etwas sagen: Das Dinner war ein Vorwand. Ich möchte Sie ganz dringend sprechen. Wenn Sie, wie Sie sagen, morgen verreisen, dürfte ich Sie nicht heute Abend sehen? Ich würde in Ihre Wohnung kommen, jetzt sofort.«

»Es tut mir schrecklich leid, Lady Viola, ich habe eine

Einladung zum Essen und bin bereits verspätet. Ich wünschte wirklich, ich könnte sie treffen … wie schrecklich London ist, nicht wahr? … man hat niemals einen Augenblick für sich … aber vielleicht darf ich Sie benachrichtigen, wenn ich aus Newlands zurück bin? Ich muss morgen mit Dan hinunterfahren, aber wenn ich zurückkomme, würde ich Sie sehr gern sehen … ich weiß nicht genau, wann das sein wird … Ende September, nehme ich an … es tut mir so schrecklich leid … ich muss jetzt leider wirklich gehen … verzeihen Sie bitte …« Die Stimme verschwand und Viola hörte, wie eingehängt wurde.

›Armer Miles‹, dachte sie, und dann ›Arme Evelyn‹, und dann: ›Was soll ich nun machen?‹

Als Leonard fünf Minuten später hereinkam, ging sie zu ihm und nahm seine Hand. Da sie ein Paar waren, das so gut wie nie großen Gefühlsüberschwang zeigte, fragte er sich, was sie so sehr hatte berühren können.

»Leonard, unser Verhältnis ist doch niemals kompliziert gewesen, nicht wahr?«

»Dann wäre ich dir längst fortgelaufen«, erwiderte er, wobei er die Pfeife erst aus dem Mund und dann wieder hineinnahm.

Miles kam jetzt häufig zu ihnen; er wandte sich ihnen zu in seiner Not. Es war Hochsommer und eigentlich hätte er auf seiner Burg sein müssen, doch seine Unruhe trieb ihn immer wieder nach London. Die Anquetils waren merkwürdige Leute: Sie blieben mit Vorliebe im Juli und August in London, wenn die meisten anderen, die es sich leisten konnten, aufs Land fuhren oder an die See oder ins Ausland. Miles sagte scherzhaft, sie seien eben waschechte Cockneys, wobei er sehr wohl wusste, dass Viola in Chevron aufgewachsen war und Leonard eine abenteuerliche Jugend hinter sich hatte; beides der absolute Gegensatz zu ihrem jetzigen Leben und natürlich auch zum Leben eines Cockney aus dem armen Eastend. Ihr Haus war ein Treffpunkt für junge Männer wie Bretton und Allen. Das war wie ein Strom, der hindurchfloss, ein Strom von Aktivitäten und Unternehmungen, von Menschen, die sich irgendeiner Idee verschrieben hatten, junge Maler, junge Politiker, oder was sie sonst sein mochten. Miles gesellte sich dazu, wohl wissend, dass er unter falschen Vorzeichen erschien. Nach außen hin trat er auf als der junge Politiker, doch in Wirklichkeit war er ein unglücklicher, junger Mann, der bei Viola Hilfe suchte. Beim Dinner und danach konnte er mit der gewohnten Brillianz reden; aber ihm war die ganze Zeit klar, dass Viola ihn beobachtete und auch erriet, wie stark er sich nach seiner Burg und dem Sommer auf dem Land sehnte und nach einem friedlichen Leben mit Evelyn, die er verloren hatte und deren Gemütsverfassung ihm verschlossen blieb. Selten sprach er mit Viola allein. Sie war kein Mensch, der auf dem fast zufälligen Vorrecht des vertrauten Austausches bestanden hätte, und doch ermutigte und beruhigte ihn ihre bloße Gegenwart. Ihre Maßstäbe halfen ihm seine Umgebung einzuschätzen: Das galt nicht nur für die Missgeschicke seines Herzens, sondern auch für seine beständigeren Ideale. In ihrem Hause fand er ein wenig Frieden; anderswo quälten ihn Herz und Sinne – und sein Gewissen.

Evelyn war aus seinem Leben verschwunden. Das war so vollständig und plötzlich geschehen, dass er es noch nicht vollständig begriffen hatte. Es war, als sei ihm ein Glied abgehauen worden – die rechte Hand, die er selbstverständlich benutzt hatte und die ihm nun fehlte. Seine Gefühle waren außerordentlich widersprüchlich. Manchmal sehnte er sich so unerträglich nach ihr, dass er sich gewaltsam beherrschen musste nicht sofort nach Newlands zu stürmen. Dann wieder bemerkte er beschämt, wie seine Freiheit ihm eine gewisse Erleichterung verschaffte. Er hasste dieses Gefühl, aber er unterdrückte es nicht. Es war wirklich eine Entlastung, nicht zu jeder Tageszeit von Evelyn angerufen und über seine Verabredungen ausgefragt zu werden, denn ihre früheren guten Vorsätze waren schließlich kläglich in sich zusammengefallen und sie hatte ihre nörgelnde Neugier nicht mehr unterdrückt. Es war eine Erlösung, nicht mehr kritisiert, entmutigt und zurechtgewiesen zu werden, sich keine Vorwürfe mehr anzuhören wegen irgendeiner eingebildeten Vernachlässigung. Dann wieder schlug seine Stimmung um in Traurigkeit, wenn er daran dachte, welch eine außergewöhnliche Frau sie in der ersten Zeit gewesen war; wie sie sich ihm ohne Zögern hingegeben hatte nach dem Ball im Chevron-Haus, als er in ihre Wohnung gekommen war und ihr seine Liebe gestanden hatte; wie fröhlich und glücklich sie trotz all ihrer Bedenken gewesen war. Sie war erfüllt gewesen von dem Wunsch, ihm zu gefallen, sich zu seiner Freude schön zu machen, sich von ihm in die Arme schließen zu lassen, wobei sie ihn mit solcher Wärme, Zärtlichkeit und Leidenschaft empfing, dass er vor Freude, Dankbarkeit, Entzücken und Sorglosigkeit berauscht war. Er konnte es nicht ertragen an jene Tage zu denken; er rief nach Cäsar und streifte durch die Felder in der Hoffnung, sich müde zu laufen, so dass er die Nacht durchschlafen könnte, ohne zu träumen – nur nicht träumen! Aber die sommerlichen Felder bereiteten ihm neue Qualen, denn sie erinnerten ihn an jenen Julitag, an dem sie durch die Heckenwege gefahren waren, an jenen Julitag, an dem sie gesagt hatte, dass sie ihn mit jedem Monat mehr liebe. Sie waren am Abend an den Ziegelmauern entlanggegangen und hatten einen Zweig der Eberraute zwischen den Fingern zerrieben; und einmal, als er gedankenlos eine der graugrünen Spitzen abbrach und der bittere Geruch in sein Bewusstsein drang, warf er sie schnell weg und schlug absichtlich mit den Knöcheln gegen die rauen Ziegel, damit der Schmerz seine innere Qual linderte.

Er konnte immer noch nicht ganz verstehen, warum er sie einfach hatte gehen lassen. Sie hatten sich nach der fürchterlichen Szene im Streit voneinander getrennt; er hatte keinen Versuch gemacht, sie zurückzuhalten, sondern ihr die grässlichsten Sachen gesagt, die er sich nur denken konnte. Sie standen sich in ihrer Grausamkeit in nichts nach. Nachdem sie gegangen war, war er den ganzen Tag furchtbar wütend gewesen; erst am nächsten Morgen, als er ein kleines, duftendes Taschentuch fand, begannen die Gewissensbisse. Vielleicht hätte er sich nicht hinreißen lassen sollen, im Zorn die Dinge zu sagen, die er gesagt hatte. Er hätte ihr nicht vorwerfen dürfen, dass sie sein Leben hemme und verkompliziere. Er hätte nicht über ihren beschränkten Horizont, ihre Eitelkeit, ihren Mangel an echter Partnerschaft spotten sollen. Er hätte nicht sagen dürfen, dass ihre Liebe zerstörerisch und nicht aufbauend sei. (Gott sei Dank hatte er aber nicht hinzugefügt, dass viele ihrer Missverständnisse vielleicht auf den Altersunterschied zurückzuführen seien. Das war ihm plötzlich eingefallen, als er nach verletzenden Argumenten suchte. Doch so wütend er auch war und so heftig sein Temperament mit ihm durchging – das zu sagen hatte er sich wenigstens enthalten.) Ja, es war eine schreckliche Szene gewesen, hässlich und schockierend, und danach hatte er Evelyn mit der größten Selbstverständlichkeit gehen lassen, hatte sich sogar eingeredet, dass er dankbar sei, endlich von ihr befreit zu sein. Nach einer waghalsig schnellen Fahrt hatte er sie völlig verängstigt am Bahnhof abgesetzt; sie hatte kein Wort gesagt, obwohl sie sehr blass geworden war. Er hatte ihre Hand zittern sehen, als sie ihre Fahrkarte kaufte; aber er war hart geblieben. Er hasste sie; sie hassten sich beide.

Als am nächsten Tag der Zorn etwas abgeklungen war, begann sich bei ihm die Überzeugung durchzusetzen, dass man selbst solch abgrundtief entsetzliche Szenen werde vergessen können; er begann zu glauben, sie würden sich wieder versöhnen können, wie sie das bisher immer getan hatten. Vor sich ihr Taschentuch hatte er sich an den Tisch gesetzt, ihr geschrieben und sie gebeten seine Worte aus ihrem Gedächtnis zu streichen und so auf einer besseren Grundlage ihres Verstehens noch einmal neu zu beginnen. Er hatte den Brief absichtlich ziemlich distanziert und vernünftig abgefasst. Als keine Antwort kam, wurde er zum ersten Mal ernstlich besorgt. Bis dahin hatte er sich lediglich etwas unbehaglich gefühlt. Sie hatten schon manchen handfesten Krach gehabt, der jedoch immer vorüberging. Sie hatte sich stets von Grund auf reumütig gezeigt, was nicht hieß, dass der Streit innerhalb von vierundzwanzig Stunden nicht wieder neu aufflammen konnte. Zweifelsohne würde sie auch diesmal zu ihm zurückkommen. Und vielleicht stellte es sich heraus, dass der Streit sogar die Luft gereinigt hatte.

Als sie aber weiter schwieg, versuchte er es von Neuem. Er schrieb noch einmal, er telefonierte. Er wurde wieder und wieder abgewiesen, und wieder stieg sein Zorn. Wenn sie schmollen wollte, sollte sie eben schmollen! Und so verging kaum merklich ein Tag nach dem anderen und der Abgrund zwischen ihnen vertiefte sich,

bis es immer unwahrscheinlicher wurde ihn je wieder zu überbrücken.
Weshalb hatte er keine wirklich drastischen Maßnahmen ergriffen? Zurückschauend konnte er es sich nicht erklären. Weshalb hatte er nicht mehr Zwang ausgeübt, damit sie ihn empfinge? Ein wirklich verzweifelter Liebhaber hätte irgendeinen Weg gefunden. War es möglich, dass er trotz aller Qual, trotz Reue und aller Gewissensbisse gar kein wahrhaft verzweifelt Liebender war?
Er war unglücklich genug, immer wieder rastlos nach London zu fahren, unglücklich genug, sich Viola anzuvertrauen, doch es fehlte der letzte Antrieb zu einer entschlossenen Tat. Es war, als halte ihn etwas zurück. Und wann immer er mit den Anquetils zusammen war, war er nahe daran zuzugeben, was dieses Etwas war: Evelyn war niemals für ihn bestimmt gewesen.
So gesehen waren die Anquetils Evelyns schlimmste Feinde. Die Gegensätze hätten größer nicht sein können. Viola selbst war sich durchaus im Klaren darüber, was geschah, und sie überlegte, wo ihre Pflicht lag.
»Miles, hast du noch nichts von Evelyn gehört?«
»Nicht ein Wort, nicht ein Zeichen.«
»Wie lange ist es jetzt her?«
»Fast zwei Monate.«
»Sie scheint die Sache für endgültig beendet zu halten. Weshalb unternimmst du nichts, Miles? Ich muss gestehen, dass es mich ein wenig irritiert, wie du die Dinge laufen lässt.«

»Was soll ich denn noch tun?« sagte er mit der Gereiztheit des schlechten Gewissens. »Ich habe geschrieben, ich habe angerufen, ich habe mich bemüht sie aufzusuchen. Ich habe sogar dich eingeschaltet. Sie will weder mit dir noch mit mir etwas zu tun haben. Ich kann nichts mehr tun.«

»Lesley meint, du solltest sie zwingen, dich anzuhören.«

»Lesley? Was weiß Lesley denn von der ganzen Angelegenheit?«

»Spiele nicht den Vogel Strauß, Miles! Jeder weiß davon. Die Leute reden, das weißt du doch.«

»Den Teufel sollen sie! Was sagt Lesley denn?«

»Sie sagt, du dürftest es nicht zulassen, dass Evelyn sich in eine so jämmerliche Situation begibt.«

»Weshalb nimmst du plötzlich für Evelyn Partei, Viola? Selbst wenn du's vielleicht abstreitest und mir auch nicht ausdrücklich gesagt hast, wir wissen doch beide, dass du im Grunde erleichtert warst, als wir uns zerstritten.«

»Das leugne ich überhaupt nicht. Ich war erleichtert. Ich war immer der Meinung, dass sie nicht zu dir passt. Aber das hindert mich nicht daran, Lesley sehr genau zuzuhören, wenn sie mit ernster Miene sagt, du dürftest Evelyn nicht ganz allein die Folgen ihrer letztendlich heroischen Tat tragen lassen.«

Miles starrte sie verblüfft an. »Welche heroische Tat?«

»Ach, Miles, sei doch nicht so begriffsstutzig! Also manchmal reißt mir wirklich der Geduldsfaden mit euch Männern. Kannst du denn nicht sehen, dass Evelyn dich nur aus dem Grund verlassen hat, weil sie geglaubt hat, dass sie dich zugrunde richtet?«

»Demnach hat sie mich nur zu meinem Besten verlassen?« fragte Miles trocken zurück.

»Du kannst sie ruhig verhöhnen, aber darauf läuft es hinaus. Ich habe Zeit gehabt, über die ganze Sache nachzudenken, und nun habe ich sie ganz verstanden. Lesley sieht es ebenso.«

»Lesley muss von prophetischen Kräften besessen sein. Oder nennt man das weibliche Intuition?«

»Dein Sarkasmus ist mir gleichgültig. Aber ist es mir wenigstens gelungen dir die Situation aus einer neuen Perspektive zu zeigen?«

»Du hast mich aufgeschreckt«, erwiderte Miles und fügte naiv hinzu: »Ich hätte nie gedacht, dass Evelyn zu so etwas fähig sein könnte. Nun glaube ich, du musst recht haben. Du lieber Gott, ich habe so etwas in der Art zu ihr gesagt. Ich habe ihr vorgeworfen, dass sie mein Verderben sei. Bei unserm letzten Streit habe ich genau das gesagt, an dem Tag, an dem sie mich verlassen hat. Ich muss sofort zu ihr, Viola; ich fahre 'rüber nach Newlands. Vielen Dank, dass du mir die Augen geöffnet hast. Und wenn sie nun zu mir zurückkommt«, fuhr er mit einem Lächeln fort, »hast du es dir selbst zuzuschreiben.« Aber er war schon aufgesprungen, sein Gesicht glühend vor glücklicher Erwartung.

Er liebt sie noch, stellte Viola fest und fragte sich, ob ihr Mitgefühl für Evelyn sie nicht zu einer großen Torheit verleitet habe. »Einen Augenblick, Miles«, hielt sie ihn zurück, »ziehe bitte nicht den voreiligen Schluss, dass ich möchte, du solltest sie zurückgewinnen. Ich meine nicht, dass du das versuchen solltest. Du sollst ihr nur klarmachen, dass du ihre Motive verstehst und auch zu schätzen weißt. Wenn ich deine Evelyn auch nur ein bisschen kenne, wirst du feststellen müssen, dass sie zu ihrem Entschluss steht. Aber, mach es ihr nicht zu schwer. Wenn du für einen Augenblick deine Vernunft sprechen lässt, statt so hitzköpfig loszurasen, wirst du einsehen, dass es für euch beide wirklich viel besser ist, wenn ihr getrennt bleibt. Denk an die Zukunft, Miles. Du weißt, dass der Konflikt wieder von Neuem beginnen wird. Versuch auf keinen Fall, sie zurückzuholen, versuch's nicht. Du kannst sehr überzeugend sein, wenn du dich anstrengst. Du könntest Erfolg haben, sobald sie dich wirklich vor sich stehen hat. Versuch's nicht. Versuche nur ihr die Bitterkeit und die Verletztheit zu nehmen und ihr das Gefühl zu geben, dass es nicht vergeblich war, was sie getan hat.«

Sie sprach sehr eindringlich und sprach offen aus, was sie dachte, denn seine heftige Reaktion hatte sie beunruhigt. Sie hätte daran denken sollen, wie ungestüm er war, und sie malte sich aus, was geschehen könnte, wenn er Evelyn gegenüberstand.

»Könntest du nicht schreiben, statt hinzufahren?« schlug sie vor.

»Zu spät, Viola. Nun hast du das Unheil schon angerichtet.« Er war fröhlich und erregt wie ein Schuljunge. »Ich danke dir, und ich danke Lesley. Dürfen wir beide nächste Woche mal zum Dinner zu euch kommen? Und können wir Dan mitbringen? Das Sommerhalbjahr in Eton muss zu Ende sein. Dan wird dir gefallen – und wer weiß, vielleicht verliebt er sich in Lesley? Er ist eine sehr gute Partie, weißt du.«

»Du willst also nicht auf mich hören?«

»Nein, liebste Viola, ich will nicht auf dich hören. Morgen früh rufe ich dich an. Lass dir die Hand küssen – ›Ich küsse Ihre Hand, Madame‹« – sang er auf Deutsch im Hinausgehen.

Er war noch nie in Newlands gewesen und kam doch schneller an, als William Jarrolds Rolls-Royce es je geschafft hatte, nur um von Paterson unterrichtet zu werden, dass Mrs. Jarrold am selben Morgen zusammen mit Lord Orlestone England verlassen habe. Sie wollten mit dem Auto durch Spanien reisen, sie hatten keine Adresse hinterlassen und sie würden etwa einen Monat fortbleiben.

»Du siehst also, man kann einfach nichts machen«, war seine mutlose Folgerung Lesley gegenüber.

Erstaunt stellte er fest, dass er ein intensives Gespräch mit Lesley geführt hatte.

Er wusste nicht mehr, wie es dazu gekommen war. Es war nicht seine Gewohnheit, jeden wahllos ins Vertrauen zu ziehen. Er war eigentlich gekommen, um mit Viola zu sprechen; sie war nicht im Haus, und als er auf sie warten wollte, war seine Niedergeschlagenheit so unübersehbar, dass Lesley ihn schließlich nach dem Grund fragte. Ihm lag eine konventionelle Ausrede auf der Zunge, aber er konnte nicht Komödie spielen. Deshalb sah er sie an und sagte: »Ich denke, Sie wissen, was los ist.«

So war es also gekommen, erinnerte er sich. Er hatte ganz einfach und natürlich mit Lesley angefangen zu reden. Es war leicht, weil sie meist nur zuhörte und nickte und von Zeit zu Zeit etwas sagte; nicht etwa etwas Mitfühlendes – er war auch nicht in der Verfassung für Mitgefühl –, aber sie sprach mit Bestimmtheit und Ernst. Er konnte ihre Strenge annehmen; sie tat weh, aber sie stärkte ihn auch. Es war tatsächlich eine Erleichterung, von einem Menschen Kritisches zu hören, den er kaum kannte, der jedoch zufällig Kenntnis von seinen intimsten Verhältnissen hatte und dessen Urteil völlig unvoreingenommen war. Lesley stand weder auf seiner noch auf Evelyns Seite. Für sie waren sie wie die Hauptpersonen in einem Drama. Wenn ihr Urteil hart ausfiel, deshalb, weil ein hartes Urteil angemessen war. Sie schonte ihn nicht und er achtete sie wegen ihrer Aufrichtigkeit.

Erst später erschien ihm diese Diskussion mit einem neunzehnjährigen Mädchen über seine Geliebte ziemlich abwegig. Er grinste in sich hinein: Wie entsetzt die Jarrolds darüber wären!

Man konnte Lesley nicht wirklich als neunzehnjäh-

riges Mädchen betrachten. Sie hatte so gar nichts von der sprichwörtlichen Unschuld der Jugend. Sie schien sich über die wichtigen und grundsätzlichen Fragen des Lebens bereits ihr Urteil gebildet zu haben.
Wieder stellte Miles fest, dass die Ähnlichkeit mit ihrer Mutter, als diese neunzehn war, groß sein musste; beide hielten sich an ihre eigenen Wertvorstellungen, Viola in der luxuriösen Umgebung von Chevron, Lesley in der strengen und doch anregenden Atmosphäre ihres Elternhauses. Er mochte Lesley wirklich sehr gern, einmal, weil er Viola gern hatte und es ihm Spaß machte, sich vorzustellen, er spreche mit der Viola von vor etwa zwanzig Jahren, dann aber auch um ihrer selbst willen. Schließlich hatte er sich seine Wut, Enttäuschung und Frustration vom Herzen geredet, und als er sich von diesen Dingen befreit hatte, bis nichts davon sein Inneres mehr aufwühlen konnte, schlug er Lesley vor, den restlichen Abend noch gemeinsam etwas zu unternehmen. Da ging auf einmal eine erstaunliche Wandlung mit ihr vor. Sie war nicht mehr die gestrenge, junge Mentorin, sondern wurde zum Kameraden, bereit für einen fröhlichen Abend. Er hatte sie anfänglich vielleicht für ein bisschen steif gehalten; diese Veränderung war eine erfreuliche Überraschung. Menschen, die ihre Stimmung schneller wechseln konnten als die Kleider, hatte er gern; er selbst war ebenso. Sie gingen also zusammen aus. Evelyn erwähnten sie an diesem Abend nicht mehr, sondern amüsierten sich, wie es Menschen ihres Alters

tun. Hin und wieder durchfuhr Miles eine schmerzhafte Erinnerung, wenn eine Band eine Melodie spielte, nach der er mit Evelyn getanzt hatte; dann tröstete er sich grimmig mit dem Gedanken, dass sie nun glücklich war ohne ihn und irgendwo über den warmen Dächern von Sevilla mit Dan – und wem noch? – Kaffee trank. Ihre Aussprache konnte warten.

Ab und zu ging er mit Lesley aus. Sie gewöhnten sich daran, zusammen unterwegs zu sein. Er kam ins Haus der Anquetils und bat Viola ganz selbstverständlich ihm Lesley auszuleihen, gerade als ob er sie bäte ihm ein Taschentuch auszuleihen. Es gab keine komplizierten Gefühle, einfach nur eine ruhige Kameradschaft. Viola, eine kluge, vorausschauende Frau, wusste das und machte sich ihre Gedanken über die möglichen Folgen. Miles und Lesley? Nun, sie kannte Miles' Fehler, sie kannte Lesleys Fehler und kam zu dem Schluss, dass das eine gute Mischung sein könnte. Das richtige Verhältnis von Gegensätzen und Verständnis wäre vorhanden. Viola glaubte nicht an den sicheren Ehehafen; sie glaubte daran, dass eine breite Grundlage an gemeinsamer Übereinstimmung in der Lage war, gelegentlich aufkommende Auseinandersetzungen aufzufangen.
Viola sah auch voraus, dass Miles bald Lesley und Evelyn vergleichen würde. Die Vergleiche würden in mancher Hinsicht nicht ganz fair ausfallen. Er würde ihre Verhaltensweisen gegeneinander abwägen, und je un-

komplizierter sich der Umgang mit Lesley gestaltete, desto schwieriger und ermüdender musste ihm Evelyn erscheinen. Viola beobachtete zum Beispiel, dass er keine Hemmungen hatte, eine Verabredung mit Lesley in letzter Minute abzusagen; er konnte ihr Verständnis voraussetzen und auch, dass es kein Theater geben würde. Viola konnte sich sehr gut vorstellen, wie es Evelyn aufgeregt hätte, wenn Miles sie so behandelt hätte, was er wahrscheinlich tatsächlich oft getan hatte. (Es gehörte zu Miles' Wesen, in solchen Dingen unverschämt nachlässig zu sein; er konnte genauso wenig dafür wie für die Farbe seines Haars, aber Viola konnte sich sehr genau vorstellen, wie das auf eine leidenschaftlich verliebte Frau wirken musste.) Bei Lesley gab es solche Aufregungen nicht; zum Teil, weil sie selbst lässig und völlig frei von weiblichen Eitelkeiten war, zum Teil aber auch, weil sie nicht in Miles verliebt war. Das machte den wesentlichen Unterschied aus. Es war leicht, gelassen zu bleiben, wenn es einem nicht viel bedeutete, ob es so oder anders kam, schwer dagegen, wenn es einen bis ins Innerste traf. Doch selbst wenn man das berücksichtigte, blieb immer noch der eine, bestimmende Unterschied zwischen Lesley und Evelyn bestehen. Viola gestand sich das ein und wusste, dass Miles früher oder später auch darauf stoßen würde.

In einer rein mütterlichen Art und Weise, über die sie selbst verwundert war, dachte sie plötzlich darüber nach, wie Lesley wohl sein würde, wenn sie verliebt war.

Vierter Teil

Die Hitze des spanischen Herbstes hatte den Norden kahl gemacht und den Süden des Landes mit warmem Duft erfüllt. Dan und Evelyn entschieden sich noch eine Weile in Granada zu bleiben; es gab keinen Grund zum nächsten Ort zu hasten, denn Granada gefiel ihnen, hier waren sie zufrieden. Beide hatten weder irgendwelche Bindungen noch Verpflichtungen: Dan hatte Eton und Evelyn hatte Miles verlassen. Daher waren sie beide vollkommen frei ihren Neigungen gemeinsam zu folgen, allerdings mit dem einen entscheidenden Unterschied, dass Dan sein Leben bald neu beginnen würde, indem er sechs Monate zu einer französischen Familie und dann nach Oxford ging, während Evelyn das Gefühl hatte, ihr Leben sei am Ende angelangt. Das Leben hatte ohne Miles seine Bedeutung und Ausrichtung verloren. Dan hatte mit dem Eton-Abschluss nur einen Lebensabschnitt hinter sich gelassen, der ihn selbstverständlich zu seinem nächsten weiterführte; als Evelyn dagegen Miles verließ, hatte sie damit ihr Leben vorzeitig abgebrochen. Sie erwartete nichts mehr. Sie wünschte sich nichts mehr – nichts konnte Miles ersetzen – und eine eigenartige Loyalität (oder war es Sentimentalität?) hielt sie davon ab, sich überhaupt etwas zu wünschen, das ihn ersetzen könnte. Sie hatte das Gefühl, dass sie den Rest ihres Lebens dem Andenken ihrer wenigen glücklichen Monate widmen wollte, und gleichzeitig wünschte sie sich nichts brennender, als dass sie Miles vergessen könnte. Welcher Wunsch auch in Erfüllung gehen würde, sie hatte mit ihrem leeren Leben abgeschlossen. Miles hatte ihr ein reich erfülltes Leben gegeben; jetzt erst erkannte sie, dass er wie die Sonne und der Wind gewesen war, wie das Gewitter mit dem Regenbogen und wie die ganze Buntheit der Blumen in seinem Garten. Sie warf sich vor seinen wahren Wert nicht wirklich geschätzt zu haben, als sie ihn noch besaß. Im Nachhinein sah sie ihn als einen Menschen, der sehr viel zu geben vermochte und das auch tat. Manchmal war er grausam, sogar absichtlich, dann wieder teilte er die Gaben seines reichen Wesens so großzügig aus, dass sämtliche Grausamkeiten und Härten seiner gereizten Stimmungen ausgeglichen wurden.

Mitunter wurde sie ganz bescheiden, wenn sie daran dachte, was für ein Glück es bedeutete, so vertraut mit Miles gewesen zu sein. Denn nach ihrem eigenen, begrenzten Urteilsvermögen schätzte sie die Bedeutung dieses bemerkenswerten jungen Mannes hoch ein und auch die Bemerkungen anderer Leute bestätigten sie in ihrer Meinung. Das rief bei ihr einen im Grunde völlig unsinnigen Stolz hervor. Denn Miles war weit davon entfernt gewesen in ihr eine intellektuelle Partnerin zu sehen. Sie war nie eine Partnerin für ihn, lediglich seine

Geliebte, deren einziger Einfluss auf seine Arbeit darin bestand, dass sie sie behinderte – wie sie sich nun voller Selbsterniedrigung selbst sagen musste. Wie dem auch sei, es war vorbei; Miles würde nie wieder von ihr belästigt oder eingeengt werden.

Sie hegte keinen Groll gegen ihn, ihre Liebe war im Gegenteil noch tiefer geworden. Und so wurden auch die Schmerzen ihrer Liebe stärker, manchmal waren sie so heftig, dass sie sterben wollte, damit sie endlich vorüber wären. Diese Empfindung war ganz anders als die erbärmlichen Qualen über die ständig wiederkehrenden Streitereien und Eifersüchteleien; früher war der Schmerz kleinlich und erniedrigend gewesen, der jetzige besaß einen gewisse Großartigkeit, wie das Feuer. Es versengte alles, aber es reinigte.

Wenigstens zu einem gewissen Grad diesem Schmerz entfliehen zu können, war ihre Hoffnung gewesen, als sie von England nach Spanien eilte. Törichte Hoffnung! Sie machte nur die bittere Erfahrung, dass die verletzte Seele den Körper auf allen Wegen begleitete. Sie blieb unverändert, sie war dieselbe Frau, ob sie von der Brüstung der Gärten des Generalife über das Tal von La Vega oder in Newlands über die gepflegten Pferdekoppeln von Surrey blickte. Die Persönlichkeit konnte man nicht abstreifen, durch alle wechselnden Landschaften hindurch wurde Evelyn von den ihr ureigenen Gedanken und Erinnerungen begleitet. Wohin sie sich drehte und wendete, sie konnte nicht entfliehen

Aber hier wurde sie wenigstens nicht von Miles' Briefen verfolgt; sie brauchte nicht verschreckt aufzufahren oder weiche Knie zu bekommen, wenn die Türglocke oder das Telefon läutete. Schon allein das war eine Erleichterung. Wie klug von ihr, diese einfach durch ihre Abreise herbeizuführen. Flucht? Ja, es war eine Flucht, aber sie gab ihr Zeit zum Durchatmen, zum Kräftesammeln. Sie wollte nicht an den Tag zu denken, an dem sie nach England zurückkehren musste und wieder der Herausforderung ausgesetzt war, vielleicht an der nächsten Ecke auf Miles zu treffen.
Wenn Dan nicht wäre, hätte sie sich auf eine lange Reise begeben. Aber sie wollte den Jungen nicht allein lassen – wenigstens ihm gegenüber war ihre Zuneigung nie anders als selbstlos und außerdem hatte sie eingesehen, wie furchtbar eine selbstsüchtige Liebe heimgezahlt werden kann. Sie merkte, dass sie anders geworden war; das, was sie durchgemacht hatte, hatte sie nicht unverändert gelassen. Sie wollte auch Dan nicht bitten sie reisen zu lassen; das wäre nicht fair. Er hatte sich erstaunlich entwickelt; plötzlich war er kein Kind mehr; sein Auftreten war nicht mehr zögerlich und unsicher, sondern fest und entschlossen. Endlich hatte er begriffen, dass er der Herr über Newlands und die Orlestone-Werke war. Newlands mit seinen Ländereien bedeutete ihm gar nichts; Orlestone mit seinen Elendsvierteln und Kohlegruben dagegen sehr viel. Dan vertrat jetzt sehr entschiedene Ansichten. Orlestone machte ihn reich, aber er hatte nicht die Absicht,

seine Wohlhabenheit weiter auf Kosten von Orlestone zu vermehren. Persönliche Reichtümer zählten für ihn nicht. Was vielmehr für ihn zählte, war die Bergleute von Orlestone an seinen Gewinnen zu beteiligen. Ihm war klargeworden, dass sein Einkommen in einem Maße über seine Bedürfnisse hinausging, das nach seinen demokratischen Ansichten schockierend und übertrieben war. Er wollte weder Moore besitzen um Moorhuhnjagden zu veranstalten noch Segeljachten für Regatten; er wollte vielmehr, dass er mit seinen Bergarbeitern zu einer gerechten Übereinkunft gelangen konnte. Was konnte er sonst tun, fragte er sich, beunruhigt von der Ungerechtigkeit des gesamten Systems. Was konnte er tun, außer seine Leute so anständig wie möglich zu behandeln? Er wollte eher verflucht sein, als sie auf Mindestlöhne herunterdrücken; er wollte ihnen den Höchstlohn zahlen, auch wenn er auf den Kieswegen von Newlands das Gras dann nicht mehr jäten lassen könnte. Evelyn hörte ihn an und in ihrer neugewonnenen Klugheit stimmte sie ihm zu. Von ihrem positiven Echo ermutigt, spann Dan seine Gedanken weiter aus. Er wollte aus Orlestone eine Mustersiedlung machen. Er wollte Schulen und Stipendien einrichten, ein Theater, eine Bildergalerie, einen Sportplatz und ein Schwimmbad bauen. Immer neue Pläne stiegen in ihm auf und er sprudelte sie alle heraus, während er mit seiner Mutter in den Sonnenuntergang über der Vega de Granada schaute. Wenn es ihr Freude machte, wollte er für eine Weile nach Frankreich gehen, aber über die

Wochenenden wollte er oft nach England kommen, um nach dem Rechten zu sehen. Sie musste ihm versprechen mit ihm gemeinsam gegen Onkel Geoffrey anzugehen, der mit Sicherheit Einwände gegen seine Ideen hatte. Onkel Evan hatte Gott sei Dank in der Angelegenheit kein Stimmrecht, aber von Onkel Geoffrey erwartete er Schwierigkeiten.

Dan war taktvoll genug nicht zu sagen: »Wenn ich nur Miles zur Hilfe hätte!«

Miles' Namen ins Spiel zu bringen war ein Problem für Evelyn gewesen. Sie hatte keine Ahnung, was Dan überhaupt von ihrem Verhältnis dachte; sie wusste nur, dass er Miles gleich treffen wollte, sobald er von Eton nach Hause gekommen war. Vor dem Augenblick hatte sie sich gefürchtet, und als er kam, versuchte sie auszuweichen.

»Und was ist mit, Miles, Mummy? Wo ist er? Wann besuchen wir ihn? Er hat meine letzten beiden Briefe nicht beantwortet; das kenne ich gar nicht von ihm. Ich dachte, vielleicht ist er im Ausland, aber ich habe mir keine Sorgen gemacht, weil ich sicher war, dass du's wissen würdest.«

»Nein, er ist nicht im Ausland.« Jetzt, wo sie schließlich darüber sprechen musste, zögerte sie und glaubte fast zu ersticken.

»Was ist denn passiert? Irgendetwas Unangenehmes? Ist er krank?«

»Nein, er ist nicht krank. Ich glaube es wenigstens nicht. Dan, ich kann es dir auch rundheraus sagen: Ich habe

eine Auseinandersetzung mit Miles gehabt. Wir werden ihn nicht mehr wiedersehen, niemals.«
»Ihr habt euch zerstritten? Ernstlich? Für immer? Oh nein, Mummy, nicht! Nicht mit Miles! Aber weshalb? Worüber denn?«
»Das kann ich dir nicht sagen, Dan; das darfst du mich nicht fragen. Es tut mir sehr leid – für dich, meine ich, weil ich weiß, wie sehr er dir fehlen wird. Du musst mir einfach glauben, dass ich nicht anders konnte; ich gebe dir mein Wort, du musst mir vertrauen. Vielleicht könnt ihr eines Tages wieder Freunde sein, aber im Augenblick solltest du nicht versuchen ihn zu treffen. Und du musst verstehen, dass ich ihn niemals wiedersehen kann. Ich will eure Freundschaft nicht verhindern, aber du darfst niemals versuchen Miles und mich zu versöhnen; du darfst ihn niemals hierherbringen: Es ist alles aus – ganz und gar vorbei.«
Eigentlich hatte sie die Absicht gehabt, ihm die ganze Wahrheit zu sagen, aber sie brachte es nicht über sich; es hatte sie schon genug gekostet das zu sagen, was sie gesagt hatte. Außerdem könnte Dan schockiert sein, entsetzt. Einem Jungen zu erzählen, dass seine Mutter einen Geliebten hat – nein, unter keinen Umständen! Dazu waren ihre Ansichten über derartige Angelegenheiten viel zu altmodisch.
Auf einmal sagte Dan erschüttert: »Menschen die sich lieben, streiten sich auch, aber dann vertragen sie sich wieder. Gibt es denn überhaupt keine Hoffnung mehr,

Mummy? Kannst du dir's nicht noch einmal überlegen? Der arme Miles! Er muss todunglücklich sein. Und du auch.«

»Dan, was sagst du denn da?«

»Mummy, du hast doch nicht etwa gedacht, ich wüsste es nicht?«

»Du hast es gewusst?«

»Aber natürlich. Nicht gleich zu Anfang – vielleicht nicht gleich beim ersten Mal, als wir in der Burg waren oder da nur so halb im Unterbewusstsein, aber schon sehr bald danach.«

»Woher hast du das erfahren? Wer hat es dir gesagt?«

»Niemand hat's mir gesagt. Ich hab's selbst gemerkt, hab zwei und zwei zusammengezählt. Es war ziemlich offensichtlich, oder? Ich konnte nicht umhin die Ausreden zu bemerken, die ihr beiden benutzt habt, um mich aus dem Weg zu haben – und dann eure heimlichen Scherze. Zuerst wusste ich nur, dass ihr auf etwas anspielt, das ich nicht verstehen kann, und ich glaubte, es muss etwas für Erwachsene sein, das man in meinem Alter noch nicht wissen soll. Weißt du, in meinem Alter ist man ziemlich empfindlich, man fühlt sich leicht ausgeschlossen. Aber dann merkte ich, dass eure Scherze etwas ganz Spezielles zwischen euch beiden bedeuten, ganz private Scherze; und das brachte mich zum Nachdenken. Sie kehrten immer wieder – kleine Sätze, die euch beide immer wieder zum einem geheimen Lachen brachten. Ihr habt gelächelt und euch gegenseitig angeschaut und dann beide auf mich, um festzustellen, ob ich's bemerkt hätte; und ihr habt gedacht, ich hätte nichts bemerkt; aber ich hatte doch! Es tut mir nun leid, dass ich anfangs so unwissend war – ich muss euch sehr gestört haben. Aber damals wusste ich's ja noch nicht, nachher war ich doch sicher taktvoller, oder? Ich hab mir zumindest Mühe gegeben, ich wollte es jedenfalls. Aber ja, natürlich hab ich's gewusst. Ich war auch nicht überrascht; ich meine, ich kann jeden verstehen, der sich in Miles verliebt. Oder in dich. Er war so ungemein attraktiv – ich weiß gar nicht, warum ich sage ›war‹, als ob er tot wäre. Er ist doch nicht tot; er lebt doch? Oder etwa nicht? Mummy, du willst mir doch nicht schonend beibringen, dass Miles tot ist? Nein, nein, das kann nicht sein; das hätte ich in der Zeitung gelesen. Mummy, bitte, sag was?«

»Nein, Dan, nein. Er ist nicht tot; wir hatten nur eine Auseinandersetzung, das ist alles; ich sage dir die Wahrheit.«

»Ja, Mummy, ich glaube dir. Das hast du immer getan, du hast mir auch die Wahrheit gesagt, als du mir erzählt hast, dass mein Vater so war wie Onkel Geoffrey. Das war ein Schlag; aber es war richtig, dass du es mir gesagt hast, als ich dich danach gefragt habe. Aber jetzt über Miles … Das geht mir zu nahe, als dass ich das so stehen lassen könnte. Ich kann es nicht ertragen, dass Miles für immer aus unserem Leben gegangen sein soll, aus deinem und meinem. Er war für uns beide so wertvoll, auf unterschiedliche Weise. Mummy, bist du wirklich ganz sicher, dass du nicht einen entsetzlichen Fehler gemacht hast?«

»Ach, Dan, quäl mich nicht. – Ja, ich bin mir sicher, ganz sicher.«

»Wenn du so sicher bist, Mummy, wirst du wohl recht haben. Ich verstehe nichts von diesen Dingen. Aber was war es denn überhaupt, was so furchtbar schief gegangen ist? Wenn du an mich gedacht hast, so weißt du doch, dass Miles mir als Stiefvater hochwillkommen gewesen wäre. Kein böser Stiefvater wie im Märchen. Und außerdem handeln Märchen immer von Stiefmüttern, nicht von Stiefvätern – warum eigentlich? Warum hast du Miles nicht geheiratet, Mummy? Ihr wart beide frei und ich hätte mich so gefreut, wenn ihr geheiratet hättet – warum also nicht? Warum heiratet ihr nicht jetzt noch? Ist es denn wirklich zu spät? Ich bin sicher, dass er dich heiraten wollte … Können wir ihm nicht ein Telegramm schicken? Sieh mal, ich werd es selbst schicken; ich werde schreiben: ›Bitte kommen Sie rasch und heiraten Sie meine Mutter.‹ Und dann ist alles in Ordnung und wir drei können glücklich zusammen leben bis ans Ende aller Tage. Wäre dann nicht wieder alles gut? Und dann könnte Miles mir mit Orlestone helfen. Er hätte eine legale Position gegenüber Onkel Geoffrey. Onkel Geoffrey hätte Angst vor Miles; er wäre übervorsichtig, wenn Miles mein Stiefvater wäre. Und dann könnte ich all meine Pläne durchsetzen und jeder wäre glücklich außer Onkel Geoffrey, aber der zählt nicht.

Du wärest glücklich, Mummy, und Miles wäre glücklich und ich auch. Sieh mal, kann ich nicht alles wieder in Ordnung bringen, wenn ich das Telegramm schicke? Es könnte so einfach sein. Streitereien sind so töricht, bloße Zeitverschwendung zwischen Menschen, die einander wirklich lieben. Wirklich dumm, so als ob du und ich uns ernsthaft streiten würden. Lass mich Miles das Telegramm schicken. Verflucht noch mal, jetzt hab ich die Telefonnummer von der Burg vergessen und er hat der Vermittlung untersagt sie herauszugeben.«

»Nein, Dan, lass die Dinge, wie sie sind; schick keine Telegramme; ich weiß, dass du alles nur gut meinst, aber es gibt einen Punkt, an dem muss man die Dinge ganz allein entscheiden, an dem kann einem niemand helfen. – Ich möchte jetzt lieber nicht mehr davon sprechen, bitte, Dan. Lass uns besser über deine Ferienpläne reden.«

Darauf hatte Dan sie mit einem langen Blick angesehen und sie hatte sich gefragt, wie viel er wirklich wusste. Die Selbstverständlichkeit, mit der er ihr Verhältnis zu Miles aufnahm, hatte sie verblüfft. Andererseits hatte sie dann wieder erstaunt, was für eine kindlich einfache Lösung des ganzen Problems er vorschlug. Konnte er das ernst gemeint haben? Hatte er vielleicht einen Scherz gemacht? Glaubte er wirklich, alle Liebesbeziehungen mündeten in die Ehe? Es war höchst überraschend, wie sachlich er ihr Verhältnis hingenommen hatte; seine eindringliche, kleine Rede danach war nicht weniger

überraschend. Im einen Augenblick erschien er so überlegt und erwachsen, im nächsten so naiv und direkt. Sie war froh, dass er es wusste, es wusste und es ihm nichts ausmachte.
Sie erwähnten Miles nicht mehr. Evelyn beobachtete, wie Dan jedem Satz eine rasche Wendung gab, in dem der verbotene Namen aufzutauchen drohte. Daraus erkannte sie, dass er ihren Schmerz nachvollziehen konnte, und als sie ihm vorschlug, sie sollten zusammen ins Ausland fahren, brauchte sie ihm ihren Wunsch, zu entfliehen, nicht zu erklären: Er hatte ihn schon verstanden.

Sie konnten nicht ewig im Ausland bleiben. Evelyn musste ihren Mut zusammennehmen und zurückkehren. Sie hatte regelrecht Angst vor dem langen Winter mit all den Tagen, die für sie Jahrestage sein würden. Da war der Tag, an dem sie Miles zum ersten Mal in Park Lane gesehen hatte; der Tag des Balles im Haus der Chevrons; der Tag – der nächste –, an dem er in ihre Wohnung gekommen war und ihr gesagt hatte, dass er sie liebe. In was für einer seelischen Verfassung sie während dieser vierundzwanzig Stunden zwischen dem Ball und seinem Besuch gewesen war! Sie hatte die Katastrophe wohl erkannt, die über sie hereingebrochen war. Ob er ebenso überwältigt war, fragte sie sich, während sie in ihrem Zimmer auf und ab ging, getrieben von Ungewissheit, Angst, Sorge und Unentschlossenheit. Wenn es so war – und sie zweifelte kaum daran, wenn sie an seine glühenden Augen dachte und daran, wie viel Mühe es ihn gekostet hatte, seinen Wunsch sich ihr zu erklären zu unterdrücken – wenn das so war, was sollte sie tun? Ehrenhaft und voller Selbstdisziplin, wie sie war, hatte sie sich gefragt, ob sie der Versuchung würde widerstehen können. Dann hatte er plötzlich angerufen und gebeten sie besuchen zu dürfen. »Ich muss Sie heute sehen, wenn es irgend möglich ist«, hatte er gesagt, und ihre Unentschlossenheit war dahingeschwunden. Sie konnte nur noch dasitzen und auf ihn warten.

Nun musste sie all diese Tage noch einmal durchleben, all diese Monate mit ihrem Wechsel aus Hochstimmung, Enttäuschung und Elend. Müde hoffte sie, das irgendwie aushalten zu können. Wenn Miles sie nur in Ruhe ließe, wenn er nicht versuchte sie wankend zu machen, dann würde sie es durchstehen können. Sie musste es. Eines Tages würde er ihr dankbar sein. Bis dahin musste sie die Qual ganz für sich allein ertragen.

Als sie in Dover landeten, regnete es. Auch in London regnete es – lange, nasse Straßen lagen traurig und verlassen im wässrigen Schein der Laternen. Aber in der Wohnung war es warm, und Privett, die strikt gegen die Spanienreise gewesen war, packte zufrieden Evelyns Sachen aus und richtete das Schlafzimmer in der gewohnten Weise her. Evelyn sah mit bangem Herzen auf die Stapel von Briefen, die sie erwarteten: Würde sie auf die vertraute Schrift stoßen? Sie wollte sie erst nach dem Dinner durchsehen.

Sie wandte sich ab und schlenderte auf den Geruch der hohen weißen Lilien zu, die auf dem Flügel standen und wahrscheinlich von Newlands herübergeschickt worden waren; aber es steckte eine Karte darin: »Von M.« Zwischen die Lilien war ein Eberrautenzweig gebunden. Er hatte also herausgefunden, wann sie zurückkommen wollte. Er hatte also nicht die Absicht, sie in Ruhe zu lassen. »Oh Gott«, murmelte sie in einem Anfall von Verzweiflung und spürte, dass ihr die Kraft fehlte für diesen langen, quälenden Kampf.

Dieser hatte schon nach zehn Minuten, seit sie das Haus betreten hatte, begonnen. Glücklicherweise war Dan nicht im Raum, sonst hätte ihre Schwäche und Verzagtheit sie in diesem Augenblick verraten. Sie musste sich zusammennehmen, ehe er zurückkam. Von nun an würde ihr Leben immer aus dieser furchtbaren Einsamkeit bestehen, sich zusammennehmen zu müssen, um ihre geheimsten Gedanken vor den anderen Menschen zu verbergen.

Mason kam herein, als ihre Hand immer noch auf den Lilien lag. Sie hatte Mason nie leiden können, er war voller Respekt, doch erschien er ihr immer ein wenig hinterhältig.

»Ich habe vergessen, Madam, Ihnen zu sagen, dass Mr. Vane-Merrick diese Blumen gebracht hat.«

»Danke schön, Mason; ich habe die Karte gefunden.«

»Er hat sie heute Morgen gebracht, Madam. Mr. Vane-Merrick hatte verschiedene Male angerufen, Madam, und gefragt, wann Sie zurück seien. Erst gestern Abend hat er wieder angerufen.«

»Danke schön, Mason.«

»Ich weiß nicht, ob ich es richtig gemacht habe, dass ich es ihm sagte, Madam; ich hatte keine Anweisung für das Gegenteil.«

»Ganz richtig, Mason.«

»Lady Viola Anquetil hat auch angerufen, Madam; sie befürchtete, dass Sie und Seine Lordschaft gleich zum Dinner ausgehen könnten. Sie hinterließ, Sie möchten sie doch bitte anrufen. Ich habe die Nummer aufgeschrieben.«

»Danke sehr, Mason; legen Sie die Nummer bitte auf meinen Schreibtisch. Ich werde morgen anrufen.«

»Auch Mrs. Geoffrey Jarrold hat angerufen, Madam, ohne eine Nachricht zu hinterlassen. Sie fragte nur, wann Sie zurückkommen und ob Sie und Seine Lordschaft hierbleiben oder nach Newlands fahren würden. Ich habe gesagt, dass ich ihr nichts darüber sagen könne.«

»Danke schön, Mason; falls Mrs. Jarrold oder Mr. Vane-Merrick sich wieder melden sollten, sagen Sie bitte, dass ich morgen früh mit Seiner Lordschaft nach Newlands hinüberfahren werde. Nein, wenn irgendjemand anruft, sagen Sie lieber, ich sei ausgegangen. Ich habe eine ganze Menge zu tun, ehe ich nach Newlands fahre.«

»Sehr wohl, Madam.«

Mason zog sich zurück, so war sein Hinausgehen am besten zu bezeichnen. Evelyn hasste ihn; sie war sicher, dass er alles wusste, vom Anfang bis zum Ende. Privett wusste es wahrscheinlich auch, aber bei Privett störte es sie weniger – die gute, zuverlässige, mürrische alte Privett, die so sauer wie eine Zitrone und solide wie eine Kohlrübe war. Es war Masons Schnüffelei, die sie hasste.

Sie entfernte Miles' Karte sorgfältig aus dem Lilienstrauß und warf sie ins Feuer. Sie beobachtete, wie die kurze Nachricht zusammenschrumpfte, das ›Von M.‹ schwarz wurde und in Rauch aufging.

Privett brachte Evelyns Aktentasche und stellte sie neben den Schreibtisch.

»Privett, könnten Sie wohl diese Blumen mit hinausnehmen? Hier drinnen bekomme ich von ihrem starken Duft Kopfschmerzen.«

»Soll ich sie ins Badezimmer stellen?« fragte Privett und betrachtete die schwere Vase mit Missfallen.

»Nein, stellen Sie sie in den Flur. Nehmen Sie sie mit in Ihr Zimmer, wenn Sie mögen; ich will sie nicht.«

Ob Mason Privett erzählen würde, dass sie von Mr. Vane-Merrick kamen? Das musste sie riskieren, wenn sie ihr nur aus den Augen waren.

Privett brachte sie hinaus und kam mit dem Eberrautenzweig zurück. »Ich weiß, dass Sie dies Zeug immer gern zum Verbrennen haben«, sagte sie barsch und gab ihn Evelyn.

Evelyn warf ihn ins Feuer. Sein aromatischer Geruch erfüllte das Zimmer.

Dan kam herein, gewaschen und frisch gemacht. »Hallo, riecht das gut hier.«

»Dan, sagst du Mason bitte, dass wir essen wollen? Sag ihm, er soll sich beeilen, wir hätten Hunger. Und sag ihm, wir möchten etwas Champagner.«

Sie konnte es nicht mehr ertragen, der Duft der Eberraute war zu viel.

Der Champagner tat ihr gut; er belebte sie. Sie war es nicht gewohnt viel Wein zu trinken, zwei Gläser taten sofort ihre Wirkung bei ihr. Sie dachte an die Worte des armen Evan, der sich nicht lebendig fühlte, ehe er etwas getrunken hatte. In etwas makabrer Champagnerlaune sagte sie sich, dass sie den Alkohol auf keinen Fall als Medizin gegen ihr gebrochenes Herz benutzen durfte. Das war zu banal, hatte zu viele abgedroschene Vorbilder. Nichtsdestoweniger fühlte sie sich nun besser. Miles schien weit weg zu sein, ganz losgelöst von ihr; ihre Ängste verflogen; amüsiert stellte sie sich sogar vor, wie sie ihn unbefangen begrüßen würde, wenn er jetzt plötzlich von Mason hereingeführt würde. Sie stand auf und sagte zu Dan: »Komm, Dan, lass uns tanzen.«

Sie gingen ins Wohnzimmer und schalteten das Radio ein. Das Wohnzimmer eignete sich nicht gut zum Tanzen, wegen des dicken Teppichs und der viel zu vielen Möbel. Aber an diesem Abend hatte Evelyn ihr Vergnügen daran, unter erschwerten Bedingungen um die vielen Hindernisse aus Stühlen und Tischen herumzutanzen. Dan machte es auch Spaß, denn er hatte auch ein wenig Champagner getrunken, nicht zu viel, gerade genug. Wie seine Mutter tanzte er sicher und mit gutem Einfühlungsvermögen. Beide waren genug unbekümmert und hatten genug Rhythmus im Blut.

Früher hatten sie oft zusammen getanzt, doch niemals hatte es eine solche Übereinstimmung zwischen ihnen gegeben. Dan war erregt, ohne genau zu wissen, weshalb; er nahm an, dass es vom Champagner kam und von dem seltsamen Gefühl, wieder zu Hause zu sein. Zurück zu sein aus der fernen Schönheit Spaniens und der langen Heimfahrt mit den Übernachtungen in kleinen spanischen und französischen Orten, wo sie abends draußen auf der Straße bei Saft oder Wermut gesessen hatten und die Einheimischen in ihren unenglischen Schuhen und steifer, schwarzer Kleidung an ihnen vorbeiflaniert waren; er und seine Mutter hatten alberne Späßchen gemacht und waren glücklich und sorglos zusammen gewesen.

Sorglos? War sie wirklich auch nur einen Augenblick sorglos gewesen? Voller Gewissenbisse rief er sich ihren Kummer ins Gedächtnis, der sie die ganze Zeit begleitet haben musste wie ein Schatten, den die Sonne wirft. Sie hatte ihren Kummer vor ihm verborgen; sie war selbstlos genug gewesen sich nichts anmerken zu lassen. Nicht einmal andeutungsweise hatte sie Miles erwähnt. Und doch hatte sie sicher die ganze Zeit an ihn denken müssen. Evelyn spürte, dass Dan auf einmal beim Tanzen seinen Arm fester um sie legte. Sie wusste den Grund nicht, doch sie reagierte darauf, indem sie sich seiner Führung noch leichter überließ. In ihrem Seidenkleid konnte er die Zartheit ihres Frauenkörpers fühlen und konnte sich vorstellen wie sehr Miles und sie sich geliebt haben mussten.

Um halb zwölf läutete das Telefon »Melde du dich, Dan. Mason wird zu Bett gegangen sein. – Dan, wenn es Miles ist, sag, ich schliefe schon.«
»Ja, ist gut, Mummy.«
Er nahm den Hörer ab, sagte »Hallo« und lauschte.
»Nein, Mummy, es ist nicht Miles; es ist Onkel Evan.«
Er hatte mit der Hand die Muschel abgedeckt.
»Was will er?«
»Er will herüberkommen.«
»Gut, sag ihm, er soll herkommen.«
»Aber bist du nicht müde, Mummy?«
»Nein, sag ihm, er kann kommen.«
»Onkel Evan, Mummy sagt, du kannst gern kommen.«
»Und nun gehst du ins Bett, Dan. Du musst müde sein.«
»Aber du auch.«
»Nein, ich bin nicht müde. Außerdem wäre es gleichgültig. Geh du bitte zu Bett, Dan. Gute Nacht, mein Liebling, schlaf gut.«
»Kann ich nicht noch ein Glas Champagner haben, ehe ich gehe, Mummy?«
»Nein, das kannst du nicht. Geh zu Bett, Liebling. Es ist spät.«

»Dann gute Nacht, Mummy. Schlaf gut.«
»Schlaf gut, mein Lieber.«

Evan kam; sie öffnete ihm selbst die Tür. Er war nicht sehr betrunken; gerade betrunken genug, um den Champagner sehr gern anzunehmen, den sie ihm anbot.
»Donnerwetter, du siehst reizender aus denn je, Evelyn.«
»Wirklich, Evan?«
»Ja, ganz bestimmt! Wie machst du das nur, nach einer langen Reise im Zug? Ach nein, ich vergaß – du bist ja im Wagen gefahren, nicht wahr?«
»Ja, wir hatten den Wagen mit.«
»Du und Dan?«
»Ja, ich und Dan.«
»Ach nein? Das erzähl einem andern, Evelyn. Du und Dan alleine nach Spanien? Und wer hat euch begleitet, hm?«
»Niemand, Evan – wenn du nicht Privett mitrechnen willst. Privett hat Spanien nicht gefallen. Sie hat einen Floh im Bett gefunden, mehrere Flöhe.«
»Und was hast du im Bett gefunden? Keinen Floh, möchte ich wetten. Was Besseres als einen Floh – was?«
»Evan, wenn du in der Stimmung bist, gewöhnlich zu werden, solltest du lieber gehen.«
»Sei nicht gleich böse, Evelyn. Vergiss nicht, dass ich dich monatelang nicht gesehen habe. Erzähl mir doch ein bisschen. Wie ist es dir ergangen? In der Familie

hat es allerlei Klatsch über dich gegeben.« Er hatte nicht vorgehabt, das zu sagen, aber das dritte Glas hatte ihn taktlos gemacht.

Evelyn zuckte zusammen; sie bedauerte es, ihm erlaubt zu haben zu kommen. Die Anwandlung, die sie glauben gemacht hatte, jede Gesellschaft, selbst die Evans, sei besser, als allein zu sein, war umgeschlagen. Nun war sie einfach nur müde, sehr müde und sehr deprimiert, zu müde, um noch irgendetwas zu empfinden.

»Ich hasse Klatsch, Evan; bitte erspar mir all die Unfreundlichkeiten.«

»Nicht zu verwundern, dass du Klatsch hasst, besonders wenn er wahr ist. Natürlich habe ich alles über dich gewusst, aber glaub nicht, dass ich dich bloßgestellt hätte; es waren Catherine und die alte Hester, die herumgeschnüffelt haben. Ich wusste, hinter wem sie her waren, als Hester mich eines Tages zufällig fragte, ob ich einen gewissen jungen Mann kenne.«

»Ach, Evan, lass mich bitte damit in Ruhe. Es ist mir wirklich gleichgültig, was du denkst oder was Hester denkt oder was Catherine denkt. Ich hätte mir früher Gedanken machen sollen, aber jetzt bin ich darüber hinweg. Lass mich einfach in Ruhe damit.«

Mit plötzlichem Mitgefühl blickte er sie an; es passte gar nicht zu Evelyn, sich nicht darum zu kümmern, was die Familie dachte.

»Ach so«, sagte er, »ist es also schiefgegangen? Das tut mir leid.«

»Danke, Evan, aber ich brauche wirklich kein Mitleid. Ich will nicht, dass dieses Thema je wieder erwähnt wird. Wenn du mir einen Gefallen tun willst, dann sag Hester und Catherine, dass das, was vielleicht einmal wahr gewesen ist, jetzt nicht mehr wahr ist. Und nun musst du gehen, ich muss schlafen.«

Sie hatte nur den einen Wunsch – ihn loszuwerden. Was sie auch tat, wohin sie sich auch wandte, das Schicksal schien sie überall mit Erinnerungen an Miles zu verfolgen; sogar Evan, der nicht bösartig, sondern nur ein betrunkener Schwätzer war, konnte sie nicht in Ruhe lassen. Sie hatte ihm erlaubt zu kommen, weil sie glaubte, er würde sie für eine Viertelstunde mit seinem üblichen, törichten Geschwätz und den letzten Börsengeschichten ablenken; zum Teil auch deshalb, um vor sich selbst eine Entschuldigung dafür zu finden, dass sie ihre Post nicht aufmachte; doch alles, was sie bekam, war wieder Miles – Miles! Sollte das immer so bleiben?

Er wollte einfach nicht gehen; sie versuchte ihn zur Tür hinaus zu komplimentieren, aber er versuchte sie in den Arm zu nehmen. Er war widerlich in dieser Stimmung und sie verabscheute ihn. »Nein, Evan, bitte lass das, bitte! Siehst du nicht, dass ich ganz erschöpft bin? Ich kann mich heute Abend nicht mit dir herumärgern; sei nicht so gemein.«

Träge drang das Mitleid für sie bis in sein betrunkenes Gehirn vor und er ließ sie los.

Er schwankte ein wenig. »Schön, ich will dich nicht belästigen. Aber darf ich nach Newlands kommen?«

»In Ordnung, aber nur, wenn du dich benimmst.«

»Ich hab dich so verdammt gern, Evelyn; das ist das Problem. Hab mich sonst nie für jemanden begeistern können.«

»Unsinn, Evan; du läufst jeder Frau nach, die dir über den Weg läuft.«

»Nicht jeder Frau«, gab Evan in einem leichten Anfall von Humor zurück, »nur den hübschen.«

Allein bei dem Gedanken, dass Evan oder sonst irgendein Mann sich ihr nähern könnte, hätte sie schreien können, doch bei seiner Antwort musste sie laut auflachen.

»Das ist wenigstens ehrlich. Nun geh endlich und komm nach Newlands, wann du willst.« Sie schob ihn hinaus und schloss die Tür hinter ihm.

Endlich war er weg und sie war allein, allein in ihrer kleinen, warmen Wohnung und Dan schlief friedlich nebenan. Sie versuchte sich einzureden, hier sei Sicherheit und Geborgenheit. Doch für sie gab es nirgends Sicherheit und Geborgenheit.

Ein flüchtiger Reim ging ihr durch den Kopf.

When lovely woman stoops to folly – schon
Geht sie in ihrem Zimmer hin und her,
Legt eine Platte auf das Grammophon,
und fühlt, ob die Frisur in Ordnung wär.

Miles hatte ihr den Reim auf der Burg einmal vorgelesen. Er und Dan hatten sich von der Melodie mitreißen lassen und waren auf lustige Weise im Zimmer auf und ab marschiert, wobei jeder eine Zeile deklamierte. Sie erinnerte sich daran, dass Miles die erste Zeile übernommen und hinter dem absichtlich falsch gestellten ›und‹ eine Pause gemacht hatte. Es war, als ob in dem Gesellschaftsspiel »Die Reise nach Jerusalem« plötzlich das Klavier aufhört zu spielen.

When lovely woman stoops to folly – schon …

Er und Dan hatten wie die Kinder herumgealbert und die Zeilen immer lauter schreiend wiederholt. Sie hatte die beiden angelächelt und sie liebte sie dabei sehr. Dann hatte sie gesagt, die Zeilen erinnerten sie an ein anderes Gedicht, aber sie schienen ihr irgendwie durcheinander geraten. Und Miles hatte übermütig mit dem Finger auf Dan gezeigt und ihn herausgefordert: »Nun, Dan, zitiere es jetzt mal richtig für deine Mutter.« Und Dan hatte feierlich begonnen:

Wenn sich ein holdes Kind zur Torheit wendet
Und findet allzu spät, dass Männer trügen,
gibt's keinen Zauber, der die Schmerzen endet
Und keine Kunst, sich selber zu belügen?

Miles hatte nach einem Buch aus dem Regal gegriffen und gesagt: »Jetzt müsst ihr euch dies hier anhören.« Evelyn konnte sich nicht mehr an das ganze Gedicht erinnern, was er vorgelesen hatte, nur an eine Strophe, die sie erschreckt und beeindruckt hatte. Er hatte gelesen:

Komm unter den Schatten des roten Steins,
Und ich will dir weisen ein Ding, das weder
Dein Schatten am Morgen ist, der dir nachfolgt,
Noch dein Schatten am Abend, der dir begegnet;
Ich zeige dir die Angst in einer Handvoll Staub.

Die letzte Zeile war ihr im Gedächtnis geblieben, obwohl sie damals nur eine geringe Bedeutung für sie hatte; glücklich und unbeschwert hatte sie keine anderen Sorgen gehabt, als die über Jarrold'schen oder aller Welt Klatschmäuler. Wie unbedeutend dieser Ärger ihr nun schien! Wie gerne sie ihn jetzt ertragen würde, wenn es doch nur noch die Ursache für die böse Nachrede gäbe! Klatsch machte ihr überhaupt nichts mehr aus. Hatte sie nicht Evan ehrlich gesagt, dass sie sich nicht mehr darum kümmern wolle, was Hester oder was Catherine oder sonst wer denken sollte? All das war zurückgetreten und auf seine wirkliche Bedeutung zusammengeschrumpft und es war nichts geblieben als die Wirklichkeit, die Wirklichkeit von:

Ich zeige Dir die Angst in einer Handvoll Staub.

Sie konnte das Grauen nun sehen in der Handvoll Staub, die ihr eigenes Fleisch war. Sie begann zu verstehen, was Menschen, die Gedichte liebten, darin fanden. Sie fanden die Dinge, die ihre Bedeutung behielten, wenn der Schrecken und die Gefahr des Lebens drohend bevorstanden. Sie hatte nie etwas für Gedichte übrig gehabt; sie hatte sie nur für eine unnötig komplizierte Art gehalten, Dinge auszusprechen, die ebenso gut in gewöhnlicher Sprache gesagt werden konnten. Sie hatte Gedichte nur gemocht, wenn Miles sie ihr vorlas – und auch nur deshalb, weil sie das Sonnenlicht auf seinem Haar beobachtete und dem Klang seiner Stimme hingebungsvoller lauschte als dem Sinn dessen, was er las. Doch bestimmte Sätze fielen ihr nun wieder ein, obwohl sie sie damals nicht mit Bewusstsein aufgenommen hatte:

Jetzt mehr denn je scheint herrlich es zu sterben,
So ohne Schmerzen um die Mitternacht zu enden.

Miles' tiefe Stimme hatte jene Zeilen wie Musik erklingen lassen. Sie zog Musik der Poesie vor; Musik wirkte auf ihr Gefühl, das stets ansprechbar war, Poesie auf ihren Verstand, der wenig aufnahmewillig war. Nun entdeckte sie, dass beide eng miteinander verbunden waren.

So ohne Schmerzen um die Mitternacht zu enden.

Es war Mitternacht – nach Mitternacht. Sie schaltete das Radio an, doch die banale Stille zeigte, dass die Mitternachtsstunde bereits geschlagen hatte. Sie musste zu Bett gehen – sich auf die alte, gewöhnliche, eintönige Weise ausziehen, waschen, Zähne putzen, Haare bürsten. Wie sinnlos! Wie viel besser, um Mitternacht zu scheiden ohne Schmerz.

Der Briefstapel fiel ihr ins Auge. Irgendwann musste sie ihn durchsehen – oder sollte sie die Briefe ungeöffnet mit nach Newlands nehmen? Nein, das war feige. Sie setzte sich vor das verlöschende Feuer und schaute sie durch, die Post von fünf Wochen. Eins, zwei, drei, vier, fünf, sechs – nichts von Miles dabei. Doch, der siebte Brief war von ihm. Wie oft hatte sie diese Handschrift gesehen und den Umschlag beiseitegelegt, um ihn bis zuletzt aufzuheben. Nun hielt sie ihn zitternd in der Hand. Dann stand sie rasch auf und schloss ihn ungeöffnet weg zu den anderen ungeöffneten Briefen.

Am nächsten Morgen fuhr sie früh nach Newlands, früh für ihre Verhältnisse, das heißt, sie bestellte den Wagen für zehn Uhr und kam kurz nach elf die Treppe herab, von Dan und Privett begleitet. Sie betrachtete Newlands als Zufluchtsort, so wie Spanien. Sie fürchtete sich vor London, wo Miles jeden Augenblick auftauchen konnte. In Newlands würde sie sich verhältnismäßig sicher fühlen.

Sie hatte Viola Anquetil nicht angerufen; sie war Miles'

Verbündete und jeder Kontakt mit ihr bedeutete eine Verbindung mit ihm.

Dennoch verfolgte Miles sie, wenn er auch nicht anrief oder persönlich kam. Er verfolgte sie in einer Weise, die nicht beabsichtigt aber außerordentlich schmerzlich war. Sein Buch war an dem Tag herausgekommen, an dem sie nach England zurückkehrte – dieses Buch, auf das sie immer so eifersüchtig gewesen war und dessen Entstehen sie immer behindert hatte. Sie konnte keine Zeitung aufschlagen, ohne es erwähnt zu finden. *Die Weltwirtschaftslage in der Nachkriegszeit.* Der Titel konnte kaum trockener sein; doch den Kritiken nach sprach es den ungebildeten Laien ebenso an wie den wirtschaftlichen Fachmann. Seit J. M. Keynes' *Die wirtschaftlichen Folgen des Vertrages von Versailles* war kein ähnliches Buch mehr erschienen. Es war gleichzeitig verständlich und wissenschaftlich, zugleich anwendungsorientiert und visionär – eine nahezu unmögliche Kombination, doch Miles war sie offensichtlich gelungen. Er hatte ein nüchternes Buch geschrieben, das trotzdem lesbar war. Die seriöse Presse nahm es sehr ernst. Sie nannte Miles »einen unserer jüngeren Politiker, von dem man noch hören wird«. Die Boulevardpresse brachte es als Schlagzeile, die Fachpresse nannte es einen wertvollen Beitrag zur politischen und ökonomischen Literatur. In allen Zeitungen war sein Name, über Nacht war Miles eine bedeutende Persönlichkeit geworden, mit der man rechnen musste. *The Times* ging so weit anzudeuten, dass die

nächste Regierung einen Mr. Vane-Merrick nicht werde ignorieren können.
Evelyn fiel ein, dass er ihr das Buch hatte widmen wollen und dass sie ihm das ausgeredet hatte, weil die ›Leute reden würden‹. Sie erinnerte sich an den Blick, mit dem er sie darauf angesehen hatte, und an sein leicht amüsiertes Lächeln; aber er hatte nicht argumentiert, er hatte noch nicht einmal, wie sonst oft, über ihre Ängstlichkeit gescherzt.
Sie fürchtete, dass er ihr ein Exemplar des Buches zuschicken und dass sie das Paket mit dem Absender des Buchhändlers arglos öffnen würde. Einmal hatte sie ihm bei der Korrektur der Druckfahnen über die Schulter geschaut, und obwohl sie vom Anblick der Zahlenreihen abgeschreckt war, hatte ihr plötzlich ein sehr bildhafter Ausdruck gefallen und sie zum Lachen gebracht. Sie hatte über seiner Schulter weitergelesen, während er ihr die Seiten umblätterte. Es war gut, sehr gut; das konnte Evelyn erkennen, obwohl sie keine erfahrene Leserin war und Statistiken verabscheute. Aber sie hatte sowieso nicht sehr viel weiter gelesen. Sie hatte kurz darauf gesagt: »Jetzt hast du aber genug Zeit damit zugebracht; komm hinaus und schenke mir ein wenig Aufmerksamkeit.«
Es kam kein Paket, was sie enttäuschte, obwohl sie es befürchtet hatte. Miles hatte auch aufgehört ihr zu schreiben. Kein Brief wurde ihr nach Newlands nachgeschickt. »Dem Himmel sei Dank«, sagte sie sich, doch

im tieftsten Inneren vermutete sie: »Er fängt an, mich zu vergessen.«
Und doch war sie überzeugt, dass das nicht wahr sein konnte. Niemand, nicht einmal Miles, konnte so rasch vergessen. Nein, es war viel wahrscheinlicher, dass sein Stolz ihn, nach ihrer steten, beharrlichen Verweigerung, schließlich zum Schweigen gebracht hatte. War das nicht genau der Abschluss, den sie sich gewünscht hatte? Sie hatte inständig darum gebetet, dass er sie in Ruhe die Last des Leides tragen lassen würde, die sie sich selbst ausgesucht und auferlegt hatte; doch nun, da ihr Gebet anscheinend erhört worden war, wurde ihrem Opfer eine neue Bitterkeit hinzugefügt: Miles hatte sich einfach zu leicht verabschieden lassen.

Ein furchtbarer Verdacht stieg in ihr auf. Waren seine Anstrengungen, mit ihr in Verbindung zu kommen, gar nicht ernst gemeint gewesen? Diese Briefe, die zu öffnen sie sich geweigert hatte, die sie aber noch besaß, waren auch sie unverbindlich, vielleicht sogar ablehnend? Sie schloss das Kästchen auf, in dem sie sie aufbewahrte; als sie die Spitze des Papiermessers bereits in den ersten Umschlag gesteckt hatte, zögerte sie. Sie schaute genauer auf die Poststempel; sie reichten bis zum Juli zurück; der erste trug das Datum des folgenden Tages, an dem sie ihn verlassen hatte.
Der vertraute, blaue Briefumschlag aus seiner Burg. Wie hatte er gleich wieder reagiert, als sie ihn zu überreden

versuchte die Umschläge zu wechseln, weil Mason und Privett ihre Farbe auf Anhieb erkennen könnten? »Ja«, hatte er erwidert, »es ist die Farbe des Sommerhimmels.« Der nächste kam aus London – in dem fast ebenso vertrauten, weißen Umschlag seines Klubs. (Aber er hatte nicht sehr oft aus dem Klub geschrieben, weil sie sich jeden Tag sahen, wenn er in London war; die wenigen Briefe aus dem Klub hatte er gleich, nachdem er von ihr kam, geschrieben, manchmal um Mitternacht, um ihr zu sagen, wie wundervoll sie zu ihm war und wie sehr er sie liebte und dass sie einen Brief auf dem Frühstückstablett haben müsste, der ihr das sagte; nur sei die letzte Briefleerung, verdammt noch mal, um Mitternacht und deshalb habe er sie bestimmt verpasst. Und doch müsste er schreiben, ganz gleich, wann der Brief ankomme.) Der dritte kam wieder von der Burg; sie konnte seine Aktivitäten anhand der Poststempel und Umschläge nachvollziehen. Dann mehrere aus London – also war er im August in London gewesen? Weshalb? Weil er nicht allein auf seiner Burg bleiben wollte? Weil er zu einem getriebenen Unglücklichen geworden war? Diese Überlegung gab ihr für einen Augenblick Trost. Es war äußerst ungewöhnlich für ihn, im August in London zu sein, sie kannte doch sein Liebe zu seiner Burg und seinem Land. Er musste ihretwegen nach London gekommen sein, sagte sie sich voller Schadenfreude.

Noch immer war sie quälend gespannt, was diese Umschläge beinhalten würden, und noch immer zögerte sie, den Brieföffner in der Hand. Sie war bis heute stark genug gewesen, nicht einen einzigen zu öffnen. Anfangs hatte sie der Neugier widerstanden, damit seine drängenden Bitten ihren Entschluss nicht ins Wanken bringen würden. Jetzt fürchtete sie sich, sie zu öffnen, weil sie vielleicht weniger drängende Bitten lesen müsste, als sie sich das wünschte. Wenn Miles' Briefe wirklich einen unverbindlichen Ton hätten, würde sie daran sterben, das fühlte sie. Nein, nein, dachte sie, legte den Stapel wieder zurück und warf das Papiermesser weit von sich, als wäre es ein Dolch.

Später entdeckte sie, dass Dan Miles' Buch besaß, denn eines Tages kam sie in sein Zimmer, als er darin las. Seine schnelles Bemühen, es zu verstecken, und sein Erröten verrieten ihr sofort, was er da las. Und als er erkannte, dass sie es erraten hatte, murmelte er eine Entschuldigung und dass sie es nicht sehen sollte. Es war das erste Mal, dass einer von ihnen Miles erwähnte. Sie nahm das Buch mit so viel Selbstverständlichkeit in die Hand, wie sie nur aufbringen konnte. Auf dem Titelblatt stand sein *Die Weltwirtschaftslage in der Nachkriegszeit* von M. Vane-Merrick. Sie tat, als blättere sie gleichgültig darin herum, doch in Wirklichkeit sah sie nach, ob er es jemandem gewidmet hatte – ja, da stand es: »Viola und Leonard Anquetil in Freundschaft.« Nun, das war nicht so schlimm und sie war selbst schuld, wenn die Widmung nicht ihr galt. Sie gab Dan das Buch zurück.

Er war zutiefst gerührt von dem seltsamen Lächeln, mit dem sie es ihm gab.

Newlands beherbergte eine Menge Besucher: Gruppen von jungen Männern in Dans Alter, Freunde aus Eton, die er in seinem letzten Jahr schließlich doch gefunden hatte; Verwandte kamen und einige von Evelyns früheren Freunden. Es kümmerte sie nicht im Einzelnen, wer kam und ging. Sie war froh über jede Ablenkung, wie oberflächlich sie auch sein mochte. Mit Dan allein zu sein strengte sie sehr an, außerdem war es nicht fair dem Jungen gegenüber von ihm zu erwarten, einen Abend nach dem anderen in ihrer alleinigen, ungeeigneten Gesellschaft zu verbringen. In Spanien war das anders gewesen, dort war für beide alles neu und unbekannt; hier in Newlands jedoch konnten sie nur zu beiden Seiten des Kamins sitzen, so tun, als läsen sie, und sich jeder auf seine Weise nach Miles sehnen. Es war viel besser das Haus voller Menschen zu haben, nach dem Essen zu tanzen, auf dem Billardtisch Ball zu spielen und so zu tun, als ob so etwas wie Leid niemals Einlass gefunden hatte in diese wundervolle, sorgenfreie Welt. Evelyns Freunde, die natürlich untereinander über sie redeten, meinten, sie sei ein wenig zu reizbar; sie fragten sich sogar, ob sie nicht ein kleines bisschen zu viel trinke. Ansonsten fanden sie sie ganz in Ordnung. Sie hatte einen Schlag erlitten, das war alles; das passierte früher oder später jedem einmal, besonders Frauen, die so unvernünftig waren, sich in Männer zu verlieben, die fünfzehn Jahre jünger waren als sie selbst. Es amüsierte sie, dass es ausgerechnet Evelyn Jarrold war, die so etwas getan hatte, sie, die immer so vorsichtig, so tadellos und bedachtsam war! Und trotz der Besorgnis, hoffentlich habe die arme Evelyn nicht vielleicht doch einen allzu harten Schlag abbekommen, waren sie voller Schadenfreude, dass Evelyn nun die unvermeidlichen Früchte ihrer Dummheit einbringen musste.

Außerdem sprach man offen darüber, wenn auch nicht in ihrer Gegenwart, dass Miles Vane-Merrick ständig mit Lesley Anquetil zusammen gesehen werde.

Niemand wusste von dem heimlichen Kummer, den Evelyn ganz für sich behielt. Niemand hörte von ihrem unruhigen Schlaf, aus dem sie um vier Uhr erwachte, um gegen sieben Uhr wieder in einen Halbschlaf zu fallen, aus dem sie ein Dutzend Mal aufschreckte und der durchzogen war von der vagen Erinnerung daran, wer sie war und woher ihre Schmerzen kamen. Niemand wusste, dass sie morgens mit zitternden Händen und unregelmäßigem Herzschlag aufstand, schwindelig und von unerwarteten Schweißausbrüchen durchnässt. Niemand wusste, dass sie bis zum Nachmittag noch nicht einmal einen Scheck auszufüllen vermochte, weil der Stift in ihren zitternden Fingern nur die krakeligen Buchstaben einer alten Frau schreiben konnte. Der Vormittag war in der Tat unerträglich. Diese täglich wiederkehrende Erinnerung an alles und diese unkontrollierbare körperliche Schwäche vergifteten die morgendliche Rückkehr in die Bewusstheit. Manchmal, wenn sie in ihr Wohnzimmer floh und in realer, physischer Angst die Hand auf ihr Herz presste und wartete, bis das Schwitzen, die Schwäche und die Übelkeit vergingen, fragte sie sich, ob sie den Tod nicht eher begrüßen sollte, statt ihn zu fürchten. »Werde ich sterben?« fragte sie sich, halb überzeugt davon, dass dieses seltsame, unsichtbare und lebenswichtige Organ, ihr Herz, nun aufhören sollte zu schlagen; in ein paar Stunden würde sie dann ein Diener finden, wie sie in ihrem Sessel zusammengesunken lag. Mit einer abgeklärten Neugier überlegte sie, wie der wirkliche Augenblick des Hinübergehens wohl sein mochte. Wäre da ein Ringen nach Luft, ein Keuchen und Krampfen? Oder würde die Ohnmacht nur tiefer werden, bis sie zur Nacht wurde, die einen einhüllte und aus der es einfach kein Erwachen gab?

Zehn Minuten später war sie wieder unten und sah Dan zu, wie er mit einem seiner Freunde Squash spielte.

Ohne eingeladen worden zu sein, erschien Ruth in Newlands. Nachdem sie Evelyn in den vergangenen Monaten aus dem Weg gegangen war, weil sie ihre Anmut und Schönheit nicht ertragen konnte, kam sie nun zurück, in der sicheren Überzeugung, dass sie ihn beide endgültig verloren hatten. Ihre Liebe zu Miles – wenn man es so nennen wollte – war nie sehr tief gegangen, auf keinen Fall tiefer als ihre Zuneigung zu Evelyn; es war nur die Verbindung dieser beiden gewesen, die sie als überraschende Niederlage erlebt hatte, so dass sie sich eine kurze Zeit lang für viel unglücklicher hielt, als sie wirklich war. Sie hatte Miles mit seiner Anziehungskraft bereits überwunden und freute sich richtig darauf, Evelyn wieder ganz für sich allein zu haben. Ruth gehörte zu den Menschen, die das Leben nicht so leicht brechen kann.

Es geschah nicht ganz ohne böse Absicht, dass sie Miles' Namen gleich bei der ersten Gelegenheit erwähnte. Aus Romanen hatte sie die Vorstellung, dass Menschen erbleichend zurückweichen, sobald etwas erwähnt wird, mit dem sie ein großes Problem haben. Sie wusste nicht, wie das genau vor sich ging, aber stellte sich vor, dass es sich um eine ganz bestimmte und erkennbare Äußerung handeln müsste. Sie hatte eigentlich nicht die bewusste Absicht, Evelyn zu verletzen, sondern wollte nur herausfinden, ob Miles noch ein Problem für sie bedeutete. Evelyn fuhr jedoch keineswegs erbleichend zurück, als Ruth sie fragte, ob an dem Gerücht etwas dran sei, dass Miles Vane-Merrick mit Lesley Anquetil verlobt sei. Sie sah nicht einmal überrascht aus; sie lächelte ganz einfach und sagte, das hoffe sie doch sehr, denn sie könne sich nichts Passenderes vorstellen.

Das also war die Erklärung für Miles' Schweigen! Wie grob, wie gewöhnlich und billig! Und ausgerechnet Ruth, selbst grob, gewöhnlich und billig, war als Übermittlerin dieser Neuigkeit ausersehen! Alle anderen mussten es schon lange gewusst haben, hatten aber, anders als die grobe Ruth, den Takt besessen es vor ihr zu verheimlichen. Einen ganzen Tag war Evelyn zu wütend und gedemütigt, um überhaupt irgendeinen Schmerz wahrzunehmen. Danach durchlitt sie zwei Tage lang alle nur vorstellbaren, peinigenden Eifersuchtsattacken. Dann verließ selbst diese Eifersucht sie und es blieb ihr nur eine völlige, endgültige Verzweiflung; da wurde ihr bewusst, dass sie sich bis zu diesem Moment immer noch an den Strohhalm der Hoffnung geklammert hatte.

Tagelang war sie unfähig aus ihrer Apathie aufzutauchen; sie konnte sich kaum dazu aufraffen ihre Rolle als Gastgeberin zu spielen. Dann wieder quälte sie eine derartige Rastlosigkeit, dass sie Dan fragte, ob er etwas dagegen hätte, wenn sie für ein paar Tage nach London führe. Es störte ihn natürlich nicht, aber obwohl er zunächst noch etwas sagen wollte, hielt er lieber seinen Mund. Er machte sich Sorgen um seine Mutter; sie sah krank und fiebrig aus, und ihre Augen glänzten ungut. Er war jedoch zu scheu ihren Zustand als erster zur Sprache zu bringen.

Evelyn fuhr los, ohne genau zu wissen, weshalb sie fuhr. Sie hatte keine klar umrissene Absicht, Miles zu treffen. Als sie später darüber nachdachte, nahm sie jedoch an, dass sie gefahren war, weil sie unbewusst mit der Möglichkeit gespielt hatte.

Und wenn sie Miles nicht treffen konnte, dann Viola Anquetil; irgendwie musste sie an Miles herankommen; sie musste um jeden Preis die Wahrheit erfahren. Zunächst unternahm sie keine weiteren Schritte; sie blieb fast die ganze Zeit in ihrer Wohnung, tat nichts, ging auf und ab und schwankte von einer Unentschlossenheit zur nächsten. Dann, ohne recht zu wissen, was sie tat, fuhr sie zu den Anquetils.

Viola war allein in dem großen Studio. Sie war zutiefst erschrocken über Evelyns Erscheinen. Diese Frau sah aus, als hätte sie wochenlang nicht geschlafen. »Meine Liebe«, sie stand hastig auf und legte ihre Stickerei weg, »das ist aber eine sehr große Freude. Setzen Sie sich doch. Ich will nur eben dem Mädchen etwas sagen und bin gleich zurück.«

»Nein, bitte nicht.« Evelyn setzte sich kraftlos. »Ich weiß, was Sie dem Mädchen sagen wollen; Sie fürchten, dass Miles kommen könnte. Wenn er denn kommen soll, lassen Sie ihn. Vielleicht wäre es sogar besser. Wenn ich ihn überhaupt treffen muss, dann am besten in Ihrem Haus. Ich verspreche Ihnen, ich werde ihm keine Szene machen.«

Sie lächelte so kläglich, dass Viola tief bewegt war. »Ich sage Ihnen lieber gleich, dass er sehr wahrscheinlich kommen wird.«

Viola glaubte, Evelyn würde ohnmächtig, denn sie legte die Hand über die Augen und sagte gar nichts mehr.

»Hören Sie«, fuhr Viola freundlich fort, »lassen Sie mich

wenigstens dem Mädchen sagen, dass sie niemanden sonst einlässt. Außer Miles, aber nur, wenn Sie es wünschen.«

»Lassen Sie ihn ruhig kommen«, sagte Evelyn leise.

Viola ging hinaus; als sie zurückkam, hatte Evelyn Miles' Buch vom Tisch genommen. Sie legte es wieder hin und fragte: »Wird er bald kommen?«

»Nein, wahrscheinlich nicht vor einer halben Stunde.«

»Kann ich dann erst einmal mit Ihnen sprechen? Ich habe nur eine Frage an Sie. Von Ihrer Antwort hängt es ab, ob ich gehe oder bleibe.«

»Fragen Sie nur alles, was Sie möchten.«

Evelyn schien nicht in der Lage zu sprechen; sie stand auf und ging zum Kamin hinüber. Sie nahm eine kleine Figur in die Hand, schaute sie genau an und stellte sie wieder zurück. Schließlich drehte sie sich um: »Ist es wahr, dass Miles mit Ihrer Tochter verlobt ist?«

»Mit Lesley verlobt? Nein, das ist nicht wahr; wer hat Ihnen das erzählt? Sie sind befreundet, sogar gut befreundet, aber sie sind nicht verlobt; das sind sie sicher nicht; das hätte Lesley mir erzählt. Aber bitte setzen Sie sich doch wieder, Sie sehen völlig erschöpft aus. Lassen Sie uns darüber reden, was zu tun ist.«

»Ja, aber erst noch eine Frage, dann will ich mich setzen. Lieben die beiden sich?«

»Da fragen sie noch etwas Schwierigeres, aber – nein, ich glaube nicht. Ich bin fast sicher, dass sie sich nicht lieben.«

»Fast sicher? Nicht ganz sicher?«

»Wie kann man da ganz sicher sein? Ich will Sie nicht in die Irre führen. Die beiden haben viel gemeinsam, sie sind dauernd zusammen …«

»… und sie sind fast im gleichen Alter«, beendete Evelyn den Satz für sie.

»Ach, wissen Sie«, erwiderte Viola, »das hat nicht viel mit der Tatsache an sich zu tun. Ob man sich verliebt oder nicht, das hat nichts mit Vernunft zu tun.«

»Sie brauchen mich nicht zu schonen«, sagte Evelyn, »wenn es auch sehr freundlich ist. Ich kann Ihnen versichern, dass ich gelernt habe mich weder zu schonen noch selbst zu betrügen. Es stimmt, es hat nichts mit Vernunft zu tun, ob man sich verliebt, aber eine Liebe aufrechtzuerhalten, hat mit sehr vielen Dingen zu tun.«

»Ich glaube, Sie machen sich hier etwas vor; die Schwierigkeiten zwischen Ihnen und Miles entstanden nicht aus dem Altersunterschied.«

»Aus welchem Grunde entstanden sie Ihrer Meinung nach denn dann?«

»Wenn ich offen sein darf – aus ihrem unterschiedlichen Naturell.«

»Verzeihen Sie, aber Sie kennen mein Naturell doch gar nicht.«

»Man kann sich einiges denken«, sagte Viola, »und zudem kenne ich Miles recht gut. Ich will Ihnen ehrlich sagen, dass mir jede Frau leid tut, die Miles liebt.«

»Aber Ihre eigene Tochter …«

»Ich sagte Ihnen schon, ich glaube nicht, dass Lesley Miles liebt. Natürlich weiß man das nie mit Gewissheit. Die Menschen sind verschwiegen in diesen Dingen, und mitunter ist es ihnen selbst nicht bewusst, bis sie es ganz plötzlich entdecken. Es ist durchaus möglich, dass Miles und Lesley auf einmal diese Entdeckung machen könnten. Ich denke nicht, dass Sie Miles dann Vorwürfe machen dürfen. Er war die ganze Zeit sehr unglücklich.«

»Es geht nicht darum ihm Vorwürfe zu machen. – Aber ist er wirklich so schrecklich unglücklich gewesen? Ich kann das nicht glauben. Wenn man sehr unglücklich ist, verzweifelt unglücklich, dann tut man etwas spürbar Durchgreifendes dagegen.«

»Aber Miles hat Ihnen geschrieben, hat sich bemüht, Sie zu sprechen …«

»Oh, Viola! Ist das genug? Ist das alles, was man unternimmt? Sehen Sie, lassen sie mich schonungslos offen sein. Sie wissen selbst, dass Miles hitzköpfig und impulsiv genug ist, ohne Zögern durchzusetzen, was er will. Ja, er hat mir geschrieben; ja, er hat versucht mich zu treffen; ja – eine Zeitlang. Er hätte kaum weniger tun können, aber ich glaube wohl sagen zu können, dass er dabei aufrichtig war. Aber was ist nun geschehen? Er bemüht sich nicht mehr mit mir zu reden, er schreibt nicht mehr; es ist ganz eindeutig, er hat meine Entscheidung angenommen.«

»Miles hat einen großen Stolz, das wissen Sie ja – und Sie haben sich sehr plötzlich und endgültig zurückgezogen.«

»Ich hatte keine Wahl; es gab nur das eine oder das andere; Halbheiten waren nicht mehr möglich.«
»Hätten Sie sich ihm nicht vielleicht etwas mehr anpassen können? Ich will Sie auch auf keinen Fall belehren, aber hätten Sie sich und Miles nicht sehr viel Elend ersparen können? Könnten Sie es nicht sogar jetzt noch?«
»Viola, ich bin sicher, dass Sie jetzt gegen Ihre eigene Überzeugung argumentieren; ich bin sicher, es täte Ihnen sehr leid, wenn ich wieder mit Miles zusammenkäme. Sie wissen ganz genau, wie es enden würde, in einer Wiederholung dieser ganzen, unglücklichen Geschichte. Geben Sie es zu, Sie wissen, dass ich das Richtige getan habe!«
»Dann erklären Sie mir, weshalb Sie ihn heute sehen wollen.«
Evelyn schaute sie kurz verwirrt an und sagte: »Ich weiß es nicht.«
»All die Monate sind Sie standhaft geblieben, ob das nun richtig oder falsch war. Soweit ich es beurteilen kann, hatten Sie wahrscheinlich recht. Ich weiß jedenfalls, dass Sie es aus den besten Absichten heraus taten. Und das weiß Miles auch.«
»Miles?«
»Ich habe es ihm gesagt. Aber was ich nicht ganz begreife – weshalb werden Sie jetzt schwach? Was kann damit gewonnen sein, ihn jetzt zu sprechen?«
»Ich bin gar nicht in der Absicht hergekommen, ihn zu sehen, denken Sie bitte daran.«

»Aber als sie hörten, er käme vielleicht, war die Versuchung zu groß für Sie?«

»So könnte man sagen, wenn Sie wollen. – Nein, ich glaube nicht, dass das der einzige Grund war. Ich glaube, ich will nur ganz, ganz sicher sein, dass ich ihn aufgeben muss. Ich möchte absolut sicher sein, dass er selbst es auch will. Ich werde das sofort an seinem Verhalten erkennen können. Ich hatte beinahe gehofft, Sie würden das Gerücht über ihn und Lesley bestätigen ... Das hätte alles viel einfacher für mich gemacht. Zurzeit frage ich mich manchmal, ob ich nicht einen entsetzlichen und unnötigen Fehler mache. Wenn Miles mich wirklich zurückhaben will ... aber nein, das will er nicht; nein, er will es nicht. Sie selbst haben ja gesagt, Sie meinen, dass ich wirklich recht habe.«

»Wie soll ich sagen, es ist ziemlich hart ...«

»Nein, Sie müssen ehrlich sein. Die ganze Sache ist so ungeheuer wichtig – für mich wenigstens –, dass Sie um jeden Preis ehrlich sein müssen. Nehmen Sie keine Rücksicht darauf, wie sehr es mich verletzen könnte. Es ist zu wichtig für bloße Freundlichkeiten. Sagen Sie es mir noch einmal: Sie glauben also wirklich, ich hätte es richtig gemacht?«

»Wenn Sie sich Miles nicht anpassen konnten – wenn Sie ihn nicht auf die Weise glücklich machen konnten, die er sich wünschte – und wenn Sie glauben, dass Sie das auch niemals können werden, dann bin ich sicher, dass Sie es richtig gemacht haben.«

»Ich habe es wirklich versucht, Viola. Am Anfang habe ich mir sehr große Mühe gegeben und anfangs ist es mir wohl auch gelungen. Doch als die ersten Schwierigkeiten auftraten, zwang mich meine Sturheit, es immer noch schlimmer zu machen. Wenn ich sah, dass ich Miles ärgerte, wollte ich ihn noch mehr reizen. Können Sie sich so etwas vorstellen?«

»Ich verstehe das so gut, dass ich wünschte, Sie hörten damit auf sich auf diese Art selbst zu zerfleischen. Sie brauchen mir nichts zu erzählen; ich weiß schon, was Sie meinen.«

»Ich war sogar eifersüchtig auf ihn.«

»Ich bin sicher, dass Sie niemals einen Grund dazu hatten.«

»Vielleicht nicht durch seine Schuld. Aber Miles ist überall sehr beliebt … und ziemlich eitel; die Frauen liefen ihm nach und er hatte nichts dagegen; ich wusste nie, wann er einer Frau begegnen würde, die ihn mir wegnehmen würde …«

Viola lächelte. »Das war kaum der beste Weg, ihn zu halten.«

»Ich weiß, ich weiß! Ich bin wahnsinnig gewesen. Ich konnte mich nicht beherrschen. Er war im Großen und Ganzen sehr geduldig. – Was nutzt das Reden? Ich sehe jetzt, wie die Dinge stehen. Ich mache mich besser auf den Weg, jetzt sofort, ehe er kommt.«

Sie erhob sich und nahm dabei Handschuhe und Tasche an sich.

»Aber wohin wollen Sie jetzt?« fragte Viola und stand auch auf. Sie konnte den Gedanken an Evelyns Einsamkeit nicht ertragen; sie fürchtete tatsächlich, Evelyn könnte etwas Dummes tun.

»Oh, vielleicht wieder zurück nach Newlands«, antwortete Evelyn, »wo soll ich sonst hin? Für mich ist sowieso jeder Ort der gleiche und da habe ich noch Dan, um den ich mich kümmern muss. Lassen Sie mich jetzt gehen, Viola, und vielen Dank, dass Sie so gut zu mir waren. Ich werde Ihnen das nie vergessen, niemals.«

Sie sah schrecklich blass und müde aus, so dass Viola sie am liebsten in die Arme genommen hätte, aber sie wusste, dass es mit Evelyns Fassung dann vorbei sein würde.

»Hören Sie ...«, begann sie, doch in dem Augenblick trat Miles ins Zimmer.

Viola brachte nie genau in Erfahrung, was zwischen ihm und Evelyn vorgefallen war. Nach der ersten Betroffenheit, in der sich alle drei schweigend gegenüberstanden, ließ sie die beiden lieber allein, in dem Gefühl, dass es die Situation so erforderte. Sie ging nach oben, nachdem sie dem Mädchen gesagt hatte, dass Mrs. Jarrold und Mr. Vane-Merrick geschäftliche Dinge zu besprechen hätten und keinesfalls gestört werden dürften. Geschäfte! Ja, ein lebenswichtiges Geschäft. Sie ging in ihr Schlafzimmer hinauf und verbrachte dort zwei der unruhigsten und unangenehmsten Stunden ihres Lebens. Nach einer Weile fiel ihr ein, dass Leonard und Lesley bei ihrer Rückkehr die Haustür wahrscheinlich selbst aufschließen und vergnügt ins Studio hineinspazieren würden. So schlich sie hinunter und legte eine warnende Notiz dort ab, wo sie immer ihre Mitteilungen hinterließen. Zurück in ihrem Zimmer schaute sie eine weitere Stunde aus dem Fenster und dachte an die beiden dort unten; sie überlegte, wer von ihnen dableiben und ihr berichten würde, was vorgefallen war.

Oder würde sie die zwei zusammen sehen, wie sie ohne weiteres gemeinsam in ein Taxi stiegen?

Da kam Evelyn aus dem Haus, winkte einem Taxi und fuhr davon. Also war Miles dageblieben? Doch ehe sie zu ihm gehen konnte, sah Viola auch ihn, wie er barhäuptig aus dem Haus kam und mit ärgerlichen Schritten die Straße hinuntereilte.

Evelyn fuhr nach Newlands zurück, wo sie Dan in einer Pokerrunde mit jungen Leuten vorfand. Sie waren alle hocherfreut sie zu sehen, erhoben sich höflich, unterbrachen ihr Spiel und sagten, sie hätten sie sehr vermisst. Dan war besonders liebevoll, nahm ihren Arm und drückte ihn an sich. »Liebe Mummy«, sagte er, »wie schön, dass du wieder da bist.« Für einen Augenblick hatte sie das Gefühl, hier wirklich gebraucht zu werden. Für einen Augenblick hatte sie das Gefühl, das könne ihr genügen. Dan wenigstens war ganz der Ihre. Aber Dan würde in absehbarer Zeit weggehen von ihr, würde seine eigene Liebe und seine eigenen Pläne haben.

Eigene Pläne hatte er bereits und es waren nicht die ihren – es waren die von Miles.
Und dennoch, wie betäubt hielt sie durch. Sie lud weiter Dans und ihre eigenen Freunde ein und einmal fuhr sie sogar mit Dan nach Orlestone zur Eröffnung eines neuen Wohnheims, das ein junger Mann eingerichtet hatte, der sie an Bretton erinnerte. Anscheinend gab es viele junge Männer dieses Typs unter Dans Bekannten, ungehobelte, heftige, junge Männer; sie mochte sie nicht. Dan hatte wenigstens tadellose Manieren; das hielt sie der Eton Erziehung zugute. Hatte der alte William Jarrold am Ende vielleicht doch recht gehabt?
In Orlestone gab es für Dan wieder Grund zur Aufregung, denn er hatte den jungen Mann, der Bretton so ähnlich war, mit zum Hotel gebracht und sie saßen zusammen und redeten bis drei Uhr früh. Dan sagte, dass man unbedingt etwas unternehmen müsse, dass er bereit sei sein gesamtes, persönliches Vermögen zur Verfügung zu stellen, was aber nicht ausreichend sei; es könne das Elend in Orlestone höchstens lindern, aber es würde das Grundproblem nicht lösen. Evelyn überließ sie ihren Überlegungen und zog sich zurück; doch als sie die Tür hinter sich zumachte, hörte sie ihn sagen: »Also Miles Vane-Merrick meint …«
Immer wieder Miles. Sie konnte ihm nicht entrinnen, weder in Gesprächen noch in Zeitungen und am wenigsten in ihren eigenen Gedanken.
Sie kamen nach Newlands zurück. Dan hasste es inzwi-

schen regelrecht und wollte sich so bald wie möglich davon trennen. Newlands war als Landsitz auf dem Markt hochbegehrt, wenn auch nicht von seinem jungen Eigner. Evelyns Vater, der die Immobilienanzeige in *The Times* und in *Country Life* gelesen hatte, äußerte in einem erschütterten Brief an Evelyn sein Bedauern darüber, dass Dan sich von diesem schönen Besitz trennen wollte. Geoffrey Jarrold konnte überhaupt nicht begreifen, weshalb Dan Newlands verkaufen wollte. Könnte der Junge sich einen schöneren Landsitz wünschen? Wollte er vielleicht bessere Sportanlagen? Aber soweit er im Bilde war, machte Dan sich nichts aus Jagen und Schießen, also was zum Teufel suchte der Junge? Evelyn zeigte Dan den Brief und fragte, was sie Geoffrey antworten solle.
»Schreib ihm, dass ich die weißen Einfriedungen und die Ketten hasse, die Koppeln und die Kieswege und das ganze Surrey.«
Evelyn begriff nicht genau, was er meinte, doch auf jeden Fall begriff sie mehr als noch vor zwölf Monaten. Und das war wiederum Miles zu verdanken.

Die Zeit für Dans Aufenthalt in Frankreich war gekommen. Er protestierte heftig, ohne aber seinen wahren Grund preiszugeben: die Furcht davor, seine Mutter allein zu lassen. Evelyn blieb jedoch unerbittlich. Sie staunte selbst, wie fest sie jetzt sein konnte; die vergangenen Nöte schienen ihre verborgene Charakterstärke hervorgerufen zu haben. So sehr sie wünschte Dan bei sich zu behalten, war sie doch entschlossen sein Wohl über ihr eigenes zu stellen; sie hatte ihre selbstsüchtige Liebe hinter sich gelassen.

Er reiste ab, obwohl er bis zuletzt protestiert hatte, und sie blieb allein in England zurück. Sie war allein, trotz der Leute, die um sie waren, denn Dan war der einzige Mensch auf der Welt, der ihr etwas bedeutete. Ihr restliches Leben war nichts als ein flüchtiger Schatten.

Sie versuchte ihr Interesse auf anderes zu lenken, aber da jeder Anreiz fehlte, kam sie sich vor, wie jemand, der schwere Gewichte heben wollte, ohne die notwendige Muskelstärke zu besitzen. Es war die Liebe, die ihr fehlte, nun da sie wirkliche Liebe kennengelernt hatte. Offensichtlich gab es Frauen, die sich dauernd nach Liebe sehnten, und sie war eine von denen. Es war tragisch so veranlagt zu sein.

Der einzige Mensch, den sie wirklich zu sehen wünschte, war Viola Anquetil. In ihrer ruhigen, abgeklärten Anwesenheit, auch ohne ein Wort zu sagen, darin hätte sie zumindest vorübergehend ein wenig Frieden finden können. Aber ihre Zurückhaltung stand ihr im Weg: Sie hatte nicht das Recht, Viola ihre Probleme aufzudrängen. Viola rief mehrmals an und schrieb ihr auch, aber sie antwortete jedes Mal, sie sei in Newlands.

Auch hierin konnte sie stark sein.

Dieses Durchhaltevermögen war ihr selbst ein Rätsel. Offenbar war es die Rückseite der Medaille. Auf der einen Seite trug die Medaille die Prägung von Maßlosigkeit,

Hang zu Luxus und Selbstbezogenheit, jetzt hatte sie sie umgedreht und fand eine gewisse Strenge, Stolz und Selbstaufopferung.
Gleichwohl fragte sie sich, was die Zukunft ihr bringen würde. Sie hatte vielleicht noch dreißig bis vierzig Jahre vor sich. Reichte das sichere Wissen, das Beste für Miles getan zu haben, dafür aus? Oder war es nur ein momentanes Hochgefühl? Was, wenn es nicht ausreichte, wenn ihre Hochstimmung abstürzte wie ein Akrobat vom Hochseil, würde sie dann zerschmettert am Boden liegen?
Die Unterredung mit Miles war endgültig gewesen. Sie hatte es während der ganzen Zeit, in der er sie bedrängt hatte, gespürt. Auch wenn er sie bestürmte, schwärmte, appellierte, flehte – der überzeugende Grundton hatte ihr gefehlt. Sie hatte genügend Gespür, um den Unterschied herauszuhören, und außerdem kannte sie ihn zu gut. Beredt, emotional und seine Gefühle furchtlos äußernd, konnte er sich in einen Erregungszustand hineinsteigern, der ihn selbst und andere mitriss und täuschte – sie nicht. (Obwohl sie sich, weiß Gott, nichts brennnender gewünscht hätte, als der Täuschung nachzugeben.) Als sie zu schwanken drohte, hatte sie ihm in boshafter Ironie zugeworfen: »Hältst du mal wieder Wahlreden, Miles?« Das hatte ihn aus der Fassung gebracht; er hatte ihr einen hasserfüllten Blick zugeworfen und plötzlich standen ihre alten Auseinandersetzungen wieder zwischen ihnen. ›Wahlreden‹ – welche perverse Eingebung hatte sie die-

ses Wort wählen lassen? Es betraf seine ganze politische Karriere – ihren Erzfeind in den Tagen, als ihre Liebe sie noch verband. »Also, wenn du das glaubst …«, hatte er erwidert und sich in die hintere Ecke des Zimmers zurückgezogen. Sie schaute ihm nach, seine Aufgebrachtheit und die vertraute Grazie seiner Bewegungen zerrissen ihr fast das Herz. Wie nahe war sie in diesem Augenblick daran gewesen, ihn zurückzurufen! Er stand als Silhouette vor dem großen Fenster in Violas Studio – als Silhouette mit glänzendem Haar; er war wütend, hatte die Hände in den Taschen und beinahe wäre sie zu ihm gegangen und hätte »Miles?« gesagt, in dem Tonfall, der ihn umstimmen und dazu bringen würde, sie sofort in die Arme zu schließen, das wusste sie. Noch einmal hätte sie jenen Körperkontakt gespürt, der so viel bedeutete und doch so wenig; für den Augenblick wären sie zusammengeschmolzen, zueinander zurückgekehrt; für eine Stunde, für eine Nacht, für eine Woche hätte ihre Vereinigung vielleicht wieder vollkommen sein können. Sie hatte der Versuchung widerstanden – um welchen Preis! – und war froh darüber. Während er ihr gegenüber am Fenster stand, war sie war am Kamin geblieben und hatte ihm ihre Meinung gesagt. »Das ist dein natürlicher Dreh- und Angelpunkt, Miles, die Rednertribüne oder die Apfelsinenkiste. Bleib du dabei und lass mich gehen.«

Darauf eine Antwort zu geben war schwierig für ihn, fast so schwierig wie auf das amerikanische »Erfreut, Sie kennenzulernen, Mr. Vane-Merrick«. Eine Äußerung, die man nur genauso herzlos erwidern konnte. Das war die grundlegende Wahrheit; seine Antwort kam nicht von Herzen. Er begann zu zweifeln, ob er überhaupt ein Herz habe. Gefühlsregungen hatte er im Überfluss; Beredsamkeit wie er sie brauchte, aber – Herz? Was hieß das überhaupt: Herz? Mitgefühl? Lust? Waren das die Bestandteile von Liebe? Nicht der Liebe, wie er sie verstand, und noch weniger der von Evelyn. Nach Evelyns Auffassung war die Liebe das völlige Aufgehen eines Liebenden im andern. Er vermochte die Liebe nicht in diesem Licht zu sehen. Er wollte seine Individualität behalten, seine Aktivitäten und die Verfügung über seinen Stundenplan. Er wollte neben der Liebe sein eigenes Leben führen, unabhängig und getrennt davon. Er hatte sich zu Evelyn umgewandt und sich bemüht, ihr das zu erklären, aber er hatte die Erklärungen mit verärgerter Erbitterung vorgebracht und das hatte Evelyn wahrgenommen. »Bemüh dich nicht, Miles«, hatte sie gesagt. »Wir haben sieben wundervolle Monate erlebt, und man kann nicht erwarten, dass diese Dinge ewig währen.«

Sie hoffte dadurch den Eindruck zu erwecken, dass die Angelegenheit für sie ebenso zu Ende sei wie für ihn. Sie wollte, dass er es leichtnahm. Sie wollte, dass er glaubte, sie nähme es selbst auch leicht. Sie wollte nicht, dass er sich quälte. Wenn sie sich für ihn opfern musste, dann wollte sie es so gründlich und barmherzig tun wie nur möglich.

Den Satz mit der Wahlrede zahlte er ihr dann noch richtig heim. Wie sie wusste, ließ er sich leicht zur Vergeltung hinreißen, doch nun verletzte er sie tief, obwohl sie es sich nicht anmerken ließ. Was kam es auf eine Verletzung mehr oder weniger an, wenn das Herz schon eine einzige Wunde war? »Du bist sicher sehr froh gewesen mich los zu sein«, sagte er, »du hast dir ja immer so große Sorgen darüber gemacht, was die Jarrolds dazu sagen würden.« Sie hatte nur gelächelt und erwidert: »Ja, Miles, das habe ich leider getan.«

Sie fuhr nach London zurück, als Dan abgereist war. Der Dezember auf dem Land war nicht nach ihrem Geschmack; außerdem war es nahezu unmöglich irgendjemanden dazu zu bringen, im Dezember nach Newlands zu kommen. Sie fürchtete sich vor dem Alleinsein, sie musste ständig Menschen um sich haben, wenn sie ihr auch nichts bedeuteten. Von morgens bis abends musste sie Menschen um sich haben – oder besser von morgens bis morgens, denn sie ging jetzt selten vor zwei oder drei Uhr zu Bett. Wenn sie dann endlich ins Bett kam, konnte sie nicht schlafen und fürchtete diese matten Morgenstunden, wenn alle Schwierigkeiten ihres Lebens zur Größe der Erdkugel anschwollen und sie in den Kissen fast erdrückten. Um sechs oder sieben schlief sie gewöhnlich ein, schlief bis neun oder zehn; wenn sie dann aufwachte, griff sie nach dem Telefon und bat Ruth oder eine andere Verehrerin sofort herüberzukom-

men. Es machte ihr Freude, Ruth herumzukommandieren, und wenn sie sie bestellt hatte, ließ sie sie meist endlos warten, während sie ihr Bad nahm. Es war eine armselige Rache an einem armseligen Objekt; aber ihre geschundene Seele suchte überall nach Erleichterung.
Auch Evan zeigte eine nie versiegende Aufmerksamkeit. Sie verachtete und verabscheute Evan mit seiner geschwätzigen und gefühlsduseligen Art, aber er stand immer und zu allen Gelegenheiten zur Verfügung. Sie konnte ihn anrufen und ihm ohne Vorankündigung sagen, er solle mit ihr ins Theater oder einen Nachtklub gehen. Sie zog ihn sogar den jungen Männern vor, die stets bereit waren mit ihr auszugehen. Obwohl er sie auf die geschmackloseste Weise mit seinen Annäherungsversuchen verfolgte, war er doch immerhin ihr Schwager und sie brauchte sich bei ihm keinen Zwang aufzuerlegen; sie konnten über Tommy reden oder über Lady Orlestone und ihre Rhododendren; sie konnte ihn abweisen, so oft sie wollte, er war niemals beleidigt. Sie konnten endlos und mühelos über die gemeinsame Familie schwatzen. Sie konnte ihn wegen seines unmäßigen Trinkens rügen, und wenn sie dann sah, dass er die Augen niederschlug, und spürte, dass es ihm im Grunde guttat, hatte sie sogar Mitgefühl für ihn. Der Umgang mit Evan war völlig ungezwungen, besonders an öffentlichen Orten, wo er ihr nicht den Arm um die Schulter legen konnte.
Ihn allein in ihrer Wohnung zu treffen, das vermied sie.

Evan besaß trotz seiner Unbeholfenheit einen gewissen Takt. Nie erwähnte er Miles. Doch das Gefühl, dass er über sie und Miles Bescheid wusste, gab ihr einen eigenartigen Trost und Halt.

Sie war mit Evan ausgegangen, als sie Miles und Lesley zum ersten Mal zusammen sah.

Sie dinierten im selben Restaurant und es dauerte einige Zeit, bis sie ihn erblickte. Und zwar war es ein Spiegel, in dem Evelyn sie schließlich sah. Sie hatte plötzlich das vertraute Gesicht vor sich, als sie die Augen zu dem Spiegel an der Wand hob, und sie wandte sich um und vergewisserte sich, dass das Spiegelbild sie nicht getäuscht hatte. Sie lachten und plauderten vertraut miteinander, stützten die Ellbogen auf den kleinen Tisch und sahen sehr jung und bewundernswert gut aus. Ja, sie zogen die Augen auf sich, Miles so blond und Lesley so dunkel und zart. Sie sahen distinguiert und intelligent aus – törichte Worte, um zu beschreiben, was den plötzlichen Schmerz auslöste, der Evelyn durchzuckte, als sie beobachtete, wie hervorragend die beiden zueinander passten. Sie konnte sie nicht so lange über ihre Schulter hinweg anstarren, aber als sie sich zurückwandte, sah sie sie wieder im Spiegel. Was für ein seltsames Ding ein Spiegel ist! Er gab die Farbe des Lebens wieder, die natürliche Größe und die Gesten, und doch bot er nichts als eine ferne Unwirklichkeit. Das war nicht Miles, dessen Haar über dem dunklen Anzug und dem weißen Tischtuch schimmerte, der die Hand ausstreckte, um Brot zu nehmen, der roten Wein aus einer dunklen Flasche goss. Und doch war es Miles; sie brauchte sich nur umzudrehen, und die Wirklichkeit war dicht hinter ihr.

»Evan«, sagte sie, »hat man schon stereoskopische Spiegel erfunden?«

Evan starrte sie an. Er hatte geredet und sie hatte offenbar nicht zugehört. »Wie bitte?«

»Ich dachte gerade, ein Spiegel zeigt alles flach, nicht wahr? Nicht wirklich plastisch? Ich meine, man hat nicht das Gefühl, als ob man die Hand hinter irgendetwas schieben könnte, das im Spiegel zu sehen ist. Es ist so lebensecht und dann wieder überhaupt nicht. Ich finde das ziemlich erschreckend.«

Da schaute Evan selbstverständlich auch in den Spiegel, der hinter seinem Kopf hing. Dann sah er sie.

»Möchtest du gehen?« fragte er. Sie war ihm dankbar, der arme Evan! Aber sie schüttelte den Kopf und lächelte.

»Nein, lieber Evan, es hilft gar nichts wegzulaufen.«

»Früher oder später musste es passieren«, meinte er.

»Ja, früher oder später musste es passieren.«

»Ist es das erste Mal?«

»Ja, das erste Mal.«

»Dann hast du Glück gehabt.«

»Ja, ich habe Glück gehabt.«

»Haben sie dich gesehen?«

»Nein, ich glaube nicht – noch nicht.«

»Werden sie aber.«
»Ja, natürlich werden sie mich sehen.«
Er ahnte nicht, wie sie darunter litt, die beiden mit dem Fürwort »sie« zu bezeichnen.
»Sie werden herüberkommen und dich ansprechen, Evelyn.«
»Ja, ich nehme es an. Sie werden sich dazu verpflichtet fühlen. Das ist peinlich für sie, nicht wahr?«
»Evelyn, mach nicht so ein Gesicht!«
»Was für eins?«
»So – nun, ich weiß nicht.«
Sie lachte. »Ausgezeichnet, mein unverständlicher Evan!«
»Was bedeutet das?«
»Das bedeutet, dass du nicht sehr gut auszudrücken verstehst, was du meinst.«
»Na ja«, sagte Evan unbehaglich, »dann versteht man's eben nicht.«
Nein, Evan und seinesgleichen hatten kein besonders gutes Ausdrucksvermögen. Miles dagegen besaß ein hervorragendes. Vielleicht hatte Viola zum Teil das im Sinn, wenn sie Miles einen Elizabethaner nannte … Und doch war Evan eine gute Seele und sie war lieber mit ihm als mit einem Fremden zusammen.
Als sie fast fertig mit dem Essen waren, erblickte Miles sie. Ihre Augen begegneten sich im Spiegel. Er hatte gerade in dem Augenblick aufgeschaut, als sie wieder hineinsah; sie konnte ihren Blick nicht abwenden. Es war eine seltsame Erfahrung. Sie sah seinen erschreckten

Blick im Spiegel: Sie sah, wie er die Augen senkte und sie suchte – ihr wirkliches Ich, ihre Seele. Als sie sah, dass sein Spiegelbild das tat, nahm sie sich zusammen und drehte sich nicht um. Wenn sie sich nicht umwandte, konnten ihre Augen sich nicht wirklich begegnen. So aß sie weiter und plauderte mit Evan, obwohl sie wusste, dass Miles sie ansah.

Sie bemühte sich nicht in den Spiegel zu schauen; es gelang ihr auch bis auf einen einzigen Blick. Dieser eine Blick zeigte ihr, dass Lesley noch nichts von ihrer Anwesenheit wusste. Das Mädchen war heiter wie immer und interessiert an ihrem Begleiter und dem, was er sagte. Sie hatten wieder die Ellbogen auf den kleinen Tisch gestützt und plauderten. Miles verriet seine Nervosität nur damit, dass er sein Brot hektisch zerkrümelte.

Evelyn wusste nicht, was sie im Einzelnen zu Evan sagte. Sie hatte nur das tröstliche Gefühl, dass Evan sie verstand und ihr das eigenartige Benehmen vergab.

Sie überlegte, dass entweder sie und Evan oder Miles und Lesley als erste das Restaurant verlassen mussten. Irgendetwas musste geschehen, deshalb stand sie höflich auf und ging zwischen den Tischen hindurch. Bei Miles und Lesley blieb sie stehen und begrüßte sie. Lesley schaute überrascht auf; als sie Evelyn dann erkannte, lächelte sie sie offen und herzlich an. Evelyn fragte sich, wie viel sie wirklich wusste. Miles erhob sich verlegen. Seine Serviette fiel hinunter und er musste sie unter dem Tisch suchen – eine lächerliche Position für

jeden Mann, doch da sie ihn liebte, empfand sie dabei nur noch mehr Zärtlichkeit für ihn. Er tat ihr leid, weil sie ihm unbeabsichtigt den Abend verdorben hatte. Und doch war sie auch froh, es getan zu haben.
Die Begegnung verlief in äußerst höflicher Form.

Evelyn war spät nach Hause gekommen, da dichter Nebel über London lag. (Sie hoffte, dass Dan in Frankreich davon verschont blieb.) Es war dieser undurchdringliche, schreckliche Nebel, bei dem die Straßenräuber den Frauen ihre Ohrringe schnell aus den Ohren reißen und unerkannt verschwinden konnten. Evan brachte sie spät in der Nacht oder besser früh am Morgen nach Hause; sie waren noch tanzen gegangen, und als sie Evan mit einigen Schwierigkeiten verabschiedet hatte, blieb sie noch ein wenig allein auf. Evan, der mit fortschreitender Nacht immer gefühlsseliger geworden war, hatte sie wieder angefleht seine Frau zu werden. »Es ist gesetzlich erlaubt, das weißt du doch«, hatte er zum zwanzigsten Mal gesagt; und zum zwanzigsten Mal hatte sie ihm scherzhaft zurückgegeben, dass Heiratsanträge allmählich zu einer schlechten Angewohnheit von ihm würden. Er erwiderte, dass er niemandem Heiratsanträge mache außer ihr; und der arme Tommy wäre sicher einverstanden. Worauf sie entgegnete, dass sie seiner Zitierung von Tommys postumen Ansichten müde sei. Evan zuckte ein wenig zurück, denn Worte wie ›postum‹ verunsicherten ihn. Er hielt ihr vor, dass sie das bei dem jungen Vane-

Merrick aufgeschnappt haben musste – gegen zwei Uhr früh hatte er sein natürliches Taktgefühl verloren. Der junge Vane-Merrick sei ein verdammter Intellektueller, fuhr er fort, man brauche sich ja nur das Mädchen anzusehen, mit dem er beim Essen war, die eine Bluse aus irgendeinem grünen, indischen Seidenzeug anhatte. Da hatte er sich bestimmt ein Malermodell aus Chelsea aufgelesen.

»Ganz und gar nicht«, antwortete Evelyn kühl, »ich kenne sie gut, das war Viola Anquetils Tochter.« Sie bemühte sich, es so klingen zu lassen, als ob Viola Anquetils Tochter ihre beste Freundin sei, fast ihre Patentochter. Aber Evan blieb bei seiner Meinung, dass man so eine auf keinen Fall heiraten könnte, alles andere, aber nicht heiraten. Evelyn wusste nicht, ob sie sich über die Bemerkung freuen sollte oder nicht. Die Anspielung »alles andere« gefiel ihr gar nicht. Gleichzeitig war ihr das immer noch lieber als eine Hochzeit in der St.-George's-Kirche am Hanover Square oder in der St.-Margaret's-Kirche in Westminster, bei der Miles als der offizielle und gesetzliche Partner von Lesley Anquetil, oder einer anderen, präsentiert würde. Die Eitelkeit nahm seltsame Formen an – die Eitelkeit und ebenso die Eifersucht. Sie war an einen Punkt gekommen, an dem es ihr kaum noch etwas ausmachte, was Miles mit seinem Privatleben machte; er war schließlich ein junger Mann und brauchte seine Zerstreuungen, das konnte sie verstehen und tolerieren, aber sie war leidenschaftlich dagegen, dass er öffentlich mit einer anderen Frau in Verbindung gebracht wurde. Das war zweifellos eine absurde Form der Eifersucht; aber eben genau dieser Eifersucht zuzuschreiben.

Sie öffnete das Fenster, stützte die Ellbogen aufs Fensterbrett und stellte sich Miles und Lesley zusammen vor. Sie war überzeugt davon, dass sie bald in *The Times* die Anzeige lesen werde: Der Abgeordnete M. Vane-Merrick und Miss L. Anquetil. Ob Miles sie vorwarnen würde, oder Viola? Viola würde es sicher tun; sie verstand die Regungen des Herzens. Miles verstand sie überhaupt nicht. Er wurde nur besorgt und wütend, wenn die Gefühle anderer unangenehm heftig wurden. Seine eigenen Gefühle blieben der Politik vorbehalten. Lesley würde ihn nie belästigen. Ihre Gefühle würden nie so weit mit ihr durchgehen, dass sie ihm unangenehm würden – das konnte man sich ebenso wenig vorstellen, wie dass ihr glattgewelltes Haar über der Stirn jemals zerzaust oder unordentlich aussehen könnte. Soviel stand fest: Sie war die vollkommene Frau für Miles – wenn er überhaupt eine Frau brauchte.

Evelyn stand lange am offenen Fenster, obwohl die Dezembernacht kalt und der Nebel dicht war. Sie rief sich das Bild ins Gedächtnis, wie Miles die Ellbogen auf den kleinen Tisch gestützt hatte, ehe er ihre Anwesenheit bemerkte. Genauso stützte sie jetzt ihre Ellbogen auf das Fensterbrett; doch während Miles über den Tisch hinweg mit Lesley geplaudert hatte, atmete sie nur tief die kalte, einsame Luft ein, sie konnte nur mit ihren eigenen Gedanken Zwiesprache halten. Sie hatte ein Bad genommen und war warm, wahrscheinlich sogar zu warm angesichts des kalten Zuges tödlicher Luft, der durch das offene Fenster kroch. Dieser Londoner Nebel, wie seltsam er alles in Unwirklichkeit tauchte, genau wie der Spiegel, der Miles reflektiert hatte. Nie wieder würde sie an einem öffentlichen Ort in einen Spiegel blicken können, ohne sich bedroht zu fühlen.

Sie sollte zu Bett gehen. Aber sie hatte sich angewöhnt die Stunde hinauszuschieben, in der sie das Licht löschen und im Dunkeln wachliegen musste. Heute wollte sie sich ein Schlafmittel gönnen, ein Luxus, den sie sich so selten wie möglich erlaubte. Heute hatte sie ihn verdient. Sie fühlte sich so erbärmlich allein und der Nebel schien ihre Einsamkeit noch zu verschlimmern. Wenn sie sich aus dem Fenster lehnte, konnte sie das flackernde Laternenlicht an der Straßenecke als diffuse, orangefarbene Flecken im Nebel ausmachen. Ob Miles sicher nach Hause gekommen war? Ein einsames Taxi fuhr vorüber und hupte gedämpft.

Sie fror nun wirklich sehr, und als sie ihr Chloral abgemessen und eingenommen hatte, lag sie mit klappernden Zähnen noch eine ganze Weile wach, trotz der Wärme des Bettes.

Entsetzliche Träume suchten sie heim; sie stand mit Miles in einer kalten Nacht auf der Plattform seines Turms und er verbot ihr hinunterzugehen in die Wärme und Sicherheit. Als sie ihn drängte ihn vorbeizulassen, sprang er auf die Brüstung und in die Tiefe; sie hörte, wie sein Körper unten auf den Steinfliesen aufschlug. Sie wachte zitternd und schweißgebadet auf und erst allmählich wurde ihr klar, dass sie nur geträumt hatte. Zuerst glaubte sie, dass der Traum das Zittern und Schwitzen hervorgerufen habe, bis sie merkte, dass sie ihre Glieder kaum bewegen konnte, und als sie sich mehrmals mit der Hand über die Stirn strich, merkte sie, dass sie nass blieb. Das Zimmer war dunkel; kein Licht schien durch die Vorhänge. Sie knipste die Lampe an und sah zu ihrem Erstaunen, dass es elf Uhr war. Die Wirkung des Chlorals hatte sie so lange schlafen lassen. Sie hätte sich erfrischt fühlen müssen, doch im Gegenteil, sie war müde und zerschlagen; Kopf und Glieder schmerzten.

Sie klingelte nach Privett, die mit missbilligender Miene hereinkam. »Sie haben wieder dieses Zeug genommen!« sagte sie, als sie das leere Glas neben der Flasche sah.

»Ist es wirklich schon elf, Privett?«

»Ja, sogar schon später. Was erwarten Sie, wenn Sie dies Zeug nehmen?«

»Aber das Zimmer war ganz dunkel.«

»Der Nebel ist so dick, dass man ihn schneiden kann.«

Privett zog die Vorhänge zurück; draußen stand eine undurchdringliche, braune Wand. Das elektrische Licht blieb angeschaltet, es machte das Zimmer zu einer hellen Zelle, umgeben von Dunkelheit. Privett schaltete die elektrische Heizung an.

»Bitte, nur auf halbe Stärke, Privett, mir ist so heiß.«
»Heiß? Wieso? Es ist kalt und feucht.« Privett kam ans Bett und schaute ihr ins Gesicht. »Sie glühen ja. Sie haben doch kein Fieber?« Sie legte Evelyn die Hand auf die Stirn. »Ich werde Ihre Temperatur messen«, sagte sie energisch.
Evelyn fühlte sich wirklich zu krank, um sich zu wehren. Privetts schroffe Freundlichkeit und ihre Besorgtheit waren wohltuend; sie überließ sich ganz ihrer Obhut.
»Nun?« fragte Evelyn, als Privett die Brille aufgesetzt hatte und das Thermometer unter der Lampe studierte.
»Über achtunddreißig«, verkündete Privett endlich. Es waren tatsächlich sogar neununddreißig und sie war alarmiert.
»Achtunddreißig ist doch gar nichts«, murmelte Evelyn. »Ich muss mich heute Nacht erkältet haben.«
»Sie bleiben, wo Sie sind!«
Evelyn lächelte.
»Gut, mein Kindermädchen. Ich habe auch nicht viel Lust, etwas anderes zu tun.«
»Das will ich glauben«, brummte Privett, als sie aus dem Zimmer ging und überlegte, was sie tun sollte. Neununddreißig war keine gute Temperatur für den Morgen. Nach dem Arzt schicken? Mrs. Geoffrey Jarrold anrufen? »Die arme Seele hat niemand, der sich um sie kümmert«, murmelte sie und verwünschte zum tausendsten Mal diesen jungen Vane-Merrick. Wenn Mrs. Jarrold eine Erkältung hatte, war das nur Vane-Merricks Schuld.

Sie rief Mrs. Geoffrey Jarrold an.
»Natürlich, Privett, Sie haben ganz recht; rufen Sie sofort den Arzt. Natürlich Dr. Gregory. Ich komme selbst gleich rüber, soweit ich bei dem Nebel durchkomme.«
Der Arzt kam zuerst. Er sagte, Evelyn habe zweifellos eine Erkältung und eine recht schwere dazu; er verschrieb Aspirin und zum Lunch nur Suppe und meinte ermunternd, dass bei solchem Wetter das Bett der beste Aufenthaltsort sei.
»Sie versäumen nicht viel«, sagte er, rieb sich die Hände und sah sich anerkennend in dem hübschen Zimmer um. Er war ein ältlicher Arzt mit einer vornehmen Praxis und hatte durchaus nichts gegen Besuche in ebensolchen Wohnungen bei hübschen Frauen mit unbedeutenden Beschwerden. Mrs. Jarrold, fand er, sah ganz reizend aus, wie sie da im Bett lag, zart wie eine abgefallene Blüte, rosig, das gelockte, dunkle Haar auf dem Kopfkissen, sehr still und voller Selbstmitleid. Weshalb sie wohl nicht wieder geheiratet hatte. – »In ein, zwei Tagen geht es Ihnen wieder gut«, sagte er, »ich schau heut Abend noch einmal herein. Aber nun erzählen Sie mir einmal«, fügte er hinzu, »was haben Sie angestellt, dass Sie sich so eine Erkältung geholt haben? Spät in der Nacht im dünnen Kleid unterwegs gewesen, wie? Oh, diese leichtsinnigen, jungen Frauen!«
»Nein«, gab Evelyn zurück, »ich habe vergangene Nacht nach einem heißen Bad am offenen Fenster gestanden.«
»Und den Nebel bewundert, wie? Na ja, wenn Menschen

wie Sie nicht so verrückte Dinge täten, würden wir Ärzte wohl verhungern. Oder haben Sie sich das Leben nehmen wollen?« Er lachte, ein feistes, behagliches Lachen über seinen eigenen Scherz. »Nun stehen Sie aber heute nicht wieder auf«, sagte er und drohte mit dem Finger.
Auf dem Weg hinaus traf er Mrs. Geoffrey Jarrold und Ruth. Sie waren alte Bekannte; er hatte Ruth in Empfang genommen, als sie auf die Welt kam.
Nachdem sie ihre Ansichten über die Wetterlage ausgetauscht hatten, sprachen sie über die Patientin.
»Nur eine Erkältung, Mrs. Geoffrey; in ein paar Tagen ist sie wieder wohlauf.«
»Privett hat mich richtig erschreckt: neununddreißig, wissen Sie … bei einem Kind wäre das nicht schlimm, aber für einen Erwachsenen doch eine recht hohe Temperatur.«
»Ach, Dienstboten sind immer Panikmacher. Sie werden's erleben, heute Abend ist die Temperatur gefallen.«
»Aber das Fieber steigt doch abends immer.«
Er lachte freundlich und überlegen und tätschelte ihr den Arm. »Sie werden sehen, dass es gefallen ist. Ich will ihr etwas schicken, das es herunterbringt.«
»Dann braucht man sich also keine Sorgen zu machen?«
»Du meine Güte, gar kein Grund, besorgt zu sein. Gehen Sie nur hinein, aber lassen Sie sie nicht zu viel reden. Je ruhiger sie sich heute verhält, desto besser.«

Der Arzt hatte recht; die Temperatur ging wirklich herunter. Evelyns Schwägerin kam am Abend wieder und zog sie damit auf, welche Angst sie ihnen doch eingejagt hatte. Evan schickte Blumen mit einem anteilnehmenden Kartengruß. Sie lag im Bett und fühlte sich ziemlich schwach, aber friedlich. Sie war zu müde, um über Miles nachzudenken. Glieder und Kopf schmerzten zu sehr, als dass sie an den Schmerz in ihrem Herzen denken konnte. Mit spöttischer Selbstironie stellte sie fest, dass körperliche Leiden die seelischen Leiden überdecken konnten, und als sie das wahrgenommen hatte, malte sie sich in ihrer Phantasie aus, wie viel lieber sie an kleinen, körperlichen Unpässlichkeiten statt an den anderen Qualen leiden würde. Es war nicht schlimm, leicht erkrankt zu sein; selbst die Schmerzen in den Gelenken waren eher interessant als unangenehm. Es war eigenartig den Fuß zu bewegen und dabei einen undefinierbaren Schmerz in der Fessel zu spüren. Es war schwierig genau zu sagen, wo der Schmerz war, ihn abzugrenzen. Sie wusste nur, dass er sich über den ganzen Körper ausbreitete, nahezu sinnlich, und dass er gerade stark genug war, um sich – wie unter einer Liebkosung – des eigenen Körpers bewusst zu werden. Eingesperrt in ihrem Zimmer war sie mehr mit sich in Frieden wie schon seit Monaten nicht mehr. Privett war freundlich und die Notwendigkeit, sie bei den kleinen, körperlichen Bedürfnissen um Beistand zu bitten, erleichterte ihr in gewisser Weise die Einsamkeit, die sie in der letzten Zeit ertragen hatte. Es war eine Erleichterung, Privett um ein frisches Glas Milch mit Natron zu bitten, eine Erleichterung, zu sagen, sie habe Durst – beinahe als sage sie zu ihr, sie sei unglücklich. Die Krankheit, auch wenn sie eine belanglose war, nahm so schnell eine eigene Wichtigkeit an. Das Krankenzimmer wurde so schnell zum Mittelpunkt der Welt.

Privett war sehr fürsorglich. Zweimal während der Nacht schlich sie in Hausschuhen und auf Zehenspitzen in Evelyns Zimmer – was sehr beachtlich war für Privett, die gewöhnlich ungeniert in schweren Schuhen umherstampfte. Hester und Ruth und Evan waren ebenfalls liebevoll; sie besuchten sie und brachten Blumen und Weintrauben. Bald war ihr Zimmer überfüllt mit den Dingen, die man Kranken zu schicken oder bringen pflegt. Wie sie Miles kannte, konnte sie sich vorstellen, welch verächtlichen Spott er ausgebracht hätte über solch konventionelle Äußerungen des Mitgefühls. Doch von Miles hatte sie nicht ein einziges Wort erhalten. Sie konnte ihm das auch nicht vorwerfen, denn woher sollte er wissen, dass sie krank war? Lediglich die ungerechte Überempfindlichkeit der Kranken ließ sie sein Schweigen übelnehmen; und einmal, als sie allein lag und ins Feuer starrte, fühlte sie, wie eine Träne ihr die Wange hinabrollte.

Das Fieber ging anscheinend vorüber, aber sie bekam einen Husten, der sie mehr beeinträchtigte, denn er schüttelte sie durch und verursachte immer neue Kopfschmerzen. Der Arzt verbot ihr aufzustehen, bevor der Husten nicht besser würde. »Wir wollen nicht, dass Sie sich mit einer Bronchitis hinlegen«, ermahnte er sie und kam jeden Tag zur Visite. Evelyn hatte das Zeitgefühl verloren und stellte überrascht fest, dass sie bereits eine Woche im Bett verbracht hatte. Es war erstaunlich, wie man daliegen und den größten Teil des Tages gar nichts tun konnte und doch nicht das Gefühl hatte, die Zeit schleppe sich mit unerträglicher Langsamkeit dahin; die kleinen, immer wiederkehrenden Verrichtungen im Krankenzimmer unterbrachen den Tag, teilten ihn auf und ließen ihn dahinfließen. Sie wäre ganz zufrieden gewesen, wenn nur der Husten sie nicht so angestrengt hätte, dass sie Schmerzen in der Brust bekam.

»Ja«, erwiderte der Arzt auf Hesters Frage, »es ist wohl eine kleine Bronchitis. Nur ein kleiner Anflug. Wenn wir sie warm halten, wird er bald vorbeigehen.«

Die Bronchitis machte jedoch keine Anstalten, bald vorüberzugehen, und es sammelte sich in Evelyns Zimmer eine kleine Armada von Heilmitteln an: Inhalatoren und ein Kessel, der Tag und Nacht Dampf versprühen sollte. Hester zeigte sich dem Arzt gegenüber besorgt: Diese Bronchitis sollte eigentlich allmählich besser werden?

»Was kann man bei diesem Wetter erwarten?« gab er zu bedenken. »Dieser Nebel und die Feuchtigkeit verhindern jede Heilung. Wir können ja das Fenster nicht einmal zum Lüften aufmachen.«

Sie hörten Evelyn nebenan husten.

»Die Arme, sie macht ganz schön etwas mit; der Husten ist so anstrengend und hält sie die ganze Nacht wach.«

»Diese Bedienstete, die sie da hat, scheint sehr aufopferungsvoll zu sein.«

»Darüber wollte ich mit Ihnen sprechen, Doktor Gregory: Evelyn macht sich Gedanken, weil Privett dauernd in der Nacht zu ihr kommt und sie versorgt. Es war in Ordnung, solange wir glaubten, sie würde nach ein paar Tagen wieder aufstehen. Aber nun liegt sie immerhin schon über eine Woche und es sieht fast so aus, als solle es noch eine Woche weitergehen.«

»Das wird es sicher«, sagte der Arzt.

»Meinen Sie dann nicht, dass wir eine Krankenschwester holen sollten? Es ist ja vielleicht übertrieben bei einer so leichten Erkrankung eine Pflegerin zu nehmen, aber es würde Privett entlasten und ich glaube, Evelyn sähe es lieber. Die Schwester könnte in Dans Zimmer schlafen und Evelyn könnte eine Glocke bekommen.«

Der Arzt fand das eine gute Idee und die Schwester wurde bestellt, wenn auch jeder nachdrücklich betonte, es geschehe, um Privett zu entlasten, und nicht, weil Evelyn intensiverer Pflege bedürfe.

Hester und der Arzt hatten insgeheim verabredet, dass Evelyn, sobald sie wieder reisen konnte, ein paar Wochen in einer Gegend mit warmem Klima verbringen sollte – vielleicht Südfrankreich oder gar Ägypten.

Aber momentan stand das gänzlich außer Frage, denn ihre Temperatur, die beim Ausbruch der Bronchitis wieder gestiegen war, blieb hartnäckig oben. Die Pflegerin führte eine Fieberkurve, die auf dem Wohnzimmertisch lag und auf die Hester jedes Mal einen Blick warf, ehe sie in Evelyns Zimmer ging. Evelyn durfte nicht viel reden. Sie verspürte auch nicht den Wunsch dazu, weil es sie zum Husten reizte. Sie lächelte nur, wenn Hester hereinkam, und tätschelte ihre Hand, wenn sie sie auf die Steppdecke legte. Hester fand, dass sie sehr krank aussah: das Gesicht fiebrig rot, die Augen groß und glänzend und an Evelyns Händen konnte man erkennen, wie dünn sie geworden war. Sie war jetzt zehn Tage krank; ja, zehn Tage; es war der sechzehnte Dezember. Hester fragte den Arzt, was er dazu meinte.

»Es scheint ihr heute wirklich nicht besonders gut zu gehen. Der Husten erschöpft sie sehr und leider ist da eine leichte Kongestion. Beunruhigen Sie sich nicht, Mrs. Geoffrey, ich kann Ihnen versichern, dass ich keinen Grund zu ernsten Besorgnissen sehe.«

»Kongestion der Lunge, meinen Sie?«

»Ja, der Lunge.«

»Doktor Gregory, Sie befürchten doch keine Lungenentzündung?«

»Nun, bei solchen Fällen muss man diese Möglichkeit in Betracht ziehen, aber mehr auch nicht.«

»Gibt es nicht noch mehr, was man dagegen tun kann?«

»Für den Augenblick wohl nicht; gute Pflege hat sie; nein, ich glaube, wir können nur abwarten. Ich bitte Sie, Ihrer Schwägerin nichts davon zu sagen. Ich hätte es auch Ihnen gegenüber nicht erwähnt, aber Sie haben mich ja gefragt.«

»Sie halten die Möglichkeit einer Lungenentzündung für eher ausgeschlossen?«

»Oh ja, eher für ausgeschlossen, das wollen wir doch hoffen; ach du liebe Zeit, natürlich ja. – Sagen Sie, Mrs. Geoffrey, ich möchte nicht indiskret sein, aber ich kenne Sie alle ja schon lange genug, hat Ihre Schwägerin irgendetwas, was sie bedrückt? Wissen Sie etwas davon?«

Hester zögerte, ehe sie antwortete. »Wie kommen Sie darauf?«

»Ich will offen sein: Als ich heute Abend hereinkam, hatte ich den Eindruck, Mrs. Jarrold hätte geweint.«

»Nun, offen gesagt, sie mag in der letzten Zeit wohl Grund gehabt haben, unglücklich zu sein. Ich gehöre nicht zu ihren Vertrauten, deshalb kann ich Ihnen nichts mit Bestimmtheit sagen, aber man hört so allerlei, wissen Sie.«

Der Arzt nickte.

»Ich verstehe. Glauben Sie, dass sie jemanden hat, den sie gern für einen Augenblick sehen möchte? Es ist sehr wichtig sie abzulenken und zu beruhigen, solange sie noch fiebert.«

»Ich weiß nicht, aber ich kann sie fragen.«

»Ich bitte Sie darum, aber sie dürften nicht länger als fünf Minuten bei ihr bleiben und Mrs. Jarrold soll so wenig wie möglich reden.«

Hester bemühte sich die Frage taktvoll zu formulieren,

denn im Innersten war sie keine herzlose Frau; und obwohl sie Evelyns Affäre mit Vane-Merrick hart verurteilt hatte, war sie nun von Evelyns Schwäche und ihrem erschöpften Zustand wirklich gerührt. Daher beugte sie sich über sie und sagte mit viel Wärme: »Es muss so langweilig für dich sein, Liebe, hier zu liegen. Der Arzt sagt, du könntest gern irgendwelche deiner Freunde sehen; für ein paar Minuten, wenn du magst.«
Evelyn blickte überrascht zu ihr auf, und Hester sah, wie ihre Augen sich plötzlich mit Tränen füllten. Doch dann wandte sie sich ab und schüttelte wortlos den Kopf.
Es war der Jahrestag des Balls im Haus der Chevrons, aber selbstverständlich konnte Hester das nicht wissen, und auch der Arzt nicht.

Hester ging hinaus und wechselte einige Worte mit der Krankenschwester. Sie sprachen mit leiser Stimme und in der ganzen Wohnung ging es sehr gedämpft und sehr still zu. Die Schwester, eine wahre Vertreterin ihrer Zunft, war wenig mitteilsam, wenn sie auch zugab, dass Mrs. Jarrold »heute Abend anscheinend nicht ganz so wohl ist wie sonst«. Was die Leute aus medizinischen Berufen für eine seltsame Art hatten, die Dinge auszudrücken, überlegte Hester, als sie in Evelyns Zimmer zurückging, um gute Nacht zu sagen. Sie sah, dass Evelyn ihr etwas auf einen Zettel geschrieben hatte; sie benutzten jetzt manchmal dieses Verständigungsmittel, um Evelyns Stimme zu schonen. Dort stand: »Ich möchte gern Viola Anquetil sehen, Mason weiß die Telefonnummer.«

Hester las es und versicherte, sie werde dafür sorgen. Sie war ein wenig überrascht, denn sie hatte keine Ahnung, dass Evelyn diese exzentrische Viola Anquetil kannte; aber sie wusste ja so wenig von Evelyns Leben. Darüber hatten sich alle Jarrolds immer beschwert; sie hatten sich vorgestellt, wie Evelyn sich mit eleganten Freunden traf, die Bridge spielten und zum Rennen gingen.

Evelyn griff nach ihrer Hand, als sie gerade gehen wollte, zog sie zu sich herunter und flüsterte: »Heute Abend.«

»Ja, ja, ich versprech's dir; ich werde mich heute Abend darum kümmern. Ich rufe sie selbst an.«

Evelyn überkam die matte Ungeduld der Kranken, als Hester nicht sofort verstand, was sie meinte. Wenn Hester nur wüsste, was es sie kostete, zu sprechen und Erklärungen zu geben.

»Ich meine, wird sie heute Abend kommen?«

»Ach, Evelyn, Liebste, ist es nicht schon ziemlich spät? Gut, gut«, setzte sie hastig hinzu, als sie sah, wie Evelyn sie sofort enttäuscht anschaute, »wenn's die Schwester erlaubt, soll sie heute Abend kommen. Bist du nun zufrieden?«

Sie lächelte ihr beruhigend zu, beugte sich nieder, küsste das lockige Haar und ging zum Telefon.

Viola sagte natürlich sofort zu. Niemand hatte ihr von Evelyns Krankheit erzählt.

Die Neugier hielt Hester in der Wohnung, bis Viola kam.

Sie wollte diese Frau nicht verpassen, die jeder vom Hörensagen kannte, obwohl sie sich der Öffentlichkeit fernhielt, und die sich so unerwartet als Evelyns Freundin herausstellte – tatsächlich als die einzige Freundin, die sie sehen wollte. Viola kam innerhalb von zwanzig Minuten. Hester musste zugeben, dass sie schön war, wenn es sich auch nicht um eine auffallende Schönheit handelte und sie Violas Kleidung recht sonderbar fand. Viola ihrerseits fand Hester genauso, wie sie sich die Frauen der Jarrolds vorgestellt hatte: ein ziemlich hartes Gesicht, ein solides Tweedkostüm und große Füße in Schuhen mit flachen Absätzen. Frauen, die im täglichen Leben intolerant und kritisch waren, jedoch verlässlich und gütig im Notfall – wenn es ein Notfall war, den sie begreifen konnten, etwa eine physische Erkrankung. Krankheiten des Herzens und der Seele würden sie nur in Verwirrung stürzen.

Hester führte sie in Evelyns Zimmer und ließ die beiden allein.

Sie hatte Viola gesagt, sie möchte nicht länger als fünf Minuten bei Evelyn bleiben, und so wartete sie, bis Viola wieder herauskam. Die fünf Minuten verwendete sie auf ein Gespräch mit der Pflegerin – ein einfaches, aber tüchtiges, kleines Ding –, die immer sehr auf ihre Stellung bedacht war. Sie widmete sich gewissenhaft ihren Patienten und wurde unangenehm zu den Dienstboten der Patienten, sobald sie annahm, sie behandelten sie geringschätzig und servierten ihr die Mahlzeiten nicht richtig.

Es gehörte auch zu ihrer Berufsehre, den Bekannten und Verwandten ihrer Patienten gegenüber eine unausgesprochene Feindseligkeit an den Tag zu legen, diesen lästigen, ängstlichen Leuten gegenüber, die Fragen stellten, die Schwestern nicht beantworten durften. Sie wusste ganz genau, dass Mrs. Jarrold eine Lungenentzündung hatte. Sie hatte viele solcher Fälle erlebt. Aber sie würde nichts sagen; das war Sache des Arztes. Sie mochte Mrs. Jarrold ziemlich gern; sie entschuldigte sich immer, wenn sie in der Nacht läutete, und sie hatte so reizende Schlafanzüge und so hübsche Sachen auf ihrem Frisiertisch. Genau betrachtet, waren die Patienten nur Nummern für sie, obwohl sie durch sie ein recht gutes Einkommen hatte und ihrer Mutter etwas Geld nach Yorkshire schicken konnte. Der einzige Mensch, der keine Nummer war, war der junge Medizinstudent, der an ihren freien Abenden mit ihr ins Kino ging, und dabei wurde nie über den Beruf geredet.

Viola kam nach den bewilligten fünf Minuten aus Evelyns Zimmer. Sie ging auf Hester und die Pflegerin zu und sagte: »Sie ist ja wirklich ernsthaft krank.« Aus irgendeinem Grunde nahm weder Hester noch die Schwester diese Feststellung übel, denn sie sprach nur aus, was die Schwester wusste und Hester spürte, obwohl sie sagte »Oh nein, der Arzt meint, er sehe keinen Grund zu ernstlicher Besorgnis.«

Die Schwester hatte mit einem Blick erkannt, dass Viola ein Mensch war, der sie nicht mit Fragen belästigen, sondern ohne Rücksicht auf Dr. Gregory einen Spezialisten kommen lassen würde. Nach der persönlichen Ansicht der Schwester war Dr. Gregory kompetent bei Masern oder Grippe, aber nicht bei einem Fall von doppelseitiger Lungenentzündung. Und einen Fall unter ihren Händen sterben zu sehen, das ging gegen ihren Berufsstolz. Diese Lady Anquetil war ein Mensch, der auf einer Konsultation bestehen würde. Mrs. Geoffrey Jarrold dagegen war eine Frau, die gewissenhaft jeden Morgen und Abend kam und – verglichen mit manchen anderen Verwandten – im allgemeinen recht vernünftig war, aber sie hatte viel zu viel Respekt vor dem Arzt und akzeptierte zu leicht seine allzu optimistischen Diagnosen. Lady Anquetil bildete sich ihr eigenes Urteil und nahm die Angelegenheit selbst in die Hand. Der Schwester war es nur recht, als sie sie sagen hörte, dass Mrs. Jarrold unbedingt einen Spezialisten brauche. Lady Anquetil – was für ein seltsamer Name! – sagte, es sei Unsinn, wenn der Arzt meine, zur Besorgnis liege kein Grund vor. Er habe, im Gegenteil, allen Grund, ernstlich besorgt zu sein. Ihrer Meinung nach sei Evelyn wirklich schwer krank. Viola wandte sich an Hester als die Verwandte und fügte hinzu, wenn Mrs. Geoffrey Jarrold einverstanden sei, sollte man ohne zu zögern einen Lungenspezialisten rufen. Sie wolle gern dafür sorgen.

Hester war einverstanden. Sie fühlte sich ein klein wenig gekränkt, war im Ganzen jedoch dieser unbe-

kannten Frau dankbar, die da gekommen war und alle Verantwortung für Evelyn übernahm.
Sie würde Dr. Gregory bitten, morgen früh einen Lungenfacharzt zuzuziehen, sagte Hester und versuchte sich wieder als die verantwortliche Person einzubringen, die den Doktor am Morgen empfinge. Doch Viola erklärte gelassen, sie werde gegen zehn Uhr morgens wieder da sein; sie wolle den Arzt gern sprechen und den Bericht des Spezialisten hören.

Evelyn hatte eine schlechte Nacht. Sie hustete viel, und wenn die Hustenanfälle eine Pause machten, konnte sie trotzdem keinen Schlaf finden, weil sie an den Ball in Chevron-Haus dachte. Am nächsten Morgen hatte die Schwester für ihre Fieberkurve eine ungewöhnlich hohe Spitze einzuzeichnen. Sie zog sie mit ihrem Stift nach, automatisch und sehr exakt, bis genau zum richtigen Punkt. Sie lehnte sich in ihrem Stuhl zurück – Evelyns Stuhl hinter Evelyns Schreibtisch – und schaute auf die Tabelle. Die Spitzen stiegen steil hinauf und fielen ab wie bei einer Silhouette des Himalaja. Die Schwester war mit solchen Kurvenverläufen bestens vertraut und schüttelte zweifelnd den Kopf. Sie war sehr froh, dass Lady Anquetil darauf bestanden hatte einen Spezialisten hinzuzuziehen.

Der Besuch des Spezialisten war nicht sehr tröstend und Dr. Gregory nahm seine Anwesenheit – wenn auch auf respektvolle Weise – übel. Der Spezialist erklärte, beide Lungenflügel seien angegriffen, er hoffe jedoch, das Übel werde sich nicht ausbreiten. Er meinte, man müsse die Entwicklung abwarten und er werde am nächsten Tag wiederkommen. Er änderte Dr. Gregorys Medikation – gerade so viel, dass sie Dr. Gregory verstimmten, aber nicht so viel, um eine spürbare Veränderung bei der Patientin hervorzurufen. Die Krankenschwester brachte ihm nur einen Hauch mehr Respekt entgegen als Dr. Gregory. Der Spezialist verabschiedete sich und fuhr in seinem silbergrauen Rolls-Royce Coupé zum nächsten reichen Patienten.

Evelyn schien für das plötzliche Auftauchen eines Spezialisten kein großes Interesse zu haben. Hester, die nun wirklich Angst bekam, fragte die Schwester besorgt, ob diese Teilnahmslosigkeit nicht ein schlechtes Zeichen sei. Überhaupt nicht, sagte diese, so seien sie immer. Hester stieß sich an dem Fürwort ›sie‹; es schien anzuzeigen, dass die Pflegerin Evelyn nun zu der allgemeinen Kategorie der Leidenden zählte, was wiederum bei Hester eine größere Zuneigung und einen gesteigerten Beschützerinstinkt hervorrief. Sie begann die Schwester zu hassen, obwohl sie wusste, sie tat nur ihr Bestes; sie entwickelte ihr gegenüber die hilflose Aversion des orientierungslosen Laien gegenüber der kühlen Professionalität der Fachkraft.

Die Person, die wirklich die verantwortliche Rolle übernahm, war Viola Anquetil. Viola ließ es nicht zu, dass Konventionen, wie die des verwandtschaftlichen Vorrechts, ihr im Weg standen. Zu Hester war sie höflich bis freundlich; trotzdem machte sie unmissverständlich klar, dass sie, obwohl sie nur eine Freundin war, die feste Absicht hatte, dafür zu sorgen, dass Evelyn die Krankheit gut überstand. Sowohl die Pflegerin als auch Dr. Gregory, zu dem sie offensichtlich nicht das geringste Vertrauen hatte, erkannten ihre Autorität an. Die beiden benahmen sich ganz unterschiedlich, je nachdem, ob sie mit Viola oder mit Hester sprachen. Dr. Gregory nahm Vorschläge von Viola gleich auf, er wagte es nicht ihr zu widersprechen. Hester stellte fest, dass sie Violas Anregungen bereitwillig annahm, obwohl sie im Allgemeinen eher selbst die Bestimmende und Beherrschende war. Viola brachte alles mit so viel Kenntnis, Erfahrung und klarer Vernunft vor, dass sie nie anmaßend oder beleidigend wirkte. Sie hatte die beiden völlig unter Kontrolle. Auch die Schwester wusste, dass Viola keine Fragen zu stellen, sondern Anordnungen zu geben pflegte.

Sie kam jeden Morgen und blieb den ganzen Tag in der Wohnung. Sie war der einzige Mensch, den Evelyn sehen wollte. Evelyn war endlich zur Ruhe gekommen, außer wenn die Hustenanfälle sie schüttelten. Sie lag im Bett, aber wenn Viola hereinkam, lächelte sie und streckte die Hand aus, die Viola in die ihre nahm, aber ohne große Gefühlsbezeugungen. Sie hatte praktisch zu sein, nicht sentimental. Wichtig war, dass Evelyn nicht erfahren durfte, wie krank sie wirklich war. Viola wusste bei sich, wie bedenklich es stand. Dr. Gregory tat immer noch so, als sei seine Patientin in einer Woche gesund. Auch der Facharzt gab sich optimistisch. Die Schwester, deren Urteil vermutlich das Beste war, äußerte ihre Meinung nicht, das war nicht ihre Sache, und Hesters Ansicht zählte auch nicht.

Von Tag zu Tag fielen Viola schleichende Veränderungen bei der Patientin auf. Sie erkannte ein endgültiges Sich-Zurückziehen, das mit einer schweren Erkrankung einhergeht. Evelyn konnte Stunde um Stunde schweigend daliegen. Zuerst hatte sie kleine Mitteilungen auf ihren Notizblock geschrieben. »Könnten Sie bitte Evan für seine Blumen danken?« – »Könnten Sie bitte Dan eine Postkarte schicken und ihm sagen, dass ich ihm nächste Woche schreibe?« Jetzt hatten selbst diese kleinen, anrührenden Mitteilungen aufgehört. Nichts was draußen vor sich ging, rief anscheinend eine innere Reaktion hervor. Viola hätte nicht sagen können, woran Evelyn dachte – wenn sie überhaupt etwas dachte. Sie lag im Bett und ließ einfach alles mit sich geschehen, ohne Widerspruch, aber auch ohne ein Zeichen von Anteilnahme.

Am zwanzigsten Tag wurde sie auf eine Wassermatratze umgebettet, denn es bestand die Gefahr des Wundliegens. Es hatte eine ziemliche Zeit beansprucht, ehe sie im Badezimmer gefüllt war, denn das sperrige Ding wich ruckartig nach allen Seiten aus, als das Wasser in die verschiedenen Abschnitte lief. Sie mussten Evelyn kurz auf ihre alte Matratze auf den Fußboden legen, während man die Wassermatratze ins Bett hievte. Dann hoben sie Evelyn auf, Viola am Kopf und die Pflegerin an den Füßen, und legten sie auf diesen seltsamen Ballon von einer Matratze. Sie war erschöpft von dem ganzen Umbettungsprozess, aber sie lächelte und sagte, sie liege sehr viel bequemer. Viola musste ins Nebenzimmer gehen, um sich wieder zu fangen. Die Zerbrechlichkeit von Evelyns mageren Schultern und dass sie ihren Kopf nicht selbständig halten konnte, das alles hatte sie sehr mitgenommen.

In dieser Nacht blieb sie in der Wohnung.

Am nächsten Tag ging es Evelyn entschieden besser. Die Temperatur war gesunken und der Husten schwächer geworden. Dr. Gregory kam frohen Mutes aus dem Krankenzimmer. »Ich denke, wir sind sicher überm Berg«, sagte er und rieb sich die Hände. Viola, die müde war, hörte ihn, aber war nicht recht überzeugt. Dennoch, als sie zu Evelyn hineinging, konnte sie tatsächlich eine positive Veränderung feststellen. Sie schrieb einen zuversichtlichen Brief an Dan – Dan, den Viola nicht kannte, dem sie aber seit einer Woche jeden Tag einen Brief nach Frankreich geschrieben hatte.

Obwohl sie den Jungen nie gesehen hatte, war sie doch von vornherein für ihn eingenommen durch das, was Miles von ihm erzählt hatte, und durch die Briefe, die er an sie zurückschrieb, seit sie ihn über den Zustand seiner Mutter auf dem Laufenden hielt. Seine Art erinnerte sie an ihren eigenen Bruder in dem Alter.

Am nächsten Tage hielt nach Meinung Dr. Gregorys die Besserung an. Zum ersten Mal fragte Evelyn nach der Zeitung und ob Briefe für sie gekommen seien, die sie beantworten müsse. Sie fragte leise; aber immerhin fragte sie, was ein gutes Zeichen war. Es gebe keine wichtige Post, nur Drucksachen, wurde ihr gesagt und sie nahm die unwahre Beschwichtigung dankbar an.

Dan wurde Hoffnung gemacht, dass er vielleicht über Weihnachten nach Hause kommen konnte. Er schickte ein Telegramm mit der umgehenden Antwort, er komme sogleich, wenn es ihm erlaubt sei.

Doch Viola wollte noch etwas vorsichtig sein und hielt ihn damit hin, dass sein Zimmer noch von der Krankenpflegerin belegt sei; auch wenn seine Mutter praktisch außer Gefahr sei, so ließ die Frage der Unterbringung sein Kommen noch nicht geraten erscheinen. Dan telegrafierte ungeduldig zurück: »Ich kann doch im Hotel schlafen.«

Daran hatte Viola nicht gedacht. Sie legte Dans Telegramm beiseite, um es später zu beantworten. Am folgenden Tag ging es Evelyn nicht so gut. Sie hatte nachts sehr viel gehustet, war am Morgen schwach und müde und klagte über Schmerzen in der Brust. Selbst der optimistische Dr. Gregory war mit diesem Rückfall unzufrieden. Er tat jedoch so, als sei er nur vorübergehend. »In ein, zwei Wochen ist sie wieder gesund, das steht fest wie der Regen«, sagte er und schaute aus dem Fenster auf den strömenden Regen, der den Nebel abgelöst hatte.

Viola schrieb an Dan, er solle sich lieber darauf einrichten, Weihnachten in Blois zu verbringen. Seiner Mutter ginge es viel besser, schrieb sie, aber sie huste noch stark, wenn sie zu sprechen versuche. Aufregungen schadeten ihr und seine Ankunft würde zweifellos eine Aufregung darstellen. Deshalb müsse Dan leider an ihr Wohl denken und dürfe zu Weihnachten nicht nach Hause kommen. Vielleicht ginge es zu Neujahr ... Inzwischen solle er sich keine Sorgen um sie machen. Es gehe ihr wirklich viel besser, aber es sei dringend erforderlich, dass sie absolute Ruhe habe.

Dan schickte wieder ein Telegramm zurück: »Verstehe vollkommen. Grüßen Sie sie herzlich von mir und sagen Sie ihr, sie soll ruhig sein, werde Weihnachten hierbleiben und hoffe Neujahr zu Hause zu sein.«

Auch am darauffolgenden Tag ging es Evelyn nicht gut. Sie lag wortlos da, antwortete aber auf Nachfrage, dass es die Brust und der ganze Rücken seien, die schmerzten. Die Schwester vermerkte es sachlich in ihrem Notizbuch: »5.30: klagt über Schmerzen in der Lumbalgegend.« Viola las diese Notizen jedes Mal, wenn sie durch das Wohnzimmer ging. Evelyn fiel das Atmen schwerer und offensichtlich tat ihr jeder einzelne Atemzug weh. Die Atmosphäre von tiefer Besorgnis, die sich in den vergangenen achtundvierzig Stunden etwas aufgehellt

hatte, kam zurück; all die kleinen Scherze, die sich um solch aberwitzige Dinge wie Bettpfannen und Wassermatratzen drehten – diese kleinen, tapferen Scherze, die vorgeben, im Leben sei unsinnigerweise der Tod nicht vorgesehen, obwohl die Gefahr schon vor der Tür steht – wurden wieder unterlassen.
Evelyn selbst machte sich keine Gedanken darüber, was passierte. Ihr ganzer Lebensinstinkt konzentrierte sich auf Schonung. Sie wollte nur in Ruhe gelassen werden, statt dass man sie dauernd wusch, ihr den Rücken mit Whisky abrieb und ihr Laken wechselte. Wenn die Pflegerin ihr nahekam, hatte sie schon Angst, dass sie von ihr verlangte sich zu bewegen, etwas zu essen, sich aufzusetzen oder zu sprechen. Sie sprach nur, wenn man sie dazu nötigte, denn bei jedem Atemzug hatte sie das Gefühl, als ob sich die Rippen einzeln in ihren Körper bohrten wie die Kiefer eines Haifisches.
Inzwischen betreuten sie zwei Schwestern, eine für den Tag und eine für die Nacht. Die Nachtschwester saß am Kamin hinter einem Wandschirm und legte Patiencen oder las einen Roman. Sie war sehr leise, doch Evelyn lag da und lauschte auf das Rascheln der Seiten beim Umblättern oder auf das leise Klicken des Kartenspiels. Von Zeit zu Zeit legte die Schwester Holz im Kamin nach, denn die elektrische Heizung war abgestellt, weil sie die Luft zu sehr austrocknete; hin und wieder kam sie vorsichtig ans Bett, um zu sehen, ob Evelyn schliefe oder etwas wünsche. Die Uhr in der Hand kam sie in

regelmäßigen Abständen und fühlte ihr den Puls. Eine merkwürdige Vertrautheit mit einer Frau, von der sie nichts wusste und die von ihr nichts wusste außer den Geheimnissen ihres leidenden Körpers.

Die Nächte waren das Allerschlimmste, endlos lang ohne die kleinen Unterbrechungen des Tages. Bei Nacht schienen sie in der Tat alle anderen verlassen zu haben. Für die anderen begann draußen vor dem Krankenzimmer das normale Leben wieder. Die anderen konnten vergessen; Evelyn musste ihr Leiden allein weiter tragen.

Als die Schwester sie stöhnen hörte, erhob sie sich und kam zu ihr. »Liegen Sie unbequem?« wollte sie wissen, legte den Arm unter Evelyns Schultern und richtete geschickt das Kopfkissen. Sie holte einen Schwamm und wischte Evelyn die schweißnasse Stirn. »Sind die Schmerzen schlimm?« fragte sie und beugte sich zu ihr nieder, denn der Arzt hatte ihr eine Morphiumspritze dagelassen, für den Fall, dass sie gebraucht würde.

Evelyn nickte, ohne zu sprechen.

»Schlimmer als sonst?«

Evelyn nickte wieder. Sie hatte vor Schmerzen Tränen in den Augen.

»Einen Moment«, sagte die Schwester und traf ihre Entscheidung für die Spritze, denn wenn Mrs. Jarrold die ganze Nacht nicht schlafen konnte, würde sie am Morgen zu erschöpft sein. »Ich gebe Ihnen jetzt etwas, damit es aufhört, und dann können Sie gut schlafen.«

Evelyn schaute dankbar zu ihr auf und versuchte zu lächeln.

Eine solche Erleichterung hätte sie niemals für möglich gehalten. Sie zuckte ein wenig zusammen, als die Schwester die Nadel mit der barmherzigen Füllung in ihren Arm stach und Jod auf die kleine Wunde tupfte. Der winzige, örtliche Schmerz lenkte ihre Aufmerksamkeit einen Augenblick von den heftigen, allgemeinen Schmerzen ab. Verschwommen versuchte sie herauszufinden, was die Schwester mit ihr gemacht hatte. Dann begann alles im Zimmer zu fließen und das vertraute Gefühl, durch das Bett hindurchzustürzen, wurde angenehm statt erschreckend. Belustigt stellte sie sich vor, was das Ehepaar in der Wohnung unter ihr wohl sagen würde, wenn sie langsam durch ihre Zimmerdecke segeln würde. Der Schmerz verzog sich an irgendeinen entlegenen Ort, obwohl er da irgendwo noch hängenblieb. Alles andere bekam nun eine übertriebene Wichtigkeit: das Taschentuch unter dem Kopfkissen, der Stoff des Bettbezuges unter ihrem Kinn, die Proportionen des Zimmers, seine Höhe, seine Fenster mit den Vorhängen, seine weiße Decke was für riesige Ausmaße! Sie wünschte, das Zimmer wäre heller erleuchtet, damit sie es besser ansehen könnte; es war wie der Vollmond, nur rechteckig statt rund – wie falsch das war, dass die Decke nicht die gleiche Form wie der Mond hatte! –, die Abdeckung am Kamin – alles wurde immens wichtig und komisch. Sie erinnerte sich an

Miles. Aber Miles war nicht wichtig. Er war weit, weit entfernt. Miles? Wer war Miles? Irgendjemand, den sie in einem Spiegel gesehen hatte. »Geben Sie mir einen Spiegel!« sagte sie mit deutlicher Stimme.

»Aber, aber!« erwiderte die Schwester und benetzte ihr die Stirn. »Schlafen Sie mal schön ein.«

»Geben Sie mir meinen Spiegel!« sagte Evelyn wieder und versuchte sich aufzurichten. Die Schmerzen waren völlig unwichtig, aber es war äußerst wichtig, dass sie Miles im Spiegel sehen würde.

Die Schwester kannte es zur Genüge, wie Morphium manche Patienten erst aufregte, bevor es sie einschlafen ließ, und dass es besser war ihnen ihren Willen zu lassen. In ein paar Minuten würde Mrs. Jarrold fest schlafen. Bis zum nächsten Morgen hätte sie vergessen, wie ihr Spiegelbild aussah, und damit wäre kein Schaden angerichtet worden. Es würde ihr nichts von ihrem fiebrigen, abgezehrten Abbild in Erinnerung bleiben, was sie beunruhigen könnte. Also holte die Schwester den Handspiegel vom Frisiertisch und gab ihn ihr in die Hand, die gerade eben die Kraft aufbrachte ihn hochzuhalten.

Evelyn schaute in den Spiegel und sah Miles. Er lachte und war fröhlich. Sein blondes Haar glänzte. Er war allein. Keine Frau neben ihm. Er schaute sie an und lachte.

Der Spiegel fiel ihr aus der Hand und sie schlief. Die Schwester brachte den Spiegel zurück auf den Frisiertisch und ging auf Zehenspitzen zum Kamin, zurück zu ihrem Roman. Die Patientin schlief durch bis neun Uhr am nächsten Morgen.

Als der Arzt kam, berichtete ihm die Schwester, dass sie Morphium injiziert habe, und er stimmte ihr zu. Es sollte aber so selten wie möglich gegeben werden. Da sie nun seine Wirkung erlebt hatte, würde Mrs. Jarrold von jetzt an natürlich um Morphium bitten. Aber sie müsse die Spritze bis zum letzten Moment hinauszögern und dürfe sie nur geben, damit sie eine ruhige Nacht habe.

Und Evelyn bat wirklich darum; sie wusste nun, dass etwas sie von den Schmerzen zu befreien vermochte, die sie geglaubt hatte ertragen zu müssen.

Die Stunde, in der sie es ihr gaben, war die eine Stunde, auf die sie den ganzen Tag hinlebte. Sie begann schon eine Stunde vor der Zeit darum zu bitten, und als sie das dunkle Gefühl hatte, dass man es ihr aus irgendeinem Grund nur zögernd gab, wandte sie sich an Viola. Viola war schrecklich erschüttert. Sie fragte den Arzt: »Macht das denn so einen Unterschied, wann man es ihr gibt?«

»Wie meinen Sie das, Lady Viola? Natürlich macht es einen Unterschied; es erleichtert ihre Beschwerden und lässt sie schlafen.«

»Das meine ich nicht, Dr. Gregory. Geradeheraus gesagt meine ich: Wie sind ihre Aussichten, wieder gesund zu werden?«

»Wir sind alle in Gottes Hand, Lady Viola.«

»Wenn wir Gott für einen Moment bitte beiseitelassen wollen, falls Sie nichts dagegen haben, so ist sie in ihrer Hand. Etwas unmittelbarer als in Gottes Hand. Und da ich Gott nicht fragen kann – ich wünschte, ich könnte es –, frage ich Sie. Wie sind ihre Aussichten? Sehen Sie, ich habe hier zu einem gewissen Maß die Verantwortung übernommen, so wie ihre Schwägerin natürlich. Es könnte notwendig werden, Mrs. Jarrolds Sohn kommen zu lassen, der in Frankreich ist, wie Sie wissen. Er braucht einen ganzen Tag, um herzukommen. Wenn Sie glauben, wir sollten ihn benachrichtigen, müssen Sie mich rechtzeitig warnen.«

Dr. Gregory hasste es, in die Enge getrieben zu werden, und Viola trieb ihn immer in die Enge. Vorsichtig sagte er: »Lord Orlestone würde Weihnachten zweifellos gern in England verbringen. Man ist gern mit der Familie zusammen in einer Zeit wie Weihnachten. Ich könnte mir denken, dass die Gewissheit, ihn im Haus zu haben, seine Mutter vielleicht aufmuntern würde.«

»Mit anderen Worten: Sie meinen, man sollte ihn kommen lassen?«

»Ich würde nicht so weit gehen, das zu sagen, Lady Viola.«

»Aber das meinen Sie doch?«

»Ja, wenn Sie es so sagen, meine ich, es wäre sicher ratsam, wenn Lord Orlestone leichter zu erreichen wäre.«

»Ich werde heute Abend telegrafieren.«

»Oh, telegrafieren ist nicht nötig. Ich würde an Ihrer Stelle schreiben. Die Post nach Frankreich ist sehr schnell.«

»Nein, ich werde telegrafieren. – Aber um wieder darauf zurückzukommen: Wenn Sie die Lage so ernst beurteilen, was macht es für einen Unterschied, ob sie das Morphium bekommt?«

»Ich habe nie gesagt, dass ich die Lage ernst beurteile.«

»Dr. Gregory, bitte! Wenn Sie meine Gefühle schonen wollen, so kann ich Sie versichern, dass sie das nicht zu tun brauchen. Ich will nur die Wahrheit wissen. Ich will Mrs. Jarrold so viele Schmerzen ersparen wie möglich. Ich kann es nicht ertragen zuzuhören, wie sie stundenlang stöhnt und am Ende doch stirbt, wenn ich weiß, dass das Morphium ihr Erleichterung verschaffen könnte. Sie wollen das Leben sicher nicht um vierundzwanzig Stunden verlängern um den Preis von achtundvierzig Stunden Todesqualen. Wenn sie sterben wird, dann wollen wir ihr die letzten Stunden so leicht wie möglich machen. Da sind wir uns doch einig?«

Dr. Gregory war zutiefst schockiert. Er war ein dermaßen offenes Gespräch nicht gewöhnt. Im Allgemeinen bat die Familie seiner Patienten um beruhigenden Beistand, den zu geben er stets bereit war. Diese Lady Viola schien direkt auf das Schlimmste zuzusteuern. Aber, andererseits, sie war natürlich nur eine Freundin, keine Verwandte.

Er machte seine Autorität geltend: »Ich bedaure, Mrs. Jarrold kann nur einmal am Tag Morphium haben und es ist besser, wenn sie es für die Nacht bekommt.«

»Gut, Dr. Gregory, können Sie mir wenigstens Folgendes

versprechen: Wenn der Fall ihrer Ansicht nach hoffnungslos wird, werden Sie sie die ganze Zeit unter Morphium halten?«

»Wir müssen abwarten, Lady Viola, sehen, was wird. Inzwischen dürfen wir den Mut nicht verlieren.«

»Es gibt noch etwas anderes, Dr. Gregory. Ich weiß natürlich nicht genau, wie diese Krankheiten verlaufen. Aber angenommen, sie sollte darum bitten einen Freund zu sehen? Was soll ich dann sagen?«

»Es ist nicht sehr wahrscheinlich, dass sie darum bittet, irgendwen zu sehen, in ihrem augenblicklichen Zustand.«

»Nein, ich weiß. Aber es ist möglich. Angenommen, sie kommt auf den Gedanken, dass sie sterben wird, dann glaube ich, dass sie einen bestimmten Menschen sehen will.«

»Sollten wir nicht besser warten, bis dieser Fall eintritt?«

»Sicherlich, wenn Sie meinen«, Viola war es leid mit Dr. Gregory zu verhandeln und beschloss den Facharzt anzugehen; der war schon eher bereit, den Tatsachen ins Auge zu sehen, obwohl er immer den Eindruck vermittelte sehr in Eile zu sein, wenn er die lästigen Hausbesuche absolvieren musste. Miles bei Evelyn nur zu erwähnen hatte sie nicht gewagt; sie war allerdings etwas erstaunt, dass Evelyn selbst ihn nie erwähnte. Sie hatte nicht ein einziges Mal danach gefragt, ob er von ihrer Krankheit wisse, ob er sich nach ihr erkundigt und ob er einmal in der Wohnung vorgesprochen hätte. Tatsächlich war Miles außer sich vor Sorge und Viola konnte ihn nur schwer davon abhalten sie zu besuchen; sie gab zu bedenken, dass es Evelyn bestimmt unangenehm sei, wenn die Jarrolds den Eindruck gewinnen müssten, er sitze ständig in ihrem Wohnzimmer. Tatsächlich hätte er am liebsten den ganzen Tag dort gesessen, um sofort zur Stelle zu sein, falls sie nach ihm fragen sollte. Die Jarrolds könnten seinetwegen zur Hölle fahren.

»Ja, Miles, aber Evelyn wäre es wirklich nicht recht, wenn sie es später erführe.«

Nun, da es höchstwahrscheinlich kein Später mehr gab und sie Miles' Verzweiflung sah, ließ sie sich erweichen und erlaubte ihm zu kommen; er sollte aber sehr vorsichtig sein, damit Evelyn seine Stimme nicht hören konnte. Dann kam sie auf eine scharfsinnige Idee, wie sie Hester seine Anwesenheit erklärten konnte:

»Mrs. Jarrold, Dan kann jeden Augenblick ankommen und ich habe Miles Vane-Merrick gebeten hier zu sein, wenn er kommt. Dan ist ihm sehr zugetan und ich glaube, er wird dem Jungen die Situation leichter machen können.«

Sie hasste sich wegen dieser Heuchelei, aber sie wusste, dass Evelyn dankbar sein würde – später.

Hester musste das hinnehmen. Zuerst richtete sie sich einen Moment lang kerzengerade auf, aber dann kam ihr der Gedanke, dass jetzt vielleicht nicht der richtige Zeitpunkt sei, grundsätzlich auf seine Würde zu pochen und auf seinen Vorurteilen zu bestehen – sie wurde zugänglicher und stimmte zu. Trotzdem fand sie es

seltsam. Sie war auch empört darüber, dass Dan dem Geliebten seiner Mutter sehr zugetan sein sollte. Aber zweifellos hatte der arme Junge keine Ahnung.
Sie verließ das Haus, bevor Vane-Merrick eintreffen konnte, und sagte, sie wolle später am Tage zurückkommen. Ihr Inneres sträubte sich gegen das Eindringen von Fremden – Viola mit ihren anmaßenden Methoden und nun dieser junge Mann, der nicht das mindeste Recht hatte, hierher zu kommen, dessen Anwesenheit sich einfach nicht gehörte. Ihrer Meinung nach waren die einzigen Menschen, die das Recht hatten, sich um einen Kranken zu kümmern, die nächsten Verwandten; und die waren von dieser vollkommen fremden Frau verdrängt worden, einfach verdrängt, von dieser Frau, die sich nicht scheute, Evelyns Geliebten in die Wohnung zu holen! Obwohl Hester sich bemüht hatte sich nichts anmerken zu lassen, schnaufte sie vor Empörung, als sie wegfuhr. Das ging wirklich ein wenig zu weit.
Miles kam sofort. Er war ängstlich bemüht, Violas Anordnungen zu befolgen; er kam auf Zehenspitzen in die Wohnung und sprach nur flüsternd mit Mason. Das vertraute Wohnzimmer sah fremd aus, die Sessel waren zur Seite geschoben worden und neben der Tür zu Evelyns Schlafzimmer stand nun ein Küchentisch, der mit einem weißen Tuch abgedeckt war und auf dem sich weiße Krüge, Tassen und Becken, eine ungeöffnete Flasche Champagner und eine Ananas häuften. Er warf einen versteckten, scheuen Blick darauf. Hinter dieser

Tür lag Evelyn. War sie verändert? Wie anders? Was taten sie mit ihr? Woran dachte sie? Oder litt sie zu sehr, um überhaupt etwas zu denken? Durfte er sie sehen oder würde man sie vor ihm hinter diesem geheimnisvollen Schleier von Gefahr und Schmerz verbergen? Er fühlte sich auf grausame Weise ausgegrenzt von der Fürsorge für eine Evelyn, die fremden Händen überlassen war.
Die Schlafzimmertür öffnete sich, Viola kam heraus und schloss sie ganz leise hinter sich. Sie sah müde und überanstrengt aus, lächelte jedoch, als sie ihn sah, und legte den Finger an die Lippen. Sie gingen miteinander in den entfernten Teil des Zimmers, wo sie sprechen konnten.
»Wie geht es ihr?«
»Im Augenblick ist sie ruhig – sie ist sehr schläfrig. Die Wirkung des Morphiums ist noch nicht ganz abgeklungen. – Dan kommt.«
»Steht es so schlimm?«
»Ich hoffe nicht, aber ich konnte das Risiko nicht auf mich nehmen.«
»Du hoffst nicht; aber du glaubst es?«
»Ja, Miles, ich glaube es.«
»Und der Arzt …?«
»Der Arzt vermeidet es überhaupt etwas zu sagen, aber er hat mir nicht abgeraten Dan kommen zu lassen.«
»Und der Spezialist?«
»Klingt auch nicht sehr hoffnungsvoll. Miles, und was meinst du, soll ich wegen ihres Vaters tun? Er ist ein

alter Mann und ich kann keinen Sinn darin sehen, ihn hierher nach London zu hetzen. Doch Hester scheint zu glauben, er sollte eigentlich hier sein. Du weißt ja, wie die Jarrolds sind: Familie, Familie, Familie! Die persönlichen Gefühle scheinen bei ihnen überhaupt kein Gewicht zu haben. Hester war offenbar entsetzt, dass du herkommen solltest. Entschuldige, aber ich musste ihr sagen, es wäre nur wegen Dan. Doch einen armen, alten Mann von Biggleswade hierher zu zerren, das will sie ohne weiteres tun, nur weil es sich so gehört. Er würde nur im Weg stehen; es würde ihn nur entsetzlich ängstigen; und Evelyn würde gar nicht nach ihm fragen. Ist es nicht besser und rücksichtsvoller, wenn man ihn da lässt, wo er ist – selbst auf die Gefahr hin, dass er einen fürchterlichen Schock bekommt, wenn sie stirbt?«

»Unglücklicherweise ist aber Hester, wie du sie nennst, Evelyns Schwägerin und nicht du; wenn sie also Evelyns Vater kommen lassen will, wird sie's wahrscheinlich tun, ohne dich zu fragen.«

»Wie albern diese ganze Familien-Geschichte ist, findest du nicht? Du und ich, wir wissen weit mehr über Evelyn als alle Jarrolds zusammen, obwohl ich sie, weiß Gott, eigentlich sehr wenig kenne.«

»Lass du ihren Vater nicht kommen. Wenn Hester das will, dann trägt sie die Verantwortung. Ich bin derselben Meinung wie du, dass es einfach lieblos und unnötig wäre, den alten Mann hierher zu holen.«

»Er könnte uns hinterher Vorwürfe machen.«

»Und doch hast du dann das Beste für ihn getan. Er mag das vielleicht nicht anerkennen, aber in deinem Inneren wirst du genau wissen, dass du das Richtige getan hast.«
Sie schwiegen eine Weile.
»Wie ist ihre Temperatur?«
»Die scheint keine so große Bedeutung zu haben. Der Puls ist wohl viel wichtiger und die Belastung für das Herz.«
»Und die Schmerzen?«
»Das Morphium lindert sie, aber sie bekommt nur eine Injektion pro Tag. Die Stunden dazwischen sind ziemlich hart. – Jetzt muss ich wieder zu ihr zurück, Miles, falls sie aufwacht.«
»Was soll ich sagen, wenn Dan kommt?«
»Sag, dass es ihr schlecht geht, aber dass wir Hoffnung haben. Wie immer du das machst, lass ihn nur nicht plötzlich in ihr Zimmer hineinplatzen. Ich lasse dich als Wächter hier.«
»Da bin ich doch tatsächlich zu etwas zu gebrauchen«, erwiderte Miles bitter.
»Du wirst ein großer Trost für Dan sein.«
»Weiß sie, dass er kommt?«
»Nein, natürlich nicht. Man wird ihm nicht erlauben, sie zu sehen, es sei denn, es geht ihr besser – oder schlechter.«
»Und ich?«
»Miles, mein Lieber, du musst Geduld haben; wir müssen alle Geduld haben. Du sollst sie sehen, wenn es ihr nicht schaden kann. Was wirst du tun? Lesen?«

»Ich werde ein Buch finden, wenn ich eins möchte«, sagte Miles und schaute auf Evelyns Bücherschrank. Wie oft hatte er sich über die hübsch gebundenen Bücher lustig gemacht, die ihre Freunde ihr zu Weihnachten schenkten. Der Raum war ihm so vertraut mit jedem Gegenstand darin, außer diesen neuen, fremden Sachen auf dem weiß abgedeckten Tisch. Alles hatte einen Zusammenhang mit Evelyn und mit seinen Erinnerungen: Da war der Schreibtisch, an dem er sie so oft angetroffen hatte; der Sessel, in dem sie immer saß, während er zu ihren Füßen kauerte, die Toastgabel, die er ihr geschenkt hatte, weil er sich seinen Toast zum Tee gern selbst röstete. Verschiedene andere Dinge, die er ihr geschenkt hatte, vermisste er, wahrscheinlich hatte sie sie weggeräumt; das versetzte ihm ganz grundlos einen Stich. Er hätte gern gewusst, ob sie den Ring abgenommen hatte, den er ihr geschenkt hatte. Er ging hinüber zum Schreibtisch und fand dort das Heft, in das die Schwester ihre Krankennotizen eintrug; er öffnete es in Gedanken, doch die wenigen Worte, die er las, flößten ihm eine solche Angst ein, dass er das Heft hastig niederlegte.

Es war nicht gut, im Zimmer herumzulaufen, da wurde er nur noch unruhiger. Es konnte gut sein, dass man ihn hier stundenlang allein ließ; er musste versuchen, sich auf irgendetwas zu konzentrieren, musste versuchen, irgendwie wieder Macht über sein Leben zu bekommen, das sich als so wahnsinnig grässlich entpuppte, wenn er seiner Phantasie freien Lauf ließ. Als er nach einem

Buch suchte, stieß er auf eine Übersetzung von Prousts Roman *Du côté de chez Swann,* die er Evelyn geschenkt hatte. Es war nach einer ihrer Streitereien gewesen und er hatte danach in der Versöhnungsstimmung gesagt, dass sie darin die Leidenschaft der Eifersucht in allen ihren Phasen geschildert finden würde. Und als er sie dann wiederholt gefragt hatte, ob sie es schon gelesen habe, erwiderte sie stets, dass sie noch keine Zeit gehabt habe … dass es so lang sei … dass die absatzlosen Seiten ihr Angst machten … dass sie glaube, sie möge lieber Bücher mit mehr Dialogen.

Und dann war er wieder ärgerlich geworden und hatte gesagt, sie sei wirklich ein hoffnungsloser Fall. Was meinte sie damit, wenn sie sagte, sie habe keine Zeit gehabt? Was hatte sie denn sonst zu tun?

In der Rückschau kam es ihm so vor, als habe er sie immer nur zurechtgewiesen.

Dan kam unerwartet früh an, um vier Uhr nachmittags, da er von Blois nach Paris den Nachtzug und von Paris aus den ersten Flug genommen hatte. Er hatte Verspätung wegen des schlechten Wetters. Er hatte Höllenqualen vor Ungeduld und Sorge ausgestanden und er schien kaum überrascht, dass Miles in der Wohnung auf ihn wartete. Er betrachtete Miles' Anwesenheit als selbstverständlich, begrüßte ihn gleich mit der unvermeidlichen Frage »Wie geht es ihr?« und fügte sofort hinzu, während er auf die Tür zuging: »Ich muss hinein und sie sehen.«

Miles hielt ihn zurück.
»Nein, Dan, das kannst du leider nicht.«
»Kann ich nicht? Aber weshalb denn? Weshalb hat man mich sonst gerufen? Weshalb kann ich nicht hinein? Du hast sie doch gesehen, oder?«
»Nein, Dan, ich habe sie nicht gesehen. Und du darfst nicht so laut sprechen; sie könnte deine Stimme hören. Sie weiß nicht, dass du hier bist.«
»Sie weiß nicht, dass ich hier bin? Miles. Dann ist sie wirklich so schwer krank?«
»Sie haben noch Hoffnung«, wiederholte Miles, wie Viola es ihm aufgetragen hatte.
Ehe Dan etwas sagen konnte, kam Viola aus Evelyns Zimmer. Sie sah Dan, ging auf ihn zu und zog ihn auf den Flur hinaus.
»Sie sind Dan, das weiß ich. Ich bin Viola Anquetil. Sehen Sie, Sie müssen ganz leise sein; Ihre Mutter weiß nicht, dass Sie angekommen sind.«
Sie sah, der Junge war völlig durcheinander. »Sie ist leider sehr krank«, sagte sie.
»Kann ich sie sehen?«
»Jetzt nicht – vielleicht später. Sie müssen Geduld haben und mit Miles warten.«
»Sie stirbt doch nicht?«
Viola hatte große Hochachtung vor ihm und seiner direkten Frage. Das war ein Junge, dem man die Wahrheit sagen konnte. Sie hatte stets erkannt, welchen Menschen man – selbst in unbedeutenden Angelegenheiten – die

Wahrheit sagen konnte und welchen nicht. In den letzten Tagen hatte sie das noch tiefer und klarer erkannt.

»Es ist heute Abend besonders ernst«, erwiderte sie und blickte ihm direkt in die Augen.

»Ist der Arzt da?«

»Er wird jeden Augenblick wiederkommen. Auch der Spezialist. Wir haben angerufen. Sie können mit ihnen sprechen, wenn sie kommen.«

Immerhin, Dan war neunzehn. Es war nur recht, dass er einen Teil der Verantwortung trug; es war richtig, wenn auch hart. Sie sah, wie kindlich er noch war, aber äußerlich schon sehr erwachsen.

Sie ging wieder in Evelyns Zimmer. Es war still hier drinnen bis auf das schwache Stöhnen, das gleichmäßig vom Bett her kam. Viola ging zum Kamin hinüber und flüsterte mit der Schwester. Sie mussten nicht fürchten Evelyn zu stören, sie war halb bewusstlos.

»Ihr Sohn ist angekommen.«

»Das ist gut.«

Sie verstummten; sie saßen und lauschten, wie Evelyn vor Schmerz stöhnte.

»Können Sie ihr das Morphium nicht jetzt geben, Schwester?«

»Es tut mir leid, nicht vor acht Uhr.«

»Oder wenn der Arzt kommt?«

»Ja, wenn er es erlaubt.«

Evelyn rief leise vom Bett her. Viola ging hinüber. Sie

beugte sich nieder und konnte nur das eine Wort verstehen: »Morphium.«
»Gleich, meine Liebste. Der Arzt ist schon unterwegs und er wird Ihnen etwas geben.«
Es ist ihr wichtiger eine Morphiumspritze zu bekommen, als zu erfahren, dass Miles nebenan ist. Wie sonderbar und schrecklich dieser Körper doch war, ging es ihr durch den Kopf, dieser Körper, der alles auszulöschen vermochte, was in Geist und Herz und in der Seele vorhanden war. Was hatte das zu bedeuten? Starb sie wegen Miles? Selbst wenn es so war, letztendlich bedeutete der langsame, qualvolle Prozess des Sterbens für sie mehr als Miles selbst.
Was für ein schreckliches Chaos sie aus ihrem Verhältnis zu Miles gemacht hatte! Und wie teuer sie dafür bezahlte!
Der Arzt und der Spezialist kamen gleichzeitig. Sie gingen geradewegs in Evelyns Zimmer, ohne mit Dan zu sprechen. Der Spezialist verordnete unverzüglich Kochsalzlösung, denn der Kreislauf war sehr schwach. Sie wurde verabreicht und belebte Evelyn ein wenig, worauf Evelyn wieder um das Morphium bat. Der Spezialist nahm Viola zur Seite. Er hatte die Mine des eiligen überlasteten Arztes völlig abgelegt.
»Wir können es ihr ruhig geben, Lady Viola. Aber sie wird danach nicht wieder aufwachen.«
»Könnte sie ihren Sohn noch einen Augenblick sehen, bevor sie es ihr geben?«

»Ja, und wen sie sonst Ihrer Meinung nach gern noch sehen würde.«

Viola erkannte, dass der Spezialist alles wusste und Verständnis hatte. Er hatte Miles' Anwesenheit im Nebenzimmer bemerkt. Und trotzdem fühlte sie sich verpflichtet zu fragen: »Soll ich ihre Schwägerin und ihren Schwager anrufen?«

Der Spezialist zögerte. Er war ein Mann, der durch seinen Beruf ein umfassendes Wissen vom menschlichen Leben hatte und mehr beobachtete, als der Anschein verriet, der aber seine Beobachtungen erst im letzten Augenblick mitteilte. Schließlich sagte er: »Wir können nach ihnen telefonieren, wenn Mrs. Jarrold die Injektion bekommen hat.«

»Dann sollte ich jetzt gleich den Jungen hereinrufen?«

»Ja, es gibt keinen Grund zu zögern.«

Viola ging ins Wohnzimmer und sprach mit Dan. Er und Miles saßen dort im Dunkeln zu beiden Seiten des Kamins.

»Dan, möchten Sie jetzt kommen, um Ihrer Mutter gute Nacht zu sagen?«

Er erhob sich sofort.

»Gehen Sie einfach ans Bett und sagen Sie gute Nacht. Seien Sie nicht beunruhigt, wenn sie Ihnen nicht antwortet! Sie ist sehr müde und schläft schon halb. Vielleicht erkennt sie Sie auch gar nicht. Sagen Sie nur gute Nacht und gehen Sie schnell wieder hinaus! Miles und ich warten auf Sie.«

Nach einem ängstlichen Blick auf Viola ging er.
»Du musst gleich danach hineingehen, Miles! Denn dann geben sie ihr eine Spritze.«
Miles verstand sehr gut, was sie meinte.
»Das ist das Ende?«
»Sie scheinen es anzunehmen.«
Es war erstaunlich, wie ruhig und fern nun alles schien, fast so, als ob die Wirklichkeit keine Rolle mehr spielte.
Dan kam zurück.
»Sie hat mich erkannt. Sie hat gesagt, sie freut sich, dass ich wieder zu Hause bin.«
»Nun geh du, Miles, und sag ihr gute Nacht.«
Miles ging in das vertraute Schlafzimmer. Es war dunkel, nur eine verhängte Lampe brannte neben dem Kamin. Die Schwester stand auf, als er eintrat, ihre weiße Tracht leuchtete auf, als sie hinausschlüpfte. Er war allein mit dem Schatten im Bett, mit dem Schatten, der Evelyn war. Er konnte zuerst im Halbdunkel nichts sehen als ihren dunklen Kopf auf dem Kissen.
»Evelyn«, sagte er. »Ich bin's, Miles.«
Er setzte sich neben sie und griff nach ihrer Hand, die auf der Decke lag. Er fühlte, dass sie den Ring noch trug, den er ihr geschenkt hatte; er saß aber jetzt sehr lose an ihrem Finger und diese winzige Tatsache rührte ihn zutiefst.
»Miles«, sagte sie, nichts weiter, lag nur zufrieden da, ihre Hand in der seinen. Er wusste nicht, ob er sprechen sollte oder nicht, so saß er ruhig am Bett und wartete,

dass Viola jeden Moment kommen und ihn holen würde. In all den Stunden des engsten Zusammenseins mit Evelyn war er nie so absolut allein mit ihr gewesen wie hier. Es war seltsam und erschreckend und doch tröstlich. Es war wie eine endgültige Läuterung und Vollendung all dessen, was vorausgegangen war.

Viola kam nicht, um ihn zu holen. Er blieb dort sitzen und hatte jede Zeitvorstellung verloren. Evelyn bewegte sich nicht noch stöhnte sie, aber ab und zu drückte sie seine Hand, so wusste er, dass sie noch lebte. Einmal, als sie ihm die Hand drückte, flüsterte er: »Brauchst du das Morphium?« Und sie flüsterte zurück: »Ich bekomme es bald.« Da wusste er, dass sie im Augenblick keine Schmerzen hatte.

Es schien schon viel Zeit vergangen zu sein, so dass er sich fragte, ob sie schlafe oder gestorben sei. Doch als er versuchte seine Hand zurückzuziehen, hielt sie sie fest und flüsterte: »Geh nicht fort!« So blieb er da, wieder eine endlose Zeit lang. Er dachte an gar nichts, nicht einmal daran, wie oft er mit ihr geschimpft hatte. Er war einfach eins geworden mit ihr in dem dunklen Raum, ohne eine andere körperliche Berührung als die ihrer Hand, die in der seinen lag.

Vita Sackville-West

Die englische Schriftstellerin und Gartengestalterin Vita Sackville-West, geboren am 9. März 1892, wuchs in der aristokratischen Gesellschaft von Kent auf. Das Erbe des Familiensitzes war ihr als Mädchen verwehrt, was sie ein Leben lang als Kränkung empfand. 1913 heiratete Vita den Diplomaten und Kritiker Harold Nicolson, mit dem sie zwei Söhne hatte. Das Ehepaar, das lange Zeit in Persien lebte, bevor es nach England zurückkehrte, um sich zunächst auf dem Anwesen Long Barn in der Nähe von Sevenoaks und 1930 auf Sissinghurst Castle in Kent niederzulassen, führte für die damalige Zeit eine unkonventionelle Ehe, die homosexuelle Beziehungen beider Partner tolerierte. Vita hatte eine langjährige Beziehung zu der Schriftstellerin Violet Trefusis, mit der sie häufig in Frankreich war. Vita schrieb einen autobiografischen Bericht über diese Zeit, der später von ihrem Sohn Nigel Nicolson als *Porträt einer Ehe* 1973 herausgegeben wurde. Eine große Bedeutung hatte auch ihre tiefe Freundschaft mit der zehn Jahre älteren Virginia Woolf, deren Roman *Orlando* als Liebeserklärung für Vita gelesen werden kann; Vita bildete für die Hauptfigur Orlando die Vorlage.

Vita Sackville-West starb nach langem Krebsleiden im Alter von 70 Jahren am 2. Juni 1962. Die Erfolgsautorin veröffentlichte mehr als 50 Bücher, darunter auch eine Beschreibung ihrer Persienreise (*Passenger to Teheran,* 1926; dt: *Zwölf Tage in Persien,* 2011) und mehrere zum Garten von Sissinghurst. Ihre bekanntesten und erfolgreichsten Bücher sind die Romane *The Edwardians* (1930, dt: *Schloss Chevron,* 1931) und *All Passion Spent* (1931, dt: *Erloschenes Feuer,* 1992). Ihr Roman *Family History,* den sie in nur dreizehn Monaten fertigstellte, wurde 1932 in der Hogarth Press, dem Verlag von Virginia und Leonard Woolf, verlegt. Die deutsche Übersetzung erschien unter dem Titel *Eine Frau von vierzig Jahren* zunächst 1950 und 1987 als Taschenbuch im Ullstein Verlag in der Reihe ›Die Frau in der Literatur‹. Vita Sackville-Wests Mann urteilte bei der Lektüre der Druckfahnen: »… sehr sachkundig und anrührend, aber nicht so ganz ihr üblicher Gedankengang«. Später revidierte er seine Meinung und schrieb in sein Tagebuch: *»Eine Frau von vierzig Jahren* im Zug gelesen und viel geweint.«

Editorische Notiz

Heddi Feilhauer hat auf der Grundlage der Übersetzung von Th. A. und I. Knust den Roman neu bearbeitet und vorsichtig modernisiert.
Die Zeilen auf S. 331 »When lovely woman stoops to folly – schon …« und die Zeilen auf S. 333 »Komm unter den Schatten des roten Steins« stammen aus dem Gedicht »Das Wüste Land« (The Waste Land, 1922) von T. S. Eliot in der Übersetzung von Robert Curtius (Suhrkamp Verlag, Frankfurt a. M. 1951, S. 61 und 43). Bei den Zeilen auf S. 332 »Wenn sich ein holdes Kind zur Torheit wendet …« handelt es sich um die Erzählung *Der Landprediger von Wakefield* (The Vicar of Wakefield, 1766) von Oliver Goldsmith in der Übertragung von Ernst Susemühl (Propyläen Verlag, Berlin 1921, S. 191). Die Zeilen auf S. 334 sind dem Gedicht »Ode an die Nachtigall« (Ode to a Nightingale, 1819) von John Keats in der Übertragung von H. W. Häusermann entnommen (Manesse Verlag, München 1995, S. 143).

Edith Wharton
Traumtänzer [The Glimpses of the Moon]
Roman · Aus dem Amerikanischen von Inge Leipold
432 Seiten, Halbleinen, ISBN 978-3-86915-041-3

Eine Villa am Comer See, ein Palazzo in Venedig, die exklusiven Salons in London und Paris – Susy und Nick Lansing, frisch verheiratet und ohne einen Cent, schmarotzen sich fröhlich von einer Sommerfrische zur nächsten, bis ihre wunderbare Welt ins Wanken gerät.
»In *Traumtänzer* präsentiert sich Edith Wharton als die gewiefte und dabei durchaus eigenständige Adeptin des großen Henry James.« *Angela Schader, NZZ*

Emile Zola
Das Paradies der Damen
Roman · Aus dem Französischen von Hilde Westphal
576 Seiten, Halbleinen, ISBN 978-3-86915-031-4

Émile Zola entführt in die glitzernde Warenhauswelt des 19. Jahrhunderts. Verwoben mit der Geschichte der jungen Verkäuferin Denise, die nach einigen Wirren ihr Glück findet, beschreibt Zola mit viel Liebe zum Detail raffinierte Verführungsmethoden, denen die Kundinnen nicht zu widerstehen vermögen …
»*Das Paradies der Damen* ist ein opulentes Buch, das auch die Leserin schwelgen lässt – in der Pracht und den Gefühlen des letzten Jahrhunderts. Denn Gefühle sind zeitlos.« *BZ am Sonntag*